書店猫ハムレットの跳躍

アリ・ブランドン

ニューヨーク，ブルックリンの書店を大叔母から相続した，三十代半ばのダーラ。その書店にはマスコットの黒猫ハムレットがいた。かごにかわいらしく丸まり，ゴロゴロと喉を鳴らして客を迎える――ことは決してなく，堂々と書棚を徘徊し，緑色の目で冷たく客を睥睨する黒猫が。ハムレットが気に入る従業員を確保できてほっとしたものの，ダーラはある工事現場で書店の常連客の死体を発見してしまう。その脇には動物の足跡。最近夜に外を出歩いているらしいハムレットのもの?! 黒猫ハムレットが必殺技で犯人を告げる！ コージー・ミステリ第一弾。

登場人物

ダーラ・ペティストーン……〈ペティストーンズ・ファイン・ブックス〉のオーナー
ハムレット……黒猫
ジェイムズ・T・ジェイムズ……〈ペティストーンズ・ファイン・ブックス〉の店長
ロバート・ギルモア……〈ペティストーンズ・ファイン・ブックス〉の新しい従業員
メアリーアン・プリンスキ……ダーラの隣人
ミスター・プリンスキ……メアリーアンの兄
ジャクリーン・〝ジェイク〟・マルテッリ……ダーラのアパートメントに住む私立探偵
ヒルダ・アギラール……〈グレート・センセーションズ〉のオーナー

マリア・テレサ(テラ)・アギラール……ヒルダの娘
ビル・ファーガソン……………………〈ビルズ・ブックス・アンド・スタッフ〉の店長
カート・ベネデット……………………建築業者
バリー・アイゼン………………………カートの仕事のパートナー
トビー・アームブラスター……………市の建物検査官
アレックス・プーチン…………………ロシアマフィア
フィオレッロ・リース…………………刑事
ハロンキスト……………………………警官

書店猫ハムレットの跳躍

アリ・ブランドン
越　智　　睦　訳

創元推理文庫

A NOVEL WAY TO DIE

by

Ali Brandon

書店猫ハムレットの跳躍

母ヘレン・スマートと彼女の猫クロエに。愛してる！

謝辞

テクノ・ブックスの編集者ラリー・セグリフにお礼を申しあげます。優しく面倒をみてくださる彼からは、いつも励ましのことばをいただきました。また、バークリー・プライム・クライムの編集者シャノン・ジェイミソン・バスケスにも深く感謝申しあげます。彼女のおかげでわたしは最高の本を書きあげることができています。夫のジェリーにはいつものように愛を。彼は休むことなくわたしを勇気づけてくれました。それから、ハムレットとダーラの冒険をどれほど楽しんでいるか、手紙で感想を寄せてくれた大勢の読者の方々には〝両肢〟を上げて大きくハイタッチを。ハムレットも〝ニャロシク〟と言っているわ！

1

「マディソン、この履歴書はすばらしいわ」

ダーラ・ペティストーンはそう言って、一本の三つ編みにまとめたとび色の髪を肩のうしろにやり、もう一度履歴書を眺めた。「最近英文学の学位を取得したばかりか、休暇中や夏のあいだはずっと大手の書店チェーンで働いてたのね。小売業の経験もあるし、古典文学の知識もある。でも、今面接をしてるのはパートタイムの仕事だってことはわかってるの？」

「パートタイムがちょうどいいんです」ぽっちゃりしたブロンドの娘は熱のこもった笑みを浮かべた。「両親と同居してるので、家賃の心配もないですし。それに、地元の女性たちのためのシェルターで働いてるほかに、けっこうな時間を地域の活動にも費やしてるんです。街でデモが起きれば、必ず参加してますから！　だからほんと、フルタイムの仕事はスケジュール的に無理で」

「そういう事情なら理解できるわ」とダーラは答えたものの、あきれて目をぐるりと回さないようにするので精いっぱいだった。

ダーラがマディソンの年齢だった頃は——十年あまりまえのことだ——経営学の学位を取得して卒業するまでのまるまる六ヵ月間、大企業でのフルタイムの仕事に明け暮れていた。在学期間中はほとんど、家具つきのメゾネットタイプのアパートメントの家賃を自分で払い、小型車のローンもなんとかがんばって予定より一年早く完済した。それだって全額給付の奨学金のおかげでどうにかやりくりできていたのだ。

加えて、マディソンと同じく書店でパートタイムの仕事もしていた……ダーラの場合は授業のあとと週末にかぎられていたが。残されたわずかな時間は、アカオシマリスを保護したり、チップをもらえる普遍的な権利を求めて抗議したりしていた。その後は、就職したマーケティング会社での仕事が忙しくなり、慈善活動といえば、会社が後援する年に一度のチャリティ・ウォークだけになった。

もちろん、それは故郷のダラスにいた頃の話だ。世代間のギャップのせいかもしれないし、単にブルックリンでは事情が異なるのかもしれない。そういうちがいは、彼女の書店〈ペティストーンズ・ファイン・ブックス〉とアパートメントがふたつ入った、修復されたブラウンストーン（正面に褐色砂岩を用いた建物）を相続してからの八ヵ月間で数多く見てきた。

「それじゃあ」マディソンの時間外の活動についてはあえて気にしないようにしながらダーラは続けた。「あなたの商品知識についてちょっとテストさせてね。仮にわたしがお客さんだったとして、あの有名なオーバーオールを着た女の子の本を探してるんだけど、作者もタイトルもわからないとするわね。あなたなら何を渡してくれる?」

「『アラバマ物語』ですか?」

「正解! それじゃあ、わたしのブッククラブで取り扱い中の、今物議をかもしてる新作小説を探してるとしたら?」

「『フィフティ・シェイズ・オブ・グレイ』」とマディソンは答えた。かすかに非難めいた口調から、本人はそれがブッククラブの課題図書にはふさわしくないと考えていることがわかった。

ダーラはうなずいた。「上出来よ。では、表紙にトラが載ってる本は?」

「『ジャングル・ブック』。あ、待って、ちがう……『パイの物語』ですね」

「それじゃあ、最後。戦うことについて延々と書かれた本は?」

「『孫子』です」マディソンは得意げな笑みを浮かべて答えた。

ダーラも笑みを浮かべた。「正直、すごく感心した。あなたは求めてる人材そのものって感じよ」

そう言うと、ダーラは真面目な顔に戻って続けた。「あともうひとつテストさせて。うちには店で飼ってる猫がいて、あなたを雇うにはまずその猫に認めてもらわなきゃならないの。彼の名前はハムレットよ」

ハムレット。

ダーラは首を振った。もしだれかが彼女の書店での生活にサウンドトラックをつけてくれるとしたら、ハムレットということばが出るたびに、キーッというバイオリンの音とともに不吉な〝ダダダダーン〟という登場テーマが流れるだろう。典型的な書店の猫なら、入口の近くで枝編みのかごにかわいらしく丸まって寝転がり、ゴロゴロと喉を鳴らして客を迎えるところだが、ハムレットは猫版チンギス・ハーンのように堂々と書棚を徘徊(はいかい)する。黒い毛を輝かせて、緑色の目をエメラルドのように冷たくきらめかせながら。店の常連客はみなテストを心得ている――すなわちこの猫の序列の中で自分がどのランクに位置するのかを知っている。初めて訪れた客も、すぐにそのヒエラルキーでの自分の位置を知ることになる。

金払いのいい人や一週間に一度は訪れる客、それに古典文学をたしなむ客は、承認の足跡を得られる。つまり、ハムレットのご機嫌を取ることを、ときにはあごの下をかくことを許される。大衆小説を読む客（金払いがよく、一週間に一度は訪れるというカテゴリーに属さない場合）は、彼に触れない。しかし、商品を購入してくれたお礼に小さくぶっきらぼうに〝ニャオン〟と声をかけてくれることもある。一ヵ月に一度しか訪れない客は、もうひとつ下のランクに属し、存在することは許されるが、それ以上でもそれ以下でもない（といっても、機嫌がとくにいいときには、ひげをちょっぴり動かしてもらえる）。購入した商品を返品しようとする客は、ハムレット得意の〝猫流死のひとにらみ〟をお見舞いされ、それまでどのランクに位置していようとも一段階格下げされる。

臆面もなく立ち読みする人や雑誌だけの客は、冷たくあしらわれる――床にごろんと横になり、片方のうしろ肢を肩の上に振りあげて、しっぽのつけ根を舐めるしぐさを披露されるのだ。

もちろん、マディソンはそんなことは知らなかった。すでにかごに入った猫の姿を心に思い描いているのはまちがいなかった。

「えー、にゃんこちゃんですか！」とマディソンは甲高い声をあげた。「子供の頃、〝むぎゅむぎゅさん〟っていう名前の白いペルシャ猫を飼ってたんです。ママにアレルギーが出てしまって、おじとおばに引き取ってもらわなきゃいけなかったんですけど。でも、猫はずっと好きなんですよ」

「そう、それは大事なことよ。でも、もっと大事なのは、ハムレットがあなたを好きになるってことなの」もっとも、ハムレットの気むずかしい性格を考えれば〝好きになる〟という表現には少し無理があった。〝容認する〟というほうがしっくりくるかもしれない。

　新たにパートタイムの従業員を雇わなければならないのは大事（おおごと）だった。が、ほんとうの試練は、〈ペティストーンズ・ファイン・ブックス〉の公式マスコットである黒猫のハムレットと波長が合う人を見つける点にあるなんて、ダーラは思ってもみなかった。その年の初め、亡くなった大叔母のディーから自分がこの建物と書店と一緒にハムレットも相続したことを知って、衝撃を受けた。大叔母のディーとは親密なつきあいをしていたわけではない。実際、数年間で数えるほどの交流しかなかった。ただ、大叔母のディーのそもそもの名前はダーラ・ペティストーンで、ダーラの名前は彼女にちなんでつけられたものだった。

　ダーラと大叔母は同じような丸顔と団子鼻をしていた。大叔母の赤毛はミス・クレイロール（アメリカのヘアカラー製品）の厚意によるものであったのに対し、ダーラのウエーブのかかったとび色の豊かな髪は正真正銘の地毛だが。八十代だった大叔母はまた、ダーラと同じくもともとはテキサスの出身だった。しかし六十年前、当時二十五歳だった彼女は北へ逃れて自らをディーと改名し、新しい生活と田舎の出自とのあいだに距離を置いた。鼻にかかったテキサス訛りこそずっと抜けなかったが、ブルックリンの生活には驚くほどよくなじんだ。きっとそれは生粋のニューヨーカーである三人の亭主のおかげだろう――彼らは全員裕福で、情け深くもディーより先に死んだ。ために彼女は、数年のうちに立て続けに結婚することになった。

ハムレットが登場するのはそれからしばらくあとのことだ。彼はディーの店に捨て猫としてやってきた。ハムレットというのは、シェイクスピアの悲劇の主人公にちなんで名づけられた名前……もっと正確に言えば、彼が自ら本棚から落として自分専用の小さなベッドにした戯曲の本にちなんで名づけられた名前だった。

ハムレットはほぼ十年間アパートメントと書店を行き来して暮らしている。ディーがハムレットの世話係だったことから（ダーラはハムレットを〝飼い猫〟だと思ったことは一度もない）、必然的にダーラが人間の中でもっともハムレットの血縁者に近い存在になった。そして、ふたり――人間と一匹――は互いを大いに持て余すはめになった。しかもダーラはとくに猫好きというわけではなかったので、この関係における〝学習〟は困難を極めた。それでもしぶしぶながら、ハムレットが好む従業員を雇うしかないとダーラは決めていた……あるいは、少なくともハムレットが徹底的に相手を脅して仕事を辞めさせたくならないような従業員を雇うしかないと。とはいえ残念ながら、ダーラがこれまでに面接した数人をハムレットはすでに拒絶していた。

「さっさと終わらせてしまいましょう」ダーラはマディソンに言った。「さあ、荷物を持って」――従業員候補にはあとで取りに戻ってこなければいけないものは置いていかせないほうがいいと学んでいた――「そしたら、下のメインフロアに行ってハムレットを捜しましょう。捜してるあいだに店内をざっと案内するわ」

マディソンの面接は、ふたつの部屋からなる店の二階でおこなわれていた。通りを見下ろす正面側の部屋は、ラウンジとして設計されていて、このスペースでは、たまの作家の集まりやブッククラブを開催しており、そのほかの時間は、読書室兼従業員の休憩室として利用されていた。部屋の片隅には、アジア風のついたての奥に小さな調理室があり、簡単な料理や洗い物ができるようになっている。

商品の保管庫は後方の部屋にあった。そこには、棚に並べられるのを待つ本の入った箱とともに、梱包材がところ狭しと置かれていた。保管庫を二階に置くのは至極便利というわけではなかったが、賄賂(わいろ)（コーヒーとペイストリー）を渡せばいつも効果てきめん、配達のドライバーは手押し車一、二台分の本を二階まで運んでくれた。それに、ダーラお手製の焼き菓子でうまくいかないときは、階のあいだを上下する荷物用の小型エレベーターがあった。スピードは遅いが、ハードカバー入りの箱を運べるくらい頑丈な代物(しろもの)だ――子供の頃に発見したのだが、実は箱よりもっと大きな生き物も運べる。

階段を降りていると、豊かな胸にピンクのケースに入ったｉＰａｄをしっかりと抱いたマディソンが大げさにため息をついた。「おたくの店はすばらしいですね！　チェーンの書店とは大ちがい！　なんていうか、趣（おもむき）があって……ミズ・ペティストーン、あなたの訛りみたい。出身はどちらっておっしゃいましたっけ？」

「ダラスよ。生まれも育ちもテキサスなの」

「へえ、かわいらしいですね、その訛り」とマディソンはあたかも自分のほうが年上であるかのように言った。「男の子はとにかくそんなふうにかわいい話し方をする女の子が好きなんですよ」

「教えてくれてありがとう」声に皮肉がにじみ出ないように注意しながら、ダーラは答えた。

ダーラは必ずしも〝男の子〟を求めているわけではない。数年前、勇気を振り絞ってようやく、出来損ないの夫と別れたのだ。今は独身生活を楽しんでいる。

ダーラは話題を店に戻した。「ここのメインルームは最初、このブラウンストーンの応接間として使われていたの。あの壁を見て。マホガニー材で囲まれた暖炉の原形が残ってるでしょ？　そして、そこの大きなアーチをくぐると」店の奥を指差した。「食堂だった場所が見えるわ。古典と辞書類のほとんどを置いてあるの。そのかわり、売れ行きのいい商品とギフト向け商品は、監視の目が行き届くようにこっちに置いてある。言ってる意味、わかるかしら」

マディソンは訳知り顔にうなずいた。小売業で働いた経験から、おそらく万引き犯に遭遇した経験はそれなりにあるのだろう。

ダーラは簡単に店の案内を続け、マディソンは彼女のあとをついてきた。昔食堂だった部屋の先に裏口があった。その裏口は小さな庭に続いていて、天候がよければダーラと従業員はよくそこで昼食をとっている。ダーラはマディソンに店内のすべてのドアが一直線に並んでいることを説明した。実際、ここの間取りは故郷のテキサスで〝ショットガン・ハウス〟と呼ばれていた建物を思い出させる。〝ショットガン・ハウス〟とは、玄関から裏口まで何にもぶつからずにまっすぐ歩ける――あるいは、玄関から裏手にショットガンを発射できる、という意味だ。

もっとも、正確に言えば、店内の部屋がすべて空っぽならだが。

実際のところは、迷路のように入り組んだオーク材の本棚が部屋に並んでいた。そのせいで、室内を迷わず進むにはほんとうに地図が必要なくらいで、数発の弾丸がドアからドアまで飛び抜けるなんて、土台無理な話になっていた。大叔母のディーは、空いたスペースを最大限活用するという考えを捨て、かわりに、気の利いた小さなアルコーブの棚をつくることを選び、もとからあった、凝った木彫りの彫刻が施されたつくりつけの戸棚のほとんどもそのままにして、本や多岐にわたる年代物の作品集を収納する追加の書棚として使っていた。

「見学はこれで終了」とダーラは笑顔で締めくくった。「さて、ハムレットは――」

「あそこにいるわ」ダーラが言いおえないうちにマディソンが言った。笑みを浮かべて一番近くの本棚を指差している。ダーラがハロウィーンのために用意したオレンジ色のカボチャランタンの飾りつけの下に、体をまっすぐに伸ばして眠っているハムレットがいた。しかしハムレットは、ハロウィーンに怯える典型的なやせっぽちの臆病猫ではない。

月並みな喩えだが、ダーラはいつもハムレットを小型版の黒豹と考えていた。アメリカン・

ショートヘアにしては体が大きく、毛はお腹の小さなダイアモンド形の白い部分を別にすれば黒々としていた。肢先は完全に広げると小さな子供の手くらい大きかった。その装備は子供よりもはるかに破壊的だったが。というのも、大叔母のディーは、家猫の爪を切るという考えをよしとしていなかったからだ。体つきは筋骨隆々で、そのことをダーラは、毎回いてはいけない場所から彼を下ろそうとするたびに痛感していた。

ダーラが警告する間もなく、マディソンは早足でハムレットに近づいた。フレンチネイルを施した片手を、猫を撫でようとするように彼のほうに差し出している。「なんてかわいい――」

「ダメ！」とダーラは叫んだ。ハムレットが片目をうっすら開けると同時に、かすかなエメラルドの光がのぞいた。ダーラは一目散に棚へ向かった。マディソンにほとんど体当たりを食らわせる格好になったが、なんとか間に合った。マディソンがかろうじてハムレットの爪の届かないところへ逃れるや、飛び起きたハムレットから一撃が飛んだ。

ダーラは爪の攻撃からすばやく身をかわしたが、その拍子にマディソンの足を踏んでしまった。肘で押しやられたあと一息ついていたマディソンは、痛みに小さく悲鳴をあげた。踏みつぶされた足の指をつかんで片足でぴょんぴょん跳ねると、彼女のｉＰａｄが床に落ち、数回バウンドした。

「もう、まったく」バランスを取り戻すと、マディソンは不機嫌になって言った。落ちたタブレットを身をかがめて拾おうとしながらいらいらした調子で続ける。「そのお行儀の悪い猫を撫でてほしくないんだったら、そう言ってくれれば――」

マディソンははっと息を飲み、口をつぐんだ。ハムレットと自分が鼻を突き合わせていることに気づいたのだ。ハムレットはいつの間にか〝ニンジャ猫モード〟に入っていた。棚を離れて不意に床へ舞いおりた彼は、マディソンと彼女の所有物のあいだに立っていた。緑色の目は冷たく、まばたきひとつしない。彼の口から出た、しわがれた〝ニャオン〟という声は、その鮮やかなピンクのタブレットケースを取れるものなら取ってみろと、マディソンをけしかけていた。

「やめて」とダーラは慌てて警告した。マディソンはさらに不機嫌になり、ハムレットのいるほうに手を伸ばそうとしている。「レジのところまで下がって。彼にその場から離れるチャンスを与えましょう。いなくなったら、取りに戻ればいいわ」

「それで、猫の好きなようにさせる？」

マディソンはそう言って、両の握りこぶしを腰に当て、悪意に満ちた顔つきでハムレットを見た。ダーラは思わず舌を巻いた。彼女のことは内気な女の子だと思っていたが――〝むぎゅむぎゅさん〟の話を聞いたあとはとくに――芯はもっと強かったようだ。ダーラは一縷（いちる）の望みをかけた。もしかしたらこれはテストなのかもしれない。ハムレットはただ、自分に立ち向かってくる従業員を求めているだけなのかも。

いや、ちがうか。

これまで学位を持つブロンドよりはるかに手ごわい敵を相手に勝利してきたハムレットは、売られた喧嘩をそのままにしておくつもりはなさそうだった。ピンクのケースまで移動すると、その上にどかんと座った。両方の前肢を胸の下できちんとそろえている。ハムレットに苛立ちを感じていたにもかかわらず、ダーラは気づくと、顔がほころびそうになるのをこらえていた。もしこれがチェスの勝負なら、今の状況はまさしくハムレットの〝チェック〟だ。

マディソンの敵意のまなざしが、訴えかけるような表情に変わった。「笑いごとじゃないわ。お願いだから彼をどかしてください、ミズ・ペティストーン」

「ハムレット、それを渡しなさい」

ハムレットはまばたきをしたが、獲物の上にじっと座ったまま動かない。ダーラは彼をどかそうと、慎重に一歩近づいた。ハムレットは警告の前肢を上げた。爪が完全に外に飛び出している。ダーラは細心の注意を払って、進めた足をもとに戻し、爪の危険から逃れた。その爪が靴の革を引き裂くのをまえに見たことがある。またもや〝チェック〟だ。

「ちょっと待ってて、マディソン」ダーラはあきらめのため息をついた。「水鉄砲を取ってくるから」

そのおもちゃは、ダーラが書店で働きはじめてから数週間した頃、困りきったときの最後のしつけ道具として購入していた……たとえば、ハムレットが従業員になりそうな人物から六百ドルは下らない機器を盗んだときのために。猫への水責めは百発百中の成功率だった。問題は、ハムレットのほうも、そのような戦法に対しては必ず報復をしかけてくることで――前回は、店の鍵が猫用トイレに埋められているのを発見した――この説得法は、ほかに選択の余地がない場合のみ使うことにしていた。

ダーラはレジに向かい、プラスティック製の銃をしっかり握って戻ってきた。水位を確認すると、上下に軽く振る。「最後のチャンスよ」ハムレットに警告したあと、引き金を引いた。水の最初の一滴が黒光りする毛にかかるやいなや、ハムレットはオリンピック選手をもうならせる垂直跳びを披露した。そして、ステロイド剤を使用したコブラとトレーラートラックの空気ブレーキの音を組み合わせたようなシャーという威嚇の声をあげると、iPadをその場に残し、となりの通路に向かって一目散に逃げていった。

ダーラは身をかがめてiPadを拾った。「はいどうぞ」と、マディソンに渡す。

マディソンは、帰ってきた放蕩息子を抱きしめるようにそのピンクのケースを抱き、どうにかこうにか笑みを浮かべた。「わたし、彼にはあまり気に入られなかったみたいですね？」

「今日はきっと嫌なことがあったのよ」とダーラは言った。「二次面接に進む応募者のリストにあなたの名前を載せておいてもいい？」

「ええと、わたしは――」

マディソンは怯えた表情を浮かべて口をつぐんだ。ダーラのうしろにある何かを見ている。ダーラがぱっと振り向くと、ハムレットが戻ってきていた。緑色の目を細めて彼女のうしろに立っている。

「ええと、そろそろ行かないと」マディソンは宣言すると、一歩うしろに下がった。ハムレットは一歩前に進んだ。マディソンがまた一歩下がると、ハムレットはまた一歩前進した。マディソンはじりじりと後退していた。ハムレットは滑らかな動きで彼女にぴたりと歩調を合わせている。マディソンは凍りついたように動きを止めた……そして、ハムレットも動きを止めた。

マディソンにはそれで充分だった。恐怖の悲鳴をあげると、振り返って走り出した。入口のドアが開くと同時に、ダーラの耳にベルの耳障りな不協和音が届いた。続いて、ガラスを揺らしながらドアがバタンと閉まる音がし、彼女は顔をしかめた。

ダーラは振り返ってハムレットをにらんだ。通路の真ん中に悠然と座り、人ごとのような顔で肢を舐め、その肢でビロードのような黒い耳のうしろをかいている。

「やれやれ、またひとり犠牲者が出たわ」ダーラはハムレットに向かって言った。「さぞかしご満悦でしょうね」

ハムレットは身づくろいの作業から顔を上げ、何食わぬ顔でまばたきをした。そして〝おれの仕事は終わった〟とでも言わんばかりにひげをひょいと動かすと、うしろを向き、ゆっくりと児童書のコーナーに歩いていった。

「やれやれ」ダーラはまたそうぼやいたが、今度はマディソン風の不機嫌さが声に表れていた。

とはいえ、昼食のあとにはもうひとつ面接が控えていた。次の応募者はもしかしたらハムレットのお気に召すかもしれない。このへそ曲がりの猫は明らかにマディソンのことを気に入っていなかった。マディソンのまえに面接した、同じくらい従業員として資格のある応募者のだれも、もちろんハムレットは気に入らなかったのだが。彼ら——祖母のような退職教師、中年のゲイの作家、四十がらみの元女性編集者——はみな、内容のちがいこそあれマディソンが今受けたような扱いを受けていた。

ベルがまた鳴った。ダーラは、もしかしたらマディソンがもう一戦交じえに戻ってきたのかもしれないと、慌てて入口に向かった。しかしそこにいたのはマディソンではなく、隣人のメアリーアン・プリンスキで、ドアを通って中に入ってくるのが見えた。

明るく元気な七十代のメアリーアンとその兄のミスター・プリンスキ（ダーラはまだ彼のファーストネームを知らない）は、ダーラのと似たようなブラウンストーンをとなりに所有していた。ダーラの建物と同じく、彼らもずいぶん昔に上階（うえ）の部屋をアパートメントに、一階を販売スペースに変えていた。彼らの店は〈バイゴーン・デイズ・アンティークス〉で、十九世紀と二十世紀初頭の家具や調度品のほかに、年代物の宝飾品や衣類、その他コレクター好みの品を専門に扱っていた。

「こんにちは、メアリーアン」とダーラは声をかけ、手を振って彼女を招き入れた。「お邪魔しようと思ってたのよ。昨日おたくのまえに引っ越しのトラックが停まってたでしょ。どうしたのかと思って」

「こんにちは、ダーラ。あれはうちのガーデン・アパートメントに住んでたギャラガー夫人よ。彼女、スノーバードだったの」ダーラはその風変わりなことばが、冬の時期だけ南で暮らす北部の住人を指すことを知っていた。「だけど、ふたつの家を行ったり来たりするのにいい加減飽きちゃったのね。永久にフロリダに住むって決めて、それで出ていってしまったの」

「あら、それは残念ね。彼女のことは一、二度ちらっと見かけたことしかないけど、とても感じのよさそうな人に見えたわ」

「ほんとのところは、口うるさい嫌なおばあさんだったんだけどね」とメアリーアンは上品に鼻をフンと鳴らして言った。「でも、家賃はちゃんと払ってくれてたし、ほとんどひとりでいたから。何が困るって、また新たに住んでくれる人を探さなきゃいけないことよ。面接やあれやこれやってほんと面倒でしょ！」

「よくわかるわ」ダーラは苦笑いを浮かべて言った。「でも、きっと大丈夫よ。住む場所を探してる人がいないか、わたしも気にしておくから」

「ありがとう。でも、それを言いたくて来たわけじゃないの。ゆうべ建物の外でハムレットを見た気がするのよ。そのことを伝えておきたくて」

「ハムレットが外に？　わたしは出したりしてないわよ」

「ええ。でも、この辺の建物って古いでしょ。こっそり抜け出せる道を見つけたんじゃないかしら」

「あのわんぱく坊主」とダーラは息巻いた。「どうして大叔母のディーはもっとかわいらしくてお行儀のいいトラ猫を飼わなかったのかしら？　膝に座って満足げにゴロゴロと喉を鳴らすような猫を」

「まあ、公平のために言うと、ハムレットがディーの膝に座るのは何度も見たことがあるわ。それに、わたしの膝でも一、二回寝たことがある」

「わたしの膝にはまだ乗ってくれたことがないけど」とダーラは言った。自分はどうしてそのことに気分を害しているのだろうと思いながら。「とにかく、こっそり外に出てるというのは心配だわ。とくに、ハロウィーンが近づいてるとなると。ほら、黒猫はこの時期家の中に入れておくようにって、いつも動物保護施設の人が警告してるじゃない。どこかの変質者が生きた動物の飾りを探してたりなんかするといけないから」

「もしかしたらハムレットはジェイクの家のどこかに抜け道を見つけたのかもしれないわね」

メアリーアンは、ダーラの家のガーデン・アパートメントで暮らす住人を指して言った。

ダーラはうなずいた。「言えてるわね。ジェイクとはもう少ししたら一緒に昼食をとる予定なの。無断外出する猫が彼女の家をうろついていないか目を光らせておくように頼んどくわ。知らせてくれてありがとう」

メアリーアンはにっこり笑って言った。「どういたしまして。パートタイムの従業員の面接がうまくいくといいわね。応募者のひとりはわたしの知ってる人だと思うわ」

隣人はそんな謎めいたことばを残して去っていった。しかし、ダーラはすぐにそのことを忘れた。それよりも、さっき警告されたハムレットの夜の徘徊のほうが気になっていた。もちろん、メアリーアンが通りでほかの黒猫と見まちがえた可能性は大いにある。だが、そうではないだろうとダーラは思っていた。猫の飼い主になるまえはずっと、黒猫はどれも同じだと思っていたが、ハムレットを引き取ってからは、毛の色はさておき、一匹一匹の黒猫のちがいは歴然としていると知った。なんというか……昼と夜ほどもちがうのだ。だからもしメアリーアンがハムレットを見たと思うなら、ほんとうに彼を見た可能性が高い。

ダーラは首を振った。ハムレットが従業員を雇う試みをぶち壊しにしているだけでも最悪なのに。なんとしてでも今避けたいのは、四本肢の悪魔に街を自由にほっつき歩かれることだった。どうにかやめさせなくちゃ――と彼女は思った。それも早急に。そうしなければ、あの喧嘩っ早い猫がどんな騒ぎを起こすかわかったものではない。

2

「またひとり抹殺したの？」

ジェイク・マルテッリは、食べかけのターキー・ルーベンサンドイッチを置き、いぶかるような表情で椅子から身を乗り出して言った。混み合ったデリカテッセンの店内でだれかに盗み聞きされるのを心配しているみたいに声を落として続ける。「今度は彼、どうやったの？」

「iPadを人質に取って、それから容赦なく相手を威嚇したわ。今頃、あのいたずら猫は店でひとり、自分の賢さにほくそ笑んでるでしょうね」

そう言うと、ダーラは怒りに任せてサンドイッチにかぶりつき、みじめな気持ちで咀嚼した。ライ麦パンの上にうずたかく盛られた白くてジューシーなターキーブレストに、ザワークラウト、スイスチーズ、ドレッシングというトッピングも、彼女を上機嫌に戻すには充分でなかった。

ジェイクは訳知り顔でうなずいて、自分のサンドイッチにまた手を伸ばした。そして、大柄なアメフト選手でも喉がつかえそうなほど口いっぱいにほおばりながら「流血は？」というようなことを口の中でもごもご言った。

「今回はなかったわ。悲鳴はとてつもなくすさまじかったけど」

「ねえ、あんた、面接のあいだはハムレットをキャリーケースか何かに入れといたら？」ジェイクは理性的な口調で提案した。「面接に来た応募者をハムレットの爪の届かないところに離しておくの。少なくともその人が書類を書いて、あんたが必要な質問をすべて終えるまで。採用したあとは、まあ、適者生存よ」

ダーラはそのアイディアについて一瞬考えたが、首を横に振った。

「残念ながら、その戦いでどっちが勝利するかはもう目に見えてるわ。それに、何人もの応募者を教育する時間はないの。もう十月の半ばでしょ。てことは、クリスマスの買い物シーズンまであと一ヵ月しかないのよ。わたしとジェイムズを手伝ってくれるしっかりした人材がどうしても必要。大忙しの書き入れどきがくるまえに、新しいスタッフを教育しておかなくちゃ」

ダーラはもう一口食べた。

「実は昼食後にもうひとり応募者が来る予定なの。もしかしたらその人の面接はツキに恵まれるかもしれない。もちろん、就職市場がこういう状況だと、ハムレットがいじめる従業員候補もすぐにはいなくならないだろうけど」

「就職市場といえば……」ジェイクはそう切り出すと、サンドイッチの最後の一口を飲み込み、茶色のコーデュロイ・ジャケットのポケットに手を突っ込んで名刺を取り出した。ダーラのまえに放り投げると、カールした黒髪をさっと振り払った。「見てみて」

「これって、わたしが思ってるとおりのこと？」

ジェイクはうなずいた。彼女のはっきりした顔立ちが誇らしげな笑みで輝いた。ダーラは指についたドレッシングを慌てて拭い、名刺をつかんで声に出して読んだ。

「マルテッリ私立探偵社、社長、ジャクリーン・〝ジェイク〟・マルテッリ。すごい、それにウェブサイトまであるじゃない！」ダーラもジェイクと同じ笑みを浮かべた。「ついにやったのね。信じられない。おめでとう！」

「まあ、二年間だらだら過ごせばもう充分かなと思って」とジェイクは言った。「たまにやる警備の仕事と障害者の給付金で家賃はまかなえるかもしれないけど、あんたの店に入り浸ってないときは、ただひたすらケーブルテレビを見て過ごすしかなかったから。第一線にいた頃がなつかしくてね」

「警官はいつまで経っても警官、でしょ？」

「そんなところかな。それに、五十歳は引退するには若すぎるしね」

「四十九歳でもね」とダーラは言った。ジェイクが正確には一月まで五十歳にならないことはわかっていた。その一月で彼女は正式に年金を受け取れるようになる。だから、ダーラにはまだあと数ヵ月、友人のサプライズの誕生日パーティーを計画する時間があるというわけだ。ダーラ自身の次の大きな節目となる誕生日は、四十歳を迎える五年近く先までないので、しばらくは似たような誕生日の仕返しをされる心配はないと安心していた。

そんなことには触れず、ダーラは言った。「実は、事業を始める話が出てすぐ、ここの都市区画法をチェックしてみたの。あなたのアパートメントで事務所を経営してくれても、なんの問題もないことがわかったわ」

「そう言ってくれることを期待してたのよ。フェンスとドアにかける看板をもう発注しちゃったもんね」今度は少しばつの悪そうな笑みを浮かべてジェイクは言った。

ダーラは、ハムレットと書店を相続するのとほぼ同じ流れでジェイクをガーデン・アパートメント――ガーデン・アパートメントのことはいつも〝地下室〟と呼ばないよう注意しなければならなかった――の賃借人として相続していた。ジェイクのアパートメントは歩道から少し下がったところにある。彼女の言ったフェンスとは、そこに続く短い階段のまえに設置された、頑丈な錬鉄製の門のことだ。ジェイクは、勤務中の銃撃事件で一生足を引きずるけがを負い、刑事としてのキャリアを早く切りあげることになってからすぐ、ディーのブラウンストーンに引っ越してきていた。ダーラの大叔母はジェイクを自分専属の警備要員と見なし、そのかわりに相場よりもはるかに低い家賃でいいと提案していた。

その奨励金つきの賃借契約はダーラも引き継いでいたが、彼女としても、自分専用の警官――正確には元警官――がいて、いろいろと目を光らせてくれるのは何かと好都合だというディーの意見に賛成だった。それにジェイクとはすぐに友達になった。

ダーラは笑い声をあげた。「実際、個人経営の書店としては、同じ建物内に私立探偵事務所が入ってると、ある意味で箔がつくんじゃないかしら。わたしもその雰囲気を生かして、ミステリのコーナーを広げたほうがいいかもね」

「ちょっと、仕事がほんとに軌道に乗るかどうかわかるまで大騒ぎしないでよ。まずは飛び込みの客から商売を始められたらと思ってるのよ……ほら、昔ながらの口コミ式ってやつでね。街にどれくらい競争相手の私立探偵がいるかは見当もつかないけど。でも、この辺の地域に絞って商売すれば、あたしにも分があると思うのよ」

「てことは、カメラ片手にこそこそ動きまわって浮気中の配偶者の写真を撮るわけね？」

ジェイクは鼻で笑って言った。「そういうのはできれば遠慮したいわね。あたしには企業のつてがあるから、分野を狭めようと思ってるの。企業スパイとか保険金詐欺、張り込みとか――」

「店の覆面調査とか」ダーラはにやりと笑ってジェイクのことばを補った。ジェイクはあきれたように目をぐるりと回している。「その件で人手が必要になったときは言ってね。他人のお金を使う能力に関してはだれにも負けないと思うから」

「ハムレットを雇おうかな。例のヴァレリー・ベイラーの一件では、彼もなかなかの探偵っぷりを発揮したしね」

ジェイクはしんみりと言ったが、ダーラも彼女のことばは正しいと認めないわけにはいかなかった。『ホーンテッド・ハイ』シリーズで有名なヤングアダルト作家のヴァレリー・ベイラーは、派手に宣伝したイベントをダーラの店で開いたのだが、そのとき熱狂的な数百人のファンとひとりの無慈悲な殺人犯を引き寄せた。事件が起きたあと、ハムレットはダーラが〝本落とし〟と呼ぶようになった不可解な技――店の棚から一見ランダムに思える本を何冊か落とす――を披露していたのだが、それらの本は、ヴァレリーの殺人事件と犯人の正体に関係があることがわかった。ハムレットはなんの功績も認められなかったものの、事件の解決にまちがいなく手を、いや肢を貸したのだった。

ダーラは顔をしかめた。「実は、あなたを雇ってあのお坊ちゃんを尾行してもらったほうがいいかもしれない。店とアパートメントを行き来できる秘密の猫トンネルがあるだけでも困ってるのに、どうやらあの子、今度は夜にこっそり建物を抜け出す道を見つけたみたいで」

「どうしてそう思うの？　彼が歩道を歩いてるところでも見たとか？」

ダーラは首を振った。「ハムレットはお利口さんすぎて、そう簡単に手の内は――いや、肢の内は、かしらね――見せないわよ。でも、メアリーアンがゆうべ外にいる彼を見たって言うの。それに考えてみれば、このまえの朝餌をあげにいったら、車の下に潜り込んでたみたいに毛にグリースか油みたいなものがついてるのが見えたのよね。彼が近所を徘徊して自分から面倒を起こそうとしてるんじゃないかと心配で」

「まずいわね」ジェイクは同意した。

ダーラは思い切りサンドイッチにかぶりついた。「メアリーアンは、ハムレットはあなたの家を通って外に出ていってるんじゃないかと思ってる。だから、見張っておいてくれる？　それと、もし見つけたらでいいから、首につけられる猫サイズのGPSでもあったら教えて」そう言うと、彼女は腕時計にちらりと目をやった。「店に戻る時間だわ。ジェイムズが待ってるし、次の面接のまえにいくつかやらなきゃいけないことがあって」

ふたりは空っぽになった皿を集め、あふれそうになっている食器の回収ボックスに入れて、ドアに向かった。ジェイクは出口の近くにある地域の掲示板のそばに立ちどまって、新しい名刺を数枚ピンで留めた。

「近隣住民の半数はここで食事をするから」とジェイクはダーラに言った。「だれに私立探偵が必要になるかわからないでしょ」

ダーラはお尻の下まであるオリーブ色のカーディガンのまえをしっかりかき合わせ、店まで二ブロックの距離をふたりは歩いた。気温はかろうじて十度を超えている。ニューヨーカーにとっては申し分のない気候だったが、一年のこの時期は暑さと格闘するのに慣れているテキサスの女性にとってはとてつもない寒さだ。ニューヨークの冬など彼女にとってはまったく楽しみではなかった。

ダーラが反射的に身震いするのをジェイクは見たにちがいない。彼女は笑って言った。「しっかりしなさいよ、お嬢ちゃん。あと一ヵ月か二ヵ月もすれば、腰の高さまである雪の中をかきわけて歩くことになるんだから」

それはつまり、そのたちの悪い白い代物はジェイクの腿の高さまでしかないということだ。ダーラは胸の内で鼻を鳴らしてそう思った。ジェイクの身長は百六十二センチのダーラより十五センチは高い。しかも、彼女の私的な制服の一部になっている底の厚いドクターマーチンのブーツを履けば、軽く百八十センチは超えている。

角のデリカテッセンから一ブロック目の途中、クロフォード・アベニューに建つ多くのブラウンストーンのひとつのまえでふたりは足を止めた。窓にはレースのカーテンがかかっている。この建物も、ダーラの格調ある三階建てのフェデラル様式の建物や周囲のほかのブラウンストーンと同様、一階部分は店に、そして二階から上はアパートメントに変えられていた。

くだんの店はバス用品とボディケア用品を扱う専門店で、ふたりにとっては、いけないと思いつつもつい足が向いてしまうお気に入りの店になっていた。〈グレート・センセーションズ〉というぴったりの名前がついたこの店（センセーションズは scent〝香り〟と sensation〝感覚〟をかけている）は、客が自分を思い切り甘やかせるような、オーダーメイドの香水や手づくりの石鹸、オーガニックの化粧品など魅力的な商品を提供していた。

「ちょっと買い物セラピーでもしていかない？」ジェイクがうっとりしたまなざしを浮かべて言った。小さな砂漠のオアシスに飾られた、魔法のランプ形のボディローションの小瓶に目がくぎづけになっている。

ダーラはしぶしぶ首を横に振ったけれど、足は、次のショーウィンドウに向かっていた。

「店に戻らなきゃならないのに。でも、ヒルダのショーウィンドウの飾りつけはぴか一ね。新しいディスプレーを目にするたびにいつも心の中にメモしたくなるもの」

ヒルダとはヒルダ・アギラールのことで、髪と服装を完璧に整えたこの店のオーナーだった。キューバ出身の小柄なヒルダは五十代で、亡くなったモナコのグレース公妃にどことなく似ていた。気品とセンスのよさがそこはかとなく漂っており、ダーラはそれを生まれながらのものだと思っていたが、本人はいつも〈グレート・センセーションズ〉に置いてある美容品を使っているだけだと断言していたので、客たちはこの店で買い物をするだけで同じような気品とセンスを身につけられるのではないかという希望を抱くのだ。

「といっても、自分じゃ、あの半分も気の利いたものを思いつけないけどね」とダーラは称賛と落胆の混じった声で言った。「自分でも、黒いクレープ織りの布とカボチャランタンを使ってなかなかうまく店を飾りつけられたと思ってたのに。ヒルダのを見たら、わたしなんてずぶの素人だわ。ねえ、あれかわいくない？　ハロウィーンのお墓の飾りつけ。石鹸が墓石に、泡立てネットが幽霊に見立てられてるの」

「うん、かわいいわね」とジェイクは言って、ちらりとお化けのネットを見たが、すぐに魔法のランプに視線を戻した。ため息をついて続ける。「お客をひとりかふたり取るまではほんとお金を使わないようにしなくちゃ。でも、最初の小切手を現金化したら、絶対に買うんだから」

「そうね。でも、それまではあなたを誘惑の道から遠ざけておかないと」ダーラはそう言って友人の腕をつかんで引っぱると、自分たちのブラウンストーンに向かった。

数分後、ふたりは書店に到着した。ジェイクは自分のアパートメントに帰り、ダーラは店に続く手すりつきの六段のコンクリート階段を早足でのぼった。

階段をのぼりきると足を止め、店の階段の右側にある、さらに短いふたつ目の階段に目をやった。その階段の上には地味なガラス扉がある。ここはダーラ専用の入口で、その玄関から先には長い階段が彼女が暮らす三階のアパートメントに延びている。これは便利なつくりだった。

家に帰るのに店の中を通らなくてすむからだ。そのかわり、内側に取りつけられたドアがその玄関と店とをつないでいた。そのため、ダーラは昼夜問わず好きなときに建物から一歩も外に出ることなく自分の家から店まで移動できた。冬がきて雪が続くようになれば、この利便性にはいつもの二倍は感謝するようになるだろうという気がした。

だが、とりあえず今探しているのは、猫の大きさの出入口だ。しかし、れんがのあいだに隙間はひとつも見つからなかった。ということは、ハムレットは建物の裏のどこかでフーディーニ（〝脱出王〟の異名を取った奇術師）のトリックを披露しているにちがいない。いたずらっ子の猫に対していくつか思いついたことばを飲み込み、ダーラはドアノブに手を伸ばした。ノブの上のがたついたガラスに書かれた金色の文字が〝ペティストーンズ・ファイン・ブックス〟と高らかに宣していた。いつものことながら、その光景にダーラは興奮で小さく体を震わせた。

店に入ると、まっすぐカウンターに向かった。昔マホガニーで板張りされていた応接間がうまく転用され、通りに面した窓ガラスわきにU字形の狭いカウンターがあって、そこにレジが置かれていた。ダーラはこの場所を、愛着を込めて自分の管制センター、または本のコックピットと呼んでいた。だが、今は店長が指揮を執り、レジのうしろに陣取っている。

いつものケーブルニットのベストにハンドメイドのオックスフォードシャツ、それにしっかりと折り目のついたウールのズボン姿のジェイムズは、近所の書店員というよりは、上流階級の紳士向けの百貨店のモデルといった風情だった。地元の名門大学のひとつで英語を教えていたジェイムズ・T・ジェイムズ教授は、控え目に言って、救いがたいほどぶっきらぼうだった。

ジェイムズ――〝わたしのことはジェイムズ教授と呼んでくれても、あるいはクリスチャンネームでジェイムズと呼んでくれてもかまわない。しかし、なんの敬称もつけずに名字で呼ばれるのはごめんだ。安心しなさい、ちがいはちゃんとわかるから〟――は、十年前に学問の世界から早期リタイアしていた。退職してからはこの書店でずっとフルタイムで働いている。年金の足しにするためと、本人のことばを借りれば、路頭に迷わないようにするためらしい。彼の専門分野は十九世紀のアメリカ文学だったが、その一方で希少価値のある一般書にも詳しく、その分野でコレクターの要望に応じて店にまずまずの収益をもたらしてくれている――それもあって、ダーラは尊大になることも多い彼の態度に目をつぶっていた。

彼の態度を大目に見ているもうひとつの理由は、ダーラも実は彼のことがけっこう好きだからだ。そのうえ彼とハムレットは、心の友と言えるほどではないにしても、仲よくやっていた。それだけでも、ジェイムズに給料を払う価値はあった。

「おや、道楽者のご帰還だ」というのが、ダーラが店に足を踏み入れてレジに向かったときの彼の皮肉たっぷりのあいさつだった。ジェイムズはわざと腕時計を見て言った。「きみとミズ・マルテッリは宇宙人に――いや、もっと悪ければ、近頃新聞でよく見かけるロシア人のギャングに誘拐されたんじゃないかと心配になってきたところだったよ」

「店のオーナーを務めてる特典のひとつね」とダーラは陽気に答えた。「のろのろ帰ってきて数分遅刻したからって、だれにもクビにされないもの」

「それはそうかもしれないが、決まった休憩時間をそんなふうに無視するのは、ほかの従業員にとっては悪い手本になる」

今のところ、彼女の従業員はジェイムズひとりしかいなかったので、ダーラは肩をすくめて批判を受け流し、かわりに質問した。「わたしのいないあいだに、あのヘミングウェイのサイン本の件で、ミスター・サンダースンと価格の折り合いはついた？」

「千単位の値段交渉があって、ようやく合意に達した」彼はさりげなく手を振って答え、ダーラが思わず息を飲む金額を口にした。彼女が心の中でこっそり利益を計算していると、ジェイムズが続けて言った。「銀行振り込みを確認できしだい本の発送手続きをしておくよ」

ダーラはうなずいた。彼女自身も本好きではあったが、それでも、棚に置いておく書物のためだけに五桁の金額を払うことなどまったく考えられなかった。たとえその本がどんなにめずらしく、ずいぶんまえに亡くなった人気作家のサインが入っていようとも。そういった投機的な稀覯本購入のための現金支出には、ありったけのエネルギーをかき集めなければならなかった。もっとも、そうして購入した本の転売にジェイムズが失敗したことは一度もなく、相当な利益を得られていることはわかっていたが。景気が低迷する中、一般市民とはちがって痛みを感じていない富裕層を狙っていくことが、自分の使命だとダーラは感じていた。二桁の失業率のような厄介なものに、富裕層の購買意欲を邪魔させるつもりはなかった。

「さすがね」とダーラは心を込めてジェイムズに言った。わざと沈んだ笑みを浮かべて続ける。

「これで少なくとも今月の電気代を払うために陶器は売らずにすむわ。ほかにわたしの留守中に何かあった？」

「一時半に面接予定の若者が少し早めに着いた。勝手ながら彼を二階にやって、応募用紙に必要事項を記入しといてもらったよ。約束の時間までそこで待っていてくれと言っておいた」

「彼を二階に残したの？　ひとりで？」ちりちりとうずくような不安感がダーラの背筋を走った。「ハムレットは？」

「ラウンジにいる気配はなかったな。ついでに言えば、この一階にもいなかった。店を出るまえ、彼はアパートメントにいて安全だとはっきり言ったじゃないか」

「確かに言ったし、アパートメントにいた」とダーラは答え、応募者たちの履歴書と彼らに関するメモの入ったフォルダーを手に取った。「でも、ハムレットのことはジェイムズも知ってるでしょ。最近は、秘密の小さな猫用通路が建物のあちこちにあるんじゃないかって、わたし思ってるのよ。その通路からハムレットはどこにでも行きたい場所にこっそり行けるようになってるんじゃないかって」

一階の店番をジェイムズに任せ、ダーラは二階へ続く階段を駆けあがった。ハムレットの別の悪ふざけに注意しながら。ハムレットは普段、階段をぼんやりとのぼっている人間——たいていはダーラだ——の脚のあいだを高速で飛ぶようにすり抜けていくのだ。彼の動きはすばやかったが、どうやらこれまでは運がよかったようでまだ転んだことはなかった。とはいえ、非の打ちどころのないそのタイミングもいずれ一、二秒ずれる日がくるだろうと思っていた。そうなれば、悲惨な結果になる。

しかし、今もっと気がかりなのは、毛皮に覆われたミスター・地上げ屋がまた不運な応募者を恐怖に陥れようとしているかもしれないということだ。そんなこと、絶対にさせてはいけない。猫の暴力沙汰なんて、今日はもう充分だ。

　少し息を切らしながら階段をのぼりきると、ほっとしたことにラウンジには猫の襲撃者の姿はなかった。普段従業員が読む新刊見本が山積みされている丸いテーブルの席には若い男性が座っていて、クリップボードに向かって前かがみになり、ぎこちない角度でペンを走らせていた。彼のまえのテーブルには空（から）になったお菓子の包み紙が置かれている。用紙に必要事項を書き込むのは彼にとってお腹の空く作業なのだろう。

　背中を丸めて書類に記入している彼の姿から察するに、歳はせいぜい十八か十九といったところだった。ダーラの希望する年齢よりは低かったが、その年齢なら店が提示する給与も問題なく受け入れてくれる可能性が高い。それに、店内で本の詰まった箱を運んでくれる若くて力のある男性がいてくれるのは大助かりだ。ジェイムズは一般的な退職年齢に近づいていて、彼が配達日に箱を苦労して運んでいるのを見るたびに、ダーラは気がとがめていた。もっとも、彼女自身の背中が悲鳴をあげることもここ数週間で一、二度あったが。

　この少年が、メールで送ってきた履歴書どおりの優秀な人材でありますように、そして、どうかハムレットがこの人なら大丈夫だと思ってくれますように、と心の中で祈りながらダーラは彼のほうに向かった。

「はじめまして。わたしが店のオーナーのダーラ・ペティストーンよ」と明るい笑みを浮かべて彼女は言い、片手を差し出した。そして、もう一方の手に持った書類にさっと目をやって続けた。「ロバート・ギルモアね」

彼は顔を上げ、張りぐるみの椅子から立ちあがって、肯定と取れるようなことをぼそっとつぶやいた。握手には、ひいき目に見ても熱がこもっていなかった。過去に自己啓発セミナーを手伝ったことのあるダーラは自分に言い聞かせた——必ずしもマイナスの兆候とは言えないわ。とくに相手がティーンエイジャーなら。とはいえ、すばやく彼を観察するにつれて、ダーラ自身の熱も冷めてきた。

近くで見ると、ロバートにはなんとなく見覚えがある気がした。しかし、単に近所でいくらでも見かける同じ年頃の若者たちと似ているだけだと気づき、その戸惑いは一瞬で消えた。ひとつちがっているのは、服装は全身黒ずくめだったものの、シャツはきちんとズボンの中にたくし込まれており、そのズボンもむやみにずり下げられていないところだった。

身なりはよし、とダーラは心の中で彼を評価した。とはいえ、彼の態度には手直しが必要だった。背筋を伸ばして立てば、彼はジェイクと同じくらい身長があるだろう。しかし、残念ながら、猫背の姿勢とにこりともしない表情のせいで、ティーンエイジャー特有のつんけんした雰囲気が外に出てしまっている。その雰囲気は、鮮やかな青い目の中にきらりと光る、まぎれもない知性の存在をもってしても打ち消せそうになかった。

顧客サービスの面ではまちがいなく問題になるわね。店の顧客層の一部である年金受給者の相手をする彼の姿を思い浮かべながら、ダーラは予測した。とはいえ、彼としても、履歴書を送って面接に来る努力はしたのだ。せめてわたしとしては、面接者としての責任を果たすべく、彼に厳しく質問して適性を見極めなければ。

「それでは、就労経験について話しましょう」ダーラは精いっぱい努力しようと決めて切り出した。「これを見ると、夏休みと週末にファストフード店でアルバイトをした経験があって、高校は今年の六月に卒業したのね。そして、つい先週まで〈ビルズ・ブックス・アンド・スタッフ〉で働いてた」

ところが、椅子に座るよう彼に身ぶりで合図し、自分も向かい合った席に腰かけたとたん、最初に見覚えがあると思った理由にはたと思い至った。

「ロバート！」とダーラは赤い眉を雷のようにゆがませて叫んだ。「あなた、サニーっていう名前のガールフレンドがいるでしょ？」

そう言うと、ダーラは彼の返答を待たず、椅子をうしろに押しやって立ちあがった。「あの変な髪の毛を切ってピアスを取ったのね。でも、あなたのことは知ってるわ。わたしを人殺しだと非難したあの子でしょ！」

3

ダーラは、自分のまえの椅子に背中を丸めて座っている若者をとがめるようにじっと見た。まちがいなかった。ヴァレリー・ベイラーが殺されたあと、ガールフレンドと一緒にダーラを露骨に脅迫した、むっつり顔のティーンエイジャーだった。あのときは、あらゆるたぐいのピアスやチェーンをこれ見よがしに身につけ、顔にかかったボリュームのある前髪だけ黒に染めていた。しかし、今は、色の好み——靴墨並みの黒——は変わっていなかったものの、金属類は全部はずして、しっぽのように垂れ下がっていた前髪をばっさり切り落としていた。短く切っていたほかの部分の髪もだんだん生えそろってきている。効果的な〝逆変装〟ね、とダーラは思った。金属の部品などと一緒にぶすっとした態度も消していれば、もっとうまくいったかもしれない。

彼女はうんざりして叩きつけるように書類をテーブルに放り投げた。その音に若者はびくっとした。

「それで、ここにいるほんとうの理由は？」とダーラは迫った。ロバートは心から驚いた様子でダーラを見ている。「仕事をするふりをして風変わりな偵察活動でもしようと計画したとか？　それとも、また例のインターネット上の抗議活動をサニーとふたりで再開しようとしてるわけ？」

「ええと、サニーとはもうつきあってないです。それに、な、何も計画なんかしていません」と彼はどうにか答えた。「あの夜起きたことはあなたのせいじゃないってわかってたんです。ぼくたちはただ、ヴァレリーがあんなふうに死んで、落ち込んでただけで。心的外傷っていうか」

彼のことばには正直さが感じられ、ダーラの赤毛特有の癇癪(かんしゃく)も一段階だけトーンダウンした。

公平を期して言えば、〈ペティストーンズ・ファイン・ブックス〉に対する最初のインターネット上の抗議活動は、実際には彼らの空想の域を出ることはなかったのだ……それでも、ものの道理というものがある！　今度は、ずうずうしくも従業員候補として彼女の店にのこのこやってきたですって？　まともな判断力があれば、今すぐ彼をドアに向かわせ、それで終わりにするところだ。

彼女の意思ははっきり伝わったにちがいない。ロバートは視線を自分の指先に落とした。その指先は嚙んで深爪になっていた。「その、八つ当たりしてすみませんでした。でもほんと、ここには仕事の面接で来たんです。ミズ・プリンスキからの推薦状もあるし」

ミズ・プリンスキ？　ダーラは驚いて眉を吊りあげた。メアリーアンが知っていると言っていた応募者はロバートだったのだろうか？

メアリーアンがゴスとスチームパンク系の客に弱いことはダーラも知っていた。ロバートと彼のガールフレンドは前者のグループに属しており、メアリーアンによるとふたりは彼女の店の常連客ということだった。しかし、どうやら彼らは売り手と買い手という枠を超えてつきあいがあるらしい。そのことは知らなかった。

ダーラが発言する間もなく、ロバートは足元に置かれたバックパックの中に手を突っ込んで、ずっしりとしたクリーム色の封筒を取り出し、おずおずと小さなテーブルの上を滑らせてきた。ダーラはため息をこらえ、義務感からしぶしぶ推薦状を手に取った。

〝担当者の方へ〟とその手紙は始まっていた。メアリーアンの繊細かつ優雅な書体で、封筒と同じクリーム色の便箋に書かれている。〝ロバート・ギルモアとは知り合って約三年になりますが、彼は模範的人物です。彼はわたしの店〈バイゴーン・デイズ・アンティークス〉を定期的に手伝ってくれました。仕事内容は、家具の梱包や荷解き、ちょっとした用事や店の片づけなどです。彼のふるまいはいつも正直で礼儀正しく、どんな雇用主の方にも心から彼を推薦します〟。

署名をじっくり見たが、やはりメアリーアンの筆跡だった。ダーラは推薦状を封筒にしまい、ロバートに返してから言った。

「ミズ・プリンスキはずいぶんあなたを高く買ってるようね。でも、履歴書には彼女の店を手伝ったことがあるとは一言も書いてなかったけど」

「手伝ったのは、ここ何年かのクリスマスとミスター・プリンスキが脚を折ったときだけで、だいたい無償の手伝いでした。だから、履歴書には書かなかったんです」ダーラの言外の質問に彼は答えた。

ロバートはまたちらりとダーラに視線を向けた。むっつりした表情がだんだん輝きを帯びてきていた。「すごく簡単な仕事だったんです。ものを運ぶとかちょっとした配達をしたりとか。ちなみに、ミスター・プリンスキはいろいろ教えてくれました。偽の骨董品を見分ける方法とか。彼とミズ・プリンスキは歳の割にすげえやばくて」

その表現は、ダーラもティーンエイジャーの客が話すのを聞いて知っていた。つまり、お年寄りのプリンスキ兄妹は、ダーラのことばで言う〝かっこいい〟ということだ。

彼女は反射的に浮かびそうになる笑みをこらえた。さきほど感じた苛立ちは消えかけていた。なんだかんだ言って、この若者は見込みがあるかもしれない。そのうえ、人前になかなか姿を現さないミスター・プリンスキと、じかにやりとりしていたのだ。それにはダーラも感心した。となりの家に住み、となりの店で働いているにもかかわらず、ミスター・プリンスキの姿はこれまで数回見かけただけで、直接話したことは一度もなかった。実際、〝ミスター〟・プリンスキはほんとうのところ、男装してお兄さんのふりをしたメアリーアンなのではないかという仮説をジェイクに披露したこともあるくらいだった。

「そうなのね。それじゃあ、最初からやり直しましょう。あなたには商品の補充と配達の経験があるわけね。では、〈ビルズ・ブックス・アンド・スタッフ〉では何をしていたか教えてくれる？」ダーラは履歴書に視線を戻して促した。「そこは本格的な書店だったのかしら？　それともギフト商品も扱ってたの？」

「ええと、普通の書店とはちょっとちがいます。雑誌とかビデオのほうが近いっていうか。あと、まあ、いろいろです」

「いろいろ」とダーラはおうむ返しに言った。どういうことだろう？　「いろいろってどんな？」

「ほら、いろいろですよ」

驚いたことに、少年は頰を赤く染めていて、十八歳という実年齢よりはるかに幼く見えた。彼はまた視線を落とし、深爪になった自分の指を見てぼそっと言った。「成人指定のやつとか」

「あなた、ポルノを売る店で働いてたの？」ダーラは甲高い声で言うと、履歴書を落とした。あたかもそこで働いていたせいで、彼の履歴書がポルノショップのばい菌で汚れているかのように。

ロバートは挑戦的な態度でうなずいた。とはいえ、まだ彼女の目を見ようとはしない。

「給料がよかったし、働く時間も、授業を受けたいときは放課後でよかったから。何か変なことをぼくがしたっていうわけじゃないんです。ぼくはただレジを打って、棚の補充をして、お客の相手をしてただけです」

「じゃあ、なんで辞めちゃったの？」

「正確には辞めたわけじゃありません。なんていうか、クビになったんです」

今度は彼も彼女の視線をまっすぐ受け止めた。ダーラは驚いて彼を見返した。いったいどんな理由があればそんな店を解雇されるというのだろう？ 在庫の点検に時間をかけすぎたとか？ しかし、彼の表情の何かが、そんな皮肉っぽい考えを口に出すのを彼女にためらわせた。かわりに、ダーラはできるかぎり感情を表さない声で訊いた。「何があったのか話してもらえる？」

「数日前のことなんですけど。深夜零時頃、ある客が店に入ってきたんです。ほら、よくいる……夜でもサングラスをかけたり、ゴールドのチェーンをつけたりしてるタイプ」

ロバートは一瞬黙り、鼻息を荒くして続けた。「そいつは年寄りで――最低でも三十はいってたかな――未成年の女の子を連れてました。そういうやつとつきあう女の子って、だいたいわざと子供みたいな格好をしてるけど、彼女には見覚えがあったんです。サニーの友達のひとりでした。歳はせいぜい十六か七」

そう言って、彼はまた口ごもったが、今度は険しい顔つきになった。歳よりもずっと大人びて見えた。「だからぼくは、〝ちょっとお客さん、彼女は未成年ですよね、出ていってもらわないと困ります〟って言ったんです。そしたら向こうは、〝兄ちゃん、おまえには関係ないよ〟と言ってきて。そして、女の子の腕をつかんで、そのまま引っぱってビデオブースがあるほうへ連れていったんです」

ダーラは面食らった。ポルノショップにはもちろんこれまで入ったことはなかったが、ブースで何がおこなわれているかはだいたいわかっていた。それは、お行儀よく古典映画を見ることではない。

ダーラがたじろいでいると、ロバートは話を続けた。「とにかく、ぼくは横の通路を進んで、勢いよく飛び出して道を塞ぎました。で、〝お客さん、彼女は入店できないとお伝えしましたよね〟って言ってやったんです。そしたらそいつは、〝ああ。でもこの子はおれの娘なんだよ。だから、引っ込んでろ、兄ちゃん〟と言ってきた。そいつがうそをついてるのはばればれだったけど、お客とは喧嘩しちゃまずいから放っておくことにしたんです。だけど、そのとき女の子が――名前はファンシーっていうんですけど――映画でよく見るしぐさをしてきて。男がぼくのまえでタフガイを演じるのに必死になってるあいだに、彼女は口だけ動かして〝助けて〟って言ってきたんです」

「それで、あなたはどうしたの?」とダーラは訊いた。このドラマに思わず引き込まれていた。

ロバートは肩をすくめた。

「その場に突っ立って、そいつに出ていけと言ってやりましたよ。でも、ファンシーにはここに残ってもらうと。そいつはぼくの胸をこづいてきました」そう言って、ロバートは見えない胸板を指で突くふりをした。「さらにぼくをののしってきたんですけど、ファンシーはすっかり怯えたようで泣きはじめちゃったから、ぼくはやつの手を払って、出ていかないなら電話をかけるって言ってやったんです。そしたら向こうが、〝警察に通報するなら勝手にしろ。こっちはおまえに暴行されたって言うから〟って脅してきたんで、ぼくは、〝警察なんか呼ぶか。友達のアレックス・プーチンに電話するんだよ〟と応じてやりました」

アレックス・プーチン? その名前にはどことなく思い当たる節があったが、どこで聞いたかははっきりしなかった。ジェイクかリースの話にちらっと出てきたのかもしれない。しかし、どこで聞いたにしろ、ダーラはロシアのギャングに関するジェイムズの話を思い出していた。

しかし、それを突きつめて考える間もなく、ロバートが言った。「で、その気取り屋は〝おまえみたいなガキが、アレックス・プーチンと知り合いのわけがないだろうが〟と言ってきました。だからこっちは〝それが、知り合いなのさ。しかも、アレックスにはファンシーと同じ年頃の娘が何人かいるんだぜ〟って。そのときのゴールドチェーン野郎の顔といったら。その場で吐くかと思いましたもん。

そんなわけでぼくは携帯をつかんで番号を押しはじめたわけです。そいつはぼくがほんとうのことを言ってるのかどうかわかるまでいませんでした、すぐに店からすっとんで逃げていったから。それでぼくはサニーに電話し、彼女と友達数人に店に迎えにきてもらって、ファンシーを両親のもとに送り届けさせました。ファンシーは、ぼくをどこかのヒーローみたいに扱ってたけど、一言彼女に言ってやりましたよ。今度またあんな年寄りのおやじと一緒にいるところを見かけたらぶっとばすからなって」

「わあ、すごい話ね」とダーラは言った。ロバートの世界では、彼女も〝年寄り〟の部類に入るという事実には気がつかなかったふりをしながら。「でも、それでどうして辞めさせられるはめになったの？」

ロバートの顔から笑みが消えた。

「ゴールドチェーン野郎はちょっと強気になったんだと思うんです。アレックスが家に来たりとかいうことがなかったから。それでやつは翌日の夜、ぼくが出勤するまえに店にやってきて店長のビルを怒鳴りつけたんです。ぼくがなんの理由もなくあいつをののしって手を上げた、訴えることも考えてるって。ぼくが店に着く頃には、ビルはカンカンに怒ってました。ぼくの言い分は一切聞いてくれず、監視カメラの映像を確認しようともしなかった」

彼はまた自分の手に視線を落とした。

「ビルは、店員のぼくらにとっていつも最低の野郎で、見た目はなんていうか、子供のときに見た、クリント・イーストウッドのへんてこな映画に出てくるでかいサルみたいな感じなんです。だから、彼が近くにいないときは陰で〝へなちょこザル〟って呼んでました」ロバートはことばを切り、顔を上げてダーラを見た。笑みをつくろうとしながら続ける。「わかります?」

ダーラがうなずいて、確かにわかると伝えると、彼は続けた。「でも、フランキー――同僚のひとりなんですけど――から言われたんです。ビルをからかわないほうがいいって。ビルって昔、そうやって悪い冗談を言われただけで相手をハンマーで殴りつけたことがあるんだとか。だから、ぼくも余計なことは言わないことにしました。でも、このゴールドチェーン野郎の一件は、ほんとフェアじゃないですよね。ビルにもそう言おうとしたんですけど」

「それで、どうなったの?」とダーラは話の続きを急(せ)かした。

ロバートは肩をすくめた。「とくに。ビルはただ、お客さんがいつも正しいんだって言ってぼくを怒鳴りつけると、そのまえの週の分の給料をレジの中から取って渡してきて、それで終わりです。その日から仕事はなし」

「あら」ダーラはそう言って眉をひそめた。「お客さまがいつも正しいっていうくだり、それは真実じゃないわ。真実は、お客さまはいつも自分が正しいと思ってるってこと。だから自分の意見がどうであれ、それはぐっと飲み込んで、お客さまの意見に賛成してるふりをしなきゃならない。それが小売業の第一原則よ。そのことを理解できない人は雇えないわ」

ロバートは沈んだ顔でうなずき、席を立とうとした。ダーラは手を差し出してその動きを止めた。

「でも、そうは言っても、道徳的に正しいことのために行動を起こさない人も雇えない。わたしは自分の信念を曲げるくらいなら――つまりだれかの安全を危うくするくらいなら、数ドル分の売り上げを失ったほうが断然ましよ。その点では、あなたとわたしは同じ考えのようね」

「てことは、ぼくを雇うのを考えてみてくれるってことですか？」とロバートは訊いた。期待で瞬時に表情が輝いた。彼はもう一度席について言った。「ほんとうにここで働きたいんです」

「でも、パートタイムの仕事よ」とダーラは念を押して、予想される仕事について簡単に説明し、時給についても伝えた。「休暇シーズンは、もしかしたらしばらくフルタイムで働いてもらうことになるかもしれない。でも、それがずっと続くっていう保証はないの」

「そんなの、全然かまいません。ときどきアレックス、ええと、ミスター・プーチンのところでちょっとした建設工事の仕事もしてますから、それで足りない分は補えるし。それに、本を買うときは従業員割引があるんでしょ？」

「二〇パーセント引きよ」とダーラはうなずいて言った。「でも、あなたたち世代の子ってみんな、紙の本より電子書籍のほうが好きなんだと思ってたけど」

「まさか」と彼は答えた。「そういうものは確かにすごいけど、紙の本にはほら、魂がこもってるんです。同じじゃありません。電子の塊とはわけがちがいます。そんなの、だれだって知ってますよ」

「わたしたちだって、紙の本を売ることで食べていけてるのよ」とダーラは若者の意見に同意した。その点で気の合う同志が見つかってうれしかった。「もちろん、まず身元調査はしなくちゃならないけど、それに問題がなければ……」

そう言いつつも、最後は尻すぼみになった。〈ペティストーンズ・ファイン・ブックス〉で採用されるうえでの最後の必要条件を思い出し、ダーラは自分の笑顔がかげるのを感じた。

「もうひとつあるの、ロバート。ここで働いてもらう人はみんな、うまくやっていかなくちゃいけないの――その、ハムレットと！」

最後は悲鳴に変わった。毛むくじゃらの大きな黒い影が彼女たちのほうに向かって突進してくるのが見えたのだ。ダーラが叫びを行動に移す暇もなく、その獣は優雅な跳躍を披露し、テーブルの上に静かに着地した。

しかし、ロバートは、ハムレットが四本肢で着地しようと飛んでくるのと同時に、若者らしい反射神経のよさで、椅子をさっとうしろに押しやっていた。そして、自分の目のまえに座っている、ちょっと大きめだが無害な黒猫にしか見えない生き物を見て、にっこり笑って大きな声で言った。

「やあ、ゴス猫のちっちゃい兄弟」どうやらハムレットの真っ黒な毛皮を認めているらしい。

「どこから来たんだい？」

いつもならダーラもハムレットの代理として皮肉っぽい答えを返すが――〝地獄の奥底から〟とか〝悪魔の猫学校から〟とか――ハムレットが新しい従業員になるかもしれない人物から猫の肢ひとつ分しか離れていないとあっては、ユーモアで返す気にはなれなかった。

それどころか、自然を取りあげたありがちな特別番組で、出演者が思いがけなく危険な動物の通り道に迷い込んでしまうシーンに遭遇している気分だった。ダーラは小さな声で言った。

「ゆっくりテーブルから離れるのよ、ロバート。そうすれば何も問題ないから」

ところが、そのことばが発せられるや、ハムレットはロバートのほうに向かって大きな黒い前肢を上げた。ダーラにはもう警告する暇もなかった。絶対に起こるはずの大惨事を待つしかない。

〝ロバートをゴールドチェーン野郎のようにさせないで。訴えるとか言わせないで〟——と必死で祈った。そのとき、ロバートのほうも手を伸ばしているのが見えた。しかし、彼は猫を撫でようとするのではなく、ハムレットの上げた前肢と自分の指の関節を軽く合わせた。

「ほら、グータッチだ、坊主」と彼は言った。顔にはまだ笑みが浮かんでいる。

ダーラは眉をひそめ、息を殺して待った。しかし、驚いたことに、爪の惨事は起こらなかった。それどころか、ハムレットは短く〝ニャオン〟と鳴き、ロバートの手にグータッチを返しているようにすら見えた。そして、背を向けるとテーブルから飛びおり、階段のほうへ歩いていった。

「あの猫、最高ですね」とロバートは言った。「いつもこの店の中をうろうろしてるんですか?」

「そ、そうよ」ダーラは言葉に詰まりながら答えた。今起きたばかりのことが信じられなかった。ハムレットがわたしが雇うつもりの応募者を気に入ったということだろうか? きっとわたしの選択が正しいという証拠だわ、と彼女は思った……あるいは、世界の終末が近いのかも。

当のロバートは賛同するようにうなずいた。「猫は好きなんです。ペットを飼える家に住んでたら、一匹引き取りたいところなんですけど。それで、さっき言ってたもうひとつのことってなんです?」

「あれはもういいの。あとは電話番号が合ってるかだけ確認させて。身元照会が終わったらすぐに電話するわね」

「ぼくなら、今からでも働けますから」ロバートの口調は淡々としていたが、目に興奮が表れていた。不意に、何もかもうまくいくような気がしてきた。過去にわたしについて早急な判断を下したことがあったとしても、彼には確かに、信頼できる従業員になる素質がある。それに、見たところハムレットは、その評価に賛成しているらしい。奇跡だ。こんなことが起きるとは期待もしていなかった。

「階下まで送らせて」とダーラは笑みを浮かべて言った。「すぐ事務手続きに取りかかるわね。もしすべてのチェックが問題なく終わったとしたら、明日までにはわたしから連絡するから」

ロバートはお菓子の包み紙を集めて自分のバックパックに入れると、彼女のあとをついて階段を降りた。その様子をダーラは感心する思いで見ていた。最初に感じたつんけんした態度はすっかり消えていた。レジの横を通るとき、彼はジェイムズのほうを見て同志のようにうなずき、「おっす、兄貴。また今度」と声をかけ、ドアから出ていった。

ジェイムズは、ドアが音を立てて閉まるのを待って、ダーラのほうに向きなおった。

「おっす、兄貴?」とジェイムズはロバートそっくりの口調で言った。表情は彼のズボンの折り目と同じくらい鋭かったが。「頼むから、あの若い男がここで働くことになるとは言わないでくれ」

「実はそうなの。身元調査が問題なく終わればだけど」おかしい気持ちを必死に押し隠そうとしながらダーラは言った。ジェイムズとロバートは確かに面白いペアになるかもしれない……といっても、ジェイムズも大学教授として働いているあいだに無礼な若者とはいやというほどやりとりしてきただろうけれど。なだめるような口調でダーラはこうつけ加えた。「でも、心配しないで。ハムレット、ほんとうに彼を気に入ったみたいだから」

「ハムレットのお墨付きを得たのか？」

「そうなの。彼とハムレットはまるで兄弟ね。お互いにグータッチやら何やらをしてたから」

ジェイムズの不機嫌な顔つきがたちまち安堵の穏やかな表情に変わった。彼はベストの裾をぐいと引っぱって乱れを直して言った。「そういうことか。ハムレットがその若者に対して、いわば首を縦に振ったということなら、わたしもきみの選択に不満はないよ」

そう言い残すと、店長は通信販売している特別注文品の箱詰め作業に戻っていった。ダーラは顔をほころばせた。ジェイムズとハムレットも負けず劣らず面白いペアだ。彼女が店を相続したとき、ハムレットが店のマスコットとして存在しつづけることを主張したのはほかならぬジェイムズだったが、ふたりが一緒にいるのを見かけることはめったになかった。ふたりは実際に顔を合わすことなく平和に共存するための紳士協定――あるいは、紳猫協定？――を結んでいるみたいだった。

もちろん、ダーラも過去に一度、ジェイムズが気むずかし屋の猫を撫でている場面を見たことくらいはある。ふたりは彼女に見られていることには気づいていなかったが、互いに交流を楽しんでいるようだった。もっとも、彼女がその話題を持ち出せば、ふたりともそれを否定するだろうけれど。

しかし、やがて彼女の笑みは消えてしまった。見たところ、ハムレットは確かに人間の性格がよくわかるようだ。しかし、猫の本能だけに基づいて採用決定を下すわけにはいかない。最近では、身元照会と薬物検査とグーグル検索をするのが定番になっている……従業員候補のフェイスブックのページを見るのも今ではあたりまえなのだ。こと従業員の人となりに関しては、ダーラは店の経営者としてすでに貴重な教訓を学んでいた。人の過去に何が潜んでいるかはだれにもわからない。

そして、もっと重要なのは、その過去がいつその醜い頭をもたげて、近くの無防備な人の脚に嚙みつくか、だれにもわからないということだ。そういうわけで、ダーラは今すぐその脚を動かしてジェイクのアパートメントに行こうと思っていた。できたてほやほやの探偵を雇って、ハムレットの新しい相棒を詳細まで調査してもらおうと。

ジェイクは昼食のあと忙しくしていたらしい。約束どおり〈マルテッリ私立探偵社〉の看板がガーデン・アパートメントの外の錬鉄製の門に掲げられていた。それとは別に矢印の看板も設置されており、その矢印は下に向かってジェイクの家のドアを指していた。ドアにも、似たような看板——矢印抜きの看板がのぞき穴の下にねじで取りつけられている。ダーラは自分の店で売っているスリラー小説に出てくる主人公にでもなったような気分で足早に階段を降り、短くドアをノックした。

「入って」とジェイクの大きな声が返ってきた。

ダーラは部屋に入った。間取りは同じ建物の三階にある自分の家と似ていた。一部屋の広いスペースが、リビングルーム兼ダイニングルーム兼キッチンとして使われ、見たところ、今はジェイクの探偵事務所としても使われている。クロムめっきが施された一九五〇年代式の長方形のダイネット・テーブルにジェイクが座っているのが見え、ダーラは満足げにうなずいた。彼女のまえには新しいピカピカのノートパソコンが置かれ、書類がきちんと積みあげられている。

ダーラがこのまえ訪れてから、ジェイクは模様替えをしたらしい。ついたてを置くことでキッチンが視界から消えていた。食事用テーブルの横には、ファイルキャビネットと本棚が置かれている。テーブルと調和していたクロムフレームの赤いビニール製のクッションつきの椅子はなくなり、そのかわりにミッキー・スピレーンが座りそうな特大のオフィスチェア一脚と、顧客用にツイードの小ぶりのウィングチェア二脚が登場していた。前世紀半ばの独特な雰囲気で統一されているために、年代物の家具類よりも、むしろノートパソコンのほうが場ちがいに見える。

テーブルなど調度品のいくつかは、ジェイクのまえの居住者が使っていたもので、残りは各地のリサイクルショップやフリーマーケットでジェイクが買いあさってきたものだった。ジェイクの掘り出しものの中でダーラの一番のお気に入りは、溶けた赤いプラスティックボウルのようなシェードが三つついた、床から天井まである前衛的なデザインの照明だった。バスルームの壁を泳ぐ三人の派手な漆喰（しっくい）の人魚は僅差で二番手だ。

　ダーラはウィングチェアのひとつに座り、わざと怖い顔をして友人を見た。「信じられない。よりにもよってあなたが、さっきみたいにやすやすと人を家に入れるなんて。わたしが気の狂った殺人犯か何かだったらどうするの？」

「ああ、窓からあんたが降りてくるところが見えたのよ。それに、忘れないで。あたしはここで商売をしてるのよ。お客を通りに突っ立たせておくわけにはいかないでしょ」ジェイクはあきれつつも面白がりながら、カーリーヘアの頭を振った。「それに、あんな古い〝タンタカタンターン・タンタン〟（曲やコントの最後によく使われるリズム）なんていうノックをする人はあんたぐらいしか知らないし。真面目な話、あんたもイメージを一新したほうがいいんじゃない？」

「わたしのイメージにはなんの問題もありません」少しだけ気分を害して、ダーラは言い返した。確かに着ている服はやや保守的なほうかもしれないが、だからといって流行中のトレンドに関する知識くらい持ち合わせていないわけではない。意味ありげな顔で友人の部屋の装飾を見て言ってやった。「時代遅れとはこのことでしょ」

「あたしのはレトロ、流行遅れじゃないわ。そこはちがうのよ」

「じゃあ、うちの新しい従業員に意見を聞かせてもらおうかしら」ダーラは得意げな笑みを浮かべ、フォルダーをテーブルに置いた。「わたしがあなたの初めてのクライアントよ。ロバート・ギルモアに関して身元調査をしてほしいの。歳は十八歳。店から徒歩圏内に住んでる。最後に働いてたのは〈ビルズ・ブックス・アンド・スタッフ〉よ」

「ポルノショップの？」ビルが実際に売っているものをどうして知っているのかジェイクに尋ねる暇もなく、元警官は続けて言った。「それにしても早かったわね。あんたも一時間前には、最終的にハムレットの餌食にならない人はひとりも見つかりそうにないって思ってたでしょ」

「彼とハムレットははっきり言ってBFFよ」とダーラは答えた。永遠の親友を意味するメール用語くらい知っていると自慢できる機会がめぐってきてうれしかった。「それに、おとなりさんのメアリーアンが彼に推薦状を書いてたの」

ジェイクはフォルダーをぱらぱらとめくった。うなずくと、書類の山の上に放り投げて言った。「これは今日中に返すわ。でも、がっかりさせて悪いんだけど、あんたが初めての客じゃないのよ。ヒルダ・アギラールがそうなの」

「ヒルダが？」

「ランチから戻ってきてすぐ彼女から電話があってね、あたしを雇いたいって言ってきたわ。デリカテッセンの掲示板に貼っておいた名刺を見たのね」ジェイクは腕時計に目をやった。「あと三十分ほどでここに相談に来ることになってる」

「私立探偵にどんな用があるのかしら？」

「さあ。でも、すぐにわかるでしょ……だからといってあんたに何もかも話せるわけじゃないけどね」ダーラが期待を込めたまなざしを向けると、ジェイクは念を押した。「顧客の守秘義務やら何やらで」

「ええ、そうよね。わかってるわ」確かに守秘義務のことは理解していた。とはいえ、このホットなうわさの種をみすみす逃すのは少し残念だった。

ジェイクは黙り込み、もう一度時計を見た。「ごめん、でも、そろそろあんたを追い出さなくちゃ。ヒルダが来るまえに記入用紙や契約書を印刷しておかなきゃならないの。そっちの採用者に関する結果は数時間後に届けるわね」

「了解」そう言って、ダーラは立ちあがった。「彼の悪いところはできるだけ見つけないようにしてね、いい？　新しいパートタイムの従業員がほんとうに必要なの。そして今のところ、われらがロバート坊やがわたしの最有力株なんだから」

4

まもなく閉店時間という頃、ジェイクがフォルダーを手に店に入ってきた。「いいニュースよ、お嬢ちゃん。ロバート坊やは潔白よ。雇っちゃいなさい」

「やったー！　彼に電話して正式に採用を申し出なくちゃ」

ダーラはフォルダーときちんと綴じられた紙の束——身元調査結果だ——をジェイクから受け取った。受け取りながら、上に留められている請求書にちらりと目をやった。金額を見て、顔をしかめた。

「ジェイク、これは安すぎよ」と彼女は金額を指差して強く言った。「オンライン・サービスにでも頼んでたら、こんなのじゃすまないわよ。それに、あなたにはもっとずっと大きな信頼を置いてるんだから」

「まあ、初回友達割引とでも呼んで。身元調査はしばらくやってなかったから、あたしにとっていい腕馴らしにもなったし」

と言われたものの、ダーラはやはり少しうしろめたさを覚えながら、カウンターの下の引き出しの鍵を開けて会社の小切手帳を取り出し、支払いをすませた。小事業主として、お金を稼ぐ大変さはよく知っている。小事業主といえば……

「ヒルダの件はどうだった？　いや、ちがうの、心配しないで」ジェイクがハムレットをもうならせそうな視線を向けてきたので、彼女は慌てて言い足した。「わたしは別に守秘義務の誓いとやらをあなたに破らせるつもりはないのよ。ただ、彼女は大丈夫なのかどうか知りたくて」

「まあ、決まりだから」ジェイクはきっぱり言った。そして、ダーラが渡した小切手に目をやると、小さな笑みを浮かべた。

大叔母のディーがいつも使っていた、なんの変哲もない銀行の緑の小切手に飽き飽きして、ダーラは新しい小切手帳を注文するとき少しぜいたくをしていた。今ではすべての小切手に、ハムレットへのオマージュとして、店の名前と住所のほかに、点々と続く薄い黒の足跡が印刷されている。

ジェイクは小切手をシャツのポケットにしまうと、満足げにうなずいた。

「自分の食いぶちを真面目に働いて稼ぐのは気分がいいものね」事情があるにしろ、何もしていなかったこの数年間は、ジェイクにとってストレスの溜まるものだったにちがいない。ジェイクは言った。「店を閉めたあと、ささやかなお祝いの乾杯にちょっとうちに寄らない？ リースとメアリーアンとジェイムズにも声をかけるつもりなの」

「ぜひ行きたいわ。三十分待っててね」

しかし実際は、店を閉めてジェイムズを先に即席のパーティーに送り出し、ロバートに電話をかける頃には一時間近く経っていた。いざ電話をかけるとなると、雇う側は自分なのに、電話番号をダイヤルする指が少し震えているのがわかった。今になって仕事をしたくないと言われたらどうしよう？ ロバートがやってのけたように、ハムレットを味方に引き入れられる人はほかに見つかるだろうか？

ほっとしたことに、ロバートはダーラが彼を雇いたいと思っているのと同じくらい強く雇われたがっているようだった。「わかりました。明日は、あの、開店後すぐそっちに行けますよ……お望みならもっと早く」

彼の意気込みに小さく笑みをもらしながら、ダーラはドアの鍵を開ける午前十時まで待つよう若者に勧めた。そして、彼がゴス系のライフスタイルを好んでいることを思い出してつけ加えた。「それと、全身黒ずくめの服装は職場でもオーケーだけど、顔のアクセサリーとかアイライナーはなしにしてよ、いい？ うちのお得意さまたちは、どちらかというと保守的なタイプだから」

受話器からクスクス笑いのような声が聞こえてきたあと、ロバートが言った。「問題ないですよ、ボス。それでぼくも髪を切ったんですから。上司にはちゃんと従おうと思ったんです。なんていうか、主流派になりたくて」

そんなものにだけはロバートはなりそうもないけど——ダーラは笑顔でそう思いながら、少しして電話を切り、最後に二階の様子を確認しに階段を上がった。とはいえ、彼女にとってもジェイムズにとっても少しくらい店の環境に変化があったほうがいいかもしれない。最近は、騒ぎといえばハムレットの夜の逃避行だけで、どこまでも平穏な日々が続いていたから。ダーラはそんなことを考えながらカーテンのない窓のまえまで行って足を止め、波形のガラス越しに外を見た。下にはクロフォード・アベニューが走っている。昼間は車の多いこの道も夜にはかなり交通量が減るが、深夜零時を過ぎても車はまだ走っている。夜遊びに出かけようとする書店の猫にとっては危険だ。ロバートがもしかしたら、ハムレットが発見したらしい猫の脱出口とやらを探す手助けをしてくれるかもしれない。

ダーラは振り返って階段を降りようとした。がそのとき、問題の猫につまずきそうになった。ハムレットが不動の姿勢で静かに座っていた。非難のまなざしで緑色の目を細め、じっと彼女を見ている。もう少しで転びそうになったせいで口から飛び出しかけた汚いことばを飲み込み、彼女は同じくらい険しい顔をしてハムレットをにらみ返した。

「盗み聞きしたって、自分のいいうわさなんか何も聞けないんだからね」とハムレットに警告する。「かといって、だれもあなたのうわさ話なんかしてないけど。電話の相手はあなたの新しいBFFよ。明日からこの店で働くことになったの」

ハムレットはエメラルドの目を丸くして、小さく〝ニャオン〟と鳴いた。ダーラは笑い声をあげて言った。「なに、認めてくれるの？　じゃあ、彼の言うことならあなたも聞いてくれるかもしれないわね。暗くなってから猫が外をうろつくのは危ないんだって彼が言えば」

ハムレットはそれには何も答えなかった。そのまま立って背を向け、小さな油膜のように階段を滑りおりていった。ダーラは首を振った。ハムレットに店をうろつかれるという問題を抱えていては、ロバートが仲間入りしたところでそんなに変わらないかもしれない。

翌朝、ロバートは約束どおり時間ぴったりに現れた。ダーラはすぐに彼を店に入れ、仕事を始めさせた。うれしいことに、彼はあっという間に日常業務を覚え、その日のシフトが終わる頃には何人か接客もするようになっていた。ほんとうに、物事があまりにうまく進みすぎていて、何か悪いことが起きるのも時間の問題ではないかと思えるくらいだった。だから、数日後に事件が起きたとき、ダーラは動揺したものの、それほど驚きはしなかった。

その日、「あんたに文句がある」と好戦的な声が言った。店にだれかが入ってきたことを知らせるベルのチリンチリンという軽快な音とは対照的に、耳障りで不快な声だった。ダーラはびっくりして顔を上げ、朝の書類の確認作業で忙しくしていたカウンターに向かってくる知らない男を見た。

〝日も当てられないほど不器量ね〟というのが、ダーラの頭に真っ先に浮かんだ思いだった。単に背が低いというよりずんぐりしている。弾丸形の頭が丸みを帯びた肩から突き出ていて、母親にまっすぐ立ちなさいと注意されたことさえずいぶん昔に忘れてしまった人に共通の、ネアンデルタール人のような猫背だった。標準より長めの腕の先についた、並外れて大きな手も、ますます洞穴に暮らしている人のような印象を強めている。服装も事態を悪化させていて、色あせた青のストライプのTシャツを着ているのだが、そこに連邦通信委員会お気に入りの四語の禁句がプリントされているのだ。だぶだぶのジーンズも、ファッションとして意図的に自己主張しているというよりは、お腹がまえに突き出すぎた結果のようだった。

その男の淡い青色の目に侮蔑ではなく人懐こさが宿っていれば、体の特徴も今ほど不快には感じなかったかもしれない。ところが実際は、赤と灰色交じりのあごひげで少しだけ隠された締まりのないあばた顔から、頭頂部が禿げあがり、同じように赤と灰色の毛で残りの部分が覆われたくしゃくしゃ頭まで、怒りとだらしない雰囲気を周囲に発散していて、ダーラは思わず手の除菌ローションを取り出したくなった。この男には会ったことがない――それはほぼまちがいなかった。それなのに、彼女に対してどんな文句があるというのだろう?

「申し訳ありません、お名前をうかがえますか」ダーラは男を追い払おうと、店主として最大限ていねいな態度を装って言った。

男はたばこのやにで黄ばんだ小さな歯をむき出しにしたが、そのしぐさは笑顔とは程遠かった。

「名前はビルだ。あんた、おれから一番優秀な従業員を盗んだだろ」

「あなたがポルノショップのビル？」自分を抑える暇もなく、ダーラはつい口走ってしまった。ロバートがこの男につけたあだ名〝へなちょこザル〟を思い出し、点と点を結ぶのにこれだけの時間がかかったことに自分でも驚いた。彼は確かに昔のクリント・イーストウッドの映画に出てくるオランウータンと似ていた――どことなくどころかそっくりだ。もっとも、問題のサルにしても、この男ほどうんざりする悪意を持って周囲を見まわしたことはなかっただろうが。男は今、まさにそういう態度で店の中を見渡していた。

弾丸形の頭をくるっと回してダーラのほうに向きなおると、淡い青色の目を細めて言った。

「なあ、お嬢さん、そんなに偉そうにするんじゃねえよ。あんたとおれは同業者だろうが。うちの店の客はたまたまちょっとばかし自由な考えをしてるだけだ」男は一呼吸置くと、わざとなよなよした口調で続けた。「〝文学〟を選ぶうえでね」

「何が文学よ……ばかばかしい（マイ・フット）」もう少しで別の体の部位を口走りそうになったが、もしかしたら辞書のコーナーにいる専業主婦の妊婦が聞いているかもしれないと思い、ダーラはわざとことばを加減して言った。

「それに、従業員なんか盗んだりしません」同じようにわざと落ち着いた声で続ける。「向こうが応募してきて、こっちの条件を満たしていたら雇うだけです。だから、ちゃんとした筋書きのある本を買いたいのでなければ、警備員を呼ぶまえにここから出ていってもらえませんか？」

彼の口からはTシャツに書かれたスローガンの別のバージョンが返ってきて、ダーラの怒りが燃えあがった。彼女はカウンターの下から携帯電話をつかみ取ると、ジェイクの短縮番号を押した。

「今・すぐ・出ていって」ジェイクの電話が鳴る音を聞きながらドアを指差して、少しだけ震える声でそう要求した。

〝早く取って、早く取って〟と心の中で友人に催促した。が、やがてジェイクの音声メッセージが始まると、がっかりして唇を噛んだ。ジェイムズはあと一時間しないと来ない。だから、応援を頼もうと思っても、ロバートと妊婦の女性しかいない。ポルノショップのビルにはひとりで対処するしかなかった。

「ああ、ジェイク、ダーラよ」と彼女はジェイクの留守番電話に言った。実際に本人と話していると聞こえるように必死だった。「いいえ、大丈夫じゃないの。ちょっと問題があって。すぐに階上に来てくれる?」

電話を切ると、目のまえの男に向かって言った。「警備員がすぐに来るから。そのときまでにここからいなくなってなければ、あなたは不法侵入で逮捕されることになるでしょうね」

「そうか? こっちは不公正なビジネス手法を取られたと言って、民事訴訟であんたを訴えてやるよ」ポルノショップのオーナーは、彼女に向かってニコチンで汚れた骨ばった指を突き出しながら、すぐに脅し返してきた。「いいか、こうしよう。ちょっとあいつと話させてくれればいい。そしたらすぐに帰る。実害がなければ、訴えはしない」

ダーラがもう一度虚勢を張って言い返す暇もなく、書庫の奥からロバートの呼ぶ声がした。

「ねえ、ボス、ちょっとどこにあるか教えてもらえ――」

ロバートの質問は尻切れになった。彼は辞書のコーナーから顔を出して、もとの雇用主の姿を見つけた。一方、ビルもぐるりと体を回してロバートの声のするほうを見た。若者の姿を目にすると、またもや歯をむき出しにして言った。

「おまえか、出てこいよ。ふたりだけで話があるんだ」

「ロバート、すぐに接客に戻っていいわよ」とダーラは反撃した。「この……男性は……もうお帰りになるところだから」

「大丈夫です」ロバートはそう言って、男のほうに向かって歩きはじめた。怖がっているようにも、反抗的にも見える。「ぼくが話します」

「あなたがそう言うなら」ダーラはしぶしぶ同意した。片手に電話をしっかり握りしめ、必要があれば、ふたりのあいだに割って入る準備をしながら。「でも、わたしもここにいるわ。状況が手に負えなくなったら、警察に電話するから」

若者はダーラに感謝のまなざしを向けると、もとの雇用主に小さな声で訊いた。「ここで働いてるってどうやって知ったんですか？」

「ほら、十代の女の子たちがいろんなうわさをしてるだろ。店の外でおまえの友達のひとりをつかまえて、彼女に教えてもらったんだ」今度は骨ばったビルの指がロバートのほうに突き出された。「で、この一週間どこにいたんだよ？　三夜連続で人手が足りなかったんだぜ。クビ

「覚えてないんですか？　もう数日前にクビにしたじゃないですか」

男はさびついたようなクックッという笑い声をもらしたが、その薄い色の目には、その笑いに合ったユーモアは一切感じられなかった。「ちょっと虫の居所が悪かっただけさ。まさかおまえがほんとうに辞めて、ほかの仕事に就くなんて思ってもいなかったんだよ。店に戻ってこいよ。あんなばかげた騒ぎはなかったことにしようぜ」

ロバートは首を横に振った。自信を取り戻してきているらしい。「嫌ですね。ぼくは今、ミズ・ペティストーンのところで働いてますから」

「そうか、実を言うとな、今夜働き手が要るんだ。七時半きっかりに店に来てくれ」と男は懲りずに言った。「それから、働いていない一日分の給料も渡してるだろ。おれに借りがあるはずだ」

「退職金だと思ったんですよ」そう言うと、ロバートはダーラに弱々しい表情を向けて言った。「この人がもらってほしくないとわかってたら、そんなもの最初から受け取りませんでした。その金は返します。けど、もう使っちゃってて。ほんとうに彼のもとでまた働かなきゃいけないですか？」

「もちろん、働く必要はないわ」ビルに答える隙を与えずダーラは答えた。ポルノショップのオーナーに対してはっきり言う。「まちがって払いすぎてしまったのなら、わたしが彼にそのお金を前払いして、返済してもらいます。そうすればチャラですよね。金額はいくらですか？」

「数セントの誤差はあるとして、百ドルかな」

目線をやると、ロバートはうなずいた。ダーラはズボンのポケットに電話をしまって、コード番号を打ち込んでレジを開き、二十ドル札を五枚取り出した。それをロバートに渡して言った。

「ほら、ロバート、最初の給料の前払い金よ。その方に返済して。それから、あとで問題が起きないよう声に出して数えるのよ」

ロバートが素直に一枚ずつカウンターにお金を載せて並べているあいだに、ダーラはレジの引き出しの下から領収書帳を取り出した。一番上の紙に手早く必要事項を書き込み、若者に渡す。「ビルにサインしてもらったほうがいいわ。あなたからお金を受け取って、それで完済したっていう証拠に」

「おれはサインなんかしねえよ。いいから金を――」

ビルは不意に口をつぐんだ。目を大きく見開いている。カウンターに置かれた二十ドル札の列に、黒いつやつやした影が飛び込んできていた。ハムレットだ――ダーラは驚いた――新しい〝兄弟〟の援護に駆けつけたのだ。出し抜けに現れたハムレットは、お金の上に座った。

「この猫をどかせろ」と男は要求し、ハムレットを押しのけるようなしぐさをした。ハムレットのほうは、アメリカン・ショートヘアというよりはドーベルマン・ピンシェルのような、喉の奥からのうなり声をあげ、大きな前肢を高く上げて針のように尖った恐るべき爪を見せている。

「たぶん、彼は先にサインしてほしいんじゃないですかね」そう言って、ロバートはペンと領収書帳を差し出した。口の端にほのかな笑みが浮かんでいる。ハムレットはロバートの言うとおりだと認めているらしい――またもやバスカヴィル家の犬のような低い声を出した。

冷たい視線をふたりと一匹に投げかけ、ポルノショップのオーナーは自分の名前を走り書きして、領収書帳をカウンターに放り投げた。ハムレットは親切にも立ちあがってカウンターの遠い端に移動して座り、冷たい非難の目で男を観察した。

「おまえら、自分が賢いと思ってんだろ」男はののしり、二十ドル札に手を伸ばした。「だが、このことは忘れないからな。おれをこけにしやがって。そういうことなら――」

どんな脅迫にしろ、ダーラにその内容を知るすべはなかった。店のドアが音を立てて開き、陽気な声が響き渡った。「やあ、だれかいるかい?」

5

「いらっしゃい、カート」ダーラは喜んでそう答えた。最もうざったい客がドアから入ってくる姿を見て、知り合ってから初めて自分がうれしく思っているという皮肉に気づいた。

黒い髪をオールバックにした、赤ら顔だがハンサムな四十代後半のカート・ベネデットは、〈ペティストーンズ・ファイン・ブックス〉の新しい常連客で、客としては申し分なかった。

クレジットカードを取り出すのをためらわず、店を訪れるたびに必ず一、二冊の本を購入してくれるので。それに、これまで何回か高額の特別注文もしており、商品が届けばすぐに取りにきてくれた。だから全体的に見て、ハムレットの公式承認リストに載っていてもまったく不思議ではなかった。

だが、残念なことに、彼は陽気すぎるきらいがあり、しかもちゃらちゃらしていた――〝ほら、おれって生まれながらの営業マンだからさ〟というのが、彼が弁解するときによく使うせりふだった――そのせいで、ハムレットの冷笑的な緑色の目には〝不合格〟と映った。ダーラもめずらしく、この点ではハムレットと完全に意見が一致していた。カートに反感を持ったひとつの理由は、そのニューヨーク訛りにもかかわらず、彼を見るととんでもないカス野郎だった別れた旦那を嫌でも思い出すからだ。いけないこととは彼女も自覚していた。だから、小売業の第一原則に関する数日前のロバートへの説明と矛盾しないよう、愛想よく接してはいた。

また、彼のビジネスパートナーであるバリー・アイゼンのこともあった。禿げかかった頭に茶色の目、親しみやすい笑顔が特徴の感じのよいバリーは、近所の書店主として以上にダーラに興味を持っているという、ありとあらゆるそぶりを見せていた。そして、ダーラのほうも、もし正直に答えろと言われれば、自分がバリーをただの客とは見ていないことに気づいていた。あいにく、最後にそんなバリーに会ってから一週間が過ぎている。

別の機会なら、彼のパートナーもいないのが残念でたまらないと感じていただろう。しかし今は、カートのがっしりした憎らしい風貌はむしろ大歓迎だった。変態のビルが、単なる脅し以上のことを考えているとしても、ハムレットに次ぐ第二の味方になってくれるはずだ。

カートは、歯磨き粉のコマーシャルのようなまばゆい笑みを最大限に輝かせながら、気取った歩き方で店に入ってきた。バリーと共同で改築工事をしているブラウンストーンから来たのだろう。カーキのズボンと鮮やかな青色のウィンドブレーカーの下に着た赤いポロシャツに白い漆喰(しっくい)の粉がうっすらとついていた。そのプロジェクトは大規模なものだとふたりはダーラに言っていた。作業を終え、リフォームした建物を売りに出せば、かなりの利益が出るだろうとふたりは見込んでいる。すでに似たような物件に何度か投資して、投資資金以上に稼いでいるらしい。それもバリーから聞いていた。景気の低迷にもかかわらず、彼らの建設ビジネスは徐々に成長しているようだった。

「みなさん、ごきげんよう」そう呼びかけると、カートはレジに向かいながら彼女とロバートに手を振った。そして、ポルノショップのビルの姿を認めると、ぴたりと足を止め、唖然とした調子で言った。「なんでまた――?」

「ベネデット」とビルはつっけんどんに返した。「ふん、こんなところでおまえに会うとはな。文字が読めるとは知らなかったぜ」

「面白い冗談じゃないか」とカートは言い返した。赤ら顔がますます紅潮している。「教えてやるよ。おれはここの常連客なのさ」

「なんだ、うちの商品じゃあ、もう満足できないってか?」

ポルノショップのオーナーは横目を使ってそう言った。カートがそれに反応して拳を握りしめるのがわかった。〝もう、ジェイクはどこにいるのよ?〟とダーラは焦った。どうやらふたりは顔見知りのようだけれど、友好的な関係ではないらしい。一番困るのは、店の中で喧嘩騒ぎを起こされることだが、ふたりはそっちの方向に向かっているように見えた。それも急速に。ダーラはロバートに目配せをし、閲覧中の妊婦の女性がいる辞書のコーナーのほうをあごで示した。ロバートは大きく目を見開いて理解したとうなずくと、そちらに足早に向かった。この場を収めることができないなら、せめて罪のないほかの客が乱闘に巻き込まれるのだけは避けなくては。

ダーラはもう一度ポケットに手を入れて携帯電話を取り出して、威厳を感じさせる態度で――自分でもそうは思えなかったが――ふたりに見えるよう電話を高く掲げて言った。「問題があるなら、ふたりとも今すぐ外に出てやってください。そうしないと、警察を呼びますよ」

数秒が過ぎた。ふたりはまだ怒り顔でじっとにらみ合っていた。やがてカートが深くため息をつき、苦労しながらどうにか中途半端な笑みを浮かべて言った。「大丈夫だ、ダーラ。おれも面倒はごめんだから。特別注文してた商品を取りにきただけだよ」

「ああ、ああ、おれも出てくよ。店番があるんでね」とビルも言った。尻のポケットにお金をしまい込んでいる。「だが、忘れてもらっちゃ困るが、ベネデット、おれたちのあいだにはまだ決着のついてない問題が残ってる。またそのうちな」

ビルは長い腕を振りながら足を引きずるようにしてドアに向かった。店から出るとき、バタンと手荒にドアを閉め、あとには、怒りと不潔さが同じくらい入り混じった嫌な空気が残された。ダーラはカウンターの下に手を伸ばして、先週にヒルダの店で買ったオーガニックのクチナシの消臭スプレーを取り出した。ポルノショップのオーナーが出ていったあたりに向かって、敵意をむき出しにして数回シュッシュッと噴射する。やがて、騒ぎのせいで自分の体が震えていることに気づき、レジのうしろのスツールに腰かけて大きく息を吐き出した。

「なあ、ダーラ、さっきのことはほんとうに申し訳なかった」とカートはあえてその話題を口にした。悔しそうな表情を浮かべている。「あのビルは超弩級の最低野郎なんだ。きみの店みたいなすてきな場所であいつに出くわすなんて思ってもみなかったよ。といってもおれだって、普段からあいつの店に入り浸ってるわけじゃない」

「もちろんわかってるわ」礼儀として彼の軽いうそを受け入れつつ、ダーラは答えた。「あいにく、あの人はたまたまわたしのところで働くことになった元従業員を捜しにきてたの。わたしとそのロバートを脅そうとしてね。その点では彼も実にうまくやってのけたわ。でも、あなたが彼の気をそらしてくれたことは確かね」

「ああ、あいつは根に持つタイプだから」

その不機嫌そうな口調から、彼がロバートのことよりもむしろ、ポルノショップのオーナーが去り際にほのめかした〝決着のついていない問題〟について話しているのがわかった。とはいえ、ダーラとしても、その話を掘り下げるつもりはなかった。カートの交友関係については知らぬが仏だ。

彼女はうなずいた。「まあ、なんとか丸く収まったわ。でも、あの男がまたうちの店に足を踏み入れるようなことがあれば、不法侵入で警察に逮捕してもらう」

「それはいい考えだ」カートはさっき抱いた不快感を文字どおり体から払い落としながら――つまり、漆喰の粉を彼女の店のきれいな床にまき散らしながら――いつものちゃらちゃらした笑みを浮かべて続けた。「で、おれの本は入ってる？」

ダーラは、特別注文の商品を置いてあるカウンターの下を見て、首を横に振った。「ごめんなさい。あなたが注文してた旧式のトリムとモールディングに関する本はまだ届いてないみたい」

「いいんだ。新しい漆喰を塗るまえに配線工事の最後の仕上げがまだ残ってるからね」カートは店内を見まわした。「きみの店のあの大きな猫はどこに隠れてるんだい？」

「ハムレット？　ああ、どこかその辺にいるんじゃないかしら」

「ほんと？」

ダーラは笑みがこぼれそうになるのをこらえた。問題の猫は、ビルとカートが言い争いをしているあいだにこっそりいなくなっていたのだが、また姿を現していた。今は、児童書のコーナーから出てきて、カートの前に移動していた。カートの姿を見つけると肢を止め、いつも彼が店に入ってきたときに送るのと同じ軽蔑の緑色のまなざしを送った。ダーラは心の中でカウントダウンした――三、二、一――まさにぴったりのタイミングで、ハムレットは床にごろんと横になると、得意の冷たいあしらいを披露した。ダーラはそれを見て、思わず声を出して笑いそうになった。

しかし、なんとも残念なことに、カートはその瞬間、初版本が並べられた弁護士事務所風の書棚のまえに立っていて、侮辱は伝わらなかった。ハムレットがうしろ肢を肩の上に振りあげるのに忙しくしているあいだに、カートはガラス扉を即席の鏡にして、二本の奥歯のあいだから朝食の残りかすを取り除いていた。そういうわけで、彼はハムレットのショーを見逃すことになった。一方、自分の侮辱行為が気づいてもらえそうにないとわかったハムレットは、しっぽのつけ根を舐めている最中にぴたりと動きを止めた。急いで起きあがると、カートのほうに向かってシャーと威嚇し、大股で去っていった。

「あら、さっきまでそこにいたのに」ダーラはそう言って、退散する猫の影を指差しながら笑みを浮かべた。

カートは肩をすくめた。「また次の機会にでも」

「いや、今朝仕事現場に着いたとき、彼によく似た大きな黒猫がおれのブラウンストーンから走り出てくるのを見たもんでね」

「ほんと?」ダーラはずる賢い猫が夜間の襲撃に出かけているという疑惑を思い出し、慎重に答えた。「店とうちのアパートメントのあいだはよく行ったり来たりしてるけど、彼は家猫よ。少なくともそのはずなんだけど」

「そうかい? 確かにきみんちの猫に似てたんだ。朝の六時か六時半くらいだったかな。死ぬほどびっくりしたよ。最初は巨大なネズミか何かかと思った」

カートは訳知り顔でうなずいて続けた。「建設現場では猫も気をつけないとな。まえに漆喰を入れたバケツの蓋を開けっぱなしにしといたやつがいて、とんでもないありさまになったのを見たことがある。翌日、作業員が来て目にした光景はまあ、気持ちのいいものじゃなかったよ。言いたいことはわかるかい？」

「なんとなく」ダーラは思わず身震いした。「わたしもハムレットから目を離さないようにするわ」と言うと、話題を変えたくて、近くの〝新刊〟と書かれた陳列台を指差した。「特別注文の商品はまだ入ってきていないから、かわりに入荷したばかりの犯罪ドキュメンタリーでもどう？」

過去に購入した商品から、ダーラは、カートもバリーも現実世界の流血ものに目がないことを知っていた。しかし、カートは今回首を振った。メガワット級の笑みがかすんできた。

「実は、その犯罪の件もあってここに来たんだ。きみに用心するよう言ってこいとバリーに言われてね」

「用心する？」とダーラはおうむ返しに言った。彼の真剣な声に不安が募り、体がぶるっと震えた。「用心するって何を？」

「ああ、例の厄介な金属泥棒がまた戻ってきたんだよ。おれらのところも昨晩やられた。梁に巻きつけておいたコイル状の銅管を持ち逃げされたんだ。くそ、やつら、わざわざおれらののこぎりを使ってツーバイテン材を切って盗んでったんだぜ」

「カート、それはお気の毒に」

そう言いつつも、つかの間の恐怖心は消え、安堵感に包まれた。カートの話はそれほど絶望的なものではなかった。しかし、すぐに彼らのことを思って、激しい怒りがわいてきた。「腹立たしいったらないでしょうね。ほんと、犯人がまだ捕まってないのが信じられない」

くだんの〝犯人〟はここ数週間ずっと、近所の悩みの種だった。真夜中を過ぎた時間帯に活動するこの金属泥棒の主な標的は、建設現場か空き家だった。しかし、大胆にも人のいる建物を狙ったことも何度かある。廃材として売れそうな銅やアルミニウムなどの金属を探しながら、建物に同じくらいの被害を出してもいた。これまでのところ、警察はパトロールを強化していたが、まだ現行犯逮捕には至っていない。町内会が懸賞金の提供を申し出ているにもかかわらず、犯罪者集団のだれかを知っていると名乗り出る者はひとりもいなかった。

「聞いたうわさによると、警察は若い連中のしわざだと思ってるらしい。酒を飲んで騒ぐために現金収入をほしがってる連中だと。犯行現場のいくつかでお菓子やカップケーキの包み紙が見つかってる。どれも若いやつらが好んで食べるものさ。おれも、チンピラどもが戻ってきたときに備えて、これから二、三日は仕事現場に泊まり込もうかと考えてるんだ。何かを持ち去ろうとするところを捕まえて、〝バールさま〟をお見舞いしてやろうと思ってね」カートは強調するように武器を振りまわすふりをしながら脅し文句を吐いた。

ダーラは共感してうなずいた。とはいえ、バリーもカートもそういう大胆な行為は警察に任せておいてくれればいいのに、とも思った。泥棒が危険な武器を持っているといっても、せいぜい真鍮(しんちゅう)のゴルフクラブくらいのものだろう。ジェイクならそう言うはずだ。が、実際のところはだれにもわからない。

「きみも安泰というわけじゃないんだからね」カートは太い指を彼女のほうに向けて振りなが

らそうつけ加えた。「外にすてきな備品——あの真鍮製の番地表示——があるし、ドアにしゃれた新しいノブもつけてるだろ。あのチンピラどもはきみがこの店の中にいたってなんのためらいもなく持っていくんだから」

　ダーラが答えようとすると、突然チャチャチャという大きなリズムが響いた。カートの胸のあたりから一九九〇年代後半に大ヒットした歌詞が聞こえてきている。〝きみの心をくれよ(ギミー・ユア・ハート)。本物の愛を(メイク・イット・リアル)。でなきゃもういいさ(オア・エルス・フォゲット・アバウト・イット)……〟

　ダーラはにやにや笑いをこらえた。心の中でその聞き慣れた歌詞を口ずさみながら——もっともカートの場合、最後の歌詞の発音は〝フォッゲーダバウディット〟だろうが。ロブ・トーマスのソウルフルなボーカルと、カルロス・サンタナの代名詞とも言うべき物悲しくもぞくぞくするギターの旋律が調和した『スムーズ』は、結婚するまえ無為に過ごした青春の終わりに聴いたお気に入りの曲だった。しかし、カートがこの着信音を選んだのは、特別な女性への思いからというよりは、自分への賛歌としてではないかと思った。

　彼はシャツのポケットから電話を取り出し、着信番号を見て少し顔をしかめた。〝無視〟のボタンを押す。「それで、さっきの話に戻るけど——」

「心配しないで、カート。うちには正面のドアと裏口に監視カメラがついてるから。それに、階下(した)にはジェイクもいるし」

「ああ、そうか、女性警官だったな」カートの笑みが戻ってきた。さっきの怒りはもう忘れているらしい。彼は意味ありげに肘を揺すって言った。「彼女は歳の割になかなかの美人だよな。

おれとのデートに興味を持ってもらえるかな?」

「元警官よ」とダーラは即座に訂正した。「それと、ジェイクはもう、ええと、だれかとつきあってるんじゃないかしら」

小さなうそ。これでジェイクはわたしにひとつ借りができたわね——ダーラはそう思い、内心笑みを浮かべた。ジェイクは過去に一度店でカートに会ったことがあるのだが、彼に興味を引かれていないのは一目瞭然だった——もちろん、〝年上の〟女性（ジェイクのほうがカートよりほんの数歳上だった）は、あとでその話になったとき、もっとあけっぴろげな言い方をしたが。そんなことを考えていると、ダーラの頭にある思いが浮かび、はっとして顔をしかめた。

「カート、あなたはもう別の人とつきあってるんだと思ってたけど。テラ・アギラールとデートしてたんじゃなかった?」

〈グレート・センセーションズ〉のオーナー、ヒルダ・アギラールの娘のテラは、やっと二十一歳になったばかりだった。目鼻立ちは、小柄で上品な母親とよく似ていたが、ヒルダとはちがって露出度の高い服と派手なメイクを好んでいた。ダーラに言わせれば、そのどちらも彼女の真の美しさを隠してしまうものだった。年齢が自分の二倍もあるうえ、白馬の王子さまとは程遠いカートにテラが何を見いだしたのかはわからない。しかし、メイクをよく思っていないとはいえ、彼女がもてあそばれる姿は見たくなかった。

だが、カートは非難されたことに悪びれるそぶりもなく言った。

「ああ、テラとは一緒に遊んだりしてるよ。でもほら、おれって手広くやるのが好きだからさ」

そう言って、身づくろいをするようなしぐさで髪をうしろになでつけた。

　手を動かしたせいで、ポロシャツの開いた襟が開き、毛むくじゃらの胸にかかった金のチェーンがのぞいた。ダーラはロバートが言っていたゴールドチェーン野郎を思い出し、つい顔をしかめそうになるのをこらえた。自分の半分の歳の女の子を追いかけまわしているこの中年男たちっていったいなんなの？とダーラは思ったものの、男たちがそうする理由はわかっていた。ただ、相手の女の子たちが毎回それに引っかかるのが信じられないだけだ。

「わたしがあなたなら注意するわね。ヒルダ・アギラールは優しそうに見えるけど、娘が二股をかけられてると知ったら、どんな男でも叩きのめせそうな気がするから」

「おっと、おれがまだママのほうも口説いてないなんてだれが言った？」カートはウィンクで反撃してきた。「若いのもいいけど、年増もおれは好きだぜ」ダーラが刺すような非難のまなざしを向けると、カートは頬を膨らませて大げさにため息をついた。「なんだよ？　ジョークだよ。これだから女は冗談が通じないんだから」

「そうみたいね」ダーラは陽気に答えたが、顔は笑っていなかった。ほんの数分前はわたしに信頼されていたのに、ほんの数語でそれを台無しにしてしまうとは驚きだ。「とにかく、金属泥棒に関する忠告をありがとう。うちも気をつけるようにするわね。バリーによろしく伝えて」

　カートは降参だというようにずんぐりした両手を上げた。「オーケー、おれだって自分がお呼びじゃないときぐらいわかるさ。あの本が入荷したら電話してくれるかい？」

「もちろんよ、カート。それじゃあね」

　カートは出ていって、ドアが閉まった。ダーラは、ささやかな平穏が戻ってくるのを感じた。それでも念のため、オーガニックのクチナシのスプレーをもう一度あたりに吹きかけておいた。ロバートはその頃には、辞書の棚からまた顔を出していた。ダーラがうなずいて〝問題なし〟という合図を送ると、客を連れてレジのほうに歩いてきた。もうじきママになる女性は、腕に抱えた本の山の一冊に気を取られていて、さっき起きた不愉快な騒動には気づいていないようだった。

　ダーラは脇によけ、ロバートに接客を任せた。彼がプロのように手早くレジに値段を打ち込む姿を見て感心した。赤ん坊の最初のおもちゃが電子製品、というのがめずらしくない時代に生まれ育った利点のひとつだろう。そのとき、彼女自身のお気に入りの電子おもちゃが鳴り出した。着信番号を見ると、思ったとおり電話をかけてきたのはジェイクだった。

「ごめん、クライアントと電話会議の真っ最中だったの。今あんたのSOSを聞いたところよ」ダーラが〝もしもし〟と言う暇もなく、ジェイクの心配そうな声が言った。「待ってて、今そっちに行く」

「大丈夫よ、危機は去ったから」ダーラはそう言って友人を安心させた。「そのことはあとで話すわね」

「いいから今話して」電話越しにジェイクの声が聞こえたかと思うと、本人が店に入ってきた。

　ダーラは苦笑いを浮かべて電話を切った。「一足遅かった（ア・デイ・レイト・ア・ダラー・ショート）わね、これって父さんの口癖なんだけど」大股で歩いてくるジェイクに向かって言った。ロバートのほうを見ると、客が購入した商品を袋に詰めていた。ダーラは女性が出口に向かって歩きはじめるまで待ってから彼に言った。「ちょっとジェイクと話があるの。ひとりにしても大丈夫？」

「はい、平気ですよ」と言って、彼は大げさにうなずいた。「それと、さっきはありがとうございました。その、ぼくの味方をしてくれて」

「どうってことないわよ。それから、さっき貸したお金は、何回かに分けて給料から返済してくれればいいから」ダーラがそう言うと、ロバートは感謝の印にまた大きくうなずいた。

「で、今の話は？」とジェイクが訊いた。ふたりは自己啓発本のコーナーの裏に置かれた二脚のウィングチェアに腰を下ろしていた。今の気候では、一、二分程度ならまだしも、小さな庭に出て座るのは少し肌寒すぎるだろう。「さっきの遭難信号と関係があるわけ？」

「あいにくそうなの」

ダーラは、ポルノショップのビルとの不愉快な対決について、彼が彼女とロバートに残しかけた脅迫のことも含めて手短に説明した。ジェイクは険しい面持ちで聞いていたが、ハムレットが腕ずくの——というよりは肢ずくの——戦術を使って領収書にサインさせた話をすると、顔を少しほころばせた。しかし、事態が緊迫してきたちょうどそのときカートが店に現れた事実を伝えると、またもやジェイクの表情がくもった。

「ああ、あのカート・ベネデットは派手に遊んでるんでしょ？」ジェイクは小さなメモ帳と、ダーラが小学校のときに使っていた記憶のある短いペンを取り出した。「そういえば、ちょうどヒルダ・アギラールの調査の件で聞き込みをしてるのよ。ちょっといくつか質問に答えてもらってもかまわない？」

ヒルダの件とカートにどんな関係があるのだろう？　ジェイクはどんな情報をつかんでいるのだろう？　ダーラは好奇心に駆られたが、肩をすくめてうなずいた。「ええ、わたしでお役に立てるのなら」

「われらが友のミスター・ベネデットは、あんたの店に来るようになって約一ヵ月が経つわけよね。彼について知ってることを教えてくれる？　つまり、彼が超弩級の最低野郎ってこと以外に」

それはカートがポルノショップのビルについて使っていたことばだ――そう思うと、おかしさがこみあげてきた。ジェイクにもその話はしたほうがいいかもしれない。が、まずは自分が知っていることを簡潔に説明した。カートがテラ・アギラールとデートする一方で、いろんな女の子に手を出していると認めていたことも含めて。そして、どうしても誘惑に抵抗できず、彼がジェイクの男性関係について訊いていたことも詳しく話した。

ジェイクは鼻の先でせせら笑った。しかし、無表情だった顔が少し険しくなっている。

「男って夢の世界に生きてるのね」友人は辛辣に言った。賞味期限を過ぎたシーフードをうっかり口にしてしまったように唇をゆがめている。やがて、さりげなさすぎてかえって大げさに思える口調でダーラに訊いてきた。「カートは自分の結婚についての話なんかしたことないわよね？　奥さんだった人の話も」

今度はダーラが鼻を鳴らす番だった。驚いてジェイクを見つめた。「結婚してるなんて話は一切してなかったわよ。まあ、もし結婚してたとしたら、少なくともひとりは恨みを抱いてる元妻が今頃あたりをうろついてるでしょうけど」

「子供は？　ちゃんとした奥さんの子供であれ、そうでない人の子供であれ」

「そういう話は何も。悪いけど彼とはありがたいことに、そんなに個人的な話はしてないから」

ダーラの好奇心は、もはや高速回転の域を超えて、そのままレッドゾーンに突入していた。もっとも、パズルのピースをつなぎ合わせるのはそうむずかしくなかったけれど。ヒルダがジェイクのクライアントで、ジェイクがカートについて質問しているのなら、ヒルダは娘と彼の関係を心配していると考えるのが自然だ。でも、そんなことで私立探偵を雇う？　それはやりすぎのような気がした。とはいえ、ヒルダのような過保護な親なら、そうやって子供を甘やかすのも、近頃では普通のことなのかもしれない。

「もうひとつ、あなたに話しておいたほうがいいことがあるわ」とダーラは言った。「ポルノショップのビルがわたしたちを脅迫してるときに、たまたまカートが現れたって話はしたわよね。ふたりのあいだには確執めいたものがあるみたいなの。この店の中で殴り合いになりそうだったんだから」

「それで？」ジェイクはそうつぶやいてメモを取った。「その確執について何か手がかりは？」

「ビルがただ決着のついてない問題があるとだけ言ったら、カートはビルが根に持ってるというようなことを口にしてた。彼らは仲よくお別れしたわけじゃないけど、少なくとも血が流れることはなかったわ」

「そう。でも、どっちもどっちね」ジェイクはメモ帳をぱたんと閉じた。「ありがとう、すごく助かったわ。何かほかに思いついたら、また知らせてね。それから脅迫の件、リースに伝えとくわ。また同じことが起きたら、あたしを待たないで。すぐ彼に電話するのよ」

リースの話が出たところで、ダーラはカートとした別の話を思い出した。金属泥棒のことだ。

「実はカートは、ちゃんとした理由があってうちに来たのよ。銅やアルミニウムを盗んでた集団がまた近所に戻ってきたって忠告しにね。彼のところも銅管を一巻き盗まれたんですって」

「あら、それはカートも大変ね」とジェイクはおざなりな返事をした。

ダーラはうなずいた。「でも、彼は人のいる建物も被害に遭ってるって親切にも教えてくれたのよ。先週プリンスキ兄妹の店で買った、うちのアンティークの真鍮の飾りのことで心配してくれてた」ほんの少し彼をかばうように彼女は言った。「それに、打撃を受けてるのはカートだけじゃないのよ。バリーも同じなんだから」

ジェイクは表情を輝かせた。「それで、あんたとあのオタク系のお禿げちゃんはどうなってるの？　パートナーは最低野郎でも、彼のほうはいい人そうに見えるけど。あんたたち、もうできてるの？」

「ジェイク！」ダーラは恥ずかしくなって抗議した。あたりを見まわして、ロバートが知らない間に話が聞こえるところに来ていたりしないか確認する。声を落として続けた。「ほんと、彼のことはほとんど何も知らないのよ。でも、オタクじゃないってだけは言えるわ。彼とカートはふたりとも高校時代、体育会系だった……カートは学校の代表チームでランニングバックをしてたし、バリーは陸上と、あとは野球部で二年間ピッチャーを務めてたんだから。それに、彼は禿げてなんかいません。単に髪の生え際が後退してるだけです」

無意識に彼をかばったことに気づいた友人が笑みを浮かべると、ダーラは赤面し、正直に言った。「いいわ、認める。彼のことは好きだけど――」

「好き？」とジェイクはダーラの話を遮った。カーリーヘアを揺らして首を振っている。「なに、あんたたち中学生？　今にあたしに頼んでくるんじゃない？　彼を呼び出して、彼もわたしのことを好きかどうか訊いてとか。うぶなふりをするのはやめなさい。彼のほうが先に行動を起こしてこないなら、あんたがやるまでよ。そろそろデートに誘ったら？　電話番号は知ってるんでしょ？」

「それが知らないの。そもそも向こうから教えられてないし、わたしから訊くのもなんか変かなと思って」もちろんカートの番号は知っていた。というのも、特別注文した商品を店に取りにくるのはたいてい彼だったからだ。

ジェイクはあわれむようなまなざしを彼女に向けた。「店の顧客名簿を更新するから連絡先がほしいって言えばいいんじゃない？　それか、もうはっきりと、デートに誘いたいから連絡する手段をくださいって言えば」

「それじゃあ、妥協案を取って、次に彼が店に来たときデリでランチをおごるって提案するのはどう？」

「いいじゃない。それで、デートが終わったら無残な結果をあたしに報告するのよ」

「あなたのほうも、ヒルダの仕事について打ち明けるって約束してくれたらね」

それは絶対にないだろう。ジェイクが顧客の守秘義務を破るわけがなかった。たとえおいしいうわさ話を仕入れることができるとわかっていても。この小さな戦いに自分が勝利したと確信して、ダーラはしたり顔で笑みを浮かべることを自分に許した。

ジェイクも同じ意見だったにちがいない。彼女は悔しそうな顔でダーラにほほ笑み返した。

「しかたないわね。でも、忠告しとくわ。バリーを電話口に呼び出して商談をまとめるのに失敗しても、あたしのところにはアドバイスを求めて泣きついてこないこと」友人はジェイムズも舌を巻きそうな口調で比喩を織り交ぜて宣言した。「こと恋愛に関しては、自分だけが頼りなんだからね、お嬢ちゃん」

6

「カートにご希望の本が届くのにあれからずいぶんかかっちゃってごめんなさいって伝えておいて」ダーラは詫びるような笑みを浮かべて言った。昔の正確なモールディングとトリムに関する待望の本を渡して続ける。「ほんと、そういう特別注文の商品って、ときどきラバの荷車で送られてきてるんじゃないかと思っちゃうわ」

「全然かまわないよ。この本はそれだけ待つ価値がある」

バリー・アイゼンは、茶色の目を輝かせながらページをめくり、興奮した様子でフルカラーの写真のひとつを指差した。その拍子にグレーのパーカーの袖から漆喰の粉が飛び、ふわりと空中を舞って、開いたページに落ちた。「見てくれ。おれたちがしてるのは、普通のホームセンターで売られてる木材の話じゃないんだ」

ダーラは笑みを浮かべたが、また粉が舞うのを警戒して一歩うしろに下がった。どうやらバリーはその服を最近仕事場に着ていったらしい。それでも、その下に着ている黒と黄色のフランネルシャツは洗いたてのようで、ジーンズもぱりっとしていた。おそらく前日にドライクリーニング店から糊づけされて戻ってきたものだろう。この日の朝はまだ仕事場には行っていないようだった。

「これはおれとカートが思い描いてた一階のイメージにかなり近いな」と彼は続けた。「それに、建物のもともとの装飾ともぴったり合う。もちろん、木材そのものはオークかもしれないが、こっちには伝統的な手彫りの卵鏃模様のパネルモールディングだってある。そうしたはめ込み細工はマホガニーだ。はめ込み細工を花輪模様にしたほうがいいのかどうかはわからないけど。ひょっとしたら、かわりにロゼットのモチーフを使うのがいいかもしれないな」

バリーは数ページ戻って別の写真を開いた。「でも、これもいいかもしれない。ほら、この浮き彫りのパネルはシンプルだけど、悪くないだろ。てっぺんに沿って走ってる歯飾りのチェアレールが全体の雰囲気を実に品よくしてるね。これだったら、部屋のほかの建築ディテールの邪魔もしないだろう」

「どっちもすてきだと思うわ」とダーラは請け合った。もしバリーとつきあうことになったら、

インテリアデザインの語彙を増やさないといけないだろう。

典型的なブラウンストーンの建物の様式については、自分もその最たる例に住むことで少し

は知識を得ていたが、基本的な色と質感を除けば、ダーラはその特徴のほとんどを口で説明で

きなかった。とはいえ、バリーとカートが自分たちの手で昔風のパネリングやほかの木工技術

や漆喰などを再現しようとしているという事実には、バリーが〝歯飾り〟などという用語を言

いなれていることと同じくらい感銘を受けていた。

「まだ決める時間は残ってるから」バリーは不用意に肩をすくめた。その拍子にまた少し粉が

周囲に舞った。「明日から漆喰塗りの作業を始めるんだ。それにはちょっと時間がかかるしね」

バリーはうやうやしいほど優しい手つきで特大サイズの本を閉じると、期待に満ちた笑みを

彼女に向けた。「もし一時間ほど時間があったら、一緒におれたちのブラウンストーンに来て

〝ビフォー〟の状態を最後に見てみないか？　そのあとデリで一緒にランチでもどう？」

デートだ！　彼に先を越された！　ダーラは小さくほほ笑んだ。「行きたいんだけど、でも

――」

彼女はそこでことばを切り、ロバートに目をやった。彼は店の奥で在庫の整理をしていた。

ロバートがここでパートタイムの従業員として働くようになってからもう一週間以上が経つ。

すでに日常業務は一人前にこなせるようになっていた。さらに喜ばしいことに、当初の〝おっ

す、兄貴〟事件にもかかわらず、どこまでも堅物のジェイズムに取り入ることにも成功してい

た。昨日、そのハイライトが起きていた。ロバートは、チャールズ・ディケンズに関する議論に元教授を引き込み、彼の作品の中で使われる孤児の比喩的な使用について持論を展開したのだ。ジェイムズは精力的に反対意見を述べていたが、彼の声の調子から、専門の時代に自分と同じくらい興味を持つ相手と語り合えることを喜んでいる様子が伝わってきた。

しかし、ジェイムズはランチタイムが終わるまでは出勤しない。やはり、先週ポルノショップのビルとの衝突があったあとでは、ロバートにひとりで店を任せるのは少し不安だった。わかっているかぎりでは、ロバートとビルの問題はすでに解決している。が、万が一彼がまた店に来るようなことがあればと考えると、あんな一触即発の状況をロバートひとりに対処させたくはなかった。けれど、ジェイクも階下にいて、電話一本かければすぐに来てくれる。ダーラは思った——どのみち、木曜日の一時間かそこらで何が起きるというの？

「——でも、次の食事はわたしのおごりよ」とダーラはバリーへの返事を締めくくった。ロバートはお利口だから、しばらくひとりで働けるだろう、すばやくそう判断して。

「ロバート。早めのランチでちょっと出かけてくるわ。ジェイムズが来るまでひとりで仕事を任せても大丈夫？」

とはいえ、完全にひとりではないことをダーラはふと思い出した。彼にはハムレットという仲間がついている。

いや、ほんとうにそうだろうか？——そう思って、彼女はあたりを見まわした。ハムレットはここ一時間ばかりずっとカウンターの端に寝そべっていた。ダーラとロバートが入荷した段ボール箱の荷解きをする作業を見届けるという重労働の朝を終え、休息を取っていたのだ。しかし、彼女がバリーと話している数分のあいだに元気を取り戻したらしく、今は姿を消していた。

しかし、ロバートのほうは、そんな不安は一切感じていないようだった。「どうぞゆっくりしてきてください、ボス。ぼくは、平気ですから」と彼は答えると、彼女が信じなかったときに備えて、大げさに〝オーケー〟サインを出した。

ロバートはいつもの黒のジーンズに黒のシャツを着ていたが、今日はジェイムズの私的な制服を真似してか、シャツの上に黒のニットのベストを着ていた。ダーラには、そのファッション哲学が純粋にジェイムズを見習ったものなのか、それとも年上の先輩をだしにした、ただのからかい半分の冗談なのか区別がつかなかった。もっとも、後者の可能性はないにちがいないが。もし気を悪くすれば、ジェイムズも若者の鼻っ柱の一本や二本くらい軽くへし折ってくれるだろう。

「よかった。それじゃあ、わたしが戻るまで留守番をお願いね。何か緊急事態が起きたときは、わたしの携帯かジェイクに電話して。電話番号はレジにテープで貼ってあるから」

ロバートは威勢よく敬礼を返してきた。ダーラはため息をついた。彼の歳くらい若いというのがどういうことか、衝動をうまくコントロールできないとはどういうことか、すっかり忘れていた。その小生意気なしぐさは、ロバート自身が思っているほど彼女には面白くなかった。

「さあ、気が変わるまえにここを出ましょう」とダーラはバリーに言うと、カウンターの下から携帯電話と着慣れたオリーブ色のカーディガンを取り出した。

外の空気は、もう十一時を過ぎているにもかかわらず身を切るような寒さだった。ダーラは慌ててカーディガンを羽織った。バリーが襟を直すのを手伝ってくれると、うれしさで心が小さくときめいた。男性からこういうふうにささやかな敬意を払われるのはずいぶん久しぶりだった。ジェイクが〝できている〟と言ったのも、あながちまちがいではないかもしれない。

漆喰塗りの技術について詳しく語っているバリーのほうをダーラはちらりと見た。身長は百八十センチ近くあり、顔立ちは整っていて、もうじき五十歳になる男性の多くに見られる太鼓腹という特徴のない彼は、ルックス部門では申し分なかった。確かに、ジェイクの警官友達のリースとはちがって、若くてブロンドのマッチョとはいかなかったが……それを言うなら、ほとんどの男性が当てはまらないだろう。

体のがっしりした刑事の姿を思い出し、ダーラは小さく笑みをもらした。初めてリースに会ったあと、ほんの一瞬——十分程度だが——これから彼とつきあう可能性を探ってみたことがあった。彼もその可能性に対して前向きだという雰囲気も少しは感じ取ってもいた。が、やがて常識が頭をよぎり、彼とは友達としてつきあったほうがうまくいくという結論に達した。そのうえ、見た目のよさだけでは恋愛が長続きしないことは、身をもって知っている。彼女は小さくため息をつくと、バリーに注意を戻し、漆喰塗りについての熱弁に耳を傾けた。

数分後、ふたりはブラウンストーンに到着した。「何があったの？」というのが、目のまえに広がる光景を見て、ダーラの口から最初に出たことばだった。しかし、批判しているように聞こえるかもしれないことに気づくと慌てて言い直した。「つまり、その……なんていうか……」

ダーラが最初に来たとき、バリーがこの建物はギリシャ復興様式だと説明してくれた。最も輝いていた頃は、その典型的な建物だっただろう。この三階建ての住居は、厳密にはブラウンストーンではなかったが、全体に赤れんが造りで、正面に〝ギリシャ風玄関〟——短い階段の上の平らなポーチとその屋根を支える縦溝彫りの柱——が設けられていた。この様式の特徴であるシンプルな窓台とまぐさ——いわば窓の〝眉〟だ——は、周りのれんががらほとんど浮き出ておらず、そのおかげで近隣の建物より優美な印象を与えていた。石に彫られたギリシャの雷文模様もそんな建築上の特徴をうまく表していた。

しかし、この建物の最も大きな価値は、通りから少し奥まったところに建っていて、かつては青い芝生だった細長いスペース——芝生はずっと昔に踏みつけられて土になっている——があることだった。庭の片隅の木の囲いには、素人目にもオーク種だとわかる大木が植わっており、季節柄、葉をまだらな黄色とオレンジ色に染めていた。きちんと庭の手入れをして外観を整えれば、バリーとカートは、今推し進めている内部の最低限の改装だけでもうらやましいほどの利益を生み出せるのだろう。

ダーラが建物の現状について何か励みになることを言わなくてはと考えていると、バリーが笑って言った。「そうだね。今はなんていうか殺風景だけど、これからよくなるって保証するよ」

ダーラは胸の内で思った――〝殺風景〟とはずいぶん控え目な言い方だわ。実際、〝殺風景〟というのは、前回彼女が見たときの状態だった。そのときは、一階の窓の一部に板が打ちつけられており、オレンジ色のネットのフェンスが、猫の額ほどの庭を囲むギリシャの雷文模様つきの錬鉄製の門のかわりをしていた。

ところが、今この場所は、改築現場というよりは解体現場に近かった。建設現場用の大型ごみ容器が、となりの建物との狭い隙間へぎゅうぎゅうに押し込められており、れんがの建物の周りには、これまたオレンジ色のフェンスが地下の鉄格子のついた窓のそばをぐるりと囲んでいた。ポーチの柱の一本は取り外され、何本かの頑丈な木の柱に置き換えられている。取り外された柱が数本、ついでのように建物の隅に立てかけられていた。

「ヘルメットを持ってくればよかったかしら」とダーラは言った。「きっと中はもっときれいなんでしょ」

「ハハハ、それほどでもないよ」背後から聞き覚えのない鼻声が聞こえた。忍び笑いももらしている。

ダーラは驚いてうしろを振り返った。バリーと同じ年配の背の高い痩せた男がクリップボードを手に歩道に立っていた。茶色のだぶだぶのズボンにボタンつきの白いシャツを着て、その上にフェイクウールの襟がついた布製のボマージャケットを着ている。上着のまえが開いており、そのあいだから、首にかけたストラップにぶら下がった写真つきの公的な身分証明書のようなものが見えた。市の職員か何かだろうか、とダーラは思った。

バリーの表情から彼がこの男性と知り合いなのはわかったが、会えてものすごくうれしがっているというわけではなさそうだった。「こんなところで何をしてるんだ、トビー？」と彼は詰問した。いつもの親しみやすい口調が苛立ちでとげとげしくなっている。

トビーは手に持ったクリップボードを振った。乱雑に挟まれた用紙の束が紙の雌鶏のようにパタパタと羽ばたいた。「片づけなきゃならないちょっとした検査の用事があったじゃないか。それとも忘れたのか？」

「何も忘れてなんかないさ。でもあんたは来週までここに来ない約束だろ」そう言って、バリーは挑発的な態度で相手に数歩近づいた。「おれの建物に無断で立ち入ってもらっちゃ困るんだが」

「まあ、落ち着けって。今ここに着いたばかりだよ。でも、こっちもスケジュールを前倒しする必要が出てきたんだ。わかるだろ？」

「ちょうど今、人と一緒なんだ。都合が悪い。わかってもらえるな？」

ダーラは、どう見ても腹を立てているバリーから、新たに登場したこの軽薄な人物に視線を移した。彼はよくある宇宙人のイメージに異様なほどよく似ていた。小さな目鼻立ちが顔の中心に寄ったのち、引っ込んだあごに向かって下にずり落ちているような印象。広々とした額が顔の中で幅を利かせている。襟元まで伸びたサーファーっぽいブロンドの髪――どう見ても自宅で脱色している――を、馬というよりはヤマアラシの尾のように縮れた一本の毛の束にしてうしろでまとめていた。そのせいで、顔のいびつな印象がさらに強くなっている。彼の人柄に関して言えば、知り合ってまだ一分も経っていなかったが、ダーラにはすでに一緒にいることが不快だった。

だが、残念ながら、もしこの男がほんとうに市の検査官だとすれば、バリーは仕事場を維持するため無礼な態度にもじっと我慢するしかないだろう。

「じゃあ、こうしよう」とトビーの鼻にかかった声が言った。「月曜まで待つ。それでいいな？」

「月曜だな」とバリーは同意した。表情はかたいままだ。「そのときまで、おれの建物には一歩も近づくなよ」

「お人よしになった結果がこれさ」トビーは笑みを浮かべてダーラにウィンクをしながら愚痴をこぼした。「いつも人から感謝されてると思うだろ、ところがどっこい……」

そう言うと、彼はクリップボードを小脇に挟んで、逆走する形で違法に駐車した白いツードアのおんぼろ車にてくてく歩いていった。車に乗り込むと、あざけるように手を振ってUターンし、車の流れに加わった。割り込まれた運転手たちがいっせいにクラクションを鳴らした。

「小売業も大変な仕事だとは思ってたけど」ダーラが皮肉交じりに言うと、バリーからは思ったとおり、弱々しい笑みが返ってきた。

「市とやりとりするのはいつもなら楽しいんだけどね。でも、建物の使用許可証がほしかったら、やつとつきあわなきゃならない」と言うと、バリーは明らかに、さっきまでの冗談めいた雰囲気を取り戻そうと努力して続けた。「でも、トビーのせいで怖くなって建物内の見学ツアーをキャンセル、なんてことはなしだよ」

　バリーは階段を上がるようダーラに身ぶりで合図した。鍵をがちゃがちゃ言わせると、ドアを押し開け、きしむ蝶番の音をバックに彼女を中へ案内した。ダーラは敷居をまたいで数歩進み、そこで足を止めた。戸惑いと信じられない思いであたりを見まわした。

　〝これが外よりもきれい？〟

　前回来たときは部屋の中は空っぽで、さまざまな設備が取り除かれて壁の漆喰がわびしく丸見えになった状態だった。むき出しになったコンセントから、先の尖った触手のような配線がぶら下がっていたものだ。ところが今は、漆喰の大部分がなくなっていて、もともとの間柱や木の支柱があらわになり、そのあいだを新しい電線のようなものが走っていた。玄関ホールの先の短い廊下の端にあるもうひとつのドアも、山積みにされたツーバイフォー材で一時的に塞がれている。といっても、この不都合はとくに問題ではなかった。前回この建物を訪れたとき、裏口のドアの先には申し訳程度の庭があるだけなのを見ていた。ダーラのブロックに建つブラウンストーンとはちがって、この通りの住居には裏路地がなかった。ダーラの家のように裏路地があるほうがブルックリンでは稀有な存在だと知ったときは驚いたものだ。

　染みのついたカーペットと破れたリノリウム——疑問の余地なく美意識より実用性を追求した前の持ち主のリフォームの結果——は、床の仕上げ材が引きはがされ、下の木材があらわになっていた。ところどころ、床の下張り材だけが残っていたり、何もなくなっていたりする個所もあった。

ダーラは、バリーが以前、配線をやり直しているあいだは電気のブレーカーを切っていると言っていたことを思い出した。その結果として、黒々とした太い延長コードが床と階段を這っており、不用心な者がつまずきかねなかった。はずした照明設備を補うため、持ち運び式の照明——業者の頑丈なフロアランプや大きなアルミニウムのシェードがついた取りつけ式の安い照明など——が点々と部屋の隅に置かれたり、むき出しになった間柱に固定されたりしていた。しかし、今は全部消されており、建物内の光源といえば、開いたドアと、二階の床の一部分がのこぎりで切り取られてできた天井の大人ひとり分の穴から入る光だけだった。

だが、バリーには、彼女の熱意が乏しいこと以外に気になることがあるらしい。楽しそうにしていたさっきまでの表情は消え、険しい顔つきに変わっていた。「どうかした?」とダーラは心配になって訊いた。

バリーはかぶりを振った。「わからない。でも、昨日ここを出るときは確かに玄関の戸締りをしたはずなんだ。それなのに、さっき鍵を挿し込んだときドアに鍵がかかってなかった」

「カートがすでに来てるとか?」カートがここで朝六時頃、ハムレットがうろうろしているのを見たと言っていたのを思い出して、ダーラは訊いた。

だが、バリーは疑わしそうに周囲を見渡していた。「もしあいつが来てるなら、おれたちが入ってくる音を聞いて今頃出てきてるはずだ。たとえ地下にいたとしてもね。ここにはこっそり忍び込むなんてできやしないんだ。あのさびついた蝶番があるからね。わざと油は差してない。自家製の警報装置みたいなもんさ」

軽い冗談だろうと思い、ダーラは笑みを浮かべた。しかし、バリーが大真面目に言っていることに気づくと、本能的に彼のそばに寄った。

「警察とか呼んだほうがいい？」とダーラは尋ねた。カーディガンのポケットに入った携帯電話を強く握りしめる。

バリーはすぐに返事をせず、階段に置き去りにされていた大きな銀色の懐中電灯に手を伸ばした。スイッチを入れると、数歩進んでアーチから、左手のとなりの部屋に通じるあたりを照らした。懐中電灯の黄色い光の帯の向こうで灰色の影が躍っていたが、床に並んだ五ガロンサイズのバケツと、きちんと折りたたまれたペンキ塗りの作業用の大きな布以上に怪しいものは見当たらなかった。とうとう彼は首を振って言った。

「通報することは何もないよ。たぶんカートが早い時間にここに来て、コーヒーでも買いに出かけて、そのときに鍵をかけ忘れたんだろう。鍵をかけずに出ていくのはこれが初めてじゃないんだ」

彼の声からはほのかに苛立ちが感じ取れたが、バリーは彼女のために無理に笑顔をつくって続けた。「ちょっと様子を見てくるから、ここで待っててくれる？」

「いいえ、わたしも一緒に行くわ」

一瞬、彼の表情から反対されるような気がしたが、バリーはうなずいた。「わかった。でも、そばを離れないでくれよ」と不穏な返事が返ってきた。「どこもかしこもぼろぼろだからね。頭をぶつけたり足首を捻挫したりしてもらっちゃ困るから」

それはダーラも願い下げだった。とはいえ、バリーが建物の中を見てまわっているあいだにひとりでここに残るのはもっと嫌だった。だって、映画の中で登場人物が安全と思われる場所に残ったせいで、気の狂った殺人鬼の餌食になるパターンがどれくらいある？　といっても、ありふれた中古のブラウンストーンに殺人鬼が潜んでいるなんてことは、そうそうないだろうと、彼女は自分に言い聞かせた。バリーが言うように、きっとカートはうっかりしていただけだ。あと数分もすれば、片手にダブルラテ、もう片方の手にドーナツを持ってひょっこり現れるにちがいない。そしておれは絶対に出かけるまえに鍵を閉めた、などと言い張るのだ。

ダーラは短い廊下を進むバリーのあとについていき、キッチンに入った。カーディガンのまえを引っぱって体をしっかりと包む。この建物には熱源がないらしいことに嫌でも気づかされた。冬がくれば、作業中は持ち運び式の大きなヒーターを設置しないと、バリーたちは凍え死んでしまうだろう。

しかし、今は気温の低さよりも一週間前カートに警告された金属泥棒のほうが気になっていた。もし犯人が戻ってきて、さらなる獲物を探して建物に押し入ったのだとしたら？　もっと悪いことに、彼らがまだどこかに潜んでいるとしたら？

「カート」不意に彼を呼ぶバリーの声がした。その声は空っぽの部屋にこだまし、ダーラは思わずびくっとした。「ここにいるのか、カート？　ダーラとおれは今一階にいて、おまえを捜してるぞ」

ダーラにはわかった。その一見なんの変哲もない呼びかけはつまりこういう意味だ。〝いるべきではない者、ここにいるんだったらまだ時間はあるぞ。おれたちと鉢合わせして面倒なことになるまえに窓から出ていけ〟。

「ここには誰もいない」一階にある残りふたつの部屋の点検を終えると、バリーが言った。階段のほうに向かって必要以上に大きな声をあげる。「なあ、ダーラ。二階を案内させてくれ」

これはつまり、〝最後のチャンスだぞ、くそったれ。事態が悪化しないうちに今すぐ出ていけ〟。

頭上からはドタバタと逃げ出す足音は聞こえてこなかった。バリーは肩をすくめ、自分のあとについて階段に来るよう身ぶりで合図してきたので、そのとおりにした。しかし、階段を四段か五段のぼる頃には、さっきの〝安全な場所にいた人が犠牲になる説〟を考え直していた。少しだけ動揺しつつ、今さら下に残ると言ったら遅すぎるだろうかと考えた。二階で侵入者と鉢合わせする危険についてはもう心配していなかった。彼女をひるませているのは階段そのものだった。

といっても、階段はそれほど狭くもなく、ぐらついてもいなかった——実際、この階段は建物の中で一番頑丈な構造物のように思えた。しかし、手すりが取り外されており、かわりに立ち入り禁止の黄色のテープが親柱のあいだに垂れ下がっているだけだった。ダーラは高いところがあまり得意ではない。その階段の開けた側は、まちがいなく彼女のバランス感覚を狂わせていた。

ほの暗い場所で手すりのない階段をのぼるのは、いわば度胸試しだ。さらに悪いことに、薄暗い明かりがバリーの懐中電灯の動く光と相まって、階段全体に遊園地のびっくりハウス（感覚的錯覚を利用して人を驚かせる施設）のような効果をばっちりもたらしていた。二階に着く頃には、室内の冷気にもかかわらず、彼女は汗をかいていた。爪のあいだには、精神的な支えに壁をつかんでいたせいで漆喰のかけらがめり込んでいる。

少なくとも一番上の手すりはそのままね――ダーラは確認し、ほっとした。方向感覚を取り戻しながら手すりをつかもうと手を伸ばした……が、その思いもむなしく、空いたもう一方の腕がつかまれ、階段の上の床に引き戻された。

「悪い、最初に言っておくべきだった。ちょっとぐらついてるんだ」バリーは申し訳なさそうに笑みを浮かべて言った。手すりを優しく揺すって実際にぐらぐら動かしてみせる。ダーラは胃がひっくり返りそうになった。「実際、そこは今日の修理リストに載ってたくらいなんだ」

「まいったわね」とダーラは言った。「ほかに知っておいたほうがいい死の罠はある？」

「床の穴にだけ気をつけてくれ」バリーは短い廊下の端のほうにある二台の木挽き台に懐中電灯を向けた。一階から見えていた下張り床の切り取られた部分をまたぐように、そのふたつの台は置かれていた。「心配ないよ、床のほかの部分は安定してるから。おれたちが通れないようにしてる場所にだけ近づかないようにしてくれ。そうすれば、まったく問題ない」

「あの、あなたが部屋をチェックしてるあいだ、ここで待ってちゃダメかしら」ダーラがそう提案すると、バリーは賛成してうなずいた。

「それがいいかもしれない。一分もかからないよ」

バリーは短い廊下を歩いていった。ダーラはうしろの壁を慎重に指で押した。壁は崩れることも揺らぐこともなかったので、もたれても大丈夫だと判断した。カーディガンの背中には漆喰の粉がつくだろうが、それで心の落ち着きを取り戻せるなら安いものだ。

ダーラはカーディガンのポケットに両手を突っ込んだ。指の下に携帯電話の小さな重みを感じた。そのとき、自分たちはまちがっていたと、はたと気がついた。まずカートに連絡を取ってここに寄ったかどうか確かめればいいのだ。もしバリーの言うように、近所に遅めの朝食を買いにいっているだけなら、鍵のかかっていなかったドアについての不穏なシナリオを排除できる。

ダーラは携帯電話を取り出して連絡先をすばやくスクロールした。普段から、ジェイムズが店の固定電話を使って客と交渉しているあいだは、自分の携帯電話を仕事に使わざるを得なかった。思ったとおり、カート・ベネデットの番号が〝B〟のカテゴリーにあった。彼女は通話ボタンを押し、電話を呼び出す音に耳を澄ました。

が、カートが電話に出るのを待っていると、突然かすかだが聞きまちがえようのないチャチャチャのリズムがどこか下のほうから聞こえてきた。それが何を意味するかわかるまで少し時間がかかった。その頃には、バリーも周りの部屋の点検を終えており、サンタナが奏でる『スムーズ』の金属的な調べもすでに消えていた。カートの録音された声──〝悪いな。今出られない。メッセージを残してくれ〟──がダーラの耳に届いていた。

「どうした?」とバリーが訊いてきた。ダーラは〝通話終了〟のボタンを押し、困惑顔でバリーを見た。「だれに電話してるんだい？」

「カートよ」ダーラはどうにかこうにか答えた。「携帯に彼の電話番号を登録してたことを忘れてたの。彼がどこにいるのか確かめようと思ってかけたら、電話の鳴る音がした」

「それで、あいつは出た？」とバリーは眉をひそめて言った。どうやら彼女の言った意味を理解していないらしい。

ダーラはごくりとつばを飲み込んではっきり言った。「彼の電話がここで鳴る音が聞こえたのよ……階下のどこかで」

ショックの色がバリーの顔をよぎった。彼は振り向いて手すりの向こうに目をやった。もう一度ダーラのほうに向きなおると、ぴしゃりと言った。「早く。もう一度かけて」

ダーラは震える指でリダイヤルボタンを押して耳を澄ました。案の定、どこか離れた場所から、ロブ・トーマスが熱を込めて歌い、カルロス・サンタナが軽快にギターをかき鳴らす音が聞こえてきた。

「もう一度」バリーはそう言うと、階段に急いだ。懐中電灯の光を上下に揺らしながら階下へ降りていく。「音がどこから聞こえてきてるのかわかるまで電話を鳴らしつづけてくれ」

ダーラはもう一度リダイヤルボタンを押し、慌てて彼のあとを追った。勇気を出してできるだけ速いスピードで階段を降り、途中立ちどまってもう一度リダイヤルボタンを押した。耳慣れたメロディーがずっと大きな音で聞こえてきた。バリーはすでに一階にいて、荒々しく周りを見まわしていた。ダーラも少しして彼に追いついた。もう一度電話をかけると、着信音がまた鳴り響いた。バリーは、ダーラがそれまで気づいていなかった閉まったドアに懐中電灯を向けた。

「地下だ」と彼は言った。「そこにいるにちがいない。でも、なんで電話に出ないんだ?」

なぜなら出られないからよ、とダーラは思った。胃がもんどりうっていた。地下室のドアに向かうバリーの険しい表情を見るかぎり、彼も同じことを考えているのは明らかだった。

彼がぐいっと引っぱってドアを開けると、外の小さな窓からわずかな日光だけが入ってくる暗がりが広がっていた。両側に手すりのついた立派な出来栄えの木のオープン階段が下の暗闇に向かって延びており、下には箱の山のようなぼんやりした影が浮かんでいた。バリーは懐中電灯で暗がりを照らしながら数段降りて呼びかけた。「カート? おい、いるのか?」

返事はなかった。バリーはダーラを振り返って言った。「もう一度電話をかけてみてくれないか?」

ダーラは無言でうなずき、ドアに近づきながらリダイヤルボタンを押した。今度は、足元でコンサートが開かれているかのような大音量が響いた。バリーは懐中電灯を動かし、階段の下のほうを捜した……そして、急に笑い出した。懐中電灯の光はとらえていた。数段下がったところに転がっている薄っぺらな金属製の物体を。バリーはうしろを向いてダーラを見ると、あきれたように首を振った。

「バカなやつだ。何かわけがあってここに来て、そのとき電話を落としたにちがいない」ほっとした表情を浮かべている。彼はまえを向いて階段を降りはじめた。またダーラを振り返って言う。「今頃どこで失くしたのかと近所じゅうを捜しまわってるだろうな」

「まあ、だれにでも起こることよ」とダーラは安堵のため息で少し息を切らしながら言った。カートに何か悪いことが起きたのではないかと、本気で心配していたのだ。でも、これで彼がただ電話を落としただけだとわかったから、予定どおりバリーとランチを食べにいける。カートにしても、しばらくはスマートフォンなしでも生き延びられるだろう。

バリーは身をかがめて迷子の携帯電話を拾った。ダーラは目を細めて薄暗い地下室を見渡した。収納箱と数脚の古い椅子に加えて、生活必需品の昔風の石炭ボイラーが片側に置かれているのがわかった。床は建物と同じれんが造りに見えたが、階段の近くには表面を安定させるためにベニヤ板が敷かれていた。窓以外に外への連絡口のようなものは見当たらない。彼女の実際的な側面が不意に頭をもたげた。バリーがこのスペースをジェイクのところと同じようなガーデン・アパートメントに改装すれば、建物の価値はもっと上がるだろう……

そこで思考は中断された。バリーが携帯電話をポケットに入れ、階段を上がってダーラのほうに戻ってこようとしているとき、懐中電灯の揺らめく光が一瞬、青いものをとらえたのだ。

ダーラは寒気に襲われ、戸口の側柱をつかんだ。

「待って」と彼女は声を詰まらせて言った。「階段のずっと下から右のほうに向かって明かりを照らして。何か見えたような……」

だんだん声が小さくなった。バリーは困惑したような顔で彼女をじっと見ている。気持ちを落ち着かせつつ、ダーラは戸口から身を乗り出して下のほうの暗がりを指差した。「たぶんなんでもないと思うんだけど。青い布きれかな。でも、ちょっと見てほしいの」

バリーは素直に振り返って、彼女が指差したあたりに向かって大きく弧を描いて懐中電灯の光を動かしはじめた。「見つけたら教えて――」

「そこ！」

体が震えていて側柱から手を離す勇気はなかった。ダーラは、バリーの懐中電灯の光が静止している場所を見下ろした。きっと青いビニールシートよ――そう自分に言い聞かせようとした。が、バリーがゆっくりと階段を降りていくにつれ、青い素材を照らした光は大きくなった。ちがう、ビニールシートじゃない。それは青いウィンドブレーカーだった……カートが前回店に来たときに着ていたのと同じ上着だ。

そして、懐中電灯の光の照準がぴたりと合ってくると、上着の袖から突き出た人間の手のようなものが目に入った。

7

「カート！」バリーは叫ぶと、よろめきながら階段を降り、地下の床に倒れている人影へ向かった。

明かりは彼の懐中電灯しかなかったので、ダーラも全速力で彼のあとを追った。混乱する頭で自分に言い聞かせる。カートはきっと気を失っているだけよ、と。階段でつまずいて下に落ちたとき頭を打ったにちがいない。携帯電話が彼のポケットではなく途中の階段に落ちていたのもそれで説明がつく。正直なところ、今日までにふたりがけがをしていないことのほうが驚きだった。このブラウンストーンはまさに災害現場のようなありさまだったから。

バリーはもう友人のそばに膝をついていた。懐中電灯の黄色い光のおかげでダーラの目にも、カートが数フィート離れた最下段の片側にうつ伏せで倒れているのが見えた。バールのようなものが背中に載っている。それを見て、彼女はカートがまえに言っていたことを思い出した。金属泥棒が戻ってくるのを待ち伏せして襲ってやると。

恐ろしい考えがダーラの胸をよぎった。カートは侵入者にバールを振りおろそうとして、その結果、戦いの敗者となってしまったのだろうか？

しかし、その可能性について考える時間はほとんどなかった。バリーがバールをつかんで横に放り投げ、うつ伏せになった友人の上にかがみ込んで呼びかけた。

「カート、聞こえるか？」ダーラも固唾をのんで見守った。バリーの横に行き、ほこりっぽいれんがの床に膝をつく。

ほんの一瞬、カートがうめき声をあげて動き出すのではないかという希望を抱いた。しかし、その楽観も、懐中電灯の光が彼の後頭部に残った血まみれの切り傷と見開かれた生気のない目の両方を照らし出すまでだった。ダーラははっとして息を飲みそうになった。もっとも、その音はカートには聞こえなかっただろうが……これからはどんな音も彼には聞こえないだろう。

「ちくしょう」そう言ってバリーは声を詰まらせ、今にも友人をひっくり返しそうな身ぶりをした。ダーラは慌てて彼の腕をつかんだ。

「そっとしておいてあげましょう、バリー……わたしたちにできることは何もないわ。それに、警察もわたしたちには何にも触れてほしくないでしょうし」

「警察？」そう言って彼は立ちあがり、落ち着きのない手を頭にやって薄くなりかけた髪を撫でた。「そうだ、きみの言うとおりだ。九一一に電話してくれ。おれはもう少し明るくする」

手が震えていて、ダーラは二度目にしてようやく正しい数字を入力できた。バリーが階段を駆けあがり、ふたつセットになった取りつけ式の照明をコンセントにつなぐと、車のヘッドライトのような明かりが木の階段を照らし出した。急に明るくなり、彼女は目をしばたたいた。じっと動かないカートの体がいっそう不自然で非現実的に見えた。彼女はとっさに遺体から数フィート離れた。電話をかけているあいだ、死んだ人間の真横にいるよりは、地下のいくらか暗い場所にいたほうがましだ。

どうして階上じゃないの？——とダーラは思った。暗い地下ももともとあまり得意ではないので、これでは本格的な地下恐怖症になってしまう。何しろ、そこで死体を見つけてしまったのだから。

永遠に待たされるように感じられた時間のあと——実際にはほんの数秒程度のことだったにちがいないが——緊急電話オペレーターが電話に出た。ダーラは自分のものとは思えないほど緊張した声で自分の名前を告げ、状況を説明した。

「事故かもしれませんが、よくわかりません。救急車？」ダーラは通信指令係の質問に答えた。「来てもらってもかまいませんが、たぶん亡くなってからだいぶ時間が経っていると思います。住所ですか？　バリー」彼女は、今は友人の横に静かに座っている彼に声をかけた。「ここの番地は？」

　バリーはすでに呆然自失の状態から戻っていて、しっかり住所を教えてくれた。ダーラは早口でそれを繰り返して、建物の中の遺体の詳しい位置についても伝えた。オペレーターは彼女に現場に残るよう指示し、また、遺体の近くにあるものには何にも手を触れないよう注意した……が、もう手遅れだ。ダーラはバリーがカートの体からバールを動かしたことを思い出した。

「警察と救急車がすぐに来るわ」ダーラは電話を切るとすぐ彼に言った。カートのほうは見ないよう注意しながら提案してみる。「警察が到着するまで階上で待ってたほうがいいんじゃないかしら」

「でも、このままこいつをここに放っておくわけにはいかない」バリーは悲しげに首を振った。「毛布か何かを見つけてかけてやらないと」

「オペレーターは何にも触らないように言ってたわ」とダーラは言った。「実際に何があったのかわからないんだから、わたしたちがうっかり証拠を毀損したりすることがあっちゃまずいと思うの」たとえばバールを持ちあげたりとか。彼女はそう胸の内でつぶやいた。もっとも、もし自分が最初にカートのところに駆けつけていたら、反射的に同じことをしただろうけれど。

　バリーは険しい顔でうなずくと、ダーラに階段のほうへ行くよう合図した。「警察が来るのを待ってるあいだに、配線とか道具類がなくなってないか確認したほうがいいかもしれない。カートは、先週うちから銅管を盗んだ連中がまた戻ってくるんじゃないかと心配してたから」

ダーラも同感だった。カートが先週忠告しにきてくれてから、彼女は店の番地表示が金属泥棒の手に渡るのではないかと心配していたのだ。泥棒だけでも充分最悪なのに、今度は邪魔が入ったら殺人をも辞さないほど大胆な犯罪者の餌食（じき）になる可能性をも心配しなくてはいけないのだろうか？

ふたりは一階のメインフロアに戻った。死体をそのまま地下に残して。死体――面識があった人をそんなふうに呼ぶのには違和感を覚えた。階段の下に転がった不気味な死体を、気に障る客だったとしても陽気ではあったカートと結びつけるのはむずかしかった。確かに、彼はお気に入りの客というより、我慢はできる客というほうに近かったが、そんな運命が訪れることなど決して望んではいなかった。それにもちろん、バリーにとって状況はまったくちがった意味をもつ。バリーはカートとは人生の半分以上ものあいだ、友人でありビジネスパートナーであったのだ。

ダーラはバリーのほうを見た。点検の結果、作業場からは何もなくなっていないようだと判断し、彼は応接間にいた彼女に合流していた。今は、ぐったりと壁にもたれかかり、両手をだらりと膝の上に置いて、向かいの壁の漆喰（しっくい）にぽっかり開いた穴を見つめている。ダーラはこの特殊な状況でかけるべき適切なことばを思いつけなかった。彼のとなりにただ座って、彼が共感の沈黙と思ってくれることを願った。内心ではうしろめたいことに、ランチの誘いを断っていれば、こんな事件には巻き込まれずにすんだのにと思っていたのだが。

不意にロバートがひとりで店番をしていることを思い出した。帰りが遅くなりそうだと伝えておいたほうがいいだろう。

ロバートは二度目の呼び出し音で電話に出た。「〈ペティストーンズ・ファイン・ブックス〉のロバートです。本日はどのようなご用件でしょう？」彼のあいさつは、ジェイムズの口調を見事に真似たものだった。

電話をすることで何か重要なエチケット違反を犯しているような気分になりながら、ダーラは小声で言った。「ロバート、ダーラよ。そう、あなたのボスの」彼がほんとうに彼女か質問してくるまえにはっきり言った。「今バリーのところに来てるんだけど、ちょっと問題が発生したの。たぶん思ってたより帰りが遅くなると思う。ジェイムズが出勤するまでひとりで大丈夫？」

「問題ないですよ」とロバートは答えた。「お客さんも少な目なんで、ちょうど先週入荷した政治家の自伝でショーウィンドウのディスプレーをしてたところです。ほら、その、売れ行きがとんでもなく悪いやつ」

つかの間、ダーラは小売業の店主モードに戻って顔をしかめた。どの本のことを言っているかはわかっていた。〈ニューヨーク・タイムズ〉の輝かしいベストセラーだと言われている本が一週間で五、六冊しか売れないことほど最悪なことはない。「ショーウィンドウのディスプレーですって？　やり方はわかるの？」

「もちろん」とロバートからは意気込んだ答えが返ってきた。「まえの店で『ナンシー先生のイケナイ授業』のDVDを二本発注するところを、ビルがまちがって二箱注文したことがあったんです。そのときぼくが飾った黒板とノートの見事なディスプレーをボスにも見せたかったですよ。一日で、その、二十本も売れたんですから」

すばらしいわ。ポルノ本業界のマーケティングの秘訣を聞けるなんて――ダーラはあきれたようにぐるりと目を回した。しかし、そうは言っても、『ナンシー先生のイケナイ授業』で成功したのなら、もしかしたら今話題になっている政治家の本もうまくいくかもしれない。

「じゃあ、お願いするわ」と彼女は許可した。「でも、飾りに使うのは店の中にあるものだけにしてね。できるだけ早く戻るわ」

そう言い残すと、ダーラは電話を切った。ロバートがショーウィンドウのディスプレーの話をするのを聞いて、ヒルダ・アギラールのことを思い出した。彼女の飾りつけの才能をいつもうらやましく思っていた。でも、調査の対象者が死んだ今となっては、ジェイクの調査はどうなるのだろう？　そして、さらに重要なことだが、テラ・アギラールは恋人の早すぎる死に対してどんな反応を示すだろう？　仮にテラが自分とカートとの関係について相手が思っていたように気軽に考えていたとしても、それでも大きなショックにはちがいない。

開いた玄関のドアを激しく叩く音と怒鳴り声が聞こえた。「警察だ。だれかいるか？」

「ここです」とバリーが声をあげた。すばやく立ちあがり、ダーラにも手を貸す。

ダーラは現場に到着した制服警官の姿を見て胸をなでおろしたものの、その安心感は、顔の横幅の広い口ひげを生やしたその警官を知っているという事実によって薄らいだ。警官のハロンキストは以前、大叔母ディーの古いベンツを駐車禁止区域に駐車した件でダーラを取り締まったことがあった。彼女の愛想たっぷりの弁解もむなしく、ハロンキストは嬉々として交通違反切符を切り、ニューヨークの中年男性はみんな南部訛りの女性に弱いという彼女の持論がまちがっていることを証明したのだった。ジェイクの警官時代の相棒だったリース刑事があとでどうにか違反を無効にしてくれたが、それでもダーラの気分は晴れなかった。彼女は思った――この警官もわたしのことを思い出して、嫌な顔をするかしら?

やっぱりした。

「またあんたか」とハロンキストは首を振りながら言った。重い足取りで開いたドアから中に入ってくる。バリーに向かってぞんざいにうなずいたあと、彼女のほうを振り返った。「今回はベンツの違法駐車よりも悪いことが起きたと通信指令係は言っていたが」

「こんにちは、ハロンキストさん。こちらこそまたお会いできてうれしいわ」とダーラはわざとていねいにあいさつを返した。彼のために鼻にかかったテキサス訛りをさらに大げさに披露しながら。「けれど、残念ながら悪いことなの。ひどい……事故が起きたんです」

「おれが案内します」とバリーが割って入り、開いた地下室のドアを指差した。

バリーは先頭を切って階段を降りていった。ハロンキストがあとに続き、ダーラがしんがりを務めた。カートの遺体をもう一度見たいわけではなかったが、ハロンキストが最初に現場を見る場にいたかった。運がよければ、ハロンキストはすぐにこのできごとを事故の可能性が高いと言って片づけるかもしれない。そうすれば、ダーラとしては、金属泥棒のことも、行き当たりばったりの血なまぐさい暴力行為のことも心配するのをやめられる。とはいえ、リースがまえに言っていたことを彼女は覚えていた。医者が遺体の手を取って確認しないかぎり、いかなる突然死も、そうではないと証明されるまで殺人として扱われることを。最下段から数段上がったところに来ると、ハロンキストが「ここで待っていてください」とバリーに言った。「すぐに殺人課の人間が来て現場を封鎖しますが、それまではあなたがたにこれ以上現場を歩きまわってもらいたくありませんので」

そう言って、彼は警察の特大の懐中電灯を取り出してスイッチを入れた。バリーがさっきセットした取りつけ式の照明よりも格段に明るいLEDの光が急に差し込んだ。ハロンキストがバリーの示した方向に懐中電灯を動かすと、白い光がカートの動かない体に降り注いだ。彼は無線に手を伸ばした。ダーラの耳に、彼が手短に何かを伝えている声が聞こえたが、話している内容も、また通信指令係から返ってきたガーガーという音の正体も聞き取れなかった。しかし、そのいかめしい顔つきから、ハロンキストがカートの死に関して自然なところは何もないと判断していることがうかがえた。

「それじゃあ、おふたりさん」ハロンキストは無線を切ってそう告げた。「階上(うえ)に戻って話を聞かせてもらいましょうか」

彼はもう一度懐中電灯の明かりを現場付近に当てた。それまで気づいていなかったものにダーラが目を留めたのはそのときだった。その光景に、胃が口から飛び出しそうになった。

カートの死体から、動物の足跡——遠ざかるごとに薄くなっていくさび色の動物の足跡が五、六歩分延びていた。

8

「おいおい、ダーラ、そんなにおれに会いたかったのなら、ただ携帯に電話してくれればよかったのに」

ダーラとバリーと警官のハロンキストが地下から出ると、フィオレッロ・リース刑事が——大けがをしたくない人は単にリースと呼んでいる——玄関のドアから中に入ってくるところだった。ダーラはすぐに彼だとはわからなかった。リースの服装は、いつものジーンズと黒のレザージャケットではなく、濃紺のスラックスにストライプのネクタイ、茶色のツイードのスポーツコートという出で立ちだった。

ブロンドで背が高くて、ジムに頻繁に通っている人に特有の体つきをしたリースは、歳はダーラより一歳か二歳若く、〝中西部の田舎者らしい容姿端麗さ〟と彼女が呼んでいるものを具えていた。もっとも、彼には母親のほうのイタリアの血も混じっていたが。それでも、一度折れてそのままにしているしっかりした鼻のおかげで、ただの美男子にはならずにすんでいた。うわさでは本人もその鼻を気に入っているらしい。ジェイクの体に回復不能の障害を残した殺人事件の容疑者との銃撃戦で、負傷した彼女を安全な場所に避難させたのも彼だった。

リースがこの事件を担当する殺人課の刑事だとわかった安堵感は、彼の軽率なことばに一瞬苛立ち（いらだ）を覚えたせいで薄らいだ。もっとも、本人は彼女が呆然としていることに気づいているようには見えなかったが。リースはくだけたあいさつをすませると、頭を刑事モードに切り替え、彼女たち全員を外に連れ出した。

「すみません」と彼はバリーに向かって言った。「あなたとこのご婦人には、供述を取るまでここでお待ちいただかなくてはなりませんので、まだ帰らないでください」

バリーが同意するのも待たず、リースは振り返ってハロンキストと何やらしばらく打ち合わせた。そして、建物の中に戻り、状況を確認しに地下に向かったようだった。そのあいだ、しかめ面（つら）のハロンキストはあとに残り、ダーラとバリーの見張りを担当した。彼が彼女たちの名前や情報を書き留めていると、鑑識の車両が停止するのが見えた。ふたりの鑑識官——ふたりともブロンドの中年女性で、濃い青色の手術着を着ている——が、狭い建物の周辺に正式な〝立ち入り禁止〟の黄色いテープを張った。バンの後部に行くと、手袋とシャワーキャップに似たものをはめ、それぞれ金属製の釣り道具入れのようなものを持ってこちらにつかつかと歩いてきた。

「遺体は？」ふたりのうち背の低いほうがあいさつもせず、ぶっきらぼうに言った。

ハロンキストが玄関の方向——リースが確認を終えて出てきた方向に親指を突き出した。

「地下だ」彼のほうの返答も同じくらいそっけなかった。

鑑識官はうなずいた。「要点を教えて（ギミー・ザ・クリフ・ノーツ）」一日にたばこを二箱は吸う喫煙者に特有のがさがさした、強いブルックリン訛（なま）りの声で、彼女はそう命令した。

ハロンキストは現場を見てわかった明らかなことを簡潔に報告した――中年男性、死亡してから数時間が経過、明らかな死因は頭部への打撃、階段から転落した可能性あり、ただし、遺体の近くでバールを発見。

「だれか何かに触った？」ハロンキストが話しおえると、背の低い鑑識官は質問した。鋭い視線でダーラとバリーを見すえる。バリーがうなずいて答えた。

「おれが、ええと、バールを彼の体から動かしました」彼がそう認めると、鑑識官はうんざりしたように鼻を鳴らした。

「これだから一般市民は！　いつも現場をめちゃくちゃにしてくれるわね。彼の指紋が要るわ。それからあなたのも」意味ありげにダーラをにらむと、鑑識官は階段を上がっていった。

もうひとりの鑑識官も悪意に満ちた顔つきで残った人々を見て言った。「わたしたちがいいと言うまでだれも中には入らないこと」

「それじゃあ、おふたりさん、事情聴取の時間だ」とリースが言った。完全に事務的な態度でバリーに自分と一緒に来るよう合図する。「ダーラ、おれがきみの友達と話してるあいだ、しばらく警官のハロンキストと仲よくしててくれるかい？」

ハロンキストはダーラと同じくらいその展開にわくわくしているようだった。しかし、ほっとしたことに、ハロンキストの〝仲よくする〟の定義は〝近くに黙って突っ立って、警察車両と黄色いテープを眺めている通行人たちをにらむこと〟だとわかった。ブラウンストーンのまえの狭い踏みつけられた芝生はお世辞にも庭といえるくらいのスペースはなかったので、ダーラは必然的にリースとバリーの会話がところどころ聞こえるほど近くにいることになった。バリーが、カートの携帯電話を鳴らしてふたりが彼の死体を発見するに至った話をすると、リースがバリーのポケットに入ったままだった問題の携帯電話をすばやく回収するのがわかった。きっと警察の正式なハッカーだかだれかが、パスワードなしでもカートの保存されたメッセージのすべてを入手してしまうのだろう。カートを知っているダーラとしては、彼がテラやほかの口説き落とした女性たちが残した思わせぶりな音声メッセージを削除していればいいけど、と思った。

ダーラが話す番になると、リースはその日の朝のできごとを、カートを発見するところまで時間を追って確認した。彼女が携帯電話の音を追いかけたときの状況を具体的に説明すると、リースは咄嗟の手段に満足したようにうなずいた。それから、カートが前回彼女の店に来たとき、金属泥棒について警告してくれたことを告げると、リースはそのときの会話について思い出せることはなんでも話すよう促した。

「カートは銅管を盗まれたことにすごく腹を立ててるようだった」とダーラは説明した。「犯人はその辺のチンピラで、何かあればすぐ逃げ出すようなタイプだと彼が思ってたのは確かね。でも、犯人たちは人のいる建物も狙ってるから、わたしも自分の建物を監視しておいたほうがいいと警告してくれたの」

「だれかほかの人ともめてるといった話は？　債権者とかもとの奥さんとか」

「実は、ひとりいるの」最近店で起きた衝突を不意に思い出しながらダーラは言った。「うちの新しい従業員のロバートの話は聞いてるでしょ？　先週、彼のボスだったビルという男が店に来たのよ。実際は嫌がらせをしにきたようなものだったけど。で、偶然同じときに店に現れたカートがその男と知り合いだとわかったの。わたしがビルを追い出すまえに、ふたりは醜い言い争いを始めちゃった。ビルは、ふたりのあいだに決着のついてない問題があると言ってたわ」

「ビルの名字を知ってたりしないよな？」リースはメモから顔を上げて彼女に鋭い視線を投げてきた。

ダーラは首を横に振った。「もし必要ならロバートに訊いてみることもできるけど。わたしにわかってるのは、彼は数ブロック離れたところに〈ビルズ・ブックス・アンド・スタッフ〉っていうポルノを売る店を経営してるってことだけ」

「背の低い不格好な男？　サル小屋から逃げ出してきたような？」

ダーラがうなずくと、リースは納得したように冷ややかな笑みを浮かべた。とはいっても、ダーラに向けられた視線は満足げだった。「そいつはビル・ファーガソンだ。警察にとっては初めて聞く名前じゃないとだけ言っておこう。あとでそいつが店と呼んでる汚水溜めに行ってちょっとおしゃべりしてくるよ。ほかには？」

「それ以外についてはジェイクに訊いたほうがいいかも。彼女、新しいクライアントのためにカートの素性について聞き込みをしてたから。何か役に立つ情報をつかんでるかもしれないわ」

彼女が水を向けると、刑事はまたもや満足げにうなずいた。ダーラは意識して罪悪感を覚えないように努めた。ジェイクの許可を得ずに、言ってはいけないことまでしゃべってしまったかもしれない。でも、リースに話すつもりのないことがあるから、帳消しになると思いたい――カートの遺体の近くに残っているのを見つけた、血のついた動物の足跡のことだ。自分の店のマスコットがカートの身に起きたことで何か知っているかもしれないとリースに話して、ハムレットを――そして、結果的には彼女自身をも事件に巻き込むつもりはさらさらなかった。犯罪現場捜査の鑑識官はプロのように見えた。あの鑑識官なら必ず動物の足跡を発見し、それが意味するところについて彼女たちなりの結論を出してくれるだろう。

それに、その足跡がハムレットのものだとも、そもそも猫のものだともはっきり決まったわけではない。ダーラはそう思って自分を安心させた。たぶんあの足跡は、ニューヨークの下水道に住んでいるという話をよく耳にする巨大ネズミのものだ。とはいえ先週この建物からハムレットがこっそり出ていくところを見たという、カートの推測を思い出さずにはいられなかった。

もしハムレットが昨夜またこっそり外に出て、朝の早い時間にもう一度カートとバリーのブラウンストーンを訪れていたとしたら？　カートがバールを手に地下室の階段をのぼっていたとき、ハムレットは何か面白いことがないかと地下室に潜んでいたのかもしれない。もしハムレットが人間の脚を巧みによけながら階段を駆けあがるお気に入りのゲームを始めようとしたら？　そのとき、ハムレットがカートを驚かせて、猫につまずいて彼が転んだのだとしたら、うちの猫は過失致死罪で有罪になるのだろうか？

そうだとしても、どんな問題が起きるかはわからなかった。ハムレットにとっても〈ペティストーンズ・ファイン・ブックス〉にとっても、よいことにはならないだろう。ハムレットは動物管理局に保護され、自分は確実に訴えられる！　そう思ったダーラは、身震いを抑えた。

「寒くなってきた？」リースがメモ帳を閉じながら同情した口調で訊いてきた。

ダーラはうなずいた。「ちょっと」

「質問はこれで終わりかな。帰っていいよ。指紋の採取についてはまた今度だ。もし必要になったらだが。ミスター・アイゼン」と彼はバリーに呼びかけた。「目撃者の事情聴取はこれで終わりです。鑑識班が作業を終えて遺体の搬出作業が終わるまで待ってから戸締りをしてもらってもかまいませんし、今お帰りになってもかまいません。そのときはわれわれがかわりに戸締りしておきますから。でも、現場を開放するまでは――おそらく明日になると思いますが、それまでは中に入るのは遠慮してもらえると助かります」

バリーはそれまでいた改築現場の大型ごみ容器のそばを離れ、ふたりに合流してきた。「わたしはまだここに残ることにします。知らない人たちのもとにカートを残すわけにはいきませんから」

「わたしも一緒にいたほうがいい？」とダーラは訊いた。胸に熱いものがこみあげてきていた。といっても、その感情は、カートのためというよりバリーのためだったが。もしこんなことが自分の友達の身に起これば、その場に残り、毛布をかけられた遺体がストレッチャーで運び出されていくところなど見られないだろう……だが、そうしなければならない気持ちになるのはわかっていた。バリーはカートとは高校時代からの友達だ。きっと兄弟を失ったように感じているにちがいない。

彼は力のない笑みを浮かべてかぶりを振った。「気持ちはうれしいけど、きみは店に戻ったほうがいいよ。あの少年に午後のあいだずっとひとりで店番させるわけにはいかないだろ。おれはここにいても平気だから。あとで電話するよ、いい？」

「うん、お願い」彼女はどうにか笑みを返した。

バリーは一部損壊した玄関の階段に腰かけた。一方リースは、ダーラと一緒にわずかな距離を歩いて歩道に出た。彼女が通れるよう犯罪現場のテープを持ちあげて訊いてくる。「で、あの男とつきあってるのか？」

ダーラは驚いて彼を見た。リースのことばはさりげなかったが、わざとすましたような表情が、彼の興味はその逆だと物語っているような気がした――まさかリースは嫉妬してる……わけないわよね？

「ただの友達よ。少なくとも現時点ではね」と答えたものの、彼女の恋愛にリースが興味をもっているらしいことに気分をよくしている自分に気づいて驚いた。もしかしたらリースは、最初に会ったときささやかな努力をしなかったことを後悔しているのかもしれない。今になって、バリーが攻略した相手にアタックすべきか状況を見計らっているのかもしれない。問題は、彼女のほうから彼の背中を押すべきかどうかだ。

いいや、やっちゃえ！　確かに、リースとの関係はどこへも行きつかないように思えた――ひとつには、彼がまぎれもない活字嫌いだったからだ――だが、リースが自分に興味を持っているという発見が、この上なくつらい今日という日の一服の清涼剤となったのもまた事実だ。そこで、わざとさりげない口調でこう言った。「別につきあってるわけじゃないわ。でも、彼とデートしたほうがいいってジェイクに勧められてるの。わたしにはお似合いだと思ってるみたいで」

「そりゃ、いいじゃないか」リースは兄のようなしぐさで彼女の背中をバシッと叩いた。「うまくいくことを祈ってるよ。きみくらいの歳になると、理想の男が現れるのを長々と待ってるわけにもいかないもんな。チクタク、チクタク、ってね」

チクタク、チクタク？

それまで感じていた温かくてほんわかした気持ちは、冷たくてとげとげした感情へ真っ逆さまに転落した。真面目な話、リースの〝本嫌い〟の態度はありがたい警告だったのだ。ジェイクにとってはいい友達でも、もっと個人的な関係を築くとなると、彼はまったくのクロマニョン人になる。

「失礼にも、わたしの女としてのタイムリミットのことを言ってるのなら、聞かなかったことにするわ」とダーラはできるだけ冷たい口調で言い放った。「知らないといけないから言っとくけど、女が充実した人生を送るのに男は要らないの。それと、子供を持つのにも男は必要ないの……少なくとも最初の十分を除けばね」

「おいおい、その最初の十分が重要なんじゃないか」とリースはウィンクをして言い返してきた。激怒していたにもかかわらず、ダーラはそのしぐさに思わず顔を赤くしてしまった。「まあ、そうカリカリするなって、レッド。ほんのちょっとからかっただけなんだから」

「それからまえにも言ったけど、その〝レッド〟って呼び方はやめて」ダーラは歯ぎしりして言った。別れた夫にそう呼ばれていたのだ――そして〝レッド〟のあとにはいつも、自分では最高に気が利いていると思っている不愉快なことばが続いた。そういうわけで、そのニックネームは大嫌いだった。

リースは片手でそのことばを振り払うような身ぶりをした。「すまん、言われたのをすっかり忘れてた。そのことでおれを懲らしめるためにボーイフレンドを寄越したりしないでくれよ、な？」

「あなたを懲らしめることなら自分でできます。どうぞご心配なく」と言って、彼女はもっと辛辣なことばをかけてやろうとしたが、そのとき、リースの向こうに不思議そうにふたりを見つめるバリーの姿が見えた。ここでみっともない真似をしてもしかたがない。とくに今の状況を考えると。

ダーラは、バリーに思いやりを込めて手を振り――リースには別れのひとにらみを利かせ、書店の方向に向かって歩きはじめた。気温は、数時間前バリーと仲よく改築現場に向かっていたときより寒くなっているようだった。それに、カートの死への反応が徐々に現れはじめている。急に体からエネルギーが失われたように感じられるのだ。

バールを振りおろす泥棒のイメージが頭に浮かび、急ぎ足で通りを歩いた。とはいえ、〈グレート・センセーションズ〉のまえを通るときは、つい習慣で歩調が遅くなった。ハロウィーンの墓の飾りつけに新たに手が加えられていた。ミニスカートを穿いたセクシーな魔女の人形が、石鹼の墓石のあいだを縫ってふわふわした黒猫を追いかけている。

かわいい――魔女のお姉さんに少なからず共感を覚えながら、ダーラは笑みをこぼした。しかし、店に寄ってカートの身に起きたことをヒルダに話すべきか考えると、楽しい気持ちは一瞬で薄れていった。

ヒルダとは仲がよかったが、つきあいはあくまで仕事上のものだった。この種のニュースを知らせるにはもっと個人的な関係がなければとも思える。バリーに、テラに恋人の件を伝えるつもりがあるか訊くことは思いつかなかった。でも、バリーはしばらくのあいだ改築現場にいるのだから、いつそのチャンスがめぐってくるかわからない。今わたしがヒルダに情報を伝えれば、彼女はすぐに娘に連絡でき、テラも事務的にその情報を聞かなくてすむ。とはいっても、ヒルダと話すのはジェイクの仕事かもしれない。何しろ雇われているのは彼女なのだから――

「こんにちは、ダーラ。元気?」ヒルダの洗練された声がダーラのそんな物思いを遮った。思いがけないあいさつに思わず飛びあがる。

気まずい思いでショーウィンドウの飾りから視線をそらし、店の戸口から突き出されたヒルダのきれいにセットされた頭を見た。彼女は申し訳なさそうに笑みを浮かべて言った。

「ごめんなさいね、驚かすつもりはなかったのよ。でも、あなたってば何分かずっと放心状態でショーウィンドウのまえに立ってたから。どうかした？」

これ以上のきっかけはないわ――とダーラは思い、深呼吸をした。「実は、ちょっと問題が発生したの」とはっきり言った。「中に入って話してもいい？」

ヒルダは優しくうなずいてドアを開けてくれた。ターコイズ色のシャネルのスカートスーツ、それに合わせたパンプスを履いている彼女の姿と比べると、ダーラは自分がみすぼらしく思えてしかたなかった。だが、一歩店内に入ると、ヒルダがいつもかけているニューエイジ・ミュージック――フルートとベルの音色に包まれた音楽――がかすかに聞こえてきて、ヨガのスタジオに足を踏み入れたような気分になった。さっきまでの緊張が少し解けていくのがわかる。しかも、デパートの売り場に並んでいるような、感覚器官を攻撃する高価な香水とちがって、ヒルダの小さな店を満たしている香りはほのかで心地よかった。ヒルダは曜日ごとにちがう手づくりのソイキャンドルに火を灯していた。その香りは客の気持ちを落ち着かせるときもあれば、客を元気づけるときもある。これまでダーラは、クチナシとサンダルウッドとバラとハニーサックルの日に店に来たことがあったが、ラベンダーの日に来るのは今日が初めてだった。またあとで寄ってそのキャンドルを買い、自分の店でも灯そうと決めた。

「さあ、話して。何があったの、ダーラ？」ヒルダは礼儀正しくも、ふざける隙を与えない口調で促した。「目の下にしわができてるわよ……まずいわね。ほら、この天然素材だけを使ったパックを試してみなくちゃ」

彼女は近くの棚から小さな瓶を取って説明した。「キュウリでできてるの。一瓶につき二十枚入ってるわ。液体を優しく絞ってシートを一枚ずつ目に載せて十五分待つの。効き目は抜群だから。約束するわ」

「また今度にしようかしら」ダーラはそう言ってお茶を濁し、小さな店内を見まわした。客はお下げ髪の幼児の手を引いたこぎれいな身なりの若いアジア人女性だけで、ひとつ横の通路でお試し用の容器からハンドクリームをたっぷり手に取っている。「今日は、テラはいるの？」

「まだよ。午前中は授業があるから、店には昼食が終わるまで来ないの」

ヒルダは自分の腕にはめた小さなゴールドの時計に目をやり、顔をしかめた。

「でももう店にいてもいい時間なのに。あの子ったら、ほんとどうしようもない子ね」キューバ人らしい軽快な声の響きが母親の叱責のことばを和らげていた。「家で勉強しなきゃならないときに、あのボーイフレンドだかなんだかと一晩じゅう一緒にいるんだから。でもって、朝はくたくたになって起きられなくて、授業をサボるわけ。それか、授業が終わったらすぐ家に帰ってきて、店でわたしの手伝いをするかわりに午後のあいだずっと眠ってるの」

そう言って、ヒルダは客のほうを見た。アジア人の女性が嫌がる娘の手を引いて子供用品のコーナーに行き、赤ちゃん用のオーガニックのシャンプーを見ていた。ヒルダは声を落として続けた。

「カート・ベネデットよ。あの人が悪い影響を与えてるの」ヒルダは品よく鼻を鳴らして打ち明けた。「あの子、彼と親しくなるまえは全科目でAを取ってたのよ。ほんと理解できない、自分の父親ほど歳のいった男の何がいいんだか。それに、あの男のうさんくさい目つきといったら……」

　そこでことばを切り、彼女は舌打ちして続けた。「わたしにはわかるの。彼には何か隠しごとがあるんだって。たぶん奥さんがいて、子供も五人くらいいるのよ。わたし、彼の素性を調べてもらうために、あなたのお友達のジェイクを雇ったわ。テラも自分の母親の言うことは聞かなくても、はっきりした証拠を突きつけられれば信じてくれるでしょ」

「実は、話したかったのはそのこと」ヒルダがようやく一息つくと、ダーラは口を挟んだ。

「カートのことで悪い知らせがあって」

「あら。彼のことで聞きたいニュースといえば、街を出ていったっていうニュースぐらいだけど」

「まあ、それに近いかも」ダーラは躊躇(ちゅうちょ)したが、毅然として続けた。「今朝バリーと一緒に、カートと彼が改築工事をしてるブラウンストーンを見にいったんだけど、わたしたち、地下で死んだカートを発見したの」

「死んだ?」ヒルダは器用に化粧を施(ほどこ)した目を丸くしながらそう言うと、一歩下がり、さっと十字を切った。「まあ、なんてこと(ディオス・ミオ)! だれが殺したの?」

　陶器のようなヒルダの肌が目に見えて青ざめた。息を飲んだ彼女の口から出た驚きの声は、客の注意を引くほど大きかった。若い母親は驚いた様子でふたりを見ると、すぐに子供を引っぱってドアに向かった。幼い少女の伸ばした手と「ママ、ほちい!」と言う悲しそうな泣き声を無視して。

　ヒルダは客をひとり失ったことに気づいてはいないようだった。一方のダーラは口ごもっていた。どうしてヒルダはカートが殺されたとすぐに決めつけたのだろう？　致命的な心臓発作で死んだとか、事故で死んだとか、可能性としてはまずそっちを思いつきそうなのに。ダーラの頭で警鐘が鳴った。カートの身に何が起きたか、ヒルダは知っているのだろうか？

はっきり答えないよう注意しながらダーラは言った。「建物から出るよう警官に言われたの。だから、あまり詳しいことはわからないのよ。でも、テラにはこんな知らせをラジオとかインターネットで知ってほしくなかったから」

「ありがとう、ダーラ」ヒルダはどこかうわの空で言うと、ジャケットに手を入れて白の薄型携帯電話を取り出した。「今すぐテラに電話して伝えなくちゃ。若い人ってほら……物事を個人的に受け止めすぎるから。この件は母親以外の口から聞かせるわけにはいかないわ」

帰ってほしいとほのめかされたダーラは、気を利かせて言った。「悪い知らせを持ってきちゃってごめんなさいね」そして、ドアに向かいながらつけ加えた。「あと、あのパックのことは考えとく」

ヒルダはうなずいたが、彼女の注意はすでに、娘を呼び出している電話に向けられていた。店の外に出るまえに、ヒルダが上品な声で娘の名前を叫ぶ声――「マリア・テレサ・アギラール！」――が聞こえ、そのあとに何やらスペイン語が続いた。ダーラの最小限のスペイン語の知識をもって大ざっぱに訳したところによると、内容はこうだった。「お母さんよ。さっさとベッドから出て電話を取りなさい！」

店から出ると、ダーラのうしろでドアが閉まり、そのささやかなドラマは幕を閉じた。彼女としては目下、テラの言動よりも、さっきのヒルダの反応のほうが気にかかっていた。リースからはとくにヒルダへ話さないよう言われていたわけではない。それでも、彼はダーラの行動を警察への干渉と考えるかもしれなかった。しかし、自分の店に向かって歩き出すにつれ、別の心配が頭をもたげてきた。ハムレットのことだ。朝の早い時間にどこかのずる賢い動物がブラウンストーンの地下にいたのは事実だった。自分自身の心の平静のためにも、ハムレットが当の動物なのか知る必要がある。ハムレットが現場にいたことを証明する方法については——あるいは、彼を四本肢の容疑者リストからはずす方法については、ひとつ考えがあった。それにはジェイクの助けが要る。

ダーラは携帯電話を取り出すと、ジェイクの短縮番号を押した。元警官は彼女の電話を待っていたかのように、最初の呼び出し音で電話に出た。「ちょっと、風のうわさで聞いたんだけど、あんたのお友達のバリーのところでトラブルが起きたんだって？」

「そのとおりよ。カートが亡くなったの——リースの様子からすると殺されたみたい——バリーとわたしは運悪く彼を見つけちゃったってわけ」

「うん、そう聞いたわ。ひどい話ね」とジェイクは言った。本気でそう思っているようだ。

「もう店には戻ってる？」

「あと一ブロックよ。帰って店のことを確認したら、あなたの家で会えないかしら？　十五分件に目撃者がいるみたいだから」

後くらいに。このひどい事件のことで助けてもらいたいことがあって」

「いいわよ。どうしたの？」と、ジェイクは先に知りたがった。

ダーラは深く息をついた。「もしわたしに会うまえにリースと話すことがあったら、〝猫ちゃん講座〟の短期集中コースを受けたほうがいいって伝えておいて。なんだか、カートの殺人事件に目撃者がいるみたいだから」

9

「ミスター・ベネデットが死んだ？」ダーラが店に戻ってそのニュースを伝えると、ジェイムズが控え目に驚きながらおうむ返しに言った。「絶対にまちがいないのか？」

「ええ、彼はかちかちにかたまって息もしてなかったんだから、まちがいないわ」

ジェイムズは辛抱強い視線を彼女に送った。「きみの検死結果について訊いているんじゃないよ、ダーラ。亡くなったのがほんとうに彼だったのかと訊いているだけだ」

ダーラは疲れを感じてため息をもらした。「あら、そうだったの。あれはカートにまちがいないわ。カートはまだ、その……確認できる状態だったから」

「でも、リース刑事が事件の担当だったのは不幸中の幸いだな」と店長は言った。「正式に死因はわかっているのか？」

「今のところ、警察はカートの死を殺人事件として扱ってる。検死官がそうでないと判断するまででしょうけど。でも、リースはまず殺人事件だと思ってるはず。バリーは最初、階段から転落したものと思ってたけど、カートの体の上にバールが転がってたし、彼の頭にはバールの形をしたへこみもあったから。だから、何者かがそれで彼を殴ったって考えるのが自然でしょ」

「たぶんそうだろうな」と店長は同意した。「万が一階段から落ちたときにバールを手に持っていたとしても、それで頭を打って、しかも転落してからそのバールが体の上に落ちる可能性はまあないな」

「そういうことをした人なら、ぼく、知ってますけど」ロバートが不意に口を挟んだ。荷下ろしの途中で運んでいたペーパーバックの箱を置いて、レジにいるふたりのところまで歩いてくる。

ダーラとジェイムズが振り返ってロバートを見ると、彼は肩をすくめた。いや、厳密には肩をすくめようとした。彼の首には、真っ黒な毛皮のストールのようにハムレットが巻きついていた。前肢とうしろ肢を両肩にかけたハムレットの身のこなしは余人には真似のできない芸当だった。

ダーラはかぶりを振った。このファッションのアイディアをロバートとハムレットのどちらが思いついたのか知らないが、ハムレットはきらりと光る緑色の目で彼女をじっと見ていた。〝こんなふうにおれを引っぱりまわしてただですむと思うなよ〟とでも言いたげに。彼女は渋い顔をしてハムレットを見返した。検察側の毛むくじゃらの証人についてはあとでどうにかするとしよう。

「バールではなかったですけど」とロバートは説明した。「そいつはスケートボードに乗ってて、手すりの上を滑ろうとしたんです。そしたらそこから落ちて、空中でスケートボードが頭に激突。着地はしたんですけど、体の上にスケートボードがガチャン。もし見たかったら、YouTubeでその映像を見せてあげますけど」

「ありがとう。でも、遠慮しとくわ」とダーラは言った。「実際にカートの身に起きたことが判明するまで、新しいルールは以下のとおり。夜、ひとりでは働かないこと。営業時間が終わってから翌朝店を開けるまでは、すべてのドアに鍵をかけて、警報装置をセットしたままにしておくこと。例外はなしよ」

「賛成だ」とジェイムズが言った。「こんな状況では自分を過信するより用心深くなりすぎるほうがいいからね。ロシアのギャングやら金属泥棒やらで実際、われわれはとても危険な客を相手にしている可能性がある。スケジュールを見直して、お互いのシフトがちゃんと重なっているか確かめたほうがいいんじゃないか？」

「そうですね、それと、もしよかったら……朝、監視カメラの映像をぼくが確認してもいいですけど」とロバートが言った。「建物の周りをうろついてるやつがいないか見てみますよ」

パソコンの画面に一週間分のスケジュールを出したダーラは、うなずいた。「それはいい考えだわ、ロバート。これからそれがあなたの朝の日課ね。録画された映像を再生する方法はあとで教えるから。ジェイムズ、この日は勤務時間をちょっとずらしてもいい？」

そう言って、彼女はスケジュールに手早く微調整を加え、ジェイムズの了解を取りつけた。何枚かシフト表を印刷して言う。「ロバート、今日はもうしばらく店にいてくれる？　ちょっとジェイクのところに寄らなきゃならないの。監視カメラの使い方は、戻ってきたらすぐに手ほどきするから」

「いいですよ。でも、ぼくが飾ったショーウィンドウのディスプレーも見てもらえませんか？」

その声がとても真剣だったので、ダーラは笑みをこぼした。一週間ほこりをかぶっていたふたりの政治家の自伝を自由にしていいと彼に許可を与えていたのだった。カートのことに気を取られるあまり、ディスプレーを見ずに窓のまえを素通りしてしまっていた。ジェイムズのほうを見ると、彼はただうなずいていた。ダーラには、そのしぐさがロバートの芸術的才能に対して好意的な評価を示しているのかどうか、判断がつかなかった。とはいえ、彼の腕前が〈ビルズ・ブックス・アンド・スタッフ〉で通用したのなら……

「ぜひ外から見てみてください」とティーンエイジャーは言った。「よかったら、ぼくも一緒に行きますよ」

「そうね」とダーラは誘いに乗った。「でも、ハムレットは店の中に置いておいてね。彼が建物の外に出ることは禁止だから」

ロバートが素直に彼をレジのカウンターに下ろすと、問題の猫は不機嫌そうな目でダーラをにらんだ。「ごめんな、兄弟。でも、ミズ・ペティストーンはまあ、ボスだから」とロバートは弁解した。ハムレットはもったいぶった足取りでカウンターの端に移動し、わざと彼女たちに背を向けて座った。

不満を抱いた猫から発せられる〝別におれのボスじゃないし〟と言いたげな空気をリアルに感じた気がした。だが、ハムレットが好むと好まざるとにかかわらず、今は安全な建物に閉じ込めておくキャンペーンの真っ最中なのだ。最近の事件を踏まえればなおさら必要なことだった。

ダーラはロバートを従え、ハムレットのご機嫌取りはジェイムズに任せて外に出た。一階に位置しているヒルダの店とはちがって、ダーラの書店のショーウィンドウはほとんど頭の高さにある。そのせいもあって、ガラスの内側に〝ビッグセール〟と書いた紙を貼り出す以上のことをなかなかする気になれなかった。そういうわけで、多少なりとも見栄えのよいディスプレーができあがっていれば、それで改善されていると言えた。彼女はただ、ロバートの腕が未熟すぎるということがありませんようにと祈った。彼の気持ちを傷つけずにやり直させる口実を探すはめになりませんように。

「で、その、どう思います?」ダーラが最後の階段を降り、ロバートのディスプレーに体を向けると、彼は尋ねてきた。

ダーラは驚いて目を瞠(みは)った。仕上がりは、ヒルダがこれまでに披露したどんなディスプレーにも負けないくらいすばらしく、プロの腕前と言えた。ダーラが店を引き継いで以来物置の棚にしまい込まれていた二本の細長い青と赤のテーブルクロスが見えた。ロバートは、展示スペースの真ん中で二本が合わさるようテーブルクロスを内側の広い窓敷居に広げていて、半分に分割された展示スペースにそれぞれの色の線が走っていた。ふたりの著者は異なる政治的信念を持っており、所属に合った色の側にそれぞれの本が配置されているのがわかった。自伝の表紙にはそれぞれ斜めまえから写した著者の写真が使われていたので、ふたりの政治家が討論形式で対面し合っているように印象的に見えた。決闘中のふたりの政治家のあいだには、両方の本を展示した台が設置されている。ロバートはその上に、どこかで見つけてきたらしい自由の女神像を置いている。

最後の仕上げとして、彼は独立記念日のディスプレーで使った赤と白と青の電飾を窓の上端から吊るし、祝祭用の旗飾りのように見せていた。窓の下には〝話題作〟と書かれた赤い文字が並んでいる。

「もし、あの、気に入らなかったら、やり直してもいいですから」とロバートがさっきまでとはちがう口調で言った。しばらく時間が経っていたのに、ダーラはまだなんの感想も口にしていなかった。

彼女は笑みを浮かべながら若者のほうを向いて言った。「すばらしい出来ね、ロバート。あなたの作品につい見とれてしまったわ。あの自由の女神像はどこで見つけてきたの？」

「あれは、ミスター・プリンスキの店で見かけたのを覚えてたんですが、ミズ・プリンスキが貸してもいいって言ってくれたんです」

「賢いわね。これからはあなたをうちのショーウィンドウの飾りつけ職人として正式に採用しなくちゃ。つまり、もしあなたに余分な仕事を引き受けてもらえるならだけど」

「ええ、いいですよ。あと、中も変えたほうがいいかも。悪く思わないでほしいんですけど、店内のハロウィーンの飾りつけがちょっとダサいっていうか」

またぞんざいな口調に戻っていた。とはいえ、彼の頬を見ると、うれしがっている様子がうかがえた。ダーラの笑みが大きくなった。人をいらいらさせる変な癖は多少あるものの、ロバートはほんとうにいい子だ。ジェイムズにも、ロバートが彼に敬意を表してベストを着ている件に気づいているかあとで訊いてみなくては。

しかし、用事を思い出すと、彼女の笑みは消えた。「さあ、ジェイムズと一緒に商品の運び込みを終わらせて。わたしは数分で戻るから。あっ、それから、できればハムレットはすぐ呼べる場所にいさせてね。あとで彼が必要になるかもしれないから」

「了解です、ボス」

そう言うと、ロバートは大股で跳ねるように二歩で短い階段をのぼり、店内に戻った。ダーラのほうは、普通の足取りで階段を降りてジェイクの家に向かった。うまくいけば、これから提案することも、頭のおかしな女の境界線の内側に踏み込んでいるとは友人に思われずにすむだろう。

「あら、お嬢ちゃん」ダーラが形だけのノックをして部屋に入ると、ジェイクがあいさつしてきた。彼女は自分が座っている、机がわりのキッチンのテーブルにダーラを手招きした。「調子はどう？」

「まだ少しショックを受けてるわ」とダーラは正直に言った。クロムめっきされた椅子のひとつに腰を下ろす。「カートはほんとうに嫌なやつだったし、あまり好きじゃなかったけど、死んでるところを見たいなんてこれっぽっちも思ってなかったもの。とくにあんなふうな死に方をしてるところなんて」

「大丈夫よ、あんたは動揺して当然なんだから。実際、もし動揺してなかったらそっちのほうが心配だわ。あたしも二十年警官をやってきたけど、死体を見つけるたびに吐き気を覚えてたもの」そう言って黙ると、ジェイクははねつけるように手を振った。「まあ、しばらくすれば慣れるなんて人は言うけど、少しでも人間の心が残ってたら、そんなのは無理ね。被害者が子供のときなんて最悪で……」

最後のことばは尻切れになった。痛みを思い出したような色が一瞬、ジェイクの目に浮かんだが、彼女はダーラに注意を戻して続けた。

「でも、さっき電話で言ってた猫ちゃんやら目撃者やらってなんのこと?」ダーラが口を開いて答えようとすると、ジェイクはふさふさしたカーリーヘアを振り、制止するように片手を出した。「待って。これがもし例の黒猫に関係することなら、最初から話さなきゃダメよ。ブラウンストーンに着いてから警察が現れるまで詳しくね」

ダーラは言われたとおり、ドアの鍵がきちんとかかっていなくてバリーが心配していたところから始め、現場にバリーとリースを残して店に戻ってきたところまですべてを話した——もちろん、〝チクタク、チクタク〟の会話については省略したが。ジェイクは熱心に耳を傾けていたものの、やがてきっぱりと言った。「わかった。あんたはカートの遺体の近くで猫の足跡を見つけたってわけね。で、それがハムレットの足跡だと思う理由は？　この辺には二十匹を超える野良猫がいるはずだけど」

「ええ、でも先週話したことは覚えてるでしょ。グリースのようなものが彼の毛についてたっていう話。わたしはハムレットがどうにかしてアパートメントから抜け出してるんじゃないかと思ったの。それに、ポルノショップのビルがロバートに嫌がらせをしに店に来たときに現れたカートが、その日の朝、ハムレットによく似た猫が彼の建物から出ていくところを見かけたって言ってたし。しかも、今日カートの遺体のすぐそばで見つけた足跡はとんでもなく大きかった。この辺で見かける野良猫はみんな肉づきのよろしくない子たちばっかりよ」

ジェイクはため息をついた。「いいわ、それじゃあ、死体が発見された地下にいたのは実際にあの小さな厄介者だったとしましょう。でも、だからといって、リースがふわふわした彼の体を引っぱって署に連行して、何を見たのか尋問できるわけじゃないのよ。なのに、足跡が事件とどう関係あるの？」

「カートの死は事故かもしれないじゃない」とダーラは説明した。「もし事故なら、わたしにはそれがハムレットのせいで起きた事故なのかどうか知る必要がある。あなたも彼がよく遊んでるゲームは見たことがあるでしょ。階段をのぼる人の脚のあいだを走っていくあのゲーム。もしそのことがカートの転落と関係があるとしたら、うちの猫が罪を犯してると知って暮らすほうがまだまし——」

「猫の過失致死罪（インボランタリー・キャットスローター）で？」とジェイクがかすかな笑みを浮かべて口を挟んだ。

ダーラは渋い顔をしてジェイクを見た。が、まだ話の続きがあったので、その優しいからかいは受け流すことにした。「うちの猫が致命的な事故を起こしたと知って暮らすほうが、そうなのではないかとずっと疑いながら暮らすよりまだましってこと。わかってもらえるかしら」

ダーラは話の続きをするまえに深呼吸をした。これから彼女が話すことは、まちがいなく頭のおかしい猫おばさんのような印象を与えるはずだ。もっとも、ダーラは（a）頭がおかしいわけでも、（b）それほど猫好きなわけでも、なかったが。ことばを選びながらも、彼女は毅然として続けた。「それに、もしカートが実際に殺されたのだとして、ハムレットが事件の目撃者であることが証明できれば、彼が犯人の正体を突き止める手助けをしてくれるかもしれない」

ジェイクの唇が明らかに笑いをこらえようとしてゆがんだが、感心なことに、友人はただこう言ってくれた。「はいはい、それであたしに何をしてほしいわけ？」

「ありがとう、ジェイク」ダーラは心から感謝して言った。「あなたなら、テレビでやってる『CSI』のようなことができるんじゃないかと思ったの。ハムレットの肢に血液が付着してるかどうか調べられるんじゃないかって」

「もう、あの手の番組は放送禁止にするべきね」とジェイクは首を振って言った。「あんたたち一般市民はああいうものを見て、充分に整った鑑識施設さえあれば、コマーシャルも含めた六十分以内にすべての犯罪が解決できると思っちゃうんだから。ねえ、現実はそうじゃないのよ、お嬢ちゃん」

「わかってるわ。でも、あなたにも使える家庭用の検査キットみたいなものがあるんじゃない？」

「家庭用の妊娠検査薬みたいな？」ジェイクはにやりとして言った。「それが実はあるのよ。あたしの魔法のかばんに入ってるか確認させて。ちょっと待っててね」

ジェイクはベッドルームのほうへ歩いていった。そのあいだ、ダーラはキッチンのテーブルで待っていた。テーブルに開いて置かれたファイルを上下逆さまにしてのぞき見たい誘惑と道徳心を働かせて闘いながら。フォルダーには事前に印刷されたラベルが貼られていて、大きく〝A〟と書いてあるのが見えた。おそらくヒルダのファイルだろう。ジェイクが正式に受け持った初めての事件の調査はもうあきらめるしかない。

「これよ」ジェイクが戻ってきて言った。彼女は犯罪現場の鑑識官たちが運んでいた釣り道具入れよりも小ぶりな道具入れを持っていた。「昔ながらの証拠収集ケース」とジェイクは説明した。「またの名を、あたしの魔法のかばん」

彼女は道具入れを開けると、細長いビタミン剤のプラスティック容器に似た、ねじ蓋式の円筒を取り出した。「この試験紙を使ってハムレットの肢を拭き取れば、血液が残ってるかどうか調べられるわ。動物と人間のちがいは検知しないけど、手っ取り早く結論を出すにはこれで充分よ」

しばらくしてジェイクは眉をひそめた。「ちょっと待って。ハムレットが血を踏んだとして、あたしたちはそれから八時間か十時間経過したあとの話をしてるわけよね。彼がそのあと数ブロックを歩くうちに、通りでどんな不純物の上を歩いて店に戻ったかしれないわ。血液が少しでも残ってたとしても、たぶんもう舐めちゃってるでしょうね」

ダーラはその発言が呼び起こすイメージに、胃の中をかき混ぜられたような気分になった。ランチを食べていなくてよかった。今日起きたほかのすべてを含めても、ハムレットが自分の肢から何気なくカートの血を舐め取っているという想像が一番ぞっとする。「うわあ、ジェイク！」と彼女は叫んだ。

ジェイクはあきれたように鼻で笑った。「ダーラ、ハムレットは猫よ。彼に何をすると期待してたの？　肢にちょこっと除菌用ローションをつけてきれいにするとでも？　それに彼だって、外をうろちょろしてるあいだに薄汚れたネズミの一匹や二匹食べてるわよ」

「やめて！」

今度はダーラが警告の手を上げる番だった。といっても、喉からはクスクス笑いがこみあげてきていたが。彼女の精いっぱいの努力もむなしく、クスクス笑いは膨れあがり、大笑いに変わった。ハムレットが店のレジの横に置いてある業務用サイズの容器を二、三回プッシュして液体を自分の前肢に吹きかけている光景はひどく滑稽で、その日の朝からずっと心につきまとっていたカートの嫌なイメージを打ち消すには充分だった。

ようやく落ち着きを取り戻すと、ダーラは相手の言うとおりだと認めた。「そうよね。考えもしなかった――つまり、すごく時間が経ってて、彼がいろんなところを動きまわってるなんて。いいアイディアじゃなかったわね」

「そうともかぎらないわよ。猫の肉球には人間の皮膚と同じでしわがあるから、血液がかすかに残ってる可能性はある。彼を連れてきてくれたら、早速試してみましょ」

「実は、あなたに店まで来てもらえないかと思ってたの。ハムレットをここに連れてくるには、キャリーケースに入れて運ぶしかないから。そうなると、肢を調べて見つかるのはたぶんわたしの血液ってことになる」

ダーラは数ヵ月前、年に一度の検診のためにハムレットを獣医に連れていこうとして、同じような目に遭っていた。ハムレットをプラスティックのケースに入れる最初の試みは、互いの力比べになった。ハムレットはケースの入口で肢を踏んばり、中に入れられることを断固として拒んだ。二回目の試みは、一回目とほぼ同じ結果に終わった。ハムレットが爪で攻撃を加え、ダーラの指に傷を残して、そのラウンドを早く切りあげたことを別にすれば。ダーラは血まみれの指を舐めながら、悪態をついたものだ。

彼女が最終的に用いた手段は、防具として肘までの長さがある鍋つかみを装着することだった。そして、背後からハムレットに忍び寄り、彼が反応するまえにどうにか体をつかんでキャリーケースの中に押し込んだが、ハムレットがもう一度その戦法に引っかかるとは到底思えない。

ジェイクもハムレットがキャリーケースに入れて運ばれることを極端に嫌っているのは知っているらしく、にんまりと笑った。「ちょっと鍵と電話を取ってくるわ。そしたら一緒に階上（うえ）

に行きましょう」と言って、検査用の小瓶を証拠収集ケースにしまった。

予想したとおり、ジェイクの階上への移動はダーラよりも数分長くかかった。というのも、彼女は店に入るまえに外で立ちどまってこっそりたばこを吸っていたからだ。彼女が店に入ってくる頃には、ダーラはすでに従業員の仕事ぶりを把握していた。ジェイムズは辞書のコーナーにいて、ふたりの男子大学生——昔の学生の亡霊に敬意を表してか、彼らは大学生に必需品のバックパックではなくブリーフケースを携えていた——の接客をしており、ロバートは新刊のテーブルを整えるのに忙しくしていた。ハムレットはというと、まだ典型的なお怒りモードの真っ最中で、レジのカウンターに座り、しっぽを体に巻きつけて耳を伏せていた。とはいえダーラは、彼がアパートメントにこっそり戻っていないのを好ましい兆候ととらえた。

「ロバート」と彼女は呼んだ。「ちょっと手伝ってほしいことがあるんだけど」

「いいですよ」そう言って慎重に本の山を四角く整えると、ロバートは黒いベストのポケットに両手を突っ込んでゆっくり歩いてきた。「こんにちは、ミズ・マルテッリ。私立探偵の仕事はどうですか?」

「ぼちぼちよ。ねえ、あたしがハムレットの肢にちょっとしたものを塗るあいだ、彼をつかまえてじっとさせておける?」

ロバートは不安そうな表情を浮かべた。「薬とかですか?」

「変なものじゃないのよ」ダーラは慌てて言ってロバートを安心させた。まちがっても、猫の肢を拭き取って死んだ人の血液がついているかどうか確かめるつもりだとは言いたくなかった。

もっとも、ロバートの性格を考えれば、最高とかなんとか言って歓迎しそうではあるけれど。

「ハムレットが昨日の夜外に出て、ええと、何か悪いものを踏んじゃったんじゃないかと心配なの。きれいにしてあげなくちゃね」

「ああ、そういうことなら、いいですけど」

ロバートはハムレットの体を持ちあげ、四本の肢がまえに突き出すような形で抱いた。「よしよし、ちっちゃい兄弟」彼はそう言ってハムレットをなだめた。ハムレットはダーラに疑いの目を向けている。「へそを曲げるなって。ボスたちはおまえの肢を洗いたいだけだからさ」

「一分で終わるから。ちょっと水をつけるだけよ」とジェイクは言うと、持ってきた道具入れを探って、検査用の棒を四本と透明の液体が入ったガラス容器をひとつ取り出した。ダーラが興味深げに見つめる中、ジェイクはひとつ目の棒に液体を垂らし、その先の湿った試験紙をハムレットの右の前肢の肉球にこすりつけた。〝ちっちゃい兄弟〟は身をよじったが、ほっとしたことに、残りの三本の肢にも毎回新しい棒を使って同じことをするのをジェイクに許した。

「はい、終わり」ジェイクは最後の試験紙をカウンターに置きながら、元気よく言った。「参考人は、というか、猫は帰してよし」

「よくがんばったな」とロバートはハムレットを褒め、床に下ろした。

ハムレットはシャーと威嚇し、緑色の目を細めてロバートを見た。その目は〝まあな、兄弟。でも、こういうことは二度とごめんだからな〟と言っていた。ダーラは自分の正しさが証明されたような気がして、笑みがこぼれそうになるのをこらえた。どうやらロバートでも、下手な行動を取ればハムレットの機嫌を損なうことはあるらしい。

　ジェイクは、瓶の横に書かれたプールの塩素濃度検査を彷彿とさせる小さな表とそれぞれの試験紙を見比べていた。

「何か見つかった？」ダーラは落ち着かない気持ちで友人に尋ねたが、ロバートがまだ近くにいて、退屈なふりをしながら聞き耳を立てているかもしれないと気づくと、カウンターの下に手を伸ばした。ニューヨーク市の電話帳――そういうものが今も発行されているとしてだが――ほどの大きさがある三つ穴のバインダーを取り出す。

「これ」と言って、ダーラは彼にマニュアルを差し出した。「ここに監視カメラの使い方が載ってるわ。もうちょっとでジェイクとの用事が終わるから、そのあいだに目を通しておいてくれる？　あとで一緒に再生する方法を試してみましょ」

「わかりました、ボス」ロバートは協力的な態度を見せ、児童書のコーナーに向かい、驚くほど大きな音を立ててビーズクッションに腰を下ろした。別の機会なら、ビーズクッションの適切な取り扱い方法について講義するところだが、今はジェイクと検査用の棒のほうが気になる。

「当たりよ」とジェイクが試験紙の一本を掲げて言った。もとは白かったパッドの表面がほのかに緑色に変色している。「血液にまちがいないわ。でも、さっきも言ったとおり、人間の血かどうかはわからない」

　ダーラは半信半疑で試験紙を見た。血液の痕跡が見つかったということは、つまり、ハムレットが実際に犯罪現場にいて、足跡を残した張本人かもしれないということだ。一方、その血液は彼自身のものとも、ジェイクが話していたとおり、薄汚いネズミを始末した結果とも言える。要するに、どちらにしろ、ハムレットが事件を目撃したことを示す証拠はやはりないわけだ。

ジェイクは携帯電話を取り出して、容器の色の表の横に置かれた試験紙を手早く写真に収めた。そして、その試験紙を小さな紙袋に入れると、袋に〝ハムレット、左のうしろ肢〟というメモと日付を書き入れ、最後にイニシャルを記して封をした。残りの使用済みの試験紙は、小さな医療用のごみ袋に入れた。

「通常なら、現物の証拠が必要なんだけど」持ってきたかばんにすべてをしまい込みながら、ジェイクは説明した。「ハムレットはうしろ肢を切り落とさせてくれそうにないしね」

「うちのマスコットに肢の切断手術を施したいだと？」ジェイムズがレジに向かう途中で彼女たちの横を通りすぎざまにそう訊いた——彼も大げさに言っているだけだろうと思ったが。彼はレジに着くと、てきぱきと手際よく客の購入した商品（ラテン語の文法書——ジェイムズが満足げにうなずいているのが見えた）をレジに打ち込んだ。ダーラとジェイクはそのあいだ、用心深くうしろに引っ込み、必死に自分たちの存在を消そうとしていた。

「あのブリーフケースには何が入ってるのかしら」とジェイクがダーラにそっと耳打ちした。

ダーラは客の大学生たちに営業用の笑みを向け、友人にささやき返した。「汚れた洗濯物か爆弾をつくる材料のどっちかね」

ジェイムズは接客を終えていたが、ふたりの若い男性が店から出ていくのを待ってから冷ややかに言った。「前者だと思うよ。ひとりの紳士からジムの靴下のにおいがはっきりと漂ってきていたから。さて、きみたちがハムレットにどんな実験をしていたのかそろそろ話してもらおうか？」

「ダーラの仮説を検証してただけよ」ジェイクがそう言って軽快に質問をかわした。すでにかばんを持ちあげている。「そろそろ行かなくちゃ。仕上げなきゃならない報告書があるし、ちょっと用事もあってね」そして、ダーラに向かって言った。「ジェイムズが地獄耳だったのを忘れてた。あの調子じゃ、となりの部屋でネズミがおならをする音だって聞こえるはずよ」

ジェイクは返事も待たず、ドアに向かった。ジェイムズは疑わしげに白髪交じりの眉の片方を上げながら、いぶかしげな顔つきでダーラを見ている。ダーラはジェイクと同じように適当なことを言ってごまかそうかと思ったが、逃げられるはずもなかった。閉店するまでまだ何時間も残っている。結局、小声でこう言った。「あとで詳しく話すわ。でも、うちの新しい従業員が仕事を終えて帰宅するまで待ってね」

「ねえ、ネズミのおならならぼくも聞こえるんですけど」とロバートがビーズクッションから声をあげた。「よくないなあ、従業員に隠しごとをするなんて」

「実のところ、従業員に隠しごとをするのは昔ながらのしきたりでね」ダーラが答えるまえに、ジェイムズがそう切り返した。「きみも、必要最小限だけ知らせるべし、という情報共有の原則は耳にしたことがあるだろう？」ロバートがうなずくと、ジェイムズは続けた。「ならばきみには知る必要がないとだけ言っておこう」

ビーズクッションのほうから何やらぼやいている声が聞こえたが、ロバートは素直にクッションに身を預けてマニュアルの勉強を再開した。ハムレットはというと、児童書のコーナーにあるメインの棚のうしろからこっそり姿を現していた。ついさきほど裏切りめいた行動を取られたにもかかわらず、ロバートとの結束を示すかのように、ビーズクッションの横に立っている。

ダーラは首を振って言った。「ロバート、そのトレーニングだけど、今やっちゃいましょう。ジェイムズが知りたさあまって死んじゃうまえに、あなたをここから追い出さなくちゃ」

「大丈夫だ、その心配はない」とジェイムズがかすかに笑みを浮かべて言った。ベストを引っぱって乱れを直すと、二階の保管庫に続く階段に向かう。

ロバートはぱたんと音を立ててマニュアルを閉じると、腰を下ろしたときとほぼ同じ勢いでビーズクッションから立ちあがった。ダーラは彼がカウンターに近づいてくるのを待って、パソコンの画面に監視カメラのプログラムを開いた。

「これがアイコン」と彼女は画面を指差して言った。「で、こうやって開くわけ」

彼女はロバートからマニュアルを返してもらい、九十九ページを開いて、パスワード情報が書かれた個所を見せた。それをパソコンに打ち込むと、開始画面が開いた。ダーラはマウスを使って〝メニュー〟と書かれた表示をクリックした。

「店内のカメラにはあなたも気づいてたでしょ。全部で六つあるの。店内に四つと、入口と裏口にそれぞれひとつずつ」

「てことは、裏庭にひとつあるってことですか?」

「ドアのほうを向いてるけどね」と彼女は説明した。そして、六つのカメラの映像を同時に確認できる画面を表示させた。「神経質にならなくていいのよ。もしあなたがランチを食べるとき外のベンチに座ってても、だれも監視したりしないから。といっても、もうじき寒くなって、パーカーなしには外で座っていられなくなるでしょうけど」

「そうですね、ハロウィーンには雪が降るかもしれないって話も聞きましたし。大変だろうなと思いますよ。ほら、雪の降る中、家がないと」

「心配ないわ。天候が悪化したときは、困ってる人たちを助けてくれる保護施設やボランティアの人たちがたくさんいるから」彼女は画面に集中したままうわの空で言った。「ほら、自動実行するようプログラムが設定されてるの。こうすれば、リアルタイムの映像だとわかるでしょ。それから、録画された過去の映像を再生するのはこうやる」

ダーラはそれから二十分間、ロバートが完全に理解したとわかるまで要点を繰り返し説明し、実際に操作させた。「明日出勤したら、真っ先に確認作業をやってもらえるかしら。全部の映像をていねいに確認する必要はないわ。リアルタイムの映像に追いつくまで早送りして見てくれればいいから。何か詳しく見る必要があるものを見つけたらすぐに止めればいいし——ハムレットが建物からこっそり出ていくところとかね。あれは絶対にやめさせなくちゃ。彼がけがをするまえに」

あるいは、彼がまた別の死体に出くわすまえに。

「心配しないでください、ボス。しっかり見張っておきますから」ロバートは威勢よく敬礼した。「それから、ハムレットがどこから出ていってるのか、ぼくもその、猫の気持ちになって考えてみます」

「助かるわ」そう言うと、ダーラは腕時計に目をやった。「もうあがっていいわよ。でも、明日の朝は、ビデオを確認できるよう三十分くらい早めに出勤してみてくれる？」

「了解です」ロバートはそう言って、レジの下に置いてあるクリップボードに挟まれたスケジュール表にイニシャルでサインをし、カウンターの下にしまっていたバックパックに手を伸ばした。それを引っぱり出していると、ファスナーの閉まっていなかったバックパックの横からチョコレートバーが数個転がり落ちた。お菓子を詰め直してファスナーを閉めているのを見て、彼が今日はバックパックの底に薄手の寝袋を縛りつけていることにダーラは気づいた。

「今夜はキャンプでもするの？」と彼女は笑みを浮かべて訊いた。

ロバートは肩をすくめて、その狭い肩にストラップをかけてから言った。「仲間のうちの何人かでときどき夜に公園へ行ってたむろしてるんです。女の子たちはいつも、寒い寒いって文句を言うんですよね。でも、寝袋を持っていれば中に入ってもらえて、ほら、早く帰る口実もなくなるでしょ」

「そういうことね」ダーラは慌てて彼のことばを遮った。その寝袋の中でどんなことが起きるのかは考えたくなかった。「それじゃあ、また明日」

ロバートは、ビーズクッションを陣取っているハムレットのほうに遠くからグータッチを送ってドアに向かった。ダーラは彼が出ていくのを見ながら少しばかり眉をひそめた。彼女自身、夜に公園にたむろしたことは十代のときに一、二度あった。とはいえ、それはダラス——地元の人たちがなんと言おうと、その広大な面積とは裏腹に、ものの考え方は小さな街のままだ——でのことであり、二十年近くまえの話だった。でも、現代のブルックリンではどうなのだろう？　しかも、殺人犯が野放しになっているかもしれないというのに！

「まるでどこかの母親みたいじゃない」彼女は苦笑いを浮かべて自分につぶやいた。ロバートはもう十八歳を超えているのだし、きっと自分の母親がいるはずよ。もし彼が夜に出歩きたいと思うなら、それは彼の勝手。でも、もうひとりの従業員のこととなると——

そう思って、彼女はまたハムレットを見た。彼はビーズクッションを肢でこねて、毛むくじゃらの自分の体に居心地のいい形に整えるのに忙しくしていた。これまでハムレットが無断外出から無傷で帰ってこられたのは、とてつもなく運がよかったからだ。うまくすれば、ロバートがいずれ、悪知恵の働く猫の逃走ルートを見つけてくれるかもしれない。とはいえ、そのときまではしっかりハムレットを見張っておかなくては。それに、店の外の備品も……少なくとも、付近をうろついている金属泥棒が捕まって投獄されるまでは。

もっとも、金属泥棒——あるいは殺人犯——も、運悪く〈ペティストーンズ・ファイン・ブックス〉の公式マスコットに出くわせば、ただではすまないだろうが。

10

午後八時には、ダーラはグレーのスウェットに同じ色のパーカーを着て、自分のリビングルームのソファ——大叔母のディーから相続した昔ながらの馬巣織りのちくちくするソファにゆったりと座っていた。あいにく、ソファのちくちくした表面から守ってくれるほど身につけているフリース素材は厚くなかったので、使い古したキルトを手に取って困りもののソファの上に広げて座りなおし、ため息をついた。今は、大叔母の漆塗りの箸を二本使って、お団子にしたとび色の髪を固定し、裸足の足をコーヒーテーブルに乗せてビデオを見ていた。お気に入りのイギリスの古いコメディだ。この番組は、とくに張りつめた一日を終えたあとに食べる元気の出る料理——目で食べる料理のようなものだ。今日はまちがいなくそんな張りつめた日だった。今夜はどうすれば眠れるのか見当もつかない。蠟のような顔をしたカートのイメージが一日じゅうずっと頭に浮かんでは消えていた。

でも——と彼女は胸の内でつぶやいた——運がよければ、ずっと『トゥ・ザ・マナー・ボーン』を鑑賞していれば緊張が和らぐかもしれない。それでダメなら、もっと思い切って、画質の粗い『ボブの絵画教室』のVHSテープを引っぱり出し、繰り返し見るしかない。幸せの木と雲について話すボブ・ロスの穏やかな語り口で気分が晴れないなら、もう何をしても無理だ。

夕食にテイクアウトのタイ料理の残りものを食べながら第二話を見ていると、不意にステロイド剤を使用したミツバチの群れのような音が室内に鳴り響いた。その音に、思わず料理の入ったパックを膝の上に落としそうになった。

びっくりして声もあげたので、馬巣織りのソファの背でくつろいでいたハムレットも驚かせてしまった。一瞬ののち、その音はもちろん、階下(した)の玄関のガラス戸とつながったブザーの音だと気づいた。

「ごめんね、ハミー」そう言って、ダーラは料理のパックを置いてビデオを消すと、ドアに向かった。

エレベーターのない建物でよく見かける、彼女の家のインターホンは、最初に引っ越してきたときは壊れていた。あるときジェイクが突然、二階までノックの音が聞こえていないと気づかない夜の訪問客に応対する非公式の警備員を辞める、と単刀直入に言ってきてから、ようやく修理したのだ。正常に使えるようになってからはまだ数回しか鳴っていない。それでも、毎回ダーラは心臓が飛び出るほど驚いていた。もう一度修理の担当者に来てもらって、耳触りのよい心和む〝ピンポーン〟という音に変えてもらおうかと考えるほどに。

彼女は通話ボタンを押して慎重に尋ねた。「はい、どちらさま？」

配達の人を除けば、これまでここに来た訪問者は、彼女が店の上に住んでいることを見越して、自分のためだけに降りて店を開けてくれるだろうと期待している、営業時間外の客だけだった。しかし、そういった依頼は丁重に断り、客になる予定の人にはがっかりして帰ってもらっていた。今回は嫌な予感がした。階下の戸口に立っているのがだれだかわかる気がする。

「リースだ」耳慣れたブルックリン訛りの声が返ってきた。インターホンを通したせいで甲高く聞こえた。「今すぐ話がしたい」

ダーラはたじろいだ。〝自分が招いた結果は潔く受け止めるべし〟。この状況にふさわしいことばなら、ほかにもいくつか思いつきそうだったが、要するに、カートの死のニュースをヒルダに伝えてしまったせいで、刑事から直々にお説教を受けるはめになりそうだということだ。

「いいわ、上がってきて」そう答えると、彼女はブザーを押して彼を建物の中に入れた。二階分の階段を降りて手動でドアを開けなくてよくなったのは、少なくとも大幅な改善だった。

リースは駆け足で階段をのぼってきたにちがいない。思っていたよりも早く大きなノックの音がドアに響いた。部屋の中に入ってもらうまえに、彼がちょっと怒っているだけなのか、それともカンカンに怒り狂っているのか見極めたほうがいいと思い、ドアチェーンをつけて数インチだけドアを開けた。

「ほんとうにあなたかどうか確かめようと思って」ダーラはできるだけ気軽な口調を装って弁解した。「ほら、安全第一ってやつ」

「ああ、反省よりもまずは安全だな」とリースは皮肉めいたことばを返してきた。「警察学校でもそういうことを教わるよ。それで、入れてくれるのか？」

ダーラはためらった。相手の高い頬骨と曲がった鼻と厳しい青色の目をちらりと見て、どのくらい怒っているか見極めようとした。けれどリースは、スフィンクスのごとく見事に感情を隠していた。彼女はため息をついて、すぐにチェーンをはずした。

リースは大股で部屋に入ってきた。巷(ちまた)でよく見かけるベージュのトレンチコートを着ている。『刑事コロンボ』で主人公が着ていたのと同じもののようだが、表面にしわはなく、おしゃれな格子縞の裏地がついていた。ベルトはうしろに回して締められていて、まえは開いており、昼間見た濃紺のスラックスと茶色のスポーツコートが見えた。いつも見慣れている黒い革を着たリースとは大ちがいだ。

「ライダースジャケットはどうしたの?」とダーラは訊いた。それを着ていると、いつもブロンド版マッドマックスのように見えていたことを思い出しながら。別にそのイメージを悪く思ってはいないけれど。

リースは肩をすくめた。「クローゼットにあるよ。同僚からの圧力やらでね」

ダーラがいぶかしげな顔で彼を見ていると、リースは続けた。「将来出世したかったら警察のドレスコードにそろそろ従ったほうがいいんじゃないかと上から言われたんだ。昔から言われてる、成功のための服装ってやつさ。言いたいことはわかるだろ? ちくしょう、ネクタイとジャケットにぎっちり縛られるくらいなら制服を着てたほうがまだましってもんだよ」

「お気の毒さま」ダーラはいくらか同情して言った。リースはトレンチコートを脱ぐと、ネクタイを緩めてシャツの襟元を引っぱった。ダーラはスウェットを着た自分の格好があまりにくだけすぎているように感じたが、ドアを閉めて馬巣織りのソファに座るよう彼に合図した。

「ほら、座って。あなたにも夕食を分けてあげられたらいいんだけど、残りものしかないし、量もあまりないから」

「そんなに長居はしないよ」

と言って、彼はソファの背でくつろぎながら緑色の目で用心深いまなざしを送っているハムレットを見た。どうやら以前の暗黙の緊張緩和――ふたりは一度ならず衝突し、いつもリースがその戦いの敗者となっていた――を試してみるのはやめたらしい。リースはソファを迂回して、ダーラが予備の椅子として置いていたラダーバック・チェアのひとつに腰を下ろした。

ダーラはソファの自分の席に戻ると、タイ料理のパックを手に取り、何気なくフォークで麵をすくった。咀嚼する合間にこう訊く。「で、カートの件で何か進展はあった？」

「死因に関してはまだ何も。運よく検視局の手がいっぱいじゃなければ、明日の午後には結論が出るかもしれない。検死官の話によっては、きみのボーイフレンドの建物も明日彼に引き渡せることになりそうだ」

「バリーは別に――」

〝バリーは別にわたしのボーイフレンドじゃないし〟と言うつもりだったが、ジェイクならきっとあまりにも中学生じみていると言うだろう。そこで、ダーラはこう続けた。「――そんなこと気にしてないわよ。彼が気にかけているのは、カートの身に何が起きたのかを突き止めることだけだから」

「それはおれも同じだ」

リースが椅子の背に体重を預けると、椅子が不穏な音を立ててきしんだ。「仮にきみの友達のミスター・ベネデットが階段から転げ落ちて、あのバールで頭を打つほどドジじゃなかったとしよう。統計的に見て、殺人事件の被害者の約半分は犯人と顔見知りなんだ。だから、警察がする仕事のひとつに、質問したい相手の不意を突いて悪いニュースを伝えることがある。相手がどんな反応を示すか見られるからね。たとえば……怒るとか、喜ぶとか、怯えるとか。多くの場合、彼らが示す反応から、おれたちが質問を始めれば、相手がほんとうのことを言っているかどうかがわかる」

そう言うと、彼は傾いていた椅子をもとに戻した。椅子がまた四本の脚でまっすぐ立ち、リースは続けた。「というわけで、きみが現場を去った数時間後、おれは死んだ男のガールフレンドの母親のヒルダ・アギラールを捜しにいったんだ。故人について二、三質問して、どうすれば娘と連絡を取れるか訊くためにね。そのとき、反応も見られればいいと思ってた。ところが、彼女の話によると、きみがもう全部しゃべったというじゃないか。つまり、彼女にとってもはや意外でもなんでもなかったということだ」

ダーラは心に引っかかっていた小さな罪悪感と一緒に麺を飲み込むと、弁解っぽく聞こえないように言い返した。「ヒルダに話すなとは、あなた、言わなかったでしょ……ついでに言えば、ほかのだれにも話すなとも。それに、わたしもわざわざ彼女を捜しにいったわけじゃないわ。彼女の店の外にいたところを偶然見つかって、どうしたのかって訊かれたのよ。何も言うつもりはなかった。ただ、テラには絶対にボーイフレンドの死を人づてには聞いてほしくなかったただけ。自分の母親から聞いたほうが彼女にとってはいいと思ったのよ」

「たぶんおれもきみの立場だったら同じことをしただろうな」彼はダーラを非難しなかった。彼女の反論には一切反応せず、いわば山なりの緩いボールを打ち返してきた。ダーラが呆気にとられて彼を見ていると、リースは続けた。「テラもかなりきつかっただろう、そのニュースを知っただれかからメールが送られてきたりすれば。それに、きみの言うことは正しいよ。だれにも話すなとおれは言わなかった。厳密に言えば、きみがその気になったら、街じゅうの人にべらべらしゃべるのをおれは止められないわけだし」

「心配しないで、わたしがべらべらしゃべった相手はヒルダだけだから……まあ、ジェイクを別にすればだけど。あっ、あとジェイムズとロバートも」

リースはあきれたように目をぐるりと回して、スポーツコートのポケットからメモ帳とペンを取り出した。「それじゃあ、今度はおれにもちょっとおしゃべりをしてくれないか？　ミスター・ベネデットの件をきみが伝えたとき、ミセス・アギラールがどんなことを言ったか、それにどんな様子だったか聞かせてくれ」

どうやら予想した説教はないらしい。ダーラはそのことに安堵してうなずいた。「地下に倒れてるカートを発見したっていう話をしたの――あなたに話したのとほぼ同じ内容よ――それで、彼女はひどくショックを受けてたわ。ほんとうに青ざめていた」ダーラは、どう考えても奇妙にしか思えないヒルダの反応を思い出して続けた。「でも、実は、どうして死んだのとは訊かれなかったの。彼女はだれが殺したの？って言ったわ」

「だれが殺したのと訊いてきたのか?」彼の淡々とした口調が鋭くなり、メモ帳から顔を上げて続けた。「そんなことを彼女は言ったのか……そっくりそのままのことばで?」

「そうよ」とダーラはまたうなずいた。「カートは交通事故に遭ったのとか、心臓発作で倒れたのとか、そんなふうには訊かれなかったわ。彼は殺されたものだと最初から決めつけてたのよ」

「まだ正式にそうと決まったわけじゃないけどな」とリースはくぎを刺した。「それで、テラは? ミセス・アギラールはきみと話してから娘と連絡を取ろうとしてるけど、つかまらないと言っていたが」

ダーラはテラのスケジュールと、カートと娘の関係をヒルダがどう思っているかを話した。「でも、きっと今頃はヒルダにテラから連絡が来てるはずよ」ダーラは顔をしかめて言い足した。とはいえ、急にひどく嫌な予感がしてフォークを置いた。食欲は失せていた。「リース、まさか思ってないでしょ?――テラがだれのところにも連絡してこないのは、彼女がカートの死と関係してるからだなんて」

リースは肩をすくめた。「それも可能性のひとつだ。まあ、ほかの可能性も五つか六つはすぐに思いつくけど。たとえばもしかしたら、そこにいるきみんちのいたずら猫が」と言って、彼は手に持っていたペンで当のいたずら猫を指した。問題の猫はけだるそうにあくびを返している。「その夜、ちょっと散歩に出かけてミスター・ベネデットの建物に行きついたのかもしれない。で、見慣れない地下を探検した彼は、ネズミを追いかけた。そのとき、気の毒なあわてんぼうがなんの騒ぎかと思って地下に降りていった。そうして、階段を降りる途中で猫につまずいてしまったのかもしれない」

「うん、ええと、そのことなんだけど……」

ダーラは口ごもった。彼女自身、まったく同じ可能性を心配していたのだと、どうすればうまく説明できるだろう。また、ジェイクがすでに多少なりとも科学的な方法でハムレットがだれかの血の上を歩いていたことを証明していることも。戸惑いは顔に出ていたにちがいない。リースが突然、椅子から身を乗り出した。

彼は目を細めて彼女からハムレットを見やると、また彼女に視線を戻した。首を振って言った。「オーケー、白状するんだ、レッド。きみときみんところの猫は何を企んでるんだ?」

今回にかぎっては、〝レッド〟と呼ばれたことをわざわざたしなめたりはしなかった。「おたくの鑑識の人は何も言ってなかった?」

「まだ報告書を見てない。何を気にしてるんだ?」

「カートの近くに残ってた、血のついた動物の足跡のことよ」

「血のついた動物の足跡」リースはため息をついて片手で顔をこすった。「遺体の近くに血しぶきのようなものが数滴残ってるのは見たけど、それがほんとうに動物の足跡だときみは思ってるのか?　よし、最初から話を聞かせてもらおうじゃないか」

ダーラはその日三度目となる願いを聞き入れた。その話についてはジェイクはもちろん、ジェイムズにもすでに概要を伝えている。驚いたことに、ジェイクよりもジェイムズのほうが、カートの建物の地下にいた猫の正体がハムレットだとすんなり信じていた。

〝ああ、ハムレットはここ数年のあいだに何度か真夜中の冒険に出かけていたよ〟。彼女が話しおえると、ジェイムズはそう言った……ダーラとしては、がっかりだった。どうしてジェイムズはもっと早くそのことを教えてくれなかったのだろう？　〝残念ながら、彼がどうやって建物から抜け出しているのかはまだわかっていないんだが〟。

リースはというと、ダーラが話しているあいだ、ときどきメモを取りながら熱心に話を聞いていた。

「もし見たければ、その試験紙はジェイクがちゃんと袋に保管して、写真も撮ってるわよ」とダーラは言い、慌ててつけ加えた。「でも、ハムレットは絶対にわざとカートを転ばせたわけじゃないからね」

「心配するなって、ダーラ。何もきみの猫を逮捕したりしないから。連行して尋問したりもしないよ。でも、思うんだが――」

突然、インターホンのブザー音がまた鳴り響いた。リースは話を遮られ、ダーラは驚いて飛びあがった。

「すまん、人が来るとは知らなかったから」リースは言いかけた最後の見解を口にしないことに決めたらしく、メモ帳を閉じて立ちあがった。

ダーラも慌てて立ちあがって、早足でドアに向かった。「だれも来ることになんかなってないわよ。きっと〝閉店〟の看板が、閉店してるって意味だと理解できないお客さん」と言うと、彼女はインターホンのボタンを押して答えた。「はい。どちらさまでしょう?」

「ええと、ダーラかい?」

彼女は眉をひそめた。その甲高くなった男性の声になんとなく聞き覚えがある気がしたが、相手がさらに続けるまでその声の正体はわからなかった。「バリーだ……バリー・アイゼンだよ。最初に電話をかけるべきだったのはわかってるけど、ちょっと近所にきたもんだから。今忙しい?」

「あら、バリー。実は今——」

ダーラが言いおえるまえにリースが横に来ていた。彼は例の首を切るしぐさをしながら〝やめろ〟というサインを送ってきた。彼女はさっとボタンから手を放すと、彼に食ってかかった。

「何よ、あなたがここにいることを知らせちゃダメだって言うの?」

「おれはいないことにしてくれ。彼には夕食を食べてたと言って、部屋に上がりたがるか様子を見るんだ」

ダーラはここぞとばかりにハムレットがよく見せる視線——〝好きにしろ〟という冷めた視線をリースに送った。そして、勇敢にも、もう一度〝通話〟ボタンを押して続けた。「実はもうすぐ夕食を食べおえるところだったの。部屋に上がってコーヒーでも飲んでいく?」

「ああ、それはうれしいな」と返ってきた。その声にはどこか熱意が感じられた。ひょっとしたら特別なことでも期待しているのだろうか。

少し眉をひそめながらブザーを押してバリーを建物の中に入れると、リースを振り返って問いつめた。「なんでわたしが、あなたがいないふりなんかしなくちゃいけないのよ？」

「きみが彼はボーイフレンドじゃないってふりをしてるのと同じ理由でさ」とリースは答えた。彼が冗談を言っているのかどうか見極める暇もなくリースは続けた。「さっきした意外うんぬんの話は覚えてるよな？　この男が信頼できる人間かどうかちょっと確かめたいんだ。遺体を発見したときのこととか、事件と関係のあることについて、なんでもいいから彼に話させてくれ。今まで考える時間があったわけだから、おれに言い忘れた細かいこと――ひょっとしたら動機とかを話すかもしれない」

「まさかバリーがカートを殺したと思ってるわけじゃないでしょうね？」ダーラははっと息を飲んだ。「ふたりは高校時代からの友達なのよ。それに、彼は遺体を発見したときわたしと一緒にいたんだから」

「おれの話は覚えてるだろ？　事故だとはっきりするまでは、おれたちは殺人事件としてこの件を扱う。全員が容疑者なんだよ」

「いいわ。でも、わたしがバリーを尋問してるあいだ、あなたは何をしてるの？　カーテンのうしろに隠れとくとか？」

「いや、おれはトイレにいるよ。いいな、彼に話を続けさせるんだぞ」そう言うと、リースは椅子からコートを取ってキッチンのとなりのトイレに向かった。ハムレットもあとに続いてソファから飛びおりると、寝室のほうに歩いていった。どうやら夜の眠りを妨げられることにいい加減うんざりしているらしい。ダーラはバリーの礼儀正しいノックの音が響くまでにどうにか、コーヒーテーブルの上のテイクアウトの残りものを片づけて、キッチンに下げおえていた。

「いらっしゃい、どうぞ入って」と彼女は言って、玄関のかわりになっている、床のオーク材がむき出しになった、数平方フィートのスペースに彼を招き入れてドアを閉めた。「ほら、コートを貸して」

「こんなふうに突然押しかけてきて悪く思わないでくれるといいんだが」そう謝ると、バリーは軍の余剰物資を扱う店で売られているような、くすんだ緑色の上着を脱いで彼女に渡した。「だれかと話がしたかったんだ。それで、今日一緒にいたのはきみだったから……」

彼の声は小さくなり、ダーラは同情を込めてうなずいた。「その気持ち、よくわかるわ。洪水とかハリケーンとか何かの災害で生き残っても、同じことを経験した人じゃないと心の内を話せないって言うじゃない。それと同じ感じよね。それで、気分はどう？」

「まあまあかな」

バリーは唇を少しゆがませた。なんとか笑みをつくろうとしている。が、やがてあきらめると、薄くなりかけた髪をかきあげて首を振った。「まだショックは消えない。カートは高校時代からずっと、電話一本で連絡が取れる距離にいたから。電話をかけようと思って携帯に手を伸ばしては、現実を思い出すんだ」

バリーは黙り込み、いぶかしげな顔つきで彼女を見た。「ええと、ここに何かついてるよ」と、人差し指で自分の下唇の下あたりを示す。

彼が気を利かせて目をそらしているあいだに、ダーラは空いた手の甲を使って、気づかぬうちにあごについていたピーナッツソースを慌てて拭い取った。リースったら、よくもまあ――彼女は不機嫌に顔をしかめた。食べかすが顔についていることくらい教えてくれてもいいのに。どうかおまけに歯の隙間にブロッコリーが挟まっているなんてことありませんように。

「コーヒーを淹れてくるわね。話はそれから」とダーラは提案した。そうすれば、リースをしばらくトイレの隠れ家に閉じ込めておける。そう思うと、意地悪くも満足した気分になった。

「遠慮なくソファでくつろいでてね」

バリーがソファに腰を落ち着けると、ダーラは彼の上着をドアの近くのフックにかけ、小さなキッチンに向かった。足を止め、クロムめっきされたトースターの光る面をこっそり見た。顔に食べものの残りかすがもうついていないことを確認して一安心すると、数杯分の浄水器の水とコナブレンドをコーヒーポットに入れた。

「二、三分でできるから」ダーラはリビングルームに戻りながらそう告げた。

バリーは彼女がコーヒーテーブルの上に置きっぱなしにしていたＤＶＤケースのジャケットを見ていた。彼女がウィングチェアに腰を下ろすと、彼は首を縦に振って言った。「おれもイギリスのコメディのファンなんだ。もしおれが持ってるコレクションを貸してほしかったら、喜んでいくつか持ってくるよ」

「ええ、ありがとう」彼女は好印象を抱いてそう答えた。もしリースが同じ提案をしていたら、きっとスタローンとシュワルツェネッガーとブルース・ウィリスの全集になっていただろう。

しばらく気まずい沈黙が続いた。ダーラは彼がその日の朝起きたことに会話を向けてくれるのを待っていた。だが、バリーはただ宝石入れをいじっているだけだった。そこで、彼女は自ら行動を起こした。

「カートのご家族はどう？」と同情を込めた口調で訊いた。「彼のことはよく知らなかったから、この辺に親族の方が住んでるのかどうかもわからなくて」

「彼の親父さんは数年前に亡くなってて、お袋さんと嫁いだ妹さん――ペギーっていう名前の妹さんがいる。コネティカット州に住んでるよ。今日の午後、ペギーに電話して悲報を伝えた。お袋さんにはペギーから伝えてもらったほうがいいと思ってね。葬儀の手配やら何やらで、もし手伝いが必要になったら連絡してくれと言っておいた」

ダーラはうなずいた。そして、自分の家の化粧室にリースが隠れていることを意識しながら律儀に言った。「最初に彼を見つけたときは、ほんと階段から落ちて頭を打ったんだと思ったわ。でも、今はわからなくなってる。あなたはどう思う？ あれは事故だったのかしら？」

「おれはだれかがあのバールで殴って彼を殺したんだと思うよ、ダーラ」

その赤裸々なことばを聞いて、ダーラは身震いした。歯に衣着せぬ彼の物言いのせいで、殺人の可能性がすでに決定的な事実であるように思えた。さらに悪いことに、彼女の心には、ターコイズ色のスーツを着て完璧に身なりを整えたヒルダ・アギラールが、カートの頭にバールを振りおろす映像が不意に浮かんだ。

〝いや、それはちがうわ〟。

次に、リースに言われたこともあって、今度はバリーがバールを振りおろしている映像が浮かんだ。そしてこれも、心の中で首を振って否定した。

〝ちがう、彼も殺人犯のイメージには当てはまらない〟。

ダーラは声に出してバリーに訊いてみた。「やったのは金属泥棒だと思う？」

彼は肩をすくめて言った。「かもしれない。うわさでは、連中はずいぶん荒っぽい性格をしてるっていうし、例のロシアのギャングの一味ともつながってるらしいからね。あるいは、薬物中毒者の犯行の可能性もあるし、おれたちがあの建物を格安で手に入れたことにだれかが腹を立ててるのかもしれない。といっても、おれたちが違法にあれを手に入れたというわけじゃないよ」とバリーは慌てて説明した。「でも、リノベーション業界の仕事には陰の政治工作がつきものなんだ。ほら、魚心（うおごころ）あれば水心ってやつさ」

最後のコメントについてはあとで考えようと思いながら、ダーラはリースがトイレの中でこの会話を全部聞き取れていることを願った。彼のために声を大きくして、さらに尋ねる。「カートに敵がいたかどうか知ってる？」

バリーはかすかに笑みを浮かべて言った。

「あのカートのように優しくて温厚なやつが、殺されるほどだれかを怒らせたことがあるかって？　じゃあ、こういうふうに言うとどうだろう。おれ自身、長いつきあいの中で一度か二度、やつの首を絞めてやりたくなったことはある。でも、うわべは気に障る感じでも、根はすごくいいやつなんだ。マザー・テレサなんかとはちがっても、心根は優しいやつなんだよ」

「確かに人を惹きつけるオーラはあったわね」ダーラもかすかに笑みを浮かべて認めた。「でも、どこかで聞いたんだけど、殺人事件の被害者の約半分は、犯人のことを知ってるって言うじゃない。だから、もしこれが事故じゃなかったと判明すれば、警察はわたしたち全員を詳しく調べると思うのよ」

「そうだな」とバリーは言って、DVDケースに視線を落とした。興味津々で商品情報を眺めているように見える。「全部自分の話に持っていくつもりはないんだけど、実はこの先どうなるかちょっと心配なんだ。ほら、おれはあのバールを拾っただろ？　ということは、おれの指紋がべったりついてるってわけだ」

「そうね……でも、ふたりとも工事の最中にそれを使ってたのなら、どのみちバールには指紋がついてたんじゃない？」彼女は理性的な口調で指摘した。

バリーはまた顔を上げ、ほっとした様子でため息をついた。「きみの言うとおりだ。おれもどうかしてたな。ただ、この状況全体においてひどく悪い予感がしてならない」

「カートが亡くなっただけでも充分ひどいのにね」と彼女は言った。「でも、もし事故じゃなかったとわかれば、近くに住んでる人はだれも安全じゃないってことになるわ」

「ああ、それについてもきみと話がしたかったんだ。なんていうか、今朝警察に話さなかったことがあってね」

ダーラは突然わいた興味で自分の耳がまえに傾くように感じられた。餌が自分のボウルに注がれている音を聞いてハムレットの耳が反応するみたいに。きっとリースの耳も同じようになっているだろう。知りたい気持ちをあまり悟られないようにしながらダーラは言った。「もし重要なことなら、話したほうがいいわ。せめてわたしには話してくれる？」

「テラのことなんだ」

バリーは続けるのをためらっていた。DVDケースが左右の手を行ったりきたりしている。リースのことばを借りれば、べらべらしゃべるべきかどうか考えているらしい。

「たぶんなんでもないことなんだけど、昨日、現場で作業をしてたときに、カートが電話で彼女と話してるのを偶然耳にしたんだ。あいつが言ってたことばのいくつかはここでは言いたくないけど、楽しい会話とは言いがたかったよ。テラには以前会ったことがある。癇癪（かんしゃく）持ちでね。もしかしたら彼女はゆうべ、喧嘩を終わらせるために彼を捜してあそこに来たのかもしれない……それで、なんていうか、永遠に終わらせることになってしまったのかも」

この心をかき乱す暴露に反応する暇もなく、トイレの水を流す音が聞こえ、ふたりの会話は中断された。トイレのドアが開き、腕にコートをかけたリースがぶらりと出てきた。

「トイレを貸してくれてありがとう、ダーラ」とリースは彼女に言った。「署に戻るには遠かったもんでね」続けてバリーに言った。「どうりで声が聞こえたと思ったら。調子はどうです、ミスター・アイゼン？　あなたが来ることになってたとはダーラから聞いてなかったんですよ」

「あなたがここにいることも彼女からは聞いてなかったが」そう言って、バリーは横目でダーラを見た。

彼女はどうにか無邪気な笑みを浮かべた。「あら、ここに来たときに伝えたと思ったんだけど。でも、リース刑事はもうお帰りになるんでしょ？」彼に鋭い視線を投げながらダーラは言った。

ところが、リースは大げさに鼻をクンクン鳴らした。「おい、ダーラ、このにおいはコーヒーか？　もしよければ、もうちょっといてコーヒーを一杯もらっていこうかな。きみの淹れるコーヒーは街中（まちなか）で飲むのよりずっとうまいから。あなたもどうです、ミスター・アイゼン？ご一緒に飲んでいきます？」

「実は家に戻らなきゃならなくて」彼はそう言ってDVDケースを置いて立ちあがった。「ダーラ、先に電話しなくて悪かった。次は電話してから来るって約束するよ」

ドアに向かった彼は、立ちどまってフックから上着を取った。「刑事さん、またうちのブラウンストーンに入れるようになったらすぐに教えてください」

「たぶん明日ですね。ミスター・ベネデットの死因がわかったら入れるようになると思いますよ」

「その件についても必ず知らせてください。カートは……親友だったから」

バリーはそう言うと、ダーラに小さく手を振ってドアから出ていった。階段を降りる足音がかすかに聞こえてきた。ダーラは窓のそばへ行って外を見た。バリーは玄関を出て通りを歩きだしたところだった。

彼女はカーテンを閉め、振り返ってリースをにらんだ。リースはメモ帳を開いてまた何やら書き込んでいる。「わたしのことを実際より数倍もバカに見せてくれてありがとう。バリーがまたわたしと話してくれれば御の字だわ」

「きみはよくやったよ」リースはページをめくりながらうつろな声で言った。「あっ、コーヒーのことは冗談じゃないからね。一杯もらえるかな……砂糖はなしでクリームだけでいい」

ダーラは失礼な返事を求めて頭の中のリストを検索したが、結局、歯を食いしばって彼のコーヒーを注ぎに向かった。「どうしてバリーに話を続けさせなかったの？」とキッチンから声をかけた。まえに冗談のつもりで露店商人から買った『トワイライト』のマグを棚から出してリースのコーヒーを注ぐ。「てっきり、彼が信頼できる人間か確かめるんだと思ってたけど」

「そうだったけど、退屈してきちまったんだ。あそこにある読みものと言えば、装飾と模様替えの雑誌ばかりだったから」

「悪かったわね。次は〈スポーツ・イラストレイテッド〉を置いておくわよ。あなたのためだけに」そう言うと、彼女はあきれ顔で目をぐるりと回しながらリビングルームに戻った。リースは食い入るように自分の電話を見つめている。「何か面白いものでも？」ダーラはカップを渡しながらそう訊いた。

　彼を刺激するためにわざと選んだマグだったが、陰鬱なティーンエイジャーのヴァンパイアのきらめく描写になんの反応もないのでがっかりした。リースはただ、うわの空でコーヒーを一口飲んでうなずいただけだった。

「ああ、今検視局の知り合いからメールが届いた。どうやらめずらしく暇な日だったようだ。もうミスター・ベネデットの件に取りかかれたらしい」

リースの表情を見ると、すでに答えはなんとなくわかっている気がしたが、彼女は慎重に尋ねた。「死因について結論は出たって？」

彼は携帯電話から顔を上げると、ダーラのほうに電話を差し出した。「ハムレットの容疑が晴れたよ。ほら、自分で読んでみるといい」

ダーラは目を細めてメッセージを判読した。〝死亡推定時刻は午前三時から午前六時のあいだ……頭部に鈍器による外傷……押収された凶器とみられる物品にDNA物質を発見……組織の適合性を確認するため外部施設に送る〟。電話をリースに返しながら、彼女は小さな声で訊いた。「これってつまり……」

彼はうなずいた。「きみのボーイフレンドの予想が当たったたな。まあ、平たく言えば、だれかがあのバールでカート・ベネデットの頭を殴ったってことだ」

11

「昨日の夜は、報告すべき事項はなしです」金曜の朝、ロバートが言った。パソコンに映った監視カメラの映像を再生モードから複数画面のライブビューモードに切り替えている。「まあ、ボスの家に入っていくのが見えた男たちを数に含めなければ、ですけど」

「男たち？　男たちなんてだれも……あっ、ちょっと待って」

ダーラは彼の手からマウスを奪い取り、入口の外を映した映像を全画面表示にした。思ったとおり、監視カメラは店の入口をとらえていただけでなく、彼女専用の玄関口ととなりの家のプリンスキ兄妹の玄関口も映していた。

ダーラは厳しい目つきでロバートを見た。「前回わたしが見たときは、店の入口と窓しか映ってなかったわ。アングルを変えた人物について何か心当たりは?」

「すみません」と彼は首をすくめて言った。「このあいだ、ボスがランチで外に出てたときに、通りの先にある理髪店の店主がここに来たんです。彼は自分の店が金属泥棒の被害に遭って、おしゃれな郵便受けを盗まれたって言ってたんですけど、それで、ジェイムズ教授がなんていうか、ボスのことをすごく心配して。ぼくに踏み台を持ってこさせて、ボスの家の入口も映るようカメラの向きを変えさせたんです」

「それで、そのことをふたりともわたしに言うつもりはなかった?」

「たぶん、遅かれ早かれ気づくだろうと思ったから」そう言って、ロバートはパソコンの画面を指差した。「だって、一目瞭然でしょ。それに、ミスター・アイゼンの友達の身に起きたことを考えれば――」

ロバートはそこでことばを切り、見えないバールで自分の頭を殴った。その芝居がかったしぐさに、ダーラはため息をこらえた。

「あっ、それからボス、その男たちですけど……異状はありませんでした」と彼は言い足した。笑みを浮かべて大げさに親指を立てている。

ダーラは自分の顔が紅潮するのがわかった。茶色のウールのスラックスの上に着たニットのアンサンブルと同じくらい鮮やかなピンクになったが、それでも、彼女はきっぱりと告げた。

「がっかりさせて悪いんだけど、ロバート、あなたが見た男たちはリース刑事とミスター・アイゼンよ。ふたりともミスター・ベネデットの身に起きたことについて話しにきてただけ」

リースはバリーが帰ったあと、コーヒーを飲み干してすぐに辞去していた。別れ際、夜の通りに下りたときに、カートの死亡事件はこれから殺人として本格的に捜査されると告げていた。

「テラ・アギラールからはとくに話を聞きたいな」そのとき、リースはそう言った。「頼むから、もしおれより先に彼女に会っても、事前に警告したりしないでくれよ。彼女とベネデットが喧嘩してたっていう、きみのボーイフレンドが与えてくれたヒントは、もしかしたら動機になるかもしれない」

「テラの行方を捜すならジェイクが力になってくれるんじゃないかしら」とダーラは提案した。リースの攻撃――彼女がまた同じ過ちを犯すものと決めつけている皮肉を華麗にかわしながら。

「ヒルダも、あなたよりはジェイクのほうが娘さんについて話しやすいでしょうし」

「さてはおれの心を読んでるな、レッド。ちょうど今からそこに向かおうと思ってたところだ」

懐の深いところを見せようと、ダーラは反射的に〝レッドと呼ばないで〟と言いそうになるのをこらえた。彼女がジェイクの家から出ていくまで窓の外をこっそり見張っていたくなる衝動とも闘った。そうすれば、リースが出ていったらすぐに階下に降りて、ジェイクから詳しい話を聞き出せる。そのときは我慢したものの、どのみち今日はジェイクからちょっとしたうわさ話を探り出せないか試してみるつもりだった。もっとも、元警官はその話題に関してはリースと同じくらい口がかたそうだったけれど。

ともかく、今は対処しなければならないもっと重要な問題がある。

「ハムレットは？　監視カメラには映ってた？」と彼女はロバートに訊いた。

当のハムレットは、入口のドアのまえに敷かれた色あせたオリエンタルラグの上で、日向ぼっこをしていた。視線を上げ、ダーラのいらいらした顔を無邪気な緑色の目で見返してまばたきしている。〝こっそり抜け出そうとなんか夢にも思わないけど〟と言いたげなその演技にだまされるつもりはなかった。彼女もそこまでバカではない。

昨夜もハムレットが建物を抜け出して外に行っていたのはまずまちがいなかった。リースが帰ったあと、ダーラはもう一度、アパートメント全体を歩きまわってハムレットの脱走用トンネルになりそうな場所がないか探していた。結局、抜け道になりそうな場所はどこにも見つからず、ハムレットはまた馬巣織り（ばすお）のソファの上でうたた寝をしていた。気むずかし屋の猫も今夜は自制して安全な部屋に留まることにしたのだと信じ、ビデオを見おえると、彼女はしぶしぶチャンネルを地元のニュース番組に合わせた。ほっとしたことに、カートの殺人事件のニュースは扱われていなかった。そして、彼女はベッドに向かった。

しかし、数時間後、地下室で死んだカートにつまずく、ぞっとする夢を見て目が覚めると、ハムレットはアパートメントの中から姿を消していた。心の中で怒りと心配がせめぎ合った。

夜の予報では、気温は二、三度――無断外出した猫が凍え死ぬほどの温度ではない――ということだったが、暖かな黒い毛皮のコートを着ていても身が縮こまるくらいには寒いはずだ。「後悔しても知らないんだから」ダーラはそう言い放ち、自分の暖かなベッドに戻った。ハムレットはもう大人の猫だ――上掛けを引っぱりあげながら自分に言い聞かせた。もし本人が夜通し街をほっつき歩いて毛むくじゃらの体を凍らせたいのなら、勝手にやらせておけばいい。しかし、この呪文を何度か繰り返しても、ふたたびうとうと眠りにつくまでのあいだずっと心配でならなかった。

朝、いつもの時間に目が覚めると彼女はキッチンに直行し、そこにハムレットの姿を見つけてほっと胸をなでおろした。彼は自分の朝食を待っていた。しかし、いつものように〝ニャオ〟と鳴いて催促するのではなく、首を傾けて皿の横で辛抱強く座っていた。〝ほら、いい子にしてただろ……ずっと中にいたんだぜ〟とでも言いたげに緑色の目を見開いている。「ええ、思ってたとおりね」とダーラは愚痴をこぼした。触ってみると彼の毛はまだ冷たく、しかも、ところどころ土がついていた。ずる賢いいたずら猫が夜遊びしていたのはまちがいなかった。

そして今、ロバートは首を振ってダーラの質問に答えている。「もしこっそり外に出ていったのだとしても、カメラにはどこにも映ってませんでした。でも、もしお望みなら、あとで外をのぞいてハムレットが通れる大きさの穴がないか見てみますけど」

「そうしてもらえると助かるわ。このあたりが殺人犯と泥棒に乗っ取られようとしてるっていうだけでもまずいのに、ハムレットまで野放しにさせるわけにはいかないもの！」そして、時計をちらりと見て続けた。「あら、開店時間よ。ロバート、入口のドアの鍵を開けてちょうだい」

ロバートはその指示に従い、ダーラはレジの電源を入れた。リースはテラ・アギラールについてジェイクから何か情報を聞き出せただろうか――そのことがまた気になった。今日一緒にランチに行かないかとジェイクを誘ってみてもいいかもしれない。友人は顧客の守秘義務を守ると言って聞かないが、ふたりでデリカテッセンに向かえば、途中、〈グレート・センセーションズ〉のまえを通ることになる。そうすれば、中をのぞいてテラが働いているかどうか確められて、少なくとも彼女が逃げたわけではないのだと自分を納得させられる。バリーは……

ダーラはかぶりを振った。昨夜のリースのつまらない演技のせいで、彼女に対するバリーの好感度を少しも上げられていないのはまちがいなかった。バリーは礼儀正しいから、癪に障ったとは認めないだろうけど。それに、彼の電話番号もまだ聞けていなかった――カートの冷たくなった死体を発見した一連のできごとのせいですっかり忘れていたのだ。そのため、彼のほうから電話をかけてくるか、また店に来てくれるのを待つしかない。そうでないと、自分の立ち位置がわからない。ここまで考えると、妙に残念な気持ちになった。バリーはボーイフレンドではないし――リースがなんと言おうと――実質、デートにはまだ一度も行ったことがなかったが、彼とはもっと個人的な友情を育んできているように感じていたのだ。それに、こんな状況では、彼としても友人として頼れる相手がほしいところだろう。

「ねえ、ミズ・ペティストーン、お客さんですよ！」

ロバートの熱心な声と入口のベルが鳴る音で考えごとからわれに返った。顔を上げると、笑みを浮かべたメアリーアンがハムレットの横を通って店に入ってくるところだった。ハムレットはいつものとおり、自分の公式の日光浴スポットを、来店するどんな客にも明け渡すまいと拒んでいた。メアリーアンの丈の長い濃紺色のコーデュロイのシャツワンピースが体に当たり、ハムレットは〝どっか行け〟という強制的なしぐさで爪を引っ込めた肢を上げた。だが、ハムレットが本気でないのはわかっていた。メアリーアンはハムレットのBFFリストに載っている、それも不動の地位に。

「こんにちは、ダーラ……それに、ハムレット。おはよう、ロバート」そう言って、メアリーアンはロバートにあいさつした。驚いたことに、ロバートは七十代の女性に優しくも熱烈なハグを返した。「ほんと、そのあなたの新しい格好、好きだわ。すっかり成功したビジネスマンみたいね」

ダーラは笑みをこらえた。ロバートは必ずしもブルックス・ブラザーズを着ているようなタイプではなく、お決まりの黒いシャツとジーンズに、ジェイムズに触発されたベストを——今日は赤と青と黄色が入った、はっきりと南西部風だとわかる柄のベスト——着ていたが、確かにきちんとしていて、プロらしく見えた。

「ほんとありがとうございます、ミズ・プリンスキ。ほら、像を貸してくれて」と彼はメアリーアンに言った。「ミズ・ペティストーンはぼくが飾ったショーウィンドウのディスプレーをすごく気に入ってくれたんです」

「わたしも今見てきたわ。すばらしい仕事ぶりね！　ほら——若い人たちはなんて言うんだったかしら——そう、すごくイカしてたわ。わたしもあとで両方とも買いにこようかしら」

「昨日の午後だけで五、六冊売れたのよ」と言いつつ、ダーラに笑いがこみあげてきていた。残念ながら死語になったことばを大の大人が使っていることに、ロバートがティーンエイジャーらしい恐怖の表情を浮かべているのに気づいたのだ。「二週間分の売り上げに並んだの。これもすべてロバートの創造的な仕事のおかげね。この分じゃ、在庫がこの週末にあらかた売れたとしても驚かないわ」

「それはよかった。実は、ここに来たのはロバートが理由なの」レジのところにいるダーラに近づきながら、メアリーアンは説明した。「あのね、うちの兄が昨日腕をけがしてしまって。あら、大したけがじゃないのよ」ダーラが心配そうな声を出すと、隣人はそうつけ加えた。「でも、今朝荷物が届いてしまって、わたしひとりじゃ運べないのよ。それで、ロバートを数分お借りできないかと思って」

「いいですよ、お安いご用です」とロバートが大きな声で答えた。申し訳なさそうな顔でダーラを見て言う。「といっても、ミズ・ペティストーンが許可してくれたらですけど」

「もちろんオーケーよ」とダーラは答えた。「今はちょうどいいタイミングだわ。まだお客さんの波はこないから」

「やっぱりふたりとも頼りになるわね」とメアリーアンは元気よく言った。「昨日の夜、カボチャとクランベリーのパンを焼いたの。なかなかおいしくできたのよ。あなたとロバートとジェイムズ用に、あとで彼に何枚か持ち帰ってもらうわね」

「おいしそうだなあ」とロバートが返した。

「取引成立ね」ダーラは笑みを浮かべた。だが、ふと思い出した——きっとメアリーアンはまだカート・ベネデットの殺人事件について聞いていないはずだ。そのことに気づくと、すぐに笑みは消えた。「メアリーアン、帰るまえにあなたに話しておいたほうがいいことがあるの。あとで、ミスター・プリンスキにも伝えておいてくれるかしら」

ダーラはことのあらましを伝えた。彼女が話しおえると、メアリーアンは歳のせいで染みのできた両手を握りしめ、絶望したようなまなざしを浮かべた。「まあ、なんてこと、ダーラ。世界はどうなってしまうの？　この話を伝えたら、うちの兄は深く心を痛めるわ。気の毒なその男の人を殺した犯人について、警察は何か突き止めてるのかしら？」

「まだ何も。でも、リース刑事が事件の担当なの。きっと今頃、いろんな人にせっせと聞き込みをしてるはずよ」

「あら、リース刑事。彼、すごくいい人よね」メアリーアンはロバートにこっそり耳打ちした。「まえに一度、不法侵入罪でわたしを逮捕しそうになったことがあるけどね」

そのことばにロバートが驚いて彼女を見つめている横で、メアリーアンはダーラに注意を戻して続けた。「まあ、彼が事件を解決してくれると信じるしかないわね。でも、この近所をそういう悪党から守るために、何かわたしたちにもできることがあるといいんだけど」

「それはわたしも賛成よ、メアリーアン。地域の自警団をつくることについてリースに相談してみるべきかもしれないわね」

「それ、赤いビーニー帽をかぶってトランシーバーと野球のバットを持って付近をパトロールするやつですか?」ロバートが意気込んで口を挟んだ。「なんていうか、そういうのってすごくクールですね。ぼくもやります」

「あら、まあ」メアリーアンは小さく笑みを浮かべて言った。「でも、そういえば、うちにもベッド脇にバットが置いてあったわ。もし兄に反対されなかったら、ロバートとわたしでパトロールしてもいいかもしれないわね。ビーニー帽のかわりにスキー帽でもいいと思う?」

「うん、スキー帽のほうが断然いいでしょ」と彼は賛成した。「それと、知ってます? ミズ・ペティストーンはときどき髪に変わった箸みたいなものをつけてるんですよ。ほら、それを使えば、映画みたいにすげえやばい武器になりますよ。アチョー!」と言って、彼はアップスタイルにした髪の毛から二本の箸を引き抜いてフェンシングの剣のように突き刺す真似をした。

「ちょっと待って!」ダーラは軽い警戒のまなざしでふたりの犯罪取締り志望者を見た。彼女としては、自警団といっても地域の民家や商店にビラを配ったり、ブロックごとに監視所を設けたりするようなことを考えていた。一方、このふたりは、自分たち流のミニチュア版ノルマンディー上陸作戦を決行する覚悟でいる。

「ロバート、その意気込みはうれしいんだけど、そういうグループを結成したいのなら、あなたがやるべきは、何かトラブルが起きたとき警察に電話してその場からただちに立ち去ることよ。自警団員の英雄的行為なんか要らないの。だれかが——おそらくはけがをしなくていい人が、けがをすることになるんだから。前例のあることだし、わたしは殺人罪で捕まったあなたを保釈してもらうなんてしたくありませんからね」

「心配しないでください、ボス。わかりました。そのニュースはぼくもインターネットで見ましたから」ロバートは真面目に同意すると、想像上の武器を捨てて両手をまたベストのポケットに突っ込んだ。メアリーアンも納得した様子でうなずいている。「ダーラの言うとおりだわ。近所をパトロールするのは危険な役目よ。ひょっとしたらあの親切なリース刑事が何か助言をしてくれるかもしれないわね。でもとにかく、近所でまただれかが殺されるまえにほんと大急ぎでそういうものを結成しなくちゃ」

「心配要らないわ。今度彼に会ったら、その件についてふたりと話すよう頼んでおくから。さあ、ロバートを連れていって荷物を運んでもらったら？」

ふたりは昼寝をしているハムレットをよけて外に出ていった。ハムレットはどんな市民団にも参加する気はなさそうだ。その数分後に入ってきたふたりの客が彼につまずいて転びそうになったときも、緑色の目はしっかりと閉じられたままだった。ロバートが約束のクランベリーとカボチャのパンを持ってメアリーアンの手伝いから戻ってきても、彼はまだ目を覚ましていなかった。

「犯罪取締り人としては、あなたよりもメアリーアンのほうが優秀ね」ダーラはハムレットのほうにそうつぶやいて、電話で問い合わせてきた客の質問に答えるために外国語の本のコーナーに向かった。

電話を終えてから、ジェイクの携帯に電話してみたが、すぐに留守番電話に切り替わった。ダーラは手短にメッセージを残した——〝ねえ、あとでデリに行って一緒にランチでもどう？〟——そして、接客の合間に、請求書の支払いをすませたり、出版社の最新カタログに目を通したりする仕事に取り組んだ。ロバートも棚への商品の補充や、レジに来た客の急ぎの対応など、同じように忙しくしていた。入口のドアのベルが鳴るたびに、ダーラは顔を上げ、もしかしたらバリーが店に寄ったのではないかと確認した。だが、いつも彼ではないとわかり、なんとなくがっかりした気分になった。

ジェイクから折り返し店に電話がかかってきたのは、まもなく正午になる頃だった。

「お嬢ちゃん、メッセージを聞いたわよ。でも、ごめん、休憩を取れそうにないの。ちょっと立て込んでて」

「大丈夫よ、了解」とダーラは彼女に言った。「立て込んでるって、もしかしてテラかヒルダと関係があることじゃないわよね？」

電話の向こうで小さくため息をつく音が聞こえた。「顧客の守秘義務について話したことは覚えてるでしょ？　あっ、いけない、別の人から電話がかかってきた。ちょっと出るわね。あとで店に寄るわ。いい？」

ダーラに答える隙を与えず、ジェイクは電話を切った。ダーラは顔をしかめて受話器を置いた。

リースに電話して、テラが見つかったかどうか訊いてみようかと思ったが、すぐに考え直した。こっちにはまったく関係のないことだと言われるのがおちだろう。かわりにメールを送って、地域の自警団について尋ねてみることにした。都合のいいときに返事をしてもらえばいい。それに、もしかしたらそのとき事件の最新情報も教えてくれるかもしれない。

ダーラはロバートがレジでサッカーママの接客を終えるまで待った。その女性が配管に関する日曜大工の本と一緒に、ロバートのショーウィンドウのディスプレーで取りあげている本のうちの一冊を買ったのを見てうれしくなった。おまけに彼女は奇妙にも『ロビンソン・クルーソー』も買っていた。もっとも、顧客の趣味の広さにはもう慣れていたが。

「ねえ、お昼の時間よ」とダーラはロバートに告げた。「デリのターキー・ルーベンサンドイッチ・スペシャルが食べたい気分なんだけど、わたしがお金を出して、あなたが買いにいくっていうのはどう？」

「いいですね」彼は目を輝かせてにやりとした。「それと、あの大きなチョコチップクッキーも追加していいですか？」

「いいわよ。ショーウィンドウを見事に飾ってくれた分のボーナスってことで。全部わたしのつけにしてって頼んでおいて」

「やった！」ロバートは小さくガッツポーズをすると、カウンターの下から上着を取り出した。

「すぐに戻ります」

ロバートがキャットニップの入ったおもちゃを追いかけるハムレットのように店から飛び出すのを見て、ダーラは笑みをこぼした。なんだかんだ言って、ロバートはとてもうまくやっている。もう少し時間が経ってトレーニングを積めば、彼に店を任せてときどき休みを取ることもできるかもしれない。

いつもの昼時前の静かな時間帯だったので、ダーラは二階に上がって保管庫に行った。片手に子羊の毛でできたはたきを、もう一方の手にダチョウの羽根でできたはたきを持って一階に戻った。そして、数日前に中断していたところから棚の掃除を再開した。途中、やむを得ず何度かくしゃみをすることを自分に許しながら。

最初に店を継いだときは、本にほこりが溜まるスピードがいかに速いか知って驚いたものだ。通常の商品は普通にはたきで掃除することになっていたが、コレクター向けの商品と初版本については、ジェイムズは特別な高性能フィルター(HEPA)の掃除機を使って掃除していた。彼はまた、本が傷まないようにするには、たまに何時間もかける一大プロジェクトとして大掃除を決行するよりは、定期的に掃除をしたほうがいいとも助言してくれていた。そういうわけで、ダーラはいつでも手が空いたときがあれば、ぞうきんやはたきなどの道具を使って店内をきれいにするよう心がけていた。

ところが、最初の棚の作業に取りかかったとたん、本が床に落ちる、聞きまちがえようのない〝パタッ〟という音が聞こえた。

「ハムレット?」

棚の角から顔を出すと、ハムレットはまだ入口の近くのラグに寝そべっていた。名前を呼ばれたことに気づくと、彼は鋭い白い歯と風船ガムのようなピンクの舌を見せてあくびをした。そして、また肢の上にあごを置いて寝る体勢に戻った。

ダーラは眉をひそめてはたきを置き、音が聞こえたほうへ向かった。案の定、古典文学のコーナーで一冊のペーパーバックが床に落ちていた。彼女はさらに顔をしかめた。前回ハムレットが店の棚から本を落としたのは、殺人犯の正体を伝えようとしたときのことだった。またそうしようとしているのだろうか。でも――と彼女は思った――神経質な猫が棚に走っていって、本を落として、それからまたあんなにすばやく寝床に戻るなんてありえる？

ダーラは好奇心に駆られ、その本を拾いあげて裏返した。「『鉄仮面（ザ・マン・イン・ジ・アイアン・マスク）』（〝仮面の男〟のタイトルでも邦訳されている）か」と彼女は声に出して読んだ。考え込んで「ふーん」とつぶやく。

もちろん、この本とハムレットはなんの関係もないのかもしれない。デフォーの古典『ロビンソン・クルーソー』を手に取った客が〝D〟の棚からこのアレクサンドル・デュマの本を偶然動かしてしまって、ついに重力が最後の一押しをしたのかもしれない。でも――と彼女は思った――客が帰ったあとに落ちた本を拾うはめになる確率はどれくらいかしら？

めったにないわ。ダーラはそう思い、口をすぼめてうなずいた。とりあえず、手がかりとして本を落とした犯人はハムレットだったということにしよう――前回ヒントを出してくれたときよりも、本人の態度がさらにあいまいになっていたとしても。

「たまには実際の名前がタイトルになった本を落としてくれない？」拾った本をカウンターに

持っていきながら、彼女はハムレットに言った。「ほら、『アンナ・カレーニナ』とか『デイヴィッド・コパフィールド』とか『かもめのジョナサン』とか。そうしてくれれば、容疑者候補をかなり絞り込めると思うんだけど。わかる?」

ハムレットは返事をしてくれなかった。

「いいわ、ひとりぼっちで〝二十の質問〟ゲームをするから」とダーラはハムレットに言った。「もし正解してたら声に出して教えてよね」

ペンと紙を引っぱり出して、一番上に『鉄仮面（ザ・マン・イン・ジ・アイアン・マスク）』と書いた。そして、手を止めてしばらく付近を歩いた。その本は高校生のとき以来読んでおらず、それもざっと目を通しただけだった。その映画版——原作とはわずかしか似ていない——はとにかく見ていたが、それもかなり昔の話だ。登場人物の名前と話の筋の記憶もはっきりしなかった。

「こうなったら額面どおり受け取って、犯人は男だとしましょう……タイトルに〝マン〟とあることだし」と彼女は言って、紙に書いたその単語の下に線を引いた。「わたしを助けてよ、ハムレット。ダルタニャンとかアラミスとかポルトスとかアトスとかどう? どれか引っかかるものはある?」

ハムレットは今回も癪に障るほど黙りこくっていた。「オーケー、最初からやり直したほうがよさそうね。著者の名前がアレクサンドル・デュマだから、アレクサンダーの線で考えてみましょう」

ダーラはその名前を紙に書き、次に大きくクエスチョン・マークをつけた。アレクサンダーという名前の人物に心当たりはなかった。それは問題でないにしても、もしかしたらカート自身は知っていたのかもしれない。もしくは、アルとかアレックとか——

「アレックス」と彼女は大声をあげ、勝ち誇ったように笑みを浮かべた。そして、その名前を大文字で書いて丸で囲んだ。「ロバートの知り合いでロシアマフィアのアレックス・プーチンよ。彼なら建設業に携わってるし、過去に人を大勢殺してるかも」

とはいえ、その情報は——ロシアマフィアとのつながりにしても実際の殺しにしても——じかに仕入れたわけではなかったが。それでも、彼の名前は手始めとして悪くないような気がした。

ダーラは第二の可能性としてアレックス・プーチンの名前を新しいリストに加えた。そして、フンと鼻を鳴らしてその名前を消し、猫のほうをちらりと見た。

「簡単すぎよね。もし犯人がアレックス・プーチンなら、あなたもアレクサンドル・ソルジェニーツィンが書いた本とかウラジーミル・プーチンの伝記とかを落とすはずよね？　それに、ふたりとも建設業界で働いてるからって、カートがアレックスに会ったことがあると信じる理由にはならないし」

ダーラは顔をしかめた。もっと明らかな容疑者候補がいた。ポルノショップのビルだ。もっとも、あの男とデュマの作品がどうつながっているか見当もつかなかったが。ひょっとしたら〝ビル〟がニックネームの〝ウィリアム〟という登場人物が本の中に出てくるとか？　彼女はそう思ってキーボードのほうを向き、すばやくインターネットで検索した。

「まあ、近いわね」しばらくして彼女は結論を出した。有名な映画のデータベースをスクロールすると、古いバージョンの『仮面の男』を撮った監督のファーストネームがウィリアムだということがわかった。少し無理がありすぎるかしら？――ダーラはそう思って首を振ったが、念のため〝ビル〟と書き足した。今必要なのは小説の登場人物のリストだった。残念ながら、出版社は今手元にあるこの本に、あのささやかな利便性を提供してくれていなかった。しかし、前書きにあらすじも書かれているのを見つけた。彼女は急いでその断片を声に出して読みあげはじめた。

「物語はバスティーユ牢獄から始まる……かつての三銃士アラミスは司祭となり……囚人の告白を聞き……囚人は自らが国王ルイ十四世の双子の兄だと主張する」

ダーラはそこでことばを切り、〝ルイ〟と〝国王〟ということばをメモして続けた。「かくかくしかじかで、アラミスはこの囚人を救い出すことに決め……王と彼をすり替えることを決意する。一方、宮廷では情勢が混乱していた。不機嫌なルイ十四世は、かくかくしかじかで……愛人と妻のマリア・テレサのどちらを選ぶか決められず――」

ダーラは突然、あらすじを読むのをやめ、ハムレットを見た。「マリア・テレサ」とゆっくり繰り返した。まえの日にヒルダの店で耳にした電話での会話を思い出していた。「マリア・テレサはテラのフルネームよ。でも、彼女にそんなことができるはずが……」

ダーラの声は小さくなった。まえに心に浮かんだ、ヒルダがバールを振りおろしているイメージが、テラが行方不明になっていると聞いて以来ずっと寄せつけないようにしていたイメージに切り替わった——小柄な娘がカートの頭を打ちのめしているイメージ。結局のところ、バリーもカートの死体を発見する前日、ふたりが喧嘩しているのを聞いたと言っていたではないか？　でも、いくら頭に血がのぼりやすいとはいえ、テラもありふれた恋人同士の喧嘩くらいで殺人に手を染めるはずがない。いや、そういうことはありえるのだろうか？

ダーラはしぶしぶテラの名前をリストに追加した。そして、念のため、ヒルダの名前も加えておいた。ハムレットが選んだ本のタイトルにかかわらず、カートを殺した犯人は男だと早いうちから決めてしまわないほうがいいだろう。何しろ、バールは男性が持とうが女性が持とうが危険な武器になるのだから。

そんな不安な可能性についてあれこれ考えていると、店の入口のベルが鳴り、見覚えのない女性が駆け込んできた。

少なくとも、初めはだれかわからなかった。

12

「ヒルダ？」

もし今のバージョンの〈グレート・センセーションズ〉のオーナーと道ですれちがっていたら、ダーラはそっと一ドルを渡してそのまま歩きつづけていただろう。涼しげで上品なヒルダ・アギラールがこれほどざっくばらんに……いや、野暮ったく見えるとは、想像もできなかった。

今日のヒルダは、部分的に脱色したブロンドの髪を、いつも見慣れている優美な夜会巻き風のスタイルにまとめるでも、つやつやしたボブスタイルにまとめるでもなく、短くていびつなポニーテールにしていた。エアブラシを使ったようないつものプロ級のメイクに関しては、今朝は赤い口紅をさっと引いただけで、それもすでに取れかかっていた。とはいえ、ヒルダの外見で最も驚いたのは、肩にデザイナーバッグをかけているにもかかわらず、七十代のメアリーアン・プリンスキが仕事でないときに好んで身につけているような、トレーニングウェアを着ていることだった。

しかし本人は、自分の身なりにダーラがショックを受け、一時的に口が利けなくなっていることには気づいておらず、また関心もないようだった。もう少しでハムレットを踏みそうになりながら――すんでのところでハムレットが逃げた――慌ててダーラが立っているカウンターにやってきた。

「ダーラ、ここにいてくれてよかった！　ジェイクに会いにきたんだけど、しばらく戻らないっていうから。電話で話したの。そしたら、ここで待っててくれればいいって言われて。もしあなたが迷惑でなければだけど」

ダーラは懸念を募らせながらかぶりを振った。「全然迷惑じゃないわ。二階に行ってラウンジにでも座ってたら？　コーヒーもあるし、お茶がよければお湯もあるわよ」

もっとも、この女性にはもっと強い飲みものが必要そうだったが。ヒルダの目の周りには黒い円ができていた。眠れない夜と昨日の化粧のせいだろう。

しかし、ヒルダは首を振ってダーラの申し出を断った。「も、もしよければ、ここにいてもいいかしら。ひとりになったら気が変になりそうで」

ダーラはカウンターをまわって衝動的にヒルダの手を取った。「何があったのか話して」と彼女は促した。「テラのこと？」

ヒルダはうなずいた。

「ダーラ、あ、あの子がゆうべ家に帰ってこなかったの」

粉をはたいていない頬を涙が一粒流れ、かすかなアイライナーの跡が残った。「昨日の午後じゅうずっとあの子に電話してたんだけど、全然出ないのよ。結局、早めに店を閉めることにしたわ。もしかしたら体調を崩して家で寝てるんじゃないかと思って。でも、家にもいなかった」

ヒルダはそこで口をつぐみ、震えながら息を吸い込んだ。「ほかに何をすればいいかわからなかったから、あの子の友達の何人かに電話したの。でも、だれも昨日の朝学校であの子を見かけていなかった。それから夜になって、あの刑事さん——名前は忘れたけど——が娘を捜して家に来て、もし娘が姿を見せたらすぐに話をする必要があるって言ってたわ」

「きっとただの形式的なことよ」とダーラは言った。しかし、ヒルダはまた首を振った。

「ちがうの。テラのことであの人がわたしにした質問といったら……信じられない。パスポートは持ってるかとか、犯罪歴のある友人はいないかとか。最後にはわたし、怒って帰れと言ってやったわ」

〝賢明な行動とは言えないわね。警官に対して牙をむき出しにした母グマ（ママ・グリズリー）になるのは〟とダーラは皮肉っぽく思った。とはいえ、子供を守りたい親の気持ちは理解できる。彼女ははっきりさせようと訊いた。「そういうわけでジェイクを捜してるの？　警察よりも先にテラを見つけてもらえるかもしれないと思って？」

「それぐらいしか思いつかなかったから。テラにはこの街に、わたししかいないの。親戚はみんなマイアミかキューバにいる。彼女のことはずっとわたしが面倒をみてきたのよ。あの子、生活のことは何も知らなくて。自力で生き延びるために何が必要かとか」

ヒルダはそう言うと口をつぐみ、また湿り気を帯びてきた目をこすった。

「わたしね、夫と彼の家族全員と一緒にキューバから逃げてきたとき、まだ十七歳だったの。六人乗りの小さな漁船で逃げてきたわ。ちょうどハリケーンのシーズンだったんだけど、出発したとき、嵐が大西洋で発生してたことをわたしたちは知らなかった。風やら波やらの中でなんとか沈没せずにマイアミにたどりつけたのは奇跡だった」

「知らなかったわ。恐ろしい旅だったでしょうね」

「ええ。けれど、わたしは恐怖と貧困の中で育ったから、またひとつ試練が訪れたとしか考えなかった。でも、それからはもう何も怖いと思うことはなくなったわ……今に至るまでは」ヒルダは一瞬黙り込んだ。彼女の豪華な顔立ちが急にしわくちゃになった。「どうしよう、怖くてたまらない！　娘がカート・ベネデットを殺したと警察が思ってるような気がするの！」

「ランチをどうぞ。ほら、熱いうちに食べてください！」

ヒルダの話に聞き入っていたせいで、ダーラは店のドアのベルが鳴る音を聞き逃していた。ロバートがデリカテッセンから戻ってきて、得意げな様子で脂の染みた大きな紙袋を振りながらカウンターに向かってきていた。ダーラはヒルダの手を離し、慌てて彼を止めた。

「わたしのは二階のラウンジの冷蔵庫に入れておいてくれる？」ダーラは意味ありげに首を振って頼んだ。ロバートは不思議そうに彼女の向こうに目を凝らしている。「ちょうど今接客中のお客さまがいるから」

ヒルダが泣きじゃくりはじめると、ロバートの好奇心に満ちた顔つきがすぐさま、異性が泣いているのを見ていられない男性共通の困り顔に変わった。

「ええ、そうですね」と彼はトーンダウンして言った。「その、休憩は今取ったほうがいいですか、それとも少し待ちましょうか？」

「どうぞ休んで。こっちは大丈夫だから」

それは必ずしも真実ではなかった。今のところ、たったひとりのわが子が殺人事件の容疑者になった母親に、なんとことばをかければよいのかわからなかった。それに、このままここでヒルダを泣かせておくわけにはいかない。昼時のいつもの客が今にも続々と来店しそうなことを考えるとなおさらだ。

ダーラは足早にカウンターに戻ると、下の棚からティッシュペーパーの箱をつかんでヒルダの腕の中に差し出した。

「静かな場所に行きましょうか」とダーラは声をかけた。巧みにヒルダを奥の部屋へ誘導する。

メインフロアと同じように、店内にはところどころ、客が座って買おうと思っている商品を試し読みできるよう、ボタン留めのある小さな椅子が戦略的に配置されていた。ダーラは新時代(ニューエイジ)運動の本が置かれた棚の横にヒルダを座らせた。そこにいれば、自然と彼女の体が安らぎを吸収するかもしれない。

「さあ、どうぞ」ダーラはタペストリーのクッションを叩いて膨らませ、ヒルダの背中のうしろに滑り込ませた。「ジェイクが戻るまでそこで待ってるといいわ。ほんとうに何か持ってこなくて大丈夫?」

ヒルダはティッシュペーパーを取って洟をかむと、首を振った。「ほんとうにごめんなさい、あなたのすてきなお店でこんな騒ぎを起こしちゃって。でも、わたしは娘を知ってるの。あんな恐ろしいことあの子にはできないわ。あの刑事、よくも娘が殺人犯だなんて疑えるわね」

「リースも調べないといけないのよ。カートを知ってた人全員にやってるのと同じようにね。ただ仕事をしてるだけ」と彼女は優しく言ってヒルダを安心させた。「ほら、カートが殺された日の夜、テラは家に帰らなかったんでしょ? あなたも自分で言ってたじゃない、たいていの夜は彼女、彼と過ごしてるって。それって確かにちょっと疑わしく見えてしまうわ」

「わかってる、わかってるの」ヒルダはまた泣きはじめた。「でも、もし何かあったんだとしても、テラがわたしに無断で家を出るなんて信じられなくて」

ダーラはヒルダにもう一枚ティッシュペーパーを渡した。ジェイクに早く来てほしくてしかたなかった。テラが殺人なんてできないというヒルダの考えは信じたかったが、リースとジェイクが思いもよらない殺人犯の話をするのを何度も聞いていて思い知っていた。殺人事件に関しては、絶対などということはひとつもないということを。一方——

「ヒルダ、もしかしたらテラはほんとうにカートの死と関係があるのかもしれないわ」とダーラは思い切って言った。「でも、きっとわざとやったわけじゃないのよ。たぶんふたりは喧嘩になって、カートがテラを傷つけようとしたから、テラが自分の身を守ろうとしたんじゃないかしら。あるいは、彼が無理やりテラを地下室に連れていって暴力を振るおうとしたせいで、テラが逃げるためにバールで彼を殴るはめになったのかも。テレビの刑事ものでは正当殺人とか言うんだっけ」

「正当防衛のこと?」

「そう、それよ。警察が自分を捜してることがわかってて家に戻るのが怖いのかも。電話がかかってこないのは、あなたに彼女の居場所を知らせたくないから。そうすればテラに手を貸してるとだれもあなたを責められないからじゃない?」

「なんてこと、ダーラ、それなら確かにつじつまが合うわね」ヒルダは濡れたティッシュペーパーの山から顔を上げて言った。腫(は)れあがった目が突然、希望に満ちあふれた。「あの子にはわざとだれかを傷つけることなんてできない。それはわかってるわ……でも、彼が娘を傷つけようとしたんだとしたら、もしかしたら……」

ヒルダは身を起こし、ハンドバッグの中に手を入れてコンパクトを取り出した。「わあ、化け物みたい」小さな鏡をのぞいて彼女は驚きの声をあげた。鏡をバッグの中に戻すと、立ちあがった。「申し訳ないんだけど、ジェイクが来るまえに少しは身なりを整えておかなくちゃ」

ダーラは気を利かせて化粧室を指で示した。そして、今入ってきたばかりの企業の重役の中年男性の接客に当たった。ベストセラーの経営者の伝記を購入したその客を送り出し、レジで毎週欠かさず最新のロマンス小説を買いにくる別の客に対応する頃には、ヒルダは化粧室から出てきていて、いつもの彼女の姿にほとんど戻っていた。

ヒルダのきれいにセットし直した髪とメイクしたばかりの顔を、ダーラは驚きとともに眺めた。あのハンドバッグの中に専用のスタイリストが隠れているにちがいないわ――そう思い、苦笑いを浮かべて首を振った。トレーニングウェアさえも、ハンドバッグの中から見つけたらしい、首元に粋に巻かれたスカーフのおかげで急に流行のファッションになったように見えた。

「ダーラ、わたし個人の問題でこんなふうに急に押しかけちゃってごめんなさいね」とヒルダははきはきと言った。さっきまでの声の震えはすっかり消えている。「警察のまえにジェイクがテラを見つけてくれるって信じなくちゃね。家に帰してくれるって。そうすれば一緒に問題を解決できるもの」

「きっとジェイクならやってくれるわ。それに、もしリース刑事のほうが先に見つけたとしても、公平に扱ってくれるはずよ」

「だといいけど」ヒルダは肩をすくめて言った。そのしぐさからは、当局に対する不信感が少なからずうかがえた。けれども、彼女の過去を知った今、ヒルダを責めることはできなかった。

またベルが鳴った。今度は大いに安堵したことに、入口のドアから入ってきたのはジェイクだった。真面目な調査用の格好をしている。ベルトを締めていない黒革のダスターコートが、一歩踏み出すごとにジーンズに包まれた彼女のふくらはぎの横で翻り、厚底のブーツが、引きずるような彼女の足取りを効果的にカムフラージュしていた。ミラーコートのサングラスで目は隠れ、黒のカーリーヘアがライオンのたてがみのように頭を覆っている。すべてが組み合わさって、痛快なアニメのヒロインが現実の世界に現れたような印象をかもしだしていた。

まさにヒルダとテラが今必要としているものね――ダーラは彼女をありがたく思い、ほっとしてため息をついた。

「やあ、お嬢ちゃん、あたしのかわりを務めてくれてありがとう」そう言って、ジェイクは満足げにうなずき、ヒルダのほうを向いて続けた。「待たせちゃってごめんなさいね。テラについて二、三聞き込みをしてたのよ」

「何か収穫はあった?」とヒルダは言った。きびきびした声の調子とは裏腹に手は不安そうに動いている。「だれか娘に会ってたかしら?」

「今のところ、水曜日の午前中の授業以降、友達はだれひとりとして彼女の姿を見てないわ。それと、あなたが教えてくれたように、水曜の夜テラがまた家を出ていってから会った人もいない。木曜の午前中の遅い時間帯が、ダーラとバリーがカートの死体を見つけた時間だから、彼女の無実を証明するには、十二時間程度の行動を説明しないといけないわけね。お願いしてた写真は持ってきてくれた？」

「もちろんよ」ヒルダは魔法のハンドバッグに手を入れて、ベッド脇のテーブルに立てかけておくのにちょうどいいサイズの小さな額入りの写真を取り出した。「あのなんとかっていう刑事が――」

「リース刑事」とダーラが助け舟を出した。

「――そう、あのリース刑事も写真をほしがってたんだけど、うそをついて持ってないって答えたの」とヒルダは言った。かすかな反抗心をのぞかせた表情が、青ざめた彼女の頬に色を添えている。ダーラはヒルダが自分のものだと言わんばかりに、大事そうに握りしめた写真をちらりと見た。

背景は形式張ったものではなく、屋外で撮られたものだったが、プロによる最近の写真のように見えた。テラの腰から上が写っており、肩越しに振り返ってカメラのほうを向いている。めずらしいことに、いつものお気に入りの派手なメイクはしていないようだ。大きな茶色の目元に適度なラインを入れ、その顔立ちを際立たせる口紅を引いていた。肩までの長さの濃いブロンドの髪が風に吹かれて揺れている。ていねいにマニキュアを塗られた手――爪は明るい口紅と同じ女の子らしいピンク――が目にかかった髪の毛を払いのけていた。

もう少し腕の悪いカメラマンに撮られていれば、何かの高級雑誌の表紙を真似て失敗しただけの、わざとらしいポーズに見えたかもしれない。しかし、実際はテラが自分の名前を呼ばれて笑いながら相手を振り返っているように見え、彼女の若々しい美しさと活力がその一枚の写真に永久に閉じ込められていた。

〝すばらしいわ〟とダーラは思った。どうにも説明できず、また拭い去りもできない、急激な不安感に襲われながら。

一方、ヒルダは写真を握った手を緩め、ジェイクに渡して言った。「ほんの数週間前、テラにこの写真をもらったの。終わったら、その、返してもらってもいいかしら」

「もちろんよ。事務所に戻ったらスキャナーで取り込むから、すぐに持って帰ってくれていいわ」ジェイクは写真を受け取りながらそう請け合った。「その写真を載せたビラをつくって近所に配ってまわろうと思うの。協力してくれる人に渡せるよう、ここにも何枚か置いておくわね。ダーラさえよければだけど」意味ありげなまなざしを彼女のほうに向けながら、ジェイクは言った。

ダーラはうなずいた。まずはリースに渡さなくちゃね、という暗黙の提案に同意して。実のところ、彼女もビラが手に入ったらすぐ彼に電話するつもりだった。

「こんにちは、ミズ・マルテッリ」とうしろからロバートの声が聞こえた。「調子はどうですか?」

口についたパンくずの残りを手の甲で拭いながら、ロバートはジェイクの肩に顔を近づけて、彼女が持っている写真をのぞき込んだ。「あれ、テラじゃないですか。彼女の写真で何をしてるんです?」

「テラを知ってるの?」とジェイクが迫った。

ロバートは肩をすくめた。「ほかの女の子たちと一緒にいるところを見かけたことがあるんです。確か大学に通ってるんじゃなかったかな」

「テラはミセス・アギラールの娘さんなの」ダーラがヒルダのほうを示して説明した。「今行方不明になってるのよ。それで、ジェイクが捜してるの」

「あっ、そうなんですか？　彼女なら、このまえの夜に見ましたけど」ロバートはそう言うと、背中を向けてベストセラーを展示しているコーナーへ向かおうとした。が、いっせいに質問を浴びせられ、途中で足を止めるはめになった。

「どこで見たの？」

「テラだってことは確かなの？　いつの夜？　水曜？　それとも木曜？」

「あの子は無事だった？」

最後の問いかけはヒルダの口から出たものだった。彼女はロバートに駆け寄って彼の腕を取ろうとした。が、ロバートはすばやくうしろに下がり、降伏の印に両手を上げて言った。

「おっと。あの、ひとつずつ質問してもらっても？」

「ロバート、これはすごく重要なことなの」とジェイクが言った。写真の向きを変えて彼にもう一度見せる。「あんたが見たのは確かにこの女の子？　別のブロンドじゃなくて？」

「ええ。彼女はゴスの子たちが出入りするところには顔を出してないから、ぼくらはほら、友達とかってわけじゃないですけど、まえに話したことがあるんです。夜に街灯の下に立ってる彼女とすれちがいましたよ」

ジェイクは写真を脇に挟んで、コートのポケットからメモ帳とペンを取り出した。「いいわ、じゃあ、その子がテラだったとしましょう。彼女の姿を見たのはいつの夜?」

ロバートは目を細めて集中し、指を折って逆算した。「水曜の夜にまちがいないです」

「ありがとう。じゃあ、時間帯は?」

「わかりません。早い時間だったから午前零時とか?」ダーラは思った──わたし個人は午前零時を早い時間には分類しない。それを言えば、彼女はもう十八歳でもなかったが。

ジェイクはメモを取りながらうなずいた。「具体的にどこの街灯?」

「ここからいくつか通りを隔てたところです。あのカートっていう人がぶっ倒れた建物の近く」

「バリーのブラウンストーンの近く?」ダーラが大声をあげた。ジェイクの〝いいから今は黙ってて〟という視線を無視してロバートを問いつめる。「あなた、真夜中にそんなところで何をしてたの?」

「さあ、いろいろですよ」ロバートはことばを濁した。さっきのヒルダと同じ、反抗的な表情を浮かべている。「ここは自由の国ですから」

「ロバートがそこで何をしてたのかは問題じゃないわ」とジェイクが割って入った。「大事なのは、彼がテラについて何を知ってるかよ。ねえ、ほら」ジェイクはロバートに催促したが、彼は黙ったままだった。「テラは大変なことに巻き込まれてるかもしれないのよ。それに、今のところ知ってるのはあなただけなの──カートがその、ぶっ倒れた時間帯の、彼女の居場所について知ってるのは。テラはだれかと一緒だった?」

ロバートは首を横に振った。

「それから、彼女は何をしてた？　そこに突っ立ってたこと以外で。うしろを振り返ったりとか、何かを運んだりとか？」

「彼女はまあ、電話で話してました」彼はいぶかるような口調で答えた。〝ほかに何をするっていうんです？〟とでも言いたげだ。

ジェイクはまたうなずいて言った。「わかったらでいいんだけど、テラは電話の相手に怒ってた？　どんな様子だった？」

「さあ……普通じゃないですかね。別に立ち聞きしてたわけじゃありませんから。そういうのはほら、失礼でしょ」ちょうどそのとき、別の客が入ってきて、若者はほっとため息をついたように見えた。「ちょっとすみません、あの女性のお客さんの相手をしなきゃならないんで」高らかに宣言すると、ロバートは白髪の年金生活者のほうに走っていった。

ダーラはジェイクのほうを見て言った。「接客ならわたしができるけど。彼を引っぱり戻してきましょうか？　もっと訊きたいことがあるなら」

「とりあえず必要なことは聞けたわ」ジェイクはメモ帳を閉じた。「少なくともこれで、カートが殺された夜、テラがあのブラウンストーンのあたりにいたことははっきりしたわね。といっても、それがとくに何かを意味するわけでもないけど」ジェイクは慌ててそう言い足し、ジェイクのことばに驚いて、はっと息を飲んでいたヒルダを安心させた。「さあ、階下に行って写真をスキャンして、さらに情報を集めましょう。ダーラ、ビラができたらまたあとで寄るわね」

ジェイクがヘビーメタルの歌詞に出てくる報復の天使のように先頭を切って、ふたりはドアに向かった。ジェイクと比べると断然威圧感はなかったものの、ヒルダの態度も同じくらい決然としていた。ダーラは思わず小さな笑みをこぼした。リースが優秀な警官であることは知っているが、いざどちらが先にテラを見つけるか賭けるとなれば、彼女の答えはジェイクだった。テラを見つけたら、カートを殺した犯人も見つけたことになってしまうのかが問題だ……あるいは、真犯人はほかにいるのだろうか？

そう考えながら、ダーラは二階に行って冷蔵庫からターキー・ルーベンサンドイッチを取り出した。服装の乱れたヒルダが店に駆け込んでくるまえにつくりはじめていたリストはずっと持ち歩いていた。サンドイッチをほおばる合間にその紙をもう一度よく見て、書き込んだ名前の列から何か手がかりを探そうとした。が、サンドイッチを食べおえる頃にはすでに敗北を認めていた。

「マジック8ボール（ボール形の占いのおもちゃ）を試したほうがまだましだわ」サンドイッチの包み紙をくしゃくしゃにしてごみ箱に投げた。

続いてリストの紙も投げ捨てようとしたところで不意に思い直した。午後になってからジェイムズに頭をひねってもらえばいいと思ったのだ。彼ならその挑戦を楽しんで受け入れ、彼女が見逃していた何かを発見してくれるかもしれない。でも、今は先にロバートの夜の活動について本人と話をしよう。

ダーラはこれからする会話にびくびくしながらまた階段を降りた。だが、話をしなければ、この先ずっとその件で悩みつづけることになるとわかっていた。ロバートは比較的近所に住んでいるから、夜中の零時過ぎとはいえ、この辺をうろつくこともないわけではないだろう。しかし、翌朝仕事があることを考えれば、その時間に家で眠りについていないという事実は、ひとつの不安な疑問を呼び起こす――ロバートは真夜中の散策で何をしているのだろう?

「バカなことを考えないの」とダーラは声に出して自分に言った。彼がゴスの世界に顔を出していることはすでに知っていた。したがって当然、闇の中の活動への参加も必要なのだろう。それに、あの年頃の若者にとっては、真夜中も昼も大してちがいはないものだ。

だが同時に、バリーが言っていたうわさも思い出していた。金属泥棒が地元のロシアマフィアの一味とつながりがあるかもしれないといううわさだ。カートも、最後に会ったとき、犯罪現場でお菓子の包み紙が見つかっているため、警察は若者の犯行だと思っているらしいと言っていた。ダーラ自身、ロバートがお菓子を主食にしているのを実際に目にしている。彼はまた、友達のアレックス・プーチンのもとで建設工事のアルバイトをしていると自慢げに話してもいた。最近多発している金属の窃盗事件にロバートが何か関係しているということは、ありえるだろうか?

そのとき、さらにひどい可能性がダーラの心をよぎった。あまりに不穏な考えに、彼女は階段の一番下の段で足を止め、くずおれてしまわないようとっさにその場に座った。どんなにがんばっても、テキサスの突発的なあられみたいに急に襲いかかってくる疑問の波を押しとどめることはできなかった。

もしバリーの改築現場から銅管を盗んだ金属泥棒がロバートだったとしたら？　二度目の略奪に戻ったとき、バールを構えたカートに出くわしてしまったのがロバートだったとしたら？　そして、年上の男性に応戦した結果、その戦いに勝ってしまったのだとしたら？　カート・ベネデットを殺したのが、テラではなく、ロバートだったとしたら？

13

ロバートが冷血な殺人犯である可能性を考えて、どのくらいのあいだ階段に座っていただろう。自分でもよくわからなかった。金曜の午後に開かれる店のブッククラブのメンバーのひとりが戸惑った顔で「ダーラ、元気にしてた？」とあいさつをし、彼女の横を通り抜けて階段をのぼっていった。そのとき初めてダーラはわれに返り、レジに向かった。

ブッククラブのほかのメンバーたちもぽつぽつと店に入ってきて、新作を立ち読みしていた。クラブには三十人近い正式な会員――主に学生や年金生活者や専業主婦――がいたが、そのうちの十人あまりの中心的なグループが二週間に一度、店の二階のラウンジスペースに集まって読書会を開いていた。ダーラはいつもクラブのメンバーが集まることを喜び、継続的な利益をもたらしてくれることもありがたく思っていたが、今日感謝の念を感じたのは、彼らの到着によって気が紛れたことだった。次の課題図書に取りあげるとすれば新作のうちでどれがよさそうかとメンバーたちが話し合ううちに、店内の会話の声量はだんだん大きくなり、徐々に活気を帯びていった。

さらに二十分ほど経って何人かが本を衝動買いしたあと、ブッククラブのメンバーたちは全員二階に落ち着いた。ロバートはダーラがレジを打った商品を袋詰めする作業を手伝っていて、彼に何かを言うチャンスはほとんどなかった。クラブのメンバーたちの穏やかな議論が二階から聞こえてくる頃には、ダーラは何も言うまいと決めていた——少なくとも直接本人には。だが、ロバートが今日の仕事を終えて帰ったら、すぐにジェイクに電話してアドバイスを求めるつもりだった。自分の懸念がリースに電話するほどのものだと元警官が思うか確かめるために。

一時間半後、二階でのブッククラブの会合は終わりに近づいていた。店の客足は順調だったとはいえ少し落ち着いていて、今は客が入れちがいで入ってくるところだった。ジェイムズもすでに午後のシフトに出勤していた。彼はダーラに軽くあいさつをすませると、前日に入荷したばかりのグラフィック・ノベル——数は少ないが熱心な顧客層を確保している商品だ——についてロバートと話しはじめた。ハムレットはというと、ブッククラブはお気に入りの店のイベントではないと、とうの昔に決めたらしく、この数時間はずっと奥の部屋にある歴史コーナーの上の安全な場所に身を落ち着けていた。

ハムレットがレジにいるダーラのところへ戻ってくると、ロバートもレジに来てカウンターの下のバックパックに手を伸ばした。寝袋がまだ底についていたが、ダーラはそのキャンプ用品を見て、公園で異性とたわむれるための道具というよりも、もっと非道な使い道があるもののように思えた。たとえば、くすねた金属のくずをぎっしり詰めるとか。

「そろそろあがってもいい時間ですかね」とロバートが彼女に言った。その殻にこもった表情は最初の面接に来た日の態度を思い出させた。

ダーラは心の動揺を精いっぱい隠しながらロバートを観察した。〈ペティストーンズ・ファイン・ブックス〉で働きはじめてからまだ少ししか時間が経っていなかったが、ときに風変わりな行動を取るとはいえ、彼は自分が有用な従業員であることを証明していた。それでとりあえず今はこう言うだけにとどめた。「また明日ね。ジェイクやリース刑事がテラ・アギラールを見つける助けになりそうなことを何か思いついたら、わたしに電話して」

ロバートは同意を意味するようなことばをもごもごつぶやいた。そして、ハムレットに優しくグータッチをし、ダーラと猫の両方に向けられたと取れる「じゃあ、また」ということばをかけると、バックパックを背負って店から出ていった。

ブッククラブの会合は表向きには数分後にお開きとなった。ジェイムズは帰り支度をしている会のメンバーたちとことばを交わしていた。普段から現代文学のほとんどを軽視していると公言しているにもかかわらず、元教授はフィクションとノンフィクション両方の最新のトレンドをつねに追いかけるようにしていた。それゆえ、クラブのメンバーから――とくに女性から意見を求められることが多かった。中にはなかば公然の秘密として彼に熱を上げている女性もいる。ダーラが今日これまでの売り上げを確認していると、ブッククラブのリーダーを務める女性がカウンターにやってきた。

マーサ・ワシントン（〝今は亡き元大統領夫人とはなんの関係もないのよ〟と初めて会ったときに本人が笑みを浮かべて言っていた）は三十代後半のほっそりした混血の女性だった。複雑な色の腰までの長さの髪をドレッドヘアにしていて、ダーラはいつもその髪をうらやましく思っていた。マーサは公共放送の番組からそのまま出てきたような歯切れのよいイギリス英語を話す。

　といっても彼女の発音はマドンナ風の気取った話し方ではなく、自然に身についたものだった。ダーラは以前の会話から、生まれも育ちもジョージア州だった軍人のマーサの父親が海外に駐屯中にイギリス人女性と結婚したことを知っていた。したがって、マーサのアクセントはまちがいなくバイリンガルだ。実際、話題によっては、彼女が突然狂ったようにアメリカ最南部のことばを話しだすのをダーラは耳にしたことがあった。

「こんにちは、ダーラ」マーサははっきりした英国放送協会(BBC)の発音で言った。「いつものことだけど、ささやかな会を開かせてくれてありがとう」

「どういたしまして。今回はみんなお行儀よくしてた？」

マーサはダーラが遠回しにマーク・プールについて触れたことに気づいて笑みを浮かべた。メンバーの中でもよくしゃべる彼は、前回の会合で、とある文学上の象徴に関する自分の解釈が反論を受けたことで、読書会の仲間たちに激怒していた。結局、自分に勝ち目がないとわかると、彼はもう二度と来ないと宣言し、会合が終わるまえに足音荒く出ていってしまった。もっとも、チャットでいうところの〝勢い任せの退室〟の現実版を、ブッククラブのメンバーが実行するのを見るのはそれが初めてではなかったが。そうした芝居がかった行動のあとによくあるように、マークは何事もなかったようなふりをして、本を小脇に挟んで今週の会合に戻ってきたのだった。

「マークは静かに座って肯定的な発言しかしなかったわ」と言ってマーサはダーラを安心させた。「実際、会が始まるまえに前回のふるまいについて謝罪までしてくれたの」

「それはよかったわ。で、ほかに何かご用でも？」

「実は、奥の辞書のコーナーの床にこれが落ちてて。どこに戻したらいいかわからなかったものだから」マーサは雑誌サイズのグラフィック・ノベルを差し出した。

ダーラはそのソフトカバーの本を受け取り、カウンターに置いた。「この本は昨日入荷したばかりなのよ。だから、きっと迷子になっちゃったのね。みんなに踏まれるまえに見つけてくれてよかったわ。ありがとう」

「どういたしまして」マーサは笑みを浮かべてそう言うと、髪の毛と同じ色合いの黒と薄茶色と金色の、丈の長いウールのコートを着た。「それじゃあ、また再来週。次回は予定してた本のかわりに正面の窓に展示されてるあの本について話し合うことに決まったの」

ダーラはショーウィンドウのディスプレーに目をやった。案の定、赤いほうの本の山がランチタイムのときと比べて極端に低くなっていた。うまくいけば、ブッククラブのメンバーたちはその次の会合で、対比すべき作品として青いほうの本を選んでくれるかもしれない。マーサはペーパーバックでいっぱいになったトートバッグをつかむと、ジェイムズに手を振って別れのあいさつをし、出口に向かった。

「やれやれ、ようやくこれで全員帰った」マーサが出ていってベルが鳴り、客がいなくなったのを見計らって、店長はそう言った。「今はロバートがいるから、スケジュールを再調整して、彼らが会合を開く日の午後、自分は休みを取るようにしたほうがいいかもしれないな」

その不平はまえにも聞いたことがあったが、ダーラは彼が口では文句を言っていても、実際はブッククラブの注目の的になるのを楽しんでいることを知っていた。しかし、今は別の問題のほうが気にかかっていて、彼の意見を聞きたかった。

「そのときまでまだロバートが働いてたらね」とダーラは答えた。

そのことばを聞いて、ジェイムズはすぐさま眉をひそめた。「どういう意味だ？　あの若者は実にいい働きをしているように見えるが。なんというか、たまの奇行はともかくとして」

「わたしもそう思ってたんだけど、もしかしたら奇行よりも大変なことを起こしてるかもしれないの」

ダーラはその日ヒルダが取り乱した様子で店に来たことをジェイムズに話した。ほとんど偶然に、殺人事件があった夜ロバートが現場のブラウンストーンの近所にいて、テラを都合よく目撃していたらしいと知ったことも。さらに、多少ばかげたことのように感じながら、店に彼女とハムレットしかいなかったときに、不思議な状況で床に落ちた本があるのだと言って、実物を見せた。

「『鉄仮面（ザ・マン・イン・ジ・アイアン・マスク）』か」とジェイムズは満足げに言った。「子供の頃好きだった本のひとつだ。といっても、仮面をかぶった囚人が実際はルイ十四世の血族だったとするヴォルテールの説に基づいたデュマのストーリーには反対だったがね。個人的には、実際の歴史上の人物はモンマス公だとする説をずっと信じていた。でも、この本がミスター・ベネデットの不運な死とどう関係があるんだ？」

ダーラが話しだすと、ジェイムズは呆気にとられてことばも出ない様子で耳を傾けていた。一方、ダーラは地下室にあったカートの死体の近くで見つけた、血のついた動物の足跡のことをもう一度説明し、ジェイクのハムレットの肢への検査についても話した。さらに、ハムレットの〝本落とし〟のヒントに関する自身の見解をおずおずと披露した。彼女が話しおえる頃にはジェイムズも考え深げにうなずいていた。

「地下室に足跡を残した猫がハムレットだという可能性は認めるよ。外をほっつき歩く彼の癖は確認ずみだからね。でも、理解できないのは、殺人犯の正体をきみがどうやって特定したのかということだ。見たところ、警察もまだその点に関しては何も手がかりをつかめていないようだが」

ダーラは手に持った小説のページを開いて、その日の朝に読んだあらすじを示した。「最初、犯人はテラだと思ったの。彼女のフルネームがルイ十四世の妻と同じマリア・テレサだとヒルダから聞いて知ってたから。でも、カートが殺された夜、テラが現場近くにいるときによりにもよってロバートが通りかかってたなんて、あまりに偶然すぎるように思えたのよ」

ジェイムズは彼女が指差したページを考え込むように眺め、やがて首を振った。

「正直なところ、フランス文学はわたしの専門分野ではないが、この小説に〝ロバート〟という名前は——ついでに言えば、〝兄弟（デユード）〟も〝兄貴（ボス）〟も出てこないと確信しているよ。したがって、ハムレットが何か重要なことを伝えようとしているというきみの説は、まちがっているように思えるんだが」

ダーラがその点をしかたなく認めようとしたところで、ジェイムズがつけ加えた。「それに、どんな動機があって、うちの若い従業員があんな忌まわしい罪を犯すというんだ？」

「採用したときに言ってたのよ。自分はアレックス・プーチンっていう男のもとで建設工事のアルバイトをしてるって。アレックス・プーチンって、地元のロシア人のゴッドファーザー的な人らしいじゃない」と彼女は説明した。「それに、バリーも金属泥棒はこのあたりのロシアマフィアとなんらかのつながりがあると聞いたって言ってたわ。心配なの。ロバートがプーチンっていう男のために金属の窃盗に手を染めてしまったんじゃないかって。カートはあの夜、ブラウンストーンでロバートをつかまえたけど、反撃されてしまったんじゃないかしら」

「興味深い説だな。リース刑事はこの一連のことについてどう考えているんだ？」

「彼とは昨日の夜から会ってないの。リースに話すまえにまずはジェイクに意見を訊いてみようと思って」

「あたしになんの意見を訊くって？」

ダーラとジェイムズが意見交換しているあいだに、どうやらジェイクは店に入ってきていたらしい。ふたりともベルの音を聞き逃していた。彼女の装いはまだ痛快なヒロインのままだったが、今はミラーコートのサングラスを頭の上に載せ、腕に紙の束を抱えていた。

質問の答えを待たず、ジェイクは紙の束をレジの横のカウンターの上にどさりと置いて言った。「これがさっき言ってたビラよ。近所にはもう配ってきたわ。ここのお客さんにも渡してもらえると助かるんだけど」

「了解」とジェイムズが言った。

「もちろんよ」とダーラも返事をして、一枚取ってビラを見た。

一番上に大きな黒い文字で〝行方不明〟と書かれていた。その下にヒルダが持ってきたテラの写真が載っている。〝女性、二十一歳、濃い金髪、茶色の目、身長百六十センチ、体重四十八キロ〟という説明書き。最後に目撃されたのはチェシャー・レーン――バリーのブラウンストーンがある通り――の近くと書かれており、水曜日の日付が記されていた。ジェイクの連絡先もそのあとに記載されている。

「〝もしくはニューヨーク市警のリース刑事に電話してください〟」とダーラはビラの一番下に書かれた文言を声に出した。リースの電話番号と彼の分署の連絡先も目立つように記載されていることに気づいた。「あらら、ヒルダはこれを見てありがたく思うかしらね」

「お嬢ちゃん、あたしはテラにとって最善のことをしてるの」とジェイクは答えた。疲れているようにも、毅然としているようにも見える。「テラのことが心配なのよ。彼女の母親が警察とのあいだに問題を抱えていようが、そんなことはどうだっていいわ。大事なのは、できるだけ早く彼女を家に帰すことだもの」

ダーラはうなずいた。「リースに電話してビラを取りにきてもらったほうがいい？　ヒルダは彼に写真を渡すつもりはないだろうから」

「大丈夫よ。ヒルダが帰ってすぐ、写真をリースにメールしといたから。で、あんたとジェイムズが話してた、意見がどうのこうのっていうのは何？」

「ああ、カートが殺された事件の容疑者について話してたの。ハムレットがまた恒例の〝本落とし〟を披露してね。でも、いまいち納得がいかないのよ」

「あたしをからかってるんじゃないでしょうね？」ジェイクはそう言って眉をひそめた。ジェイムズに向かって続ける。「ねえ、助けてくれない？　素人探偵ごっこをするのはけっこうだけど、彼女が売ってる殺人事件のミステリと本物の事件はちがうんだってボスに説明してあげて」

「大丈夫、わたしだってそれくらいわかってるから」ジェイムズがどちらかの肩を持つまえにダーラは言い返した。「それとも、カートを発見したのはバリーとわたしだってこと忘れた？」

ダーラはそう言って身震いした。「ゆうべなんか死体の夢を見ちゃったんだから」

「忘れてないわよ、お嬢ちゃん。それに、あんたはうまく対処してる。でも、捜査はリースに任せてもらえる？　あたしだって人一倍、ハムレットの妙な行動にはわくわくするのよ。でも、殺人は深刻なの。もしリースが見つけるまえに、あんたがカートを殺した犯人に偶然出くわしたりなんかしたら……殺人犯はひとりしか殺さないなんていう決まりはないんだからね。気がつけば、ハムレットがあんたの血溜まりの中を歩きまわってる、なんてことになるかもしれないでしょ」

「おふたりさん」ジェイムズがなだめるような口調で口を挟んだ。「目標を見失わないようにしようじゃないか。われわれは、早いところミズ・アギラールを見つけたい、それにミスター・ベネデットを殺した犯人に裁きを受けさせたいと思っている。さまざまな角度から両方の問題に取り組んで、ふたつが交差する点を見つけることにどんな不都合があるんだ？」

「見事なタイミングで仲裁役を買って出てくれるわね、ジェイムズ」ジェイクが皮肉を込めてやり返した。彼女はため息をついてダーラに言った。「あんたの勝ちよ。さあ、ハムレットの容疑者リストにだれがいるか聞かせてもらおうじゃないの」

「まだリストをつくってる途中なんだけど」ダーラはもったいぶって言い、紙切れに手を伸ばした。そして、デュマの物語のあらすじを文ふたつでジェイクに説明し――書店で働くようになってから身につけた技だ――短いリストを読みあげはじめた。

「銃士たちの名前は省けると思うの」その名前を読みおえると、ダーラは言った。「でも、次にルイ十四世の妻の名前であるマリア・テレサが出てきたのよね。あまりにも偶然すぎやしないかしら。テラのフルネームが――」

「マリア・テレサなのは」とジェイクがダーラのことばを引き取って言った。

「それから、アレクサンドル・デュマっていう著者のファーストネームもあるわ。どことなくアレックス・プーチンを連想させるというか」

「あのアレックス・プーチン？　この辺で建設業をやってる、ロシア人のゴッドファーザー的存在の？」ジェイクはしばし考え、やがて肩をすくめた。「彼は潔白よ。彼にはこの辺で逮捕された経歴はないってことだけど。ただいろいろとうわさは飛び交ってる。でも、頭を殴るっていうありきたりの殺し方は、そういう男たちにしてはちょっと地味すぎるんじゃない？　言ってること、わかってもらえる？　つまり、そういう男だったら、メッセージを送るためにもっと豪快で、血しぶきが大量に飛び散るような方法を選ぶと思うの。でも、リストには彼の名前を残しておいたほうがいいかもね。ほかにはだれがいるの？」

「ロバートよ」

「ロバート？　あの、もとはゴス系少年で今はここで働いてる？　あんた、ほんとに彼が事件に関与してるって思ってるの？」

ダーラは深呼吸をしてしぶしぶうなずいた。

「可能性としてはありえると思うのよ。故意にだれかを傷つけてるところを想像できないにしても」とダーラは言った。ロバートがポルノショップで女の子をかばったという話を思い出しながら。「でも、彼は今のところ、水曜日の夜にテラが自宅を出てから彼女を見た唯一の人物なの。それに、そんなに遅い時間に何をしてたのか問いただしても、はっきり答えなかったし」

「ロバートは近くに住んでるわけでしょ？」ジェイクからもっともな答えが返ってきた。「それに、あんたもあれくらいの年齢の若者のことは知ってるじゃない。あの子たちは一晩じゅう起きてたって、次の日の朝は働きにいったり学校に行ったりできるんだから。その辺をぶらついてるからって人を殺してるわけじゃない。だからまあ、あたしに言わせると、その線はちょっと考えすぎだと思うわ」

「確かにね。でも、彼の年頃の若者のうちどれくらいの子が、アレックス・プーチンと親友だと思う？」

ジェイクは鋭い目つきでダーラを見た。「ロバートがあの男と友達ってこと？　詳しく聞かせて」

「まあ、たぶん親友ではないんでしょうけど」とダーラはトーンダウンした。「でも、ロバートから聞いたのよ。ときどきそのプーチンっていう男のもとで建設工事のアルバイトをしてるって。それに、まえの職場で女の子を困らせてた男にアレックス・プーチンの名前を出して脅したらしいのよ。あなたもバリーとカートのところから銅管が盗まれたのは覚えてるでしょ？もしロバートがロシアマフィアのために盗みを働いてたんだとしたら、この線はつながるじゃない」

「確かに興味深いわね。でも、憶測ばかりで、どれもはっきりした証拠じゃないわ。リースには伝えとくけど、ほかにも何人かリストにいるわね。たとえばヒルダはどう？　あと、あんたのボーイフレンドのバリーは？」

「ボーイフレンドじゃないわ」とダーラは言い返した。また顔が赤くなるのがわかった。「とにかく、どうして彼が怪しいと思うの？　カートは彼にとって三十年来の親友だったのよ。それに、カートを発見したとき、わたしは彼と一緒にいたんだから。あんなに動揺してる演技はだれにもできっこないわよ」

「あんた、映画を見たことがないのね」ジェイクはにやりと笑って言った。「演技についての賞がしょっちゅう発表されてるでしょうが」そして、真顔になって続けた。「あたしだってヒルダが関係してるとは考えたくないけど、カートに関する悪いうわさをかき集めるよう頼まれたとき、彼女はどう見てもご機嫌なママって感じじゃなかったわよ。そういう過保護な母親のことをママ・グリズリーって言うでしょ？　それどころか、彼女はママ・ティラノサウルスに分類されるって言えるわ。テラを守るためならなんでもするって言ってたから。で、あたしもまちがいなくヒルダはそうすると思う」

「それで、きみ自身はミスター・ベネデットを殺したのはだれだと思うんだ？」とジェイムズが訊いた。

ジェイクは肩をすくめた。「あたしの知ったことじゃないわ。テラを見つけるのがあたしの仕事だもの。でも、現実はこうよ。二件に一件の割合で殺人犯は被害者の知ってる人物。残りの半分は、運悪く被害者が出くわしてしまっただけの、見知らぬ人。だから、あたしの忠告を聞いて警戒しておくようにね。そして、捜査はリースに任せること」

「あなたの言うとおりかもね」ダーラはそう同意し、リストをくしゃくしゃに丸めた。「ただ、事態がなかなかまえに進んでいないような気がして」

「それはまちがってるわよ、お嬢ちゃん」

ジェイクは黒いふさふさの巻き毛に挿していたサングラスをはずし、疲れたような手つきで髪をかきあげた。またサングラスを頭の上に戻して続ける。

「その道のプロを信じなさい。リースもがむしゃらにやってるんだから。見えてるのは氷山の一角にすぎないのよ……あんたたち一般市民には舞台裏で進行してることのほんの一部も見えてない。いい？　すべての科学的な証拠を握ってるのは彼なの。ひょっとしたら、事件とだれかを結びつけるものがあのブラウンストーンで見つかってるかもしれないじゃない。それに、事件にはふたつの携帯電話が関わってるってことも忘れないで。カートとテラの携帯電話よ」

「カートの携帯はわかるわ」ダーラは眉をひそめて認めた。「リースは彼の通話履歴や電話番号を全部ダウンロードして、特有のパターンを探したり新たな容疑者を探したりするんでしょ？　でも、テラの携帯電話の記録がなんの役に立つの？　彼女は電話にも出ないし、だれにも電話してないっていうのに」

「ああ、そうか、〝携帯電話ピンギング〟と呼ばれるやつだな」とジェイムズがジェイクのかわりに答えた。呆気にとられて彼の顔を見ているダーラに向かってこう続けた。「ケーブルテレビを見ていると、いろんな面白いことを学べるものだ」

ジェイクはうなずいて同意を示した。

「現代のテクノロジーがもたらしたちょっとした奇跡のひとつね。携帯電話の電源が入ってるかぎり、その電話に最も近い基地局に絶えず信号が送られてるの。通話していないときでもね。携帯電話の基地局の場所がわかれば、その持ち主が一定の範囲内にいることがわかる。持ち主が移動しても、信号が跳ね返ってくる基地局によってその人物を追跡できるってわけ。もちろん、数ブロック単位でしか範囲を狭めることはできないけどね。でも、最近はほとんどの携帯にGPS機能がついてるから、警察は容疑者の位置を数フィートの範囲内まで特定できるのよ」

確かにそれは、愛する人の居場所を知りたい場合の心強い頼みになる。もっとも快適な反面、少し過干渉すぎる気もしたけれど。彼女は好奇心に駆られてジェイクに訊いた。「あなたにも私立探偵として携帯を追跡することはできるの？」

ジェイクはうなずいた。「ちょうど今朝それをやってたのよ。その手のことを引き受けてくれる仲間がいてね。ちょうど折り返し電話がかかってくるのを待ってるところ。法的には、リースにできること全部があたしにもできるってわけじゃないけど――一部は令状が必要だから――でも、彼と比べても数歩遅れてる程度よ。運がよければ、今日じゅうにテラの居場所を突き止めることができるかもしれない」

ジェイクはそう言って、目のまえに置かれたビラの山を整えた。マーサ・ワシントンがカウンターに持ってきた本を手に取って言う。

「あら。子供が読むにしてはずいぶん恐ろしい本を最近は出してるのね。やけに生々しい（グラフィック）イラストじゃない」

「だからグラフィック・ノベルと呼ばれてるんでしょうね」ダーラは反射的に笑みを浮かべて言った。「子供じゃなくて大人向けに書かれた本なのよ。イラストもその分野のトップアーティストによって描かれてる。数十年前に発表されたあの〈クラシックス・イラストレイテッド〉の漫画を思い浮かべるといいわ。ただし、かなり誇張されてる点を別にしてね」

「確かにこの表紙に載ってる血まみれのサルだかなんだかは、誇張されてるわね……その半裸の女性にしても」

ジェイクはダーラが見えるように本の向きを変えた。ダーラははっと息を飲みそうになるのをこらえ、友人の手からひったくるように本を奪い取った。そして、大きな声で言った。

「見て、ジェイムズ、エドガー・アラン・ポオの『モルグ街の殺人』よ。マーサはこの本が辞書の棚の近くに落ちてるのを見つけたって言ってたの。本がひとりでに落ちたはずがないわ。だれかが棚から引き抜いて動かしたはずよ」

「きみはハムレットがまたヒントを示していると言いたいのか？」

「悪い？」そう言って、ダーラはくしゃくしゃに丸めたリストを伸ばしてもう一度ペンを取った。「ほら、表紙を見れば一目瞭然じゃない」彼女は指を差して言った。「〝殺人〟ってことばがあるでしょ」

「ああ。でも、きみも知っていると思うが、その本に出てくる殺人事件は人間が犯したものじゃないぞ。きみはハムレットの容疑者リストにオランウータンも加えたいのか？」

店長は礼儀正しく質問してきたが、ダーラには、ひそかに面白がっている雰囲気が確かに感じ取れた。しかし、この最新のヒントは別の名前をリストの最上位に昇格させていた。

「オランウータンならもういるわ」ダーラは自信たっぷりにうなずきながら答えた。「ポルノショップのビルよ。従業員たちには〝へなちょこザル〟として知られてるビル。長い腕と赤と灰色の髪のせいでそういうあだ名がついてるの。わたしに言わせれば、すべてのオランウータンに対する侮辱って気がするけど」

やがて、別の考えが頭に浮かび、彼女ははっとしてふたりの顔を見た。「でも、ほかにもロバートが言ってたことを今思い出したわ。彼の元同僚のひとりが言ってたらしいんだけど、ビルは以前、冗談を言われた報復として、相手をハンマーで殴りつけたことがあるんですって！」

「すぐにリースに知らせたほうがいいわね。彼に――」とジェイクが言いかけたが、そのとき突然、昔ヒットしたビー・ジーズの『ステイン・アライヴ』のディスコ・サウンドが鳴り響き、ことばを遮られた。その音は元警官の携帯電話から聞こえていた。「うわさをすれば」ジェイクはそう言って〝通話〟ボタンを押した。「マルテッリよ」

電話の向こうで話す声がとぎれとぎれに聞こえたが、ダーラには小さすぎて何を言っているかまではわからなかった。ジェイクは一方的な会話にときおり「ええ」とあいづちを挟み、「すぐそっちに行く」と言って会話を終わらせた。

「リースが何か見つけたの？」ジェイクに〝通話終了〟のボタンを押す隙も与えず、ダーラは慌ててそう訊いた。

ジェイクは携帯電話をポケットにしまった。元警官はわざと表情を消しているように見える。しかし、目が合うと、ぎゅっと胃が締めつけられる気がした。ようやくジェイクはうなずいて言った。

「基地局に送られる信号とＧＰＳを使って対象者の居場所を突き止められるって話はさっきし

たわよね？　だいたいの場合、それでうまくいくの」

「それは、警察がミズ・アギラールを発見したということか？」とジェイムズが訊いた。その口調には、ダーラが急に感じた不安と同じくらい気がかりな様子がにじみ出ていた。

　しかし、ジェイクの答えはダーラが予想していたものとはちがった。「テラはまだよ。でも、もう少しのところまできてるわ。リースは彼女の携帯電話のある場所がわかったの」

14

　ごみ箱あさり（ダンプスター・ダイビング）による情報収集についてはダーラも聞いたことがあったが、リースが今やっていることはそれよりもはるかに危険に感じられた。

　ジェイムズとハムレットに店番を任せ、ダーラはジェイクと一緒にバリーの改築現場に来ていた。リース刑事の姿があり、勤務中に割り当てられているベージュの使い古されたフォードア車が歩道の縁に半分乗りあげて駐車されていた。リースはバリーとカートが廃材用に使っていたレンタルの大型ごみ容器の中に腰の高さまで浸かっていた。ワイシャツとズボンだけの姿になり、革の作業用手袋をつけた手に大きな黒い懐中電灯を持っている。懐中電灯は光源としても、バールのかわりとしても使われているようだった。現場には、いつものグレーのパーカーを着たバリーもいて、無表情で玄関前の階段に座っていた。

ダーラは落ち着かない気持ちでごみ容器を眺め、胃が口から飛び出しそうになる感覚をどうにか無視しようとした。だれも口にしていなかったが、テラの携帯電話がどこで見つかるにしろ、テラ自身も同じところで見つかるだろうと思っていた。そして、それが彼女にとっていいこととは思えない。

ダーラは身を震わせながらバリーのとなりの階段に腰かけた。のこのこジェイクについてくるなんて、自分はいったい何を考えていたのだろう。バリーの精神的な支えになれたらというご立派な考えを抱いていたのだが、これからふたつ目の犯罪の露見を目の当たりにするかもしれない今となっては、ジェイムズとハムレットと一緒に店に残っていたほうがよかったと強く思った。

しかし、風雨で傷んだ赤いごみ容器の中から何が見つかるにしろ、発見まではしばらく時間がかかりそうだった。ごみ容器は割れたベニヤ板や石膏ボードであふれていて、蓋の開いたてっぺんからあらゆるものが飛び出していた。廃棄されたペンキローラー、漆喰とペンキがこびりついた空のプラスティックや金属のバケツなどが、廃材の中に交ざっている。汚れたピンクの断熱材が奥で大きな山となっていた。立ち入り禁止のテープらしき汚れた蛍光の黄色のビニールテープがごみ容器の角からぶら下がっている。捨てられたパーティー用のリボン飾りのように、夕方のそよ風に吹かれてひらひらと舞っていた。

ジェイクは散乱したツーバイフォー材——リースがすでにごみ容器の外に放り出していたのだ——のあいだを縫って彼のところに向かった。一方、ダーラは慰めになればと思い、バリーに笑みを向けた。

「きれいな作業現場が台無しね」と彼女は思い切って言った。

冗談めかした言い方に、バリーは礼儀正しく白い歯を見せて一瞬笑ってから、不機嫌な様子でごみ容器をもう一度しげしげと眺めて言った。「ここでの警察の仕事はもう終わったと思ってたんだけどね。でも、彼は令状やら何やらを用意してたよ」

「彼が破傷風の予防注射もすませてるといいんだけど」リースが悪態をつく声にかすかに身をすくませながらダーラは言った。リースはけがでもしたように手袋をした片手を振っている。

「あの中にはくぎとかいろんなものが入ってるんでしょ」

「くぎに針金に断熱材にリノリウム」バリーは同意の印に肩をすくめた。「なんだって出してこられるよ。あの刑事が何を捜してるか知ってる？」

ダーラは驚いてバリーを見た。令状を持っているにもかかわらず、リースはテラや彼女の携帯電話についてバリーには何も話していないらしい。無遠慮なリースに言わせると彼女が〝べらべらしゃべった〟ときに彼から受けた講義を思い出して、ダーラは慎重に首を振って言った。

「わたしはジェイクについてきただけだから」

それに、誤報かもしれないし――とダーラは自分に言い聞かせた。もっともな理由ができるまで、むやみに彼に心配をかける必要はない。彼女は深呼吸をして続けた。「このまえうちに来てくれたときはごめんなさいね。突然のことでびっくりしちゃって。それから、化粧室に隠れてたあの件だけど、あれはリースの考え。インターホンに出てしまってから持ちかけられて。

不意打ちというか、どうすればいいのかわからず、彼の話に乗ってしまったの」

「そうか。まあ、確かにあのときは待ち伏せ攻撃を食らった感じだったな。でも、きみの気持ちもわかるよ。警官に飛べと言われたらそうするしかないもんな」

その言い方はヒルダの態度に少し似ているとダーラは思った。バリーは警察に対するそのゆがんだ見方をどこで身につけたのだろう。彼は続けた。「でも、きみはあの警官のことを個人的に知ってるという気もしたんだが」

ダーラは目をしばたたいた。もしかして、バリーは嫉妬してる？　少しうれしくなって彼女は答えた。「彼はジェイクの友達で元相棒なの。でも、それだけよ」

「そうか。彼にしろほかの人にしろ、きみがだれともつきあってないことをちょっと確かめたかったんだ」バリーはまた小さく笑みを浮かべた。今度は心から笑っているようだった。「すでに別の人とつきあってる女性をデートに誘うのは賢くないだろ……相手が警官の場合はとくに」

「そうね」ダーラもかすかに笑みを浮かべた。「あなたの質問に答えると、答えはノーよ。今のところ、リースともほかのだれともつきあってないわ」

「よかった。じゃあ、今夜店を閉めたあとで一緒に夕食でもどうだろう。ほら、お互いに事件のことを少し忘れるために」

ダーラはその提案についてしばし考えた。もし最悪の事態が起きてテラが見つかったとしたら、それを乗り越えるにはおいしい食事くらいでは全然足りない。でも、それは実際に起きてから考えればいい。

「そうね。タイ料理の店から数軒先にあるギリシャ料理の店は知ってる？　あそこに八時でどうかしら」

「八時だね。いいよ」

バリーにじっと見つめられ、ダーラは少し居心地が悪くなった。そこで、もう一度大型のごみ容器に注意を向け、リースがセクションごとに中を調べるのを不本意ながら興味深く眺めた。

少なくとも彼が調べているのは普通のごみ箱ではないわ――とダーラは思った。普通のごみ箱なら、生ごみやら何やらで防護服が必要だろう。それでも、捜し物を終える頃には彼が着ているシャツとズボンはぼろぼろになっているはずだ。ジェイクは賢明にもごみ容器の外でリースの作業を手伝っていた。ひっくり返したバケツの上に立って、リースが手際よく渡す漆喰のかたまりや板を受け取っている。ふたりがあれだけ努力しているのだから、携帯電話が――ひょっとしたらテラも――ごみ容器の中で見つかるとリースは確信しているのだろうと思った。

「あった！」

くぐもった叫び声がリースのいるあたりから聞こえてきた。彼はごみ容器の底で作業をしていて、ダーラのいるところからはほとんど見えなかった。横でバリーが緊張するのがわかった。険しい顔つきをしている。彼は彼女がとなりにいるのも忘れた様子でゆっくりと立ちあがった。ダーラはおぼつかない気持ちでバリーを見上げた。リースが捜しているものが何かわかったのだろうか？

リースが手袋をはめた片手に何かを握って姿を現した。ダーラも反射的にぱっと立ちあがった。

「なんだ？　何が見つかったって？」とバリーが訊いた。が、ダーラはすでにごみ容器に向かって駆け出していた。

彼女はジェイクの横で足を止めた。どうやらジェイクはチューインガムを持つような感覚でどこへ行くにも小さな紙袋を持ち歩いているらしい。彼女はコートのポケットから紙袋を取り出し、手袋をした二本の指でつかんだ鮮やかなピンクの携帯電話のようなものをその中にそっと入れた。ジェイクが袋の上部を閉じていると、リースが材木と壊れた石膏ボードの山から抜け出して、ごみ容器から這い出てきた。

「よく見つけたわね」ジェイクはかたい笑みを浮かべてリースをたたえ、証拠を彼に渡した。

「ああ、よかった。テラが電話と一緒にあの中にいなくて」

「それは確かなの？」とダーラは声を震わせて訊いた。「というのも、ひょっとしたら彼女は……」

「大丈夫だ、レッド、彼女はここにはいない」とリースが請け合った。「てっきりテラもそこで見つかるかと思って中に入ったんだが、容器の中をくまなく調べても、人間の大きさや形をしたものは何も出てこなかった。彼女がどこにいるのかわからないが、ここでないのは確かだよ」

「ああ、よかった」ダーラはジェイクが言ったことばを繰り返した。「わたしたちも電話が見つかったことをヒルダに知らせたほうがいいんじゃない？　彼女が娘さんに電話をかけて時間を無駄にしなくてすむように」

「わたしたち？」とリースが言った。ジェイクもダーラに視線を送って咳払いをしている。

「事件に関して知っていることは、だれとも何も話さないようにしてくれるとありがたいんだが」リースは急に警官ぶってそう言った。「必要なミセス・アギラールとの連絡はこっちでどうにかするから。ダーラ、これはおれからのお願いだ」

その警察用語を訳せば、いくらていねいに頼んでいようとも、要は黙っていろということだ。そして、さらに突っ込んで訳せば、ヒルダはカートの殺人事件に関してテレビの『ＣＳＩ』で言う〝重要参考人〟になっている。

「わかったわ、リース。了解」胸が締めつけられるような思いでダーラはなんとか答えた。

この瞬間まで、上品なヒルダが死のバールを振りおろした人物だとは本気で考えていなかった。だが、リースは何か理由があって彼女を疑っているようだ。ダーラは眉をひそめた。ポルノショップのビルは容疑者としてどうなったの？　ビルの件は別にしても、ヒルダが〝重要参考人〟になったという事実はテラの失踪にどう絡んでくるのだろう？　もしヒルダがカートを殺したのだとすれば、テラはその犯罪を目撃し、母親が同じ武器を自分にも向けるのではないかと恐れて逃げているということだろうか？

最も重要なことは、テラ自身は今もどこかをほっつき歩いていると思われるのに、どうして彼女の携帯電話がごみ容器の中で見つかったのかということだ。

「ミスター・アイゼン、ご協力ありがとうございました」みんなのところに合流していたバリーに向かってリースが言った。「このごみ容器はまた調べなきゃならなくなるかもしれないんで、こちらが許可するまでごみの回収を手配しないようお願いします」

「ええと、わかりました」バリーは、リースとジェイクがごみ容器から出した残骸を身ぶりで示して言った。「でも、これはどうするんです？　見つけた場所に戻してもらえるんですか？」

「お手数をおかけして申し訳ないんですが、こちらもこの証拠を持ち帰って記録しなきゃならないんで」リースは袋に入った携帯電話を指差して答え、ジェイクのほうを向いた。「きみのところまで車で送っていくよ」

「ええ。たばこを一服させてもらえるなら」ジェイクはミラーコートのサングラスをもとの位置に戻し、ダーラに言った。「ひとりで帰れる？」

「なんとか」とダーラは答えたものの、格好いい男の子と一緒に過ごす友達から見捨てられた高校生のような気分だった。

〝同伴者とのダンスもこれでおしまいか〟。テキサスの古いことわざを思い出して彼女は内心肩をすくめた。ジェイクとリースは市から支給されている彼の車に向かった。ふたりが目配せするのを見ていたので、状況は理解していた。リースは一般市民の耳の届かないところでジェイクと話がしたかったのだ。ダーラがひとりで家に歩いて帰らないとそれはできない。とはいえ、ビルに関して知っている別の情報を伝えずに、リースを行かせるわけにはいかなかった。

ダーラは走ってふたりのあとを追い、リースが運転席に座ろうとしていたところをつかまえた。ロバートから聞いた、ポルノショップのオーナーがまえに一度ハンマーで人を殴りつけたことがあるといううわさを手短に伝える。

彼女が話しおえると、リースはうなずいた。「教えてくれてありがとう。でも、ファーガソンの逮捕履歴はすでに洗ってあるよ。二、三回、暴行罪で起訴されただけだった。だけど、心配しないでくれ。そいつはまだおれのリストに載ってる。それから、もしまたそいつがきみの店に現れるようなことがあれば、遠慮なく電話してくれ」

「そうする。でも、リース、テラの携帯のことだけど……どうしてあのごみ容器の中にあったのかしら？」

「いい質問だ、レッド。おれもそいつをこれから調べるところさ」

リースとジェイクが乗った車が出発すると、ダーラはバリーと一緒にちょっとした残骸の山に取り残された。彼女は思った――今のところはテラの状況に関してわたしにできることは何もないわ。でも……

ダーラは浮かない顔でバリーを見た。「帰るまえにこのがらくたを片づけるのを手伝いましょうか？　すぐに暗くなるから、何かにつまずいて転んじゃまずいでしょ」

だが、バリーからはすぐに返事がなかった。彼女は彼の腕を取ってためらいがちに揺すった。

「バリー、大丈夫？」

黙ってごみ容器を見つめていたバリーは、いささか驚いた様子で振り返ると、ダーラに焦点を合わせて言った。「ごめん、なんて言った？」

「タダ働きしますよって申し出てたところ。帰るまえに、このがらくたを全部ごみ容器の中に戻すのを手伝うわ」

バリーは心を落ち着かせるように、どうにか弱々しい笑みを浮かべた。「警察は携帯電話のほかに何を捜してたんだと思う？　それにしても、だれの携帯電話だったんだろう？」

ダーラは躊躇（ちゅうちょ）した。べらべらしゃべるなというリースの警告が耳の中で鳴り響いていた。とはいえ、リースがしていたのはバリーではなくヒルダの話だ。それに、事態の不穏な展開にもかかわらず、バリーがテラとはなんの関係もないことははっきりしている。リースにしたって、なんのためらいもなく彼女を彼とふたりきりでここに残したのだ。

「カートとつきあってたテラ・アギラールのことは知ってるでしょ？　警察は彼女の携帯電話を追跡してて、ここのごみ容器にたどりついたの。リースは彼女自身もそこで見つかると思ってたみたい」

「ごみ容器の中にテラが？」バリーは疑うような目つきで彼女を見た。「そんなところで何をしてるんだ？」

「テラは行方不明になってるでしょ。で、最後に彼女の姿が目撃されたのが、カートが殺された夜だったの。ということは、彼を殺したのと同じ人物がテラにも何かをした可能性があるってわけ」

「彼女があいつの頭を殴って今逃走してるんじゃなければね」

バリーの声が辛辣（しんらつ）な響きを帯びた。どうやら彼のパートナーとテラのあいだで起きた、電話での口論をまだ忘れていないらしい。ダーラはうなずいたが、やがて彼の最初の反応を思い出して訊いた。「あなたはリースが何を捜してると思ったの？」

バリーは肩を落として恥ずかしそうに彼女を見た。

「ダーラ、何も言わないでくれるとありがたいんだが、おれたちが廃棄してるごみのいくつかは必ずしも法律で捨ててもいいと決まってるものではないんだ。昨日、建物の検査官が来ただろ。そのときにすでにあちこちを見られてて、彼にとって好ましくないものが何か見つかったのかと思ったんだ。それで、あいつが警察をここに呼んだのかと」

「違法なもの？」ダーラはごみ容器の周りに散乱した残骸に疑いのまなざしを向けた。まいったわ——有毒性廃棄物を扱うのだけはお断りだ。「ええと、さっきごみを片づけるのを手伝うって言った件だけど、申し出を撤回しようかな」

「実を言うと、手伝ってくれるとすごく助かるんだ。誓って言うけど、問題があるのは、あそこにある床の仕上げ材だけだよ」

バリーは小さな山を指差した。そこには、ダーラが生涯見た中でほぼまちがいなく一番ひどい柄のキッチンのリノリウム素材が積みあげられていた。「時代を考えれば、裏地にアスベストが使われてる可能性が高いんだが、おれたちは時間を割いて調べることをしなかったんだ。でも、すごく慎重に扱ってナイフで切断したから、ほこりや繊維は出てないはずだよ」

ダーラが厳しいまなざしを向けると、バリーはため息をついた。「規則どおりにやろう。袋詰めして、知り合いに金を払って取りにきてもらうよ。それでいい？」

「アスベストのことなんかどうだっていいわ。それより、こんなへんてこな柄のものを見させられたら、目がバカになるじゃない。このリノリウムは二度と日の目を見ることがないよう政府の秘密の倉庫にでも入れておくべきね」そう言って、ダーラは信じられない思いでまた床材を見た。真面目な話、グレーがかった緑色を背景にピンクと紫色のくねくねした線を描いて魅力的な模様ができるなどと、だれが考えたのだろう？　正気の沙汰ではない。

バリーはにっこり笑って言った。「わかってくれてありがとう。安全に気を配るのはおれも全面的に賛成なんだが、お役所がちょっと熱心すぎることがときどきあってね。近道をしたくなるんだ。さてと、それじゃあ、その辺にきみに合うサイズの手袋が転がってないか見てくるよ」

バリーが建物の中に入っていくと、ダーラはつま先立ちになっておそるおそるごみ容器の中をのぞいた。もっとも、リースはテラと関係があるものは携帯電話だけだったと断言していたが。中をのぞくと、すぐに頑丈な黒いシートに包まれた人間の形のような長い物体が目に入り、心臓が止まりそうになった。が、やがて、ビニールシートが引っぱりあげられていて、ピンクの断熱材がいくつか見えていることに気づいた。さらに目を凝らすと、硬いもの以外は全部ばらばらにしてあることがわかった。ごみの袋や束が解体され、中身が散らばっている。

「何かほかに見つかった？」

不意にうしろから声をかけられ、ダーラは驚いて悲鳴をあげた。恥ずかしく思いながら、振り向いてバリーの眉をひそめた視線を受け止めた。

「ちょっと心を落ち着かせてたの」そう言って、彼が差し出してくれた手袋を受け取り、両手にはめた。すると、急に涙が数滴頬を伝い落ちてきた。

「ごめんなさい」とダーラは言って、思いがけなくあふれた水滴を顔から拭い取った。「カートのことはそれほどよく知らなかったけど、いろんなことがあったせいで――カートの死とかテラの失踪とか――けっこうこたえてるみたい。でも、きっと悲劇のヒロインぶってるように見えるわよね。あなたは毅然としてるもの。カートの友達だったのはそっちなのに」

ほっとしたことに、バリーは笑みを浮かべていた。彼は首を振って言った。「正直、もしきみが気に留めてなかったら、そっちのほうが幻滅するよ」

ダーラもどうにか笑みを返した。「わたしもカートを殺したのがだれであれ、その人が裁きを受けることになると信じたいし、テラには無事に家に帰ってきてほしいと思ってる。でも、ほんとうにそういうふうになるのかどうかわからなくて……そういう結末になるのかしら」

ダーラは近くにあった残骸の山をぼんやりと蹴った。「さあ、これを片づけましょう。慌てて店を出てきちゃったから、早いところ戻らないと、ジェイムズにわたしの携帯を追跡されちゃうわ」

ふたりは協力して、あたりに散らばった建設廃材を拾いはじめた。廃材を大型のごみ容器に戻す作業は順調に進んだ。しかし、割れた板に挟まったピンクのかけらがふと目に留まり、彼女は動きを止めた。バリーは、ほどけて巨大なばねのおもちゃのようなものになった大きな電線の束と格闘していて、彼女が手を止めたことに気づいていなかった。

ダーラは眉をひそめて、木のひび割れにはまり込んだ十セント硬貨ほどの大きさのピンクのプラスティック片のようなものを取り出した。それはテラの携帯電話と同じ鮮やかなピンクで、よくある携帯ケースが欠けたもののようだった。何か重いものが上に落ち、その拍子に壊れてしまったのかもしれない。その破片をごみ容器の中に戻そうとしたが、結局肩をすくめてズボンのポケットにしまった。リースにはなんの役にも立たないかもしれないが、証拠の可能性がなくはない。とりあえず、しばらく持っていて、次に会ったときに彼に渡そうと思った。

数分後、ふたりは片づけ作業を終えた。夕方の冷たい空気にもかかわらず、ふたりとも汗をかいていた。バリーは最後のペンキローラーをごみ容器の中に投げ入れると、手袋をはずし、きらりと光る額を手の甲で拭った。「これで全部だ。さて、きみを店まで送っていって、食事のまえにうちに帰ってシャワーを浴びるとするか」

ダーラもはずした手袋で青いコーデュロイのズボンについた漆喰の粉をはたいた。「わたしも少し身だしなみを整えなくちゃ。トレーニングをしたあとだからね」と笑顔で彼に言った。

しばらくして、彼女は書店に戻った。バリーとデートの待ち合わせ時間を再確認し、手短に別れのあいさつをすませると、店の中に駆け込んだ。「ほったらかしにしてごめんなさい」とジェイムズに謝った。壁の時計を見て驚いた。どうやら二時間近くも留守にしていたらしい。

「建物に残って、リースが庭にぶちまけたごみ容器一台分のがらくたを片づけるのを手伝ってたの」

「それで、ミズ・アギラールと彼女の携帯電話はどうなった？」

「信じられないような話なんだけど、リースはあのごみの山の中から携帯を見つけたわ。ありがたいことに、テラはその中にはいなかった。それでも、この件では悪い予感しかしないわね」

ジェイムズは考え深げにうなずいて言った。「わたしも同感だ。期待できる状況じゃないね。リース刑事はテラが危険な目に遭っていると考えているんだろうか？」

「彼はいつものとおり何もしゃべらないわ。彼が話す相手はジェイクだけだから。ジェイクにしても、忠実に沈黙のおきてを守ってるし」

ダーラは出がけに慌ててカウンターに置いていったポオの作品のグラフィック・ノベル版をぼんやりと手に取った。「犯人を除けば、何が起きたのかを知ってるかもしれないのはハムレットだけなのね。でも、彼も何もしゃべらないし……少なくともわたしにわかるようには。これって」そう言って、ダーラは店長に向かって持っていた本を振った。「『鉄仮面』とどうつながるのかしら？」

ジェイムズの顔に、講義を始めようとするひとりよがりな教授らしい得意げな色が浮かびかけたそのとき、店の入口のベルが鳴って、マーク・プール――このあいだブッククラブを勢い任せに出ていった彼――が店に入ってきた。「こんにちは、ダーラ……やあ、ジェイムズ」と彼は言った。「その、実は母さんが読みたがってたロマンス小説を買い忘れてたんだ。でも、タイトルを思い出せなくて。力になってくれるかい？」

「十中八九、自分用ね」ダーラは愛想よく客に手を振りながら、小さくジェイムズにつぶやいた。普通の声で言う。「ミスター・プールのお相手はわたしがするわ。ジェイムズ、あなたは休憩を取ったら？　店はわたしが見ておくから。でも、例の件で何か仮説がひらめいたら教えてね」

そう言って、彼女はデュマの本の上にグラフィック・ノベルを戻した。児童書のコーナーにある緑色のビーズクッションの上で、宙に肢を浮かせた状態でくつろいでいるハムレットの横を通りすぎるときに言った。「キーボードを好きに使って、いつ名前をタイプしてくれてもいいのよ」

ハムレットは体を横向きにして、緑色の冷ややかな視線を送ってきた。〝おれの役目はもう終わったよ、バカな人間だな。自分たちが万物の霊長とされている理由を証明してみたらどうだ？〟とでも言わんばかりに。視線ではなんの役にも立たない。

ダーラが接客を終え、ジェイムズが休憩から戻ると――文学的なひらめきはなかったとジェイムズは報告してくれた――その日の残りの仕事は彼ひとりが担当することでふたりは合意した。ダーラはバリーとの夜のデートに備えて階上（うえ）のアパートメントに戻ってシャワーを浴び、体を休ませた。

ジェイムズには言っていなかったが、その日の夜は店の監視カメラを夜通し見張るつもりだった。午後のあいだにふと思いついたのだ。ロバートに前夜のビデオ映像のチェックを任せることで、鶏小屋をキツネに明け渡してしまっていたのではないかと。ロバートが何かしているとは疑いたくなかったが、彼が隠しごとをしているという落ち着かない気持ちを無視することもできなかった。夜の闇の中で盗める金属がないか探して、彼が彼女の家やプリンスキ兄妹の建物の周りをうろついていないことを確かめる必要があるのだ。
そして、その確認作業の一環として、今日の仕事を終わらせるまえに、外のふたつのカメラの位置も直しておくつもりだった。

15

午後七時四十五分。ダーラはテレビをペットチャンネルに合わせると、明らかにいらついたハムレットをその場に残して、〈ギリシャ料理店〉という控え目な名前がついたギリシャ料理店へ向かった。日が暮れてからずいぶん時間が経っていたが、街灯と行き交う車のおかげで、彼女の行く道は明るく照らされていた。明るさと、まだ宵の口で歩行者の数も多い——なんといっても金曜の夜だ——ことからすれば、普段なら歩くのをためらうような道ではなかった。だが、わずか二ブロックしか離れてないところで起きた殺人事件がいまだ解決していないとあっては、短い移動のあいだにいつもよりも頻繁にうしろを振り返らざるを得なかった。

ただしそうしているのは自分ひとりではなかった。殺人事件のうわさは瞬く間に近所じゅうに広がったらしく、周りを歩いている人々のペースもいつもより速い。〈ギリシャ料理店〉は市内で見かける似たようなレストランと同様、本格的なギリシャの食堂（タベルナ）の造りだった。壁は白塗りで、窓の外に取りつけられた植木鉢の下には荒削りの木のベンチが置かれていた。植木鉢は花でいっぱいだったが、季節を考えればまちがいなく造花だろうと、ダーラは笑みを浮かべた。

　木製のドアのまえで客が入店を待っており、その短い列の先頭にバリーが立っていた。漆喰（しっくい）の筋が入ったいつものジーンズではなく、今夜は正装用の茶色のスラックスを穿（は）いている。上はグレーのパーカーのかわりに、ベージュのシャツに青と茶色のツイードのスポーツコートを着ていた。ダーラは彼を見て、軽いウールのコートの下にスラックスとざっくりしたセーターという、秋の定番の仕事着を着てこなくてよかったと思った。今夜は深緑色の膝丈の柔らかいニットワンピースの上に、フリンジのついたジュエルトーンのスペイン風の肩かけを羽織っていた。

「ちょうどいいときに来たね」彼はそう言ってあいさつをし、満足そうに彼女を見た。「それから、その膨らませたアップの髪型もすごくいいね」彼は身ぶりでドアを示した。「外に漂ってくるにおいと同じくらいここの料理がおいしいことを願おう」

　料理はおいしかった。三十分後、ダーラはこの上なく幸せな気分でレッドオニオンと黒オリーブ、そしてトマトとキュウリとその上にハーブ入りのフェタチーズがちりばめられたサラダを口に運んでいた。バリーがふざけて彼女の皿からブドウの葉包み（ドルマ）をひとつ盗むふりをすると、彼女は剣のようにフォークを振りかざし、彼に警告した。「変な気は起こさないことよ」

　メインディッシュはさらに美味だった。ふたりはちょっとした議論のすえ、ドルマとほうれん草のパイ（スパナコピタ）、串焼き（スブラキ）、焼いたエビ、ムサカの盛り合わせをシェアすることにした。ダーラはハムレットをひとりで家に残してきたおわびとして、おみやげに少し取っておこうと考えた。だが、口当たりの柔らかい赤ワインを二杯飲みおえると、もうどうでもよくなってしまった。

食事中の会話は意図的に軽いものになった。ふたりともカートとテラの話題は避けていた。ダーラは書店業界の裏話をしてバリーを楽しませ、バリーは以前勤めていた銀行に関する血も涙もない恐ろしい話を聞かせてくれた。ダーラは改めて、バリーには〝いい人〟ということばがぴったり当てはまると思った。過去の生活と比べればすばらしい変化だった。ようやくその午後に見つかったものが話題になったのは、数時間後に食事を終えてふたりでダーラの家まで歩いて帰っているときだった。

「ところで、うちのごみ容器から見つかった携帯電話についてあの刑事から何か連絡はあった?」赤信号で立ちどまると、バリーが訊いてきた。

ダーラはかぶりを振った。話題の転換で、ワインによって感じていた心地よい浮遊感が消えていくのを感じた。「いいえ、何も聞いてないの」と彼女は答えた。「それに、捜査中の事件について彼がわたしと話すことはどのみちないと思うし」

とはいえ、食事に出かけるまえ、ジェイクには電話していた。現在の状況を大まかにでも話してくれるかと思ったのだ。しかし、ほんとうに忙しいのかわざと電話に出ないのか知らないが、すぐに留守番電話に切り替わってしまった。

バリーはその話題を打ち切り、あとは店に着くまでずっと楽しい世間話が続いた。ダーラ専用の玄関に通じる階段に着くと、彼は言った。「一応伝えておくと、日曜の朝、コネティカットに出発するんだ。カートの葬儀が月曜日に予定されてるから、彼のお袋さんと妹さんのためにまえもってあっちに行っておきたくてね」

「ご家族もきっとあなたのサポートを喜ぶわ。留守にしてるあいだ、何かわたしにできることはある？　植木の水やりとか魚の餌やりとか」そう言ってから、バリーがどこに住んでいるのか自分が知らないことに気づいた。

ほっとしたことに、彼は首を横に振った。

「植木もないし、魚もいない」かすかに笑みを浮かべている。「でも、気持ちはありがたく受け取っておくよ。でも、電話の件で何かわかったら教えてくれ。きみの刑事の友達はおれには情報を回してくれそうにないから」

「わかったわ。でも、それにはあなたの電話番号がないと」と彼女は指摘した。

バリーは笑みを浮かべ、ポケットから携帯電話を取り出した。「悪い、うっかりしてた」と言ってボタンを押すと、少ししてダーラの携帯電話が鳴り出した。

彼女は驚いて彼を見た。〝通話〟ボタンを押してから切って言う。「どうしてわたしの携帯の番号を知ってるの？　お客さんには店の電話番号しか教えないようにしてるのに」

「ああ、そうか」とバリーは気まずそうな顔をして言った。「実は、ちょっとまえにカートから聞いたんだ……なんていうか、念のために。怒らないでくれるかな」

ダーラはしばらくそのことについて考えた。自分がバリーについてあれこれ思いをめぐらせているあいだ、どうやら彼もわたしのことを考えていてくれたらしい。

「まあ、少なくとも家のまえで〝ダーラ、デートしてくれ〟なんていう巨大なプラカードを掲げてたわけじゃないしね。そんなことをされてたら、まちがいなくストーカー認定してたところだけど」ダーラはそう言って、笑みを浮かべながら携帯電話をポケットにしまった。「とにかく、これであなたの番号がわかったわ」

「そうだね」そう言って、バリーは身をかがめて彼女にキスをした。

少しして、ダーラはアパートメントの部屋に戻りながら、さっきのキスはバリー本人と同じですてき(ナイス)だったなあと思い起こしていた。あっと驚くようなキスでもなく、がっかりするようなキスでもなく、ちょうどその中間くらいの心地よさだった。最初のデートにしてはまずまずね——と彼女は思った……それに、二回目のデートに向けては好ましい兆候だ。

「ハムレット、帰ったわよ」かばんを置いてコートをフックにかけながら、ダーラは呼びかけた。

ハムレットからは返事がなかったが、それはいつものことだった。しかし、アパートメントの中をざっと調べても、いつもくつろいでいる場所のどこにも彼の姿は見当たらなかった。不安が募った。ハムレットはアパートメントの中にはいない。つまり、こっそり階下(した)に降りて店に行ったか、もしくはまた建物から抜け出すことに成功したことになる。

「料理を持って帰らなくてよかったわ」不在の猫に言うと、彼女は着替えるためにベッドルームに移動した。青と金色のかけ布団——心を落ち着かせるその雰囲気に惹かれて、引っ越してきてすぐに購入していた——には、猫の形のしわは寄っていなかった。ハムレットがときどき昼寝をしていることを示す黒い毛が散乱しているだけだった。

「いいわ、テラみたいに家から出ていけばいいのよ」とダーラはスウェットに着替えながら言った。「でも、ジェイクを雇って捜してもらえるなんて思わないでよね。部屋の明かりだってつけておいてあげないから」

一方的な会話を続けるうちに、ダーラはふと監視カメラのチェックを思い出した。カメラの角度も変えたことだし、運がよければ、ずる賢い猫が使っている抜け道を見つけられるかもしれない。腕時計を見ると、もう少しで午後十一時になろうとしていた。仮にハムレットがこそこそ歩いている姿を見つけられなかったとしても、せめて〈ペティストーンズ・ファイン・ブックス〉の近辺で今夜は何事も起きていないことを確かめられるだろう。

ダーラはリビングルームに戻って、ノートパソコンを置いてあるロールトップデスクに移動した。パソコンの電源を入れて監視カメラのプログラムを起動する。今のところは順調ね――彼女はカメラのライブ映像を見ながらそう思った。これまでに記録されている映像もざっと確認して、朝まで周期的にライブ映像をチェックすることにした。

だが、夕食で飲んだ二杯のワインとここ数日のストレスのせいで体に疲れが出はじめていた。変化のない画面を見ているうちに、気づくとうとうとしていた。眠らないようにするためだけに、数分ごとに椅子から立ちあがって十回ほどジャンプしながら頭の上で手を叩く運動を繰り返さなければならなかった。そんなとき、はっと目が覚める映像を裏庭のカメラが映し出した。

彼女は急いで映像を巻き戻し、もう一度再生した。今度は何事も見逃さないよう速度を半分に落として確認した。何かがおかしいと最初に気づいたのは、黒い人影が裏庭の門をよじ登っているのを見たときだった。その人物は肩に何か――バックパックだ！――をかけると、すばやく端に移動した。あたかもそのまままっすぐ歩かなければカメラに写らないことを知っているかのように。しかし、侵入者は知らなかった。カメラがもう前夜と同じ方向を写していないことを。

ロバートは、寝袋を広げながら店に通じるドアのすぐ外の一角に向かう自分の姿がカメラにとらえられていると、まったくわかっていないのだ。

心臓が早鐘(はやがね)を打っていた。ダーラは急いで裏庭のカメラをライブモードに切り替えた。いつも一晩じゅうつけっぱなしにしていて切れてしまっていた白熱電球はようやく交換していたので、れんがの壁に囲まれたテラスの大半はほのかな光に照らされていて、今は裏庭にはだれもいないように見えた。しかし、カメラの角度を変えても、まだドアの両側に小さな死角があることはわかっているのだ。そして、ロバートが寝袋を手にその角の一方に向かうところはしっかりと見ていた。

問題は、彼がまだそこにいて、今もカメラの写らないところに隠れているかどうかだ。

ダーラは録画映像をチェックし、すばやく日時を確認した。思ったとおり、ビデオに表示されたデジタルの時刻は、彼女とバリーが玄関の階段で別れるわずか数分前にロバートが門を乗り越えたことを示していた。店の営業は何時間もまえに終了しているので、ロバートには店に戻ってくる正当な理由はないはずだ……言うまでもなく、鍵のかかった門をよじ登って彼女の店の裏庭をうろつく理由も！

もし今すぐ階下(した)に降りていけば——と彼女は激怒して思った——彼が何をしているにしろ、その現場を取り押さえられるかもしれない。ダーラは対決に備えて鍵をポケットに入れ、電話をつかんだ。

不意に、カートの死体が地下室に転がっているイメージが頭をよぎった。カートは真夜中に自分の建物でだれか——ひょっとしてロバート？——と出くわしたとき、武器を持っていなかった。もしも、ダーラよりも十五センチは背が高く三十キロは体重の多いカートが自分の身を守れなかったのだとしたら、彼女が身を守れる見込みはどれくらいあるだろう？

「やっぱりジェイクに応援を頼まなきゃ」と彼女はひとりごとを言って、すばやく電話をかけた。

だが、またもや電話はすぐに留守番電話に切り替わった。「わたしよ、ダーラよ」と彼女は早口で言った。「ロバートがうちの裏庭にいるようなの。もしかしたら売れる金属がないか探してるのかもしれない。今から見にいってみるわ」

もしまずい事態になれば——と彼女は眉をひそめて思った——ハムレットの手がかりに頼らなくても、少なくともジェイクにはわたしが最後に残したメッセージがあるわ。ダーラはリビングルームを見渡して、大叔母のディーがチリで買ってきた、こん棒に似たレインスティック（雨乞いの儀式に使われる楽器）がまだ部屋の隅に立てかけられていることに気づいた。まえに一度、不審者がアパートメントに侵入してきたと思ったとき、それをつかんで自分の身を守ろうとしたことがある。バールほど効果的な武器にはなりそうにないが、何もないよりはましだ。

しばらくして、彼女は建物内のドアを通って店に降り、すぐに警報装置を解除した。店内はいつもどおり、ひとつだけつけっぱなしにしているレジの上の明かりを除けば真っ暗だった。できるだけ音を立てずに――といっても、庭にいる人物には彼女の足音はまちがいなく聞こえないだろうが――移動して裏口のドアに向かった。この状況にどう対処するのが最善か考えながら。こっそりドアを開けて外をのぞいてみるか……それとも、一気にドアを開けて相手の虚をつくか。こんなとき、ジェイクならどうするだろう?

相手の虚をつくはずだわ、とダーラは決心した。

レインスティックをドアの横に置き、携帯電話に三桁の電話番号を打ち込んだ。それが終わると、もう一度レインスティックを取って小脇に抱え、そっと鍵を回した。錠が解除される金属的な音が小さく響き、ダーラはたじろいだ。その音はまちがいなく庭でも聞こえるはずだ。彼女は手をノブに置いたまま、向こう側で足音がしないかしばらく待った。やがて、何も聞こえないことがわかると、深呼吸してドアを開けた。

「警察に電話したわよ、ロバート」と彼女は大声で言った。片手で携帯電話を掲げ、もう一方の手で間に合わせのこん棒をつかみながら。「ここで何をしてるのか説明しなさい。時間はないわよ」

「うーん?」と暗闇からぼんやりした声が返ってきた。「あっ、ミズ・ペティストーン、警察は呼ばないで! 説明しますから!」

16

ダーラはあたりを見まわしたが、一瞬、その声——明らかにロバートの声だった——がどこから聞こえてきているのかわからなかった。きょろきょろしていた彼女は、やがて下に目を向けた。

ドアの右側の陰になった裏庭のテラスの片隅に、彼女と従業員がいつもランチを食べているビストロチェアとテーブルが置かれている。そのうしろに何かが隠れているのが目に入った。ロバートはれんがの上で寝袋をかぶって体を丸めて横になっていた。枕がわりにバックパックに頭を乗せている。それだけでも、驚いて目を見張るには充分な光景だった。

だが、彼女をほんとうに驚かせたのは、無断外出している猫がロバートの肩の上で寝そべっていたことだった。ハムレットは一時しのぎの毛布の役目を果たしていた。ハムレットが顔を上げると、緑色の目が光を反射した。平然としているが、ロバートをかばうような猫の態度を見て、ダーラは〝大丈夫だ、問題ない〟と言っているハムレットの声が今にも聞こえてきそうな気がした。

彼女はレインスティックを戸口の側柱に立てかけ、すみやかに電話の〝通話終了〟ボタンを押した。そして、急いでテラスに通じる二段の階段を降りた。

「ロバート、どうしたの？　寒い中、なんでこんなところに寝てるのよ？」と彼女は迫った。

さきほど感じた怒りは消え、かわりに不安がこみあげてきていた。

一方、ロバートはもぞもぞと体を起こしていた。座りながら、猫の守護天使を追い払っている。ハムレットはロバートの肩から飛びおりると、れんがの上にきれいに着地した。ハムレットが肢を舐めて一息ついているあいだに、ロバートはどうにか寝袋を脱いでよろよろと立ちあがった。

「すみません」彼はあくびをしながら口ごもった。片手で両目の目やにを取り、もう一方の手でお守りのように寝袋を抱きかかえている。「ちょっと寝る場所が必要だったんで。でも、別の場所を探しますから」

「そんなことをさせるわけにはいかないわ」とダーラは厳しい口調で応じた。「とりあえず中に入って。暖かいから。そのあとでどういうことか説明してもらうわ」

ロバートはおとなしく彼女についてきた。ハムレットもあとをついてきたが、彼のほうはまったくおとなしくは見えなかった。ダーラは彼が――ハムレットではなくロバートのほうだ――その日に着ていたのと同じ服を着ていることに気づいた。もっとも、今では目に見えてしわが寄っていたが。彼女は首を振りながらもう一度ドアの鍵を閉め、ロバートを連れてレジまで戻った。カウンターのレジが置いてあるところだけ明かりで照らされていた。ダーラは背の高いスツールを身ぶりで示して言った。「座って」

ロバートは言われたとおりにした。ハムレットは軽々とカウンターの上に飛び乗った。事態の行方をしっかり見届けるつもりらしい。両者が腰を落ち着けると、ダーラは言った。「じゃあ、話して。どうして自分の家に帰ってないの？」

「ええと、家はもうないんです」ロバートは彼女と目を合わせずに答えた。「父さんがその、春に十八歳になった直後にぼくを放り出したから」

「お父さんに家から追い出されたの？」ダーラはショックを受けて彼を見た。「どうして？その頃はまだ高校に通ってたんじゃないの？」ロバートがうなずくと、ダーラは続けた。「もしかして、あなた何か違法なことをしてたの？　それで、お父さんはあなたに家にいてほしくなかったとか？」

「ちがいますよ！　ぼくは全部の科目でAを取ってたんですから。でも、そんなことは父には関係なかったんです。父さんは〝時間切れだ、もうおまえを養う責任はない〟って言ってました。自分も十八のときに父親に家を追い出されたみたいで。だから、本人的にはまあ、借りを返してるって感じだったんですかね」

「でも、あなたのお母さんは？　どうしてそれを黙って見てられるの？」

「母はカリフォルニアのどこかにいますけど、十一のときから音沙汰がないんです」

ロバートの淡々としたその口調は、どんな悲しみや怒りよりもダーラの心を揺さぶった。どうして自分の子供にそんなことができるのだろう？　もしロバートが仕事もせず家でゴロゴロして薬物を使用していたというのなら、話はちがってくる。でも、彼は学校に通っていて、卒業後もなんらかの仕事に就いていたのだ。唯一の罪は誕生日を迎えたことくらいではないか。

ダーラは信じられない思いで首を振った。ニューヨークにはまだ短い期間しか住んでいなかったが、ここで家賃を稼ぐのがどれほどむずかしいかは充分にわかっている。高校までの教育と、最低賃金すれすれの給料しかもらえない仕事では、自分の生活を支えるばかりか、住む場所を確保する金を得ることなど到底できるはずがない。

「この話はまた明日しましょう」と彼女は言った。「今夜はとりあえず、二階のラウンジに行ってソファで寝たら？　朝になったら、階上の小さなバスルームでシャワーを浴びればいいわ。九時頃に朝食を持っていくから、そしたらどうするか考えましょう」

そう言うと、彼女は黙り込んだ。次の質問をするのは怖かったが、訊かなければならないことはわかっていた。「ねえ、ロバート、このまえの夜にテラ・アギラールを見かけた件だけど……あんなに遅い時間にほんとうは何をしてたか教えてくれる？」

「ああ、ここに戻ってきてたんですよ」と言って、ロバートは寝袋を握る手に力を込めた。「いとこの家にときどき泊めてもらってるんですけど、そのときはちょうど彼が家にいなくて、ここの庭で寝られるかなと思ったんです。ほら、公園よりは安全そうじゃないですか」

「それだけ？　近所をうろついてお金になる金属を盗んでるのはあなたじゃないって誓って言える？」とダーラは訊いた。彼の境遇を知ってしまうと、厳しい目で彼を判断するのはむずかしかったが。

ロバートは勢いよく首を横に振った。

「まさか、盗みなんてしませんよ。それに、だれがやってるにしろ、その件でアレックス……

ミスター・プーチンはすごく怒ってるんですから。ぼくも彼の機嫌は損ねたくないですもん」

「そうなのね、それならよかったわ」彼を信じることができてほっとした。それでも、最後の質問がひとつ残っている。「それと、ミスター・ベネデットを殺した人物について心当たりはない？」

ロバートはもう一度首を振った。今度はあくびをこらえながら。「全然。早く犯人が捕まればいいのにと思ってますよ。なんていうか、気味が悪いですからね。どこかの異常者がその辺をうろついてるかもしれないと思いながら夜に外を出歩くのは」

「そうね。でも、今夜はその心配をする必要はないわ」とダーラは保証した。「さっきも言ったように、階上で寝てくれればいいから。さあ、行きましょう。お互い少し休まなくちゃ」

「そうですね。それから、その、怒らないでいてくれてありがとうございます」

彼はスツールから下り、階段のほうに向かった。その姿がとても幼く傷つきやすいように見え、ダーラは思わず彼のあとを追いかけて母親のように抱きしめてやりたくなった。しかし、その衝動は抑えて、彼が無事二階に上がるのを見届けるだけにした。ハムレットも立ちあがって、彼女から二階に行く若者に視線を移していた。

「さあ」とダーラはハムレットに優しく言った。「ロバートも今日は連れが必要でしょうし」

ハムレットは彼女の判断に同意したようで、カウンターから飛びおりると、階段を上がっていった。ダーラはふたりが落ち着くまで待ってから、また専用の通用口を通って自分のアパートメントに向かった。部屋に戻ると、ジェイクに手早くメールを送り――〝問題なかったわ。

さっきの留守電は無視して。明日詳しく話すから〟——パソコン画面をさっと確認した。どのカメラの映像も静かな画面に戻っていた。彼女は念のためプログラムを開いたままにし、明かりを消してベッドルームに向かった。

〝少なくともわたし自身の中ではこれでひとりカート殺人事件の容疑者が消えたわね〟。そう思いながら、ダーラはスウェットを脱いで特大サイズのTシャツに着替えて、かけ布団の下に潜り込んだ。金属の窃盗事件との関わり——正確に言えば、関わりがないこと——についてのロバートの説明は説得力があった。実際の殺人事件に関しては、彼女が知っているかぎり、リースの捜査線上にもロバートはいない。カートの事件とも、また金属の窃盗事件とも、彼がなんの関係もないことがわかってジェイムズも喜ぶだろう。でも、家がなく苦しい状況にロバートが置かれていると知れば、彼女と同じくらい心を痛めるにちがいない。

ロバートの父親のことを考えると、また赤毛特有の怒りがふつふつとわいてきた。無情にも子供を家から放り出して路上生活をさせるなんて。もしカメラの向きを変えていなければ、彼の姿はとらえられていなかったわけで、ロバートはあとどれくらいのあいだ書店の庭で寝泊まりしていただろう?　それに、本格的な冬が到来して気温が零度をはるかに下まわるようになり、塀で囲まれたテラスに雪が積もればどうなっていただろう?　ジェイムズがロバートの状況の解決策を見いだす手助けをしてくれるのを願うばかりだ。

とはいえ、ロバートの容疑が晴れたからといって、カートが生き返るわけでも、テラが姿を現すわけでもない。

ダーラはうめき声をあげ、上掛けを頭までかぶった。ハムレットの謎めいたヒントの答えについてはまた明日、ジェイムズとロバートの助けを借りて考えようと思った。それにその頃には、リースもテラの携帯電話の履歴とメッセージから何か重要なことをつかんでいるかもしれない。

そんなことをつらつら考えていると、リースに渡そうと思っていたあのプラスティック片がまだコーデュロイのズボンの中に入っているのを思い出した。

それと同時にまた別のことも思い出した。ここ数日で起きたもろもろの不愉快なできごとにもかかわらず、今日は少なくとも実に愉快な男性と実に愉快な食事をともにできたのだった。暗闇の中、ひとり笑みをもらした。〝憂いあれば喜びあり〟。ジェイムズならそう言うだろう。バリーとの食事はほんとうに楽しく、次のデートが楽しみだった。彼もきっと同じように楽しみにしてくれているはずだ。彼女の携帯番号を手に入れた若干卑怯ないきさつについては大目に見てあげようと思った。

もちろん、大きな問題は、バリーが猫を好きかどうか……さらに重要なのは、ハムレットが彼を気に入るかどうかだ。これまでふたりが同じ部屋にいるところを見た記憶はなかったので、ハムレットが彼をどう思っているかは今のところわからない。でも、ふたりなら充分うまくやっていけそうな気がした。

何しろ、ささいなことにこだわるハムレットがゴス趣味のティーンエイジャーとＢＦＦになったのだから。どんなことも可能にちがいない。

「どういうこと？　朝食に南部のビスケットとグレービーを食べたことがないなんて。ニューヨークはなんて野蛮な場所なのかしら」

ダーラはそう言って笑みを浮かべ、ふわふわのビスケットが入ったバスケットと白いソーセージ・グレービーが入ったボウルをロバートのまえに置いて、彼の横に座った。ほんの数分前までロバートの一時的な寝床だった書店の二階のラウンジにいて、今日の彼は、流行りの黒のスキニージーンズの上にこれまた今風としか言いようがない黒のタートルネックを着ていた。そして、また別のベスト――今日のはきわめて未来的な印象を与えるきらきらした銀色の生地でできたベスト――で全身のコーディネートをまとめていた。

彼女が二階に降りると、ロバートは毛布をたたんでいるところだった。その毛布は、普段は二脚のウィングチェアと一台のソファとセットになった、大きなコーヒーテーブルの下にしまわれている。コーヒーテーブルはダイニングテーブルとしても使える便利なものだった。今朝のダーラは内なる田舎料理のシェフを登場させて、できた料理を楽しもうと決めていた。

しかし、ハムレットに餌をやるほうが先だった。彼はいつものようにキッチンに座って食事と水を待っていた。どうやらティーンエイジャーの子守は彼にとって夜間のみの仕事だったらしい。ハムレットが朝食を嚙み砕いているあいだ、彼女は何度か「いい子ね」と言って、一晩じゅうロバートに目を配っていてくれたことを褒めた。また、昨日ギリシャ料理店からおみやげを持って帰らなかったおわびとして、厚切りの小さなメープルベーコンも彼のために特別に用意してやった。ハムレットはカリカリに焼けた肉のかたまりをおいしそうに数口で平らげると、満足げな〝ニャオ〟というあいさつを返してきた。

そうして、ダーラは約束どおり九時きっかりに、南部のおいしい朝食の定番メニューを持って店の二階に降りたのだった。ビスケットとグレービーのほかに、トッピングにチェダーチーズをかけたスクランブルエッグもつくり、ハムレットがさっき堪能したのと同じようなベーコンも数切れ焼いていた。そうした料理全部に含まれる血管を詰まらせる脂肪分を中和させるため、紙パック入りのオレンジジュースも、大叔母のディーの古いピクニック用のバスケットに入れて持ってきていた。コーヒーの準備も完璧だった。よくある一杯だけ淹れられるコーヒーメーカーを最近思い切って買ってラウンジに設置していたのだ。

ロバートはビスケットを手に取り、戸惑ったように眺めて言った。「ブドウのジャムとかはないんですか?」

「ジャムはトーストに塗るものよ。ダメダメ、ドーナツみたいに浸したりしちゃ!」彼がビスケットをグレービーの入ったボウルにつけようとしたので、ダーラは声をあげた。自分のビスケットを取って続ける。「慌てないで。わたしが正しい食べ方を教えるから」

もちろん、正しい食べ方には食後の運動も含まれるのだが。食事をとる過程で危険な状態に陥る動脈の詰まりを解消するには、五マイルほど走る必要があった。

「まず、ビスケットを小さくちぎってお皿の上に置くの。正式なやり方にこだわるんだったら」彼女はふたつ目のビスケットを手に取った。「マフィンを割るみたいに横半分に割って、こうやって置きます」上下に分かれたビスケットを皿の上に横に並べて置き、ぱさぱさした数字の8をつくる。「そこでグレービーの登場よ。ビスケットの上にかけるの。ほんのちょっとじゃないのよ。たっぷりかけちゃうの」

ロバートはまだ疑わしげな表情を浮かべていたが、彼女にならって半分に割ったビスケットの上にどろりとしたソーセージ入りのグレービーをビスケットがたっぷり浸かるまでかけた。

「で、次は?」

「次は食べるの。そんでもって、カントリー・ボーイでよかったと神に感謝するのよ」ダーラはジョン・デンバーの歌詞を引き合いに出し、にやけ顔で言った。もっとも、シティ・ボーイにはなんのことを言っているのかさっぱりわからなかっただろう。

ロバートは試しに一口かじって飲み込んだ。「悪くないですね」そう言うと、ダーラが面白がって見守る中、彼はあっという間にグレービーをかけたビスケットを四つ完食し、スクランブルエッグとベーコンをほとんど平らげ、オレンジジュースも一気に半分飲んだ。

ティーンエイジャーの食欲について世間の人は冗談を言っているわけじゃないのね、とダーラは思った。高校生の子供を持つ自分と同年代の親が、いつも食費にお金がかかると愚痴をこぼしている理由が急に理解できた。とはいえ、ロバートは決まった寝床がないどころか、食事もまともにとれていないのかもしれない。そんなことが急に頭に浮かび、さっきまでの楽しい気分は消えてしまった。

自分もビスケットをふたつ平らげ、昼と夜は罪滅ぼしにサラダ以外は何も口にしないでおこう決心しながら、彼女はゆったりと椅子にもたれかかり、ロバートに真剣なまなざしを向けた。「よし、これでお腹は満たされたわね。それじゃあ、ここ数ヵ月のあいだどう過ごしてたか話してくれる？　確か、いとこの家にときどき泊めてもらってたって言ってたわよね？」

「ええ、まあ、彼が女の子を連れ込んでいないときだけですけど。あと、ほかの友達を泊めてるときもダメでした。一部屋しかなかったんで、ずっと一緒に住まわせてもらうわけにもいかなかったんです」

「じゃあ、いとこの家に泊まれないときはどうしてたの？」

「たまには友達の家にも泊めてもらってました。あとは公園とか。それに、ジムで働いてる女の子の知り合いがいて、彼女がときどき朝こっそりジムに入れてくれて、シャワーと洗濯機を使わせてくれたんです。だから、更衣室のひとつに鍵をかけてその中で仮眠したりしてました」

ロバートはことばを切り、オレンジジュースをもう一口飲んだ。「あっ、忘れるところだった。そういえば、仕事を辞めさせられるまえ、ビルがぼくに家が必要なことに気づいて、数週間自分の家の地下室に泊めてくれたんです。まあ、給料の一週間分を家賃に請求されましたよ。でも、簡易ベッドもドレッサーもあったし、古いテレビなんかもあったから、一度大雨が降って雨漏りしたけど、そんなにひどいもんでもなかったですよ。でも、あの事件があったあとは荷物をまとめて出ていくしかなかったんです」

ダーラはロバートに、友達と家賃を折半できる場所を見つけることは考えてみなかったのかと訊いてみたくなった。が、ふと気がついた。この辺の地域でビルの地下室のような場所を避けて家を探そうと思ったら、友達を四人か五人くらい集めなければならないのだろう。

「家がない人のための保護施設も一度は試してみたんですが」と彼は言った。「それが、なんていうか、物悲しくて。おじいさんとか子供を連れた女の人がほとんどで、その人たちのほうがぼくなんかよりずっとその場所を必要としてるってわかったんです。だから、二度と行きませんでした。ほら、ぼくのせいでどこかの五歳のちっちゃい男の子が道路で寝なきゃいけなくなったとしたら心苦しいから」

「とはいっても、ひとりで外に寝てて怖くなかったの?」ダーラはしつこく訊いた。路上生活に関して以前耳にした恐ろしい話を思い出しながら。

ロバートは肩をすくめて答えた。「平気でしたよ。まあ、一度ふたり組の男に襲われて、電話を盗まれたことはありました。あっ、靴もか。でも、深刻なことは何も起きてません。自分の身は自分で守れますから」

そういうことを語る彼の口ぶりは一貫して淡々としていたが、無関心なその態度とは裏腹に、彼の表情が一瞬不安でかげるのがわかった。計算してみると、彼はおそらく六ヵ月のあいだホームレス生活をしていたはずだ。なんとか自力で生きていこうと思っていたとしても、その気持ちが消え失せて絶望感が高まるには充分な期間だ。もしわたしに言えることがあるとすれば――ゆうべの庭での野宿が、彼が路上生活を送る最後の夜になるということだ。

とはいえ、それ以上その話題には触れたくなかった。ダーラはふたりでコーヒーを飲むあいだ、また南部料理のことに会話を戻した。そうして過ごしていたが、はっと腕時計を見て言った。「もう十時だわ。わたしがレジを開けるあいだ、バスケットにこのお皿を全部入れておいてくれる？　もしちょっとのあいだひとりで店を任せても大丈夫なら、ジェイクのところに行ってきたいんだけど」

　その日の朝、起きるとジェイクからメールが来ていて、〝意味不明〟ということばのあとにクエスチョン・マークがいくつか並んでいた。そのジャブとも言える友人の攻撃にダーラは小さく笑みをもらし、自分も同じくらいの数の感嘆符を並べて〝十時にはそっちに行く〟とメールを返しておいた。ジェイクが自分をほったらかしにしておいた回数を考えれば、ちょっとくらい仕返ししても罰は当たらないだろう。

　開店から数分後、ロバートとハムレット——またベーコンにありつけないかと思って階下に降りてきていた——を残し、ジェイクに会いにいった。ロバートの状況について説明し、助言をもらう必要がある。リースに渡さなければならないピンクのプラスティック片もまだ持っていた。テラに関する最新情報がないかも知りたい。ジェイクが昨夜電話に出なかったのは、もしかしたら何か新しい動きがあったせいなのかもしれない。とはいえ、ジェイクののんきなメールからすると、あっと驚くようなできごとが何も起きていないのはほぼ確実だった。

　ジェイクの家のドアをノックするまえから、ギターリックのひずんだ音とズンズンうなるベース音のかすかな響きが、半地下のアパートメントから聞こえていた。朝のこの時間に耳にしそうな音楽とは少しちがう。とはいえ、ジェイクの音楽のコレクションは以前目にしたことがある。わずかなジャズとクラシックのＣＤを除けば、彼女の棚に入っているのは、バンド名に

〝デス〟とか〝ブラック〟ということばがついた、ギターとベースとドラムに重きを置いた一九八〇年代かそれ以前のロックミュージックばかりだった。ダーラの音楽の好みはどちらかというと、曲の途中でときどきカントリー調やニューエイジ・ミュージック調に切り替わる、もっと軽めのロックだったので、ふたりはこのテーマに関しては意見が合わないということで意見が一致していた。

ヘッドバンギングの最中なら、ノックしても気づいてもらえないだろうと思い、ダーラは自分でドアを開けて中に入った。

ジェイクはテーブルについて座り、コンピューターのキーボードを叩いていた。ふさふさした黒の巻き毛が音楽に合わせて揺れている。鼻にかけた老眼鏡がなければ、期末試験に向けて勉強中の学生として通ったかもしれない。ジェイクが老眼鏡をかけているのを見るのは初めてだった。ダーラが近づくと、友人は顔を上げて彼女を招き入れ、小さなリモコンをつかんだ。すると、部屋に流れていた音楽が急に静まり、とてつもない怒号から小さなうなり声に変わった。

「ごめん」そう言って、ジェイクは眼鏡をはずし、ダーラににっこりと笑いかけた。「昨日のあとだけに、古きよき時代のこういう曲を聞きたくなっちゃって」

「どの時代のことを言ってるのかしら？　異端審問をやってた時代のこと？」とダーラは言って笑みを返した。「まさに拷問ね。こんなものを聞かせられるなんて。今かかってるのは何？グランジロック？」

ジェイクはわざと落胆したふりをして首を振った。「あんたってほんと、ダラスで箱入り娘として育ったのね。そうじゃない？　まあ、あたしがちょっと音楽について教育してあげるわ」

ジェイクは『フェアリーテール・シアター』（一九八〇年代に米国で放送されたテレビシリーズ）のニュージャージー版のオーディションでも受けるかのように、大げさに物語を読み聞かせる口調で続けた。

「昔々、ディスコという遠い過去の醜態とブリトニー・スピアーズという最近の困りもののあいだにヘビーメタルという音楽ジャンルの天才がいました。彼らの名前を挙げればきりがありませんが、ブラック・サバスやメタリカ、ジューダス・プリーストなどです。そしてもちろん、今こうして話しているあいだに楽しくお聞きのアイアン・メイデンもいます。こうしたグループの中には三十年間ヒットチャートに登場しつづけているグループもいますが、そんなことがブリトニーに可能だとは個人的には思いません。そして、彼らは」ジェイクは今曲がかかっている一九九〇年代式のステレオのほうを指差した。「あたしと同じくらいの年齢なのに、いまだにニューアルバムを発表してツアーを続けてるのよ。だから、あんたもよく聞いて学ぶことね」

「ありがとう。でも、遠慮しとくわ。わたしには自分の鼓膜と正気を保つことのほうが大事だから」ダーラはクロムめっきされた椅子のひとつに腰を下ろした。「それに、ここにはゆうべのことを話しにきたのよ」

ジェイクはダーラの話に耳を傾けた。ダーラは庭で眠っているロバートとハムレットを見つけたときのことを話し、彼がホームレスになったいきさつを友人に伝えた。話が終わると、ジエイクは首を振って言った。

「こんなこと言いたくないんだけど、そういうケースは今まで数える気になれないくらい見てきてるわ。その正反対——子供が四十歳になるまで同居させるほうがはるかにいいってわけじゃないけど、お金とか生活技能とかなんらかの計画なしに子供をそういうふうに街にほっぽり出すのは最悪よね。少なくともロバートはいいおつむをしてるから、ここまでなんとか自分でやってこられたんでしょうけど、ほとんどの子が彼みたいに賢いわけじゃないのよ。そういう子たちは屋外でもいいから住む場所を探してるし、食べものにも困ってて、ちょっとしたお金を必要としてる。ただ生きていくためだけに、すぐにギャングやポン引きやディーラーとつきあうようになるのね。だから、ティーンエイジャーの犯罪率はすごく高くて、彼らが被害に遭う率はもっと高いの。自殺率については言うまでもないわね」

「それで、ロバートの件はどうしよう？」ダーラは不安を募らせて訊いた。「ずっと書店のラウンジに寝てもらうわけにはいかないわ。わたしのアパートメントにも彼が寝るスペースはないし」

「プリンスキ兄妹のところは？　メアリーアンが新しい入居者を探してるって言ってなかった？」

ダーラはうなずいて言った。「実は、ここに来る途中でわたしもそれを考えたの。でも、うちのパートタイムの仕事とプーチンのところの建設工事のアルバイトの給料ではあそこの家賃はまかなえないわよ。それにプリンスキ兄妹としても、自分のところのガーデン・アパートメントにティーンエイジャーの男の子の集団が住むのも嫌だろうし。だってあそこの家賃をまかなうには大勢でルームシェアするしかないでしょ」

と言うと、ダーラは顔を輝かせて続けた。「でも、もしかしたらジェイムズのところに空き部屋があるかもしれない」何か解決策を思いつくまで一時的にでも預かってもらえるかも」

「そうね。最近のあのふたり、一緒にベストなんか着ちゃって、まるで父親と息子みたいで、なんかほほ笑ましいものね」ジェイクはクスクス笑った。「あとは、リースもどこか知ってるかも」

「リースといえば！　思い出した」

ダーラは立ちあがり、スラックスのポケットに手を入れて、密封式の小さなビニール袋を取り出した。その中には、ジェイクにならい、細心の注意を払って入れたピンクのプラスティック片がある。「バリーの改築現場でリースが庭にぶちまけた廃材を片づける手伝いをしてたんだけど、そのときにこれが木材の中に挟まってるのを見つけたの。たぶんテラの携帯電話についてたケースが欠けたものじゃないかしら。役に立つかどうかわからないけど、とりあえずリースに渡しておいたほうがいいと思って」

「でかしたわ、お嬢ちゃん。そういうものはなんの役に立つかわからないから」

ジェイクは椅子に座ったまま、うしろを向いて、ファイルキャビネットの引き出しを開け、先の曲がった長いピンセットを取り出した。テーブルの上に新しい紙を広げると、小さなビニール袋の蓋を開け、袋を慎重に揺すって中に入っていたプラスティック片を紙の上に落とした。

そして、また老眼鏡をかけてピンセットでプラスティック片をつまみ、眉間にしわを寄せながらじっくり観察した。しばらくしてようやく、彼女はプラスティック片を紙の上に戻し、ダーラに鋭い視線を向けて言った。

「言いにくいんだけど、お嬢ちゃん、ここにあるのは携帯電話ケースの一部じゃないわ。爪よ」

17

「爪？」

ジェイクに今、ポケットに本物の指を入れて持ち歩いていたと宣告されたような不快感を抱いて、ダーラはテーブルからさっと身を引いた。一方のジェイクはもう一度ピンセットを使って証拠をつかみ、袋の中に戻して密封した。

「正確には、よくあるアクリル製のつけ爪(ネイルチップ)ね」と元警官は説明した。「ほら、サロンで大金を払ってつけてもらうものよ。いったんつけてもらったら、ずっとつけっぱなしになるやつ。はがすにはけっこうな手間がかかるのよね」

ダーラは不意に、ヒルダが前日に持ってきたテラの写真を思い出した。ジェイクがその写真を使ってつくったビラがまだ数枚彼女のテーブルの上に残っていた。ダーラは震える手でそれを一枚取った。

　ビラはカラー印刷されている。写真は小さかったが、テラの爪のマニキュアははっきりと見えた。彼女の爪は、ダーラが見つけたネイルチップと同じ鮮やかなピンクをしていた。嫌な予感がした。一時間近くまえに堪能した温かいビスケットとグレービーが、胃の中で冷たいかたまりになるのが感じられるような気がする。

　彼女が顔を上げると、ジェイクもうなずいていた。

「そうね、あたしもそのネイルチップがテラのものだというほうに賭けるわ」ジェイクは感情を表に出さずに言った。「問題は、どうやってそれが――さらに言えば、テラの携帯電話も一緒に――あのごみ容器の中に入ったかよ」

　答えが出るのをダーラが首を長くして待っていると、元警官はため息をついて言った。「はいはい、可能性ならいくつか思いつくわよ。まずひとつ、テラが自分でそこに携帯電話を投げ入れたときに爪がはがれ落ちた可能性」

「でも、どうしてテラが自分の携帯を捨てたりするの？」

　ジェイクは厳しい目つきでダーラを見た。「現実を見なくちゃ、ダーラ。カートを殺した犯人がテラだっていう可能性もあるのよ。計画的に殺したにしろ、ついかっとなって殺したにしろ。どっちにしても、その場合、彼女は自分の居場所を突き止められたくないわけよ。彼女も同年代の子たちと同じで、刑事ドラマとか映画とかを見て、携帯電話が追跡されることは知ってるでしょう。テラは建物から飛び出すと、一瞬足を止めて携帯をごみ容器に捨てた。そのときにつけ爪が木材に引っかかって、そのまま慌てて走り去ったのかもしれない」

「でも、もしテラがカートを殺していないとしたら？」

「その場合は二番目の可能性になるわね。テラは自分の恋人を殴ってる犯人に運悪く出くわしてしまって、一緒に殺されてしまったのかもしれない。でもって死体はどこか別の場所に移されたけど、殺人犯は彼女の携帯電話をごみ容器の中に投げ入れたのかも」

ダーラはしばらく黙って座っていた。音楽が会話に生じた落ち着かない間を埋めてくれるのがありがたかった。どちらのシナリオのほうが慰めになるのか自分でもわからない。生きていて殺人犯である可能性か、それとも、死んでいるけれども罪のない犠牲者である可能性か。

「やっぱりわたしは、どんな可能性であろうと、三番目の可能性がいいわ」彼女はようやくそう答えると、ジェイクもうなずいた。

「ええ、あたしも」と言った友人は疲れ切った様子でため息をついた。「だから、前向きに考えましょ。この小さなプラスティック片は今のところ、リースにとってはまたひとつ証拠が増えたにすぎないんだし。あとで彼に電話して、あんたが見つけたものについて伝えとくわ」

ダーラはうなずいたが、しばらく口を利ける気がしなかった。ロバートのような住む家のないティーンエイジャーに関してジェイクがさっき言ったことは、テラにも同じように当てはまる気がした。テラには確かに過保護の母親とちゃんとした家があるかもしれない。とはいえ、彼女はまだ若く、二十一歳の女の子の大半と同じように世間のことは何も知らないだろう。よからぬ知り合いがいたかもしれないカートとつきあっていたら、どんな状況に巻き込まれるかわかったものではない。

そういうことを考えていると、ジェイクが流していた音楽の歌詞が彼女の潜在意識の扉を叩いた。と同時に、ダーラは顔を平手打ちされたかのようにわれに返った。背筋を伸ばして椅子に座り直す。イントロの悲しげな楽器の演奏が一分近く続いたあと、メロディーは脈打つようなアップテンポの歌声に変わっていった。リード・ボーカルがしわがれた声で「モルグ街の殺人（マーダーズ・イン・ザ・ルー・モルグ）」と叫ぶ声が確かに聞こえた気がした。

「この曲……今かかってるこの曲は何？」と彼女はジェイクに訊いた。流れていくことばを必死で追いかけながら。

友人は肩をすくめて言った。「まだアイアン・メイデンよ。言ったじゃない。昨日あんたのところのカウンターに置いてあった恐ろしいグラフィック・ノベルを見て、このアルバムのことを思い出したのよ。これは『モルグ街の殺人（マーダーズ・イン・ザ・ルー・モルグ）』っていう曲よ」

サビの部分が繰り返され、驚いたことにジェイクも曲に合わせて歌いはじめた。「モルグ街の殺人（マーダーズ・イン・ザ・ルー・モルグ）。警察から逃げている（ランニング・フロム・ザ・ジャンダルムズ）。モルグ街の殺人（マーダーズ・イン・ザ・ルー・モルグ）。法の手から逃げている（ランニング・フロム・ジ・アームズ・オブ・ザ・ロー）」

ジェイクは次のフレーズも一緒に歌っていたが、ダーラは口を開けて彼女を見た。「鉄仮面……モルグ街の殺人……アイアン・メイデン」とひとりつぶやいた。「全部関係があるのかしら？　でも、どんな関係が？」

曲はまもなく終わり、ジェイクはリモコンでプレイヤーのスイッチを切って言った。「もう少ししたらリースに会いにいかなきゃいけないの。ロバートの状況に関してリースが何か思いついていたらまた知らせるわね。とりあえず、テラの心配はしないことよ。それはあたしの仕事」

「どうしても心配しちゃうのよ。そういう性分っていうか」ダーラはどうにか小さく笑みを浮かべた。だが、実際は、行方不明のテラの捜索がよい結果に終わらないのではないかと気が気ではなかった。カートの殺人事件――そして、ひょっとしたらテラの運命にも関与しているかもしれない人物の正体について何か知っているのは、いまだにハムレットだけのような気がする。でも――店に戻ったら、ハムレットが示したヒントを調べ直して自分が何を見逃しているか解明しよう。

「もう一度グラフィック・ノベルの『モルグ街の殺人（ザ・マーダーズ・イン・ザ・ルー・モルグ）』に戻って考えたほうがいいんじゃないだろうか」二時からのシフトに出勤してすぐ、ジェイムズが言った。「まず、タイトルに〝マーダーズ〟とあることに注目したい。つまり、複数の殺人だ。次に、物語の内容を思い出してもらえばわかると思うが、犠牲者のふたりは母親と娘だ」

「ヒルダとテラってこと?」と推測するも、ダーラはかぶりを振って続けた。「でも、ヒルダは死んでないわよ。それに、願わくはテラも」

　店に戻ったら真っ先にハムレットのヒントについて考えようと心に決めていたにもかかわらず、店は土曜日の午前中らしく繁盛していて、探偵ごっこをする時間はなかった。しかし、今はジェイムズが午後のシフトに出勤してきていたので、ダーラは前日につくったリストを取り出し、新たにメモを加えていた。ジェイムズも、彼女がバリーの建築現場のごみ容器で見つけた爪と、ヘビーメタルの曲名に関する興味深い一致のことを話すと、自分なりに考えてみようと言ってくれていた。

ダーラはジェイムズの最初の意見をすぐさま却下したのだが、彼は食い下がった。

「少なくともふたりのうちのひとりはまだ確実に息をしているという事実は認めるよ。とすると、われわれは象徴的な死ととらえるべきかもしれない。信頼の死、潔白の死、それに――」

「オーケー、よくわかったわ」

ダーラはメモに〝モルグ街の殺人〟と書いたふたつ目の列を追加し、その下にヒルダとテラの名前を書いて、それぞれの名前のあとにクエスチョン・マークをつけた。「でも、ポルノショップのビルとあの作品との完璧なつながりは忘れちゃダメよ。彼にはオランウータンのような外見、動機、それに殺人者になりうる短気な性格があるんだから。絶対にリストからははずせないわ」と言って、彼の名前を丸で囲んで強調した。

しかし、公平を期すなら、リースが言っていたとおり、ビルも暴行罪で有罪になっただけなのだ――彼女はそう自分に言い聞かせた。とはいえ、ビルがカートに対してさらに大きな賭けに出ないなんてだれにわかる?

「それから、あの曲」ダーラは三番目の列の上に〝モルグ街の殺人(歌)〟と記し、その下に〝アイアン・メイデン〟と書き加えた。

「〝鉄(アイアン)〟がふたつだわ」と彼女は指摘した。問題のことばの下に線を引く。「それから〝男(マン)〟

と〝少女(メイデン)〟……それと、あなたが言ったように〝殺人(マーダーズ)〟ということばもふたつある」

彼女は〝鉄(アイアン)〟以外のことばにも下線を引いた。顔を上げ、打ちひしがれた表情でジェイムズを見る。「こうした手がかりは全部テラがすでに死んでることを示してるように思えてならないわ。〝男〟はカートでしょ。そして、〝少女〟はテラ……二件の殺人」

「いいかい、ダーラ、この段階ではすべてが憶測でしかないんだ。さらなる結論に飛びつくまえに、ことばの連想に挑戦してみたほうがいいかもしれない」

ジェイムズの口調は落ち着いていたが、彼の表情にも一瞬、動揺の色が浮かぶのがわかった。おそらく彼もダーラの言っていることが正しそうだと必死で認めまいとしているのだろう。くじけないためにも、その説についてくどくど話すのはやめようと彼女は思った。

「そうね、じゃあ、アイアン・メイデンから始めましょう。このことばを聞いて、ヘビーメタルのバンド以外に何が思い浮かぶ？」

「一応言っておくと、わたしなら最初にそういうものは連想しないが」とジェイムズは鋭い視線を彼女に向けて言った。「わたしなら中世の拷問具を思い浮かべるね。もっとも、〝鉄の処女(アイアン・メイデン)〟は実際には存在せず、考古学的な創作のようなものであるとする説をどこかで読んだことがあるが」

創作かどうかはともかくとして、ダーラはしぶしぶ〝拷問〟ということばをリストに加えた。

「それじゃあ、ほかには？」

「イギリスの元首相のマーガレット・サッチャー」というのがジェイムズの二番目の答えだっ

た。「彼女は〝鉄の女〟と呼ばれていた。そして、わたしの記憶が確かなら」彼はそこでことばを切り、パソコンに検索ワードをすばやく打ち込んだ。「やっぱり。サッチャーのミドルネームはヒルダだ」

「うそでしょ」

ダーラはジェイムズの肩越しに、彼がインターネットから引っぱってきた公式の略歴をのぞき込んだ。驚いたことに、イギリスの政治家のミドルネームは確かに行方不明のテラの母親の名前と同じだった。ダーラは首を横に振りながら、歌の列にヒルダの名前を書き足した。

「オーケー。ほかに〝鉄〟と聞いて思いつくことはある？」

「アイアンマンとかどうですか？」

その質問はロバートから出たものだった。どうやらダーラが頼んでいた、本の入った箱を二階に積みあげておく作業を終わらせて、階下に降りてきていたらしい。ダーラとジェイムズが半ば呆然とした表情で彼を見ていると、ティーンエイジャーはあきれたように目をぐるりと回して言った。

「ふたりとも、映画とか見にいったりしないんですか？　赤い金属のスーツを身にまとったコミック本のヒーローですよ。本名はトニー・スタークっていうんです」

「映画は見たわよ」とダーラは得意げに言った。「ただ〝コミック本のヒーロー〟っていうのが、なんかちょっとでたらめすぎる気がして」

「でたらめなのはイギリスの政治家も一緒だよ」とジェイムズが子分をかばって言った。

ダーラは肩をすくめた。「いいわ、認めましょう。もしかしたらカートにはトニーっていう名前の知り合いがいたのかもしれない」と彼女は同意して、増えつつある容疑者リストにその名前を加えた。

ダーラがメモしていると、ロバートが手元をのぞいてきた。「あっ、言い忘れてました。映画のテーマ曲も『アイアン・マン』っていうんです。ブラック・サバスっていう昔のヘビメタバンドが歌ってるんですよ……ほら、あのコウモリを食べる男がメンバーの。ケーブルテレビで彼のリアリティー番組かなんかをやってたでしょ」

「オジー・オズボーンね」とダーラが助け舟を出した。音楽バンドについて、十八歳の少年が知らないことを自分が知っているのがやけに誇らしく感じられた。

しかし、彼女はすぐに顔をしかめた。ブラック・サバスというのは、ジェイクがヘビーメタルの音楽を絶賛していたときに出てきた名前だ。これはすべて単なる偶然の一致なのだろうか？　だれも彼もがカートの殺人事件に関与しているように思えてならなかった。

「何か肝心な手がかりが抜けてるわね」ダーラはそう言ってペンを置き、胸の中にわきあがってくるフラストレーションを抑えようとした。あたりを見まわしてハムレットがいないか捜した。彼は朝食を終えてからずっと姿を消していた。もう一冊本を落としてくれたら、つながりがはっきりするかもしれないのに。

ジェイムズは手に持ったリストに目を凝らしていたが、しばらくして言った。「データは充分にそろっているように思えるが、きみの言ったとおり、論理的なつながりがない。残念だが、ハムレットも探偵としての腕が落ちてきているんじゃないか」

「ハムレットが事件を解決するんですか？」ロバートが目を丸くして訊いた。「すごい！」

「言っとくけど、ここは頭のおかしな人間の集まりじゃないからね」とダーラはくぎを刺した。

「でも、ハムレットには確かに、そういう特殊な探偵の才能があるらしいの」彼女は続けてハムレットが過去に事件を解決する手助けをしたいきさつについて手短に説明した。「だけど、お願いだから、ハムレットの〝本落とし〟についてはお客さんには絶対に言わないでね」と警告した。「周りからどう思われるかわからないんだから。それに、ジミー・ホッファの失踪事件とかケネディ大統領の暗殺事件を解決してくれなんてハムレットに迫る変な人たちが店に押しかけてきたら困るでしょ」といっても――と彼女は皮肉っぽく思った――どちらの事件にしても、あの抜け目のない猫ならすでに真相を見抜いているかもしれないけれど。

ロバートは口にチャックをするしぐさをして言った。「心配しないでください、だれにも言いませんから。それから、床に本が落ちてないか目を光らせておきますね」

「お願いね。ところで、今日は閉店まで働く気はある？」

その申し出は、完全にロバートのためを思って言ったわけではなかった。確かに余分に働けば、ロバートにとってはわずかながら給料アップにつながる――それに、路上で過ごす時間が減るわけだが、彼を店に残しておきたいと思うのには別の理由があった。もう一度ヒルダの店に行って、彼女と娘の関係についてもっと話を聞き出せるか確かめたかったのだ。リースや、ひょっとしたらジェイクよりも、自分のほうに率直に話してくれるかもしれないとダーラは思っていた。

ロバートは張り切ってうなずいた。「ええ、もちろんです。最後まで働きます」

「よかったわ。ジェイムズ、ロバートが閉店まで一緒に働いてくれるって。わたしは一時間ばかり外に出て用事をすませてくるわね」

ふたりが無事仕事に戻ったことを確認すると、ダーラはコートをつかみ——気温は十度をわずかに超えているだけだったから、彼女にとっては残酷なまでに寒い気候だった——通りを歩きはじめた。メアリーアンが玄関前の階段を掃除していたので、足を止めてあいさつした。生粋(きっすい)のニューヨーカーのメアリーアンに言わせれば、単に〝穏やか〟らしい天気の話題で少しことばを交わしたあと、隣人は言った。「地域の自警団のことはもうリース刑事に話してくれた?」

「ごめんなさい、メアリーアン、彼は殺人事件の捜査で忙しいみたいで、電話するのは遠慮してるのよ。でも、メールは送っておいたわ。次に会ったときは必ず訊いておくから」

「そうなのね。もう野球のバットは用意してあるって彼に伝えてくれていいわよ。あっ、それから、うちの兄が昔友達と狩りにいくときに使ってたトランシーバーのセットも見つけたの。役に立ちそうでしょ」

ダーラはうなずいたが、頭の中ではれんがくらい大きな数十年前のトランシーバーのセットが浮かび、思わず顔がほころびそうになるのをこらえた。武器としてのほうが役に立ちそうだわ、と思った。そんなもので頭を殴られれば、相手はしばらく意識を失うだろう。

ふたりはもう二言三言ことばを交わし、ダーラはヒルダの店に向かった。ヒルダに具体的に何を言うかは考えていなかった。〈グレート・センセーションズ〉は開店していてほっとした。店には鍵がかかって閉まっているのではないかと半ば予想していたのだが、ヒルダもおそらく、だれもいない家にじっと座って娘の帰りを待っているよりは、忙しくしていたほうがいいと思ったのだろう。しかし、店内の雰囲気はスパのようないつものムードとはかけ離れていた。

店に足を踏み入れると、いつも流れているニューエイジ・ミュージックのかわりにグレゴリオ聖歌がダーラを迎えた。また、曜日によって変わるいつものキャンドルではなく、お香の甘いにおい——乳香にサンダルウッドが混ざったようなにおいがあたりに漂っていた。実のところ、店内はおしゃれなバス用品とボディケア用品を扱う店というよりは、どちらかというと、教会のような——もしくは葬儀場に近いにおいと雰囲気をかもし出していた。ダーラがこの店を訪れるようになってから初めて、どの通路にも商品を見ている客がおらず、レジで待っている客もいないというありさまだった。

「お客さんは感じるのよ」

妙に生気のないヒルダの声が聞こえてきた。心配して奥へ進むと、彼女がレジのうしろに座っているのが見えた。先日とはちがって、中途半端に髪をセットし、アイシャドウと口紅を少しだけつけている。だが、その色は彼女の顔には明るすぎて——ダーラは実際、テラの化粧品を使ったのではないかと思った——顔色がくすんで見え、十歳は老け込んでいた。

心配したふりはせず、ダーラは訊いた。「何を感じるって、ヒルダ?」

「死よ」

平板なその一言がダーラの背筋をぞっとさせた。もしヒルダが店に入ってくる客全員にこのような空気を発していたのなら、店が閑散としているのもうなずける。実際、ダーラもヒルダの最近の事情を知らなければ、一目散に店から逃げ出していたかもしれない。心配だった。ヒルダをひとりにしておけば、何をしでかすかわからない。

「ヒルダ、警察はカートの事件を解決しようと一生懸命がんばってるわ」とダーラは言った。「それに、ジェイクもリース刑事もテラを見つけるために最善を尽くしてくれてる。辛抱しなくちゃ」

「わかってないわね、ダーラ。万が一テラが見つかったとしても、彼女の遺体が帰ってくるだけなのよ。わたしはそれを埋葬するしかない」

「そんなこと言わないで、ヒルダ。望みを捨てちゃダメよ。まだほんの数日家に帰ってこないだけじゃない。ひょっとしたら、テラも気が動転して、アトランティック・シティに息抜きをしにいってるだけかもしれないわ」

「携帯も持たずに？」そのことばにダーラが驚いた顔をすると、ヒルダは乾いた含み笑いをもらした。「ええ、そう、例のリース刑事が今朝店に来て、あのカートの建物の外にあるごみ容器からテラの携帯電話が見つかったって聞いたの。彼は何も言ってなかったけど、どうしてテラの携帯がそこにあるのか、その理由をわたしが知ってると思ってるんでしょうね」

「あなたは知ってるの？」とダーラは訊いた。その答えを聞きたいのかどうかは自分でもわからなかった。

ヒルダは大げさに肩をすくめた。「すべては神の手の中よ。わたしが求めるのは娘にとっての正義だけ」

ダーラは口ごもった。ヒルダはただ悲しみに暮れた母親で、奇妙な失踪の結末として一番ありそうなものを、運命として受け入れようとしているだけなのだろうか？　それとも、彼女は追いつめられた女で、カートの殺害事件について何か知っているのに涼しい顔で隠しているのだろうか？

話しつづけさせるのよ――とダーラは胸の内でつぶやいた。もしかしたら、リースの助けになることや、ハムレットの謎めいたヒントを結びつける何かをヒルダが無意識にしゃべるかもしれない。

「これを乗り越えるためにわたしに何かできることがあったら教えてね」とダーラは言った。その気持ちは本物だった。「でも、とりあえず、まえに勧めてくれた目のパックを覚えてる？　あれをちょっと試してみようかと思って」

「もちろんよ」ヒルダはそう言って立ちあがり、じろじろダーラを見た。「それに、新しいファンデーションも使ったほうがいいんじゃないかしら。そのそばかすは若い子ならかわいいでしょうけど、ここだけの話、そのまま放っておくにはあなたはちょっと歳を取りすぎてるわ」

口から出かかった反論のことばを飲み込みながら――ジュリアン・ムーアやブライス・ダラス・ハワードに、そのそばかすは隠したほうがいいなんてだれか言った？――ダーラはヒルダのあとについて店の入口のほうに行った。ヒルダが薄く色のついたオーガニックの保湿剤とコンシーラーについて講義しているあいだに、ダーラの腕は高価な瓶やボトルでいっぱいになっていった。すべて買うには小さなローンを組まないといけないかもしれないと心配になりかけたちょうどそのとき、店のドアが開く音がして、聞き覚えのある声が耳に届いた。

「こんにちは、ミセス・アギラール」リースだった。ふたりがいるほうに向かって通路を大股で歩いてくる。

二日前の夜にダーラのアパートメントに来たときと同じく、彼はスラックスとワイシャツにネクタイ、それにスポーツコートとトレンチ姿という、出世対策用のかしこまった服装をしていた。また、前回と同様に、ベルトはうしろで締められ、まえを大きく開いていたが、今はベルトに金のバッジを留めている。公務中なのはまちがいない。

彼は横目でダーラを見て言った。「ダーラ、すまないが、少しのあいだレジのほうへ行ってくれないか?」

「ええと、わかったわ」

レジに戻ろうとしていると、リースと同じくらいの身長の制服警官――歳は二十くらい上で、体重もずっと重そうだった――が店に入ってくるのが見えた。ダーラが見ていると、その警官はドアのすぐ内側で待機した。表情はミラーコートのサングラスに隠れていて見えなかった。だが、ヒルダとリースの両方にじっと目を凝らす態度には、警戒心が表れていた。

ダーラは買うつもりの商品をカウンターの上に置き、心にこびりついた嫌な予感を無視しようとした。状況から判断すると、買い物はしなくてすむかもしれない。銀行残高にとっては朗か。

報だが、ヒルダにとっては悪い知らせの可能性もある。とはいえ、警察はテラを見つけて家に送り届けにきたのかも。きっとそうだとダーラは自分に言い聞かせようとした。でも、もしテラが無事なら、リースももっと明るい顔をしているはずだ。警察はテラを見つけたけれど、カートの事件に関して尋問するために署で拘束していて、その事実を母親に伝えにきたのだろうか。

もちろん、もうひとつ別の可能性もある。はるかに恐ろしい可能性だ。ダーラはすぐさまその考えを頭から振り払い、これから始まる会話を何ひとつ聞き逃すまいと耳をそばだてた。しかし、その会話は驚くほど短かった。

「リース刑事」とヒルダがあいさつを返した。その口調は外の気温よりも冷え冷えとしていた。「娘の情報を持ってきたんじゃないなら、わたしからあなたに話すことはもうありません」

「いいえ、奥さん、とりあえず話はもう終わりました」

そう言うと、リースはコートの下に手を入れた。ダーラはきらりと光る金属を見て衝撃を受けた。リースがコートから取り出したのは、手錠だった。彼が何をしているのか理解するまでしばらく時間がかかった。こんなシナリオになるなんて思っていなかった。リースがヒルダに話しかける声を聞いてもまだ信じられなかった。「うしろを向いてください、奥さん。これをはめないといけませんので」

ヒルダは一歩うしろに下がった。まごうことなき怒りが顔に表れている。「わたしの店でよくもそんなことが言えるわね！　あなた、いったいどういうつもり？」

「どういうつもりも何も、カート・ベネデットを殺害した容疑であなたを逮捕しにきたんです」

18

リースがあっという間にヒルダに手錠をかけ、制服警官と一緒に彼女をドアのほうに連れていくのをダーラは愕然として見ていた。ヒルダは最初に抗議したあと、一言も発していなかったが、レジの横に来ると声をあげた。

「待って。わたしにはこの店しかないの」いつもの軽快な声にキューバ訛り(なま)がにじみ出ている。ヒルダは不意に足を止め、頑として動かず、ダーラの視線をとらえると言った。「どうしよう、このまま出ていくなんてできない！　泥棒に入られるわ。ダーラ、お願い、あとのことを頼める？」

「奥さん、一緒に来ていただかないと困ります」とリースが彼女に言った。「ここの戸締りはあとで警官を送ってやらせておきますから」

「リース、お願いだからわたしに任せて」とダーラは強く言った。「店を閉めて警報装置もセットしておくから。この地域で今起きてる問題はあなたも知ってるでしょ」

リースは厳しい目つきでダーラを見たが、結局うなずくと、ヒルダに言った。「まあ、いいでしょう。ミズ・ペティストーンに鍵の場所を教えてやってください」

ヒルダは声を詰まらせながら、ダーラに奥の小さな事務室のどこに自分のバッグがあるか教え、警報装置の暗証番号も伝えた。「0611よ……テラの誕生日なの。キーパッドは入口のドアの横にあるから。暗証番号を打ち込んでエンター・キーを押すだけ。十秒以内に外に出れば、勝手にロックされるわ」

「心配しないで、ヒルダ」とダーラは言って、動揺を隠せない彼女を安心させた。もっとも、自分の声も相手と同じくらい震えていたが。「ここのことはわたしに任せて。ジェイクにも何があったか話しておくから。保釈金を手配したり弁護士を探したりする手助けをしてくれるはずよ」

「わたしのバッグが……あれがないと」

「すみませんが、バッグはダーラに預けておいてもらえますか」とリース。「少し時間をあげますから、彼女に携帯電話とポケットに突っ込んでおくための現金を少し取ってきてもらってください。保釈されたときにタクシーの運賃が必要になりますので。でも、手荷物の預り所に預ける荷物はなるべく少ないほうがいいです」

ヒルダが人生の半分をバッグに入れて持ち歩いていたことを思い出したダーラは、その意見に全面的に賛成だった。彼女は急いで奥の部屋へ行き、ヒルダのデザイナーバッグを確保し、その中から携帯電話を見つけた。財布を開け、タクシーに乗るのに充分だと思える金額の現金を取り出す。事務室を出て店に戻ると、それらをヒルダのスーツのジャケットのポケットに入れた。バッグと鍵については、あとでジェイクに渡して預かってもらうつもりだった。

ダーラが戻ってくる頃には、ヒルダはもう一言も話さなくなっていた。それでも、リースともうひとりの警官に連れられてドアの外に出ていくとき、ダーラのほうを見て感謝の印にうなずいた。ダーラが三人のあとについていくと、制服警官がヒルダをパトカーに乗せるのが見えた。リースのおんぼろ車も店のまえに二重駐車していて、ダッシュボードには例の回転灯が置かれていた。二台の車が光をちかちかさせている光景のせいで、周囲には近所の住民や通行人らが集まり、小さな人だかりができていた。ヒルダはパトカーのドアが閉まるまで毅然とした態度を保っていたが、誇り高き女性はきっと今とんでもなく恥ずかしい思いをしているだろうとダーラは思った。

もちろん、彼女がもし無実ならだが。

ダーラは、ヒルダを乗せたパトカーが走り去るのを待ってからリースに詰め寄った。「殺人容疑でヒルダを逮捕するなんて本気なの？」

「ちがうよ、ダーラ、ただのジョークさ」と彼は言い返してきた。明らかに苛立っている口調だ。「実際には犯していない罪でみんなを逮捕するふりをするのがおれの趣味でね。うそでもひとりくらい、これといった理由もなく友達や近所の人たちの目のまえで無実の人間を逮捕しないと。今週はひどい一週間だったもんでね」

「ごめんなさい、言い方が悪かったわ」自分が彼のプロとしての能力を疑う発言をしてしまったことに気づき、ダーラは謙虚な口調でそう言った。「正当な理由がなければあなたが彼女を逮捕しないことはわかってる。ただ、ヒルダにだれかを殺せるなんて思えなくて」

「そうか、まあ、これまで逮捕してきた全員の友達や家族も同じようなことを言ってたけどな」と言うと、リースは表情を和らげて続けた。「まあ、信じてくれ。今回の場合、状況証拠がけっこう決め手になってるんだ。写真とか留守番電話のメッセージとかいろいろとね。詳しくは話せないが、これだけは言える。きみの友達のカートは母と娘両方とのデートを繰り返すのが好きだったらしいよ。で、なんて言ったらいいか、ママ・アギラールは共有をあまり喜んでいなかったんだと思う」

母と娘両方？

ダーラは不意に最後にカートに会った日のことを思い出した。テラの話をしていると、カートはウィンクをしながら、ヒルダも口説(くど)いているというようなことを言っていた。そのときは、単に彼のえげつないユーモアのひとつだろうと片づけていたが、もしリースの言うことが正しければ、カートのヒルダに関するふざけた発言は、実際に彼女とつきあっていたことを示していたわけだ。嫉妬がヒルダを殺人に駆り立てた動機なのだろうか？

「でも、テラは？」とダーラは訊いた。リースのことばに動揺して、表面を取り繕うどころではなかった。「ヒルダは……その、テラの実の母親はほんとうに……」

「ミセス・アギラールは娘も殺してると思うかって？」彼はため息をつき、疲れた手つきで顔をこすった。「わからない。でも、どっちにしろ、テラが死んでるという証拠はまだ何も出てきていないということは、覚えておいたほうがいいよ」

「でも、あのごみ容器の中であなたが見つけたテラの携帯電話は？　それから、あとでわたしが見つけた爪も、かなり有力な証拠じゃない?」

「そのふたつがあのごみ容器の中に入ってたからといって、もう少し穏やかな解釈ができないというわけではないよ」

ほんの数時間前にジェイクと同じような会話をしたことを思い出し、ダーラは首を振った。リースがひょっとしたら三番目の可能性を聞かせてくれるかもしれない。

「じゃあ、どうして爪と携帯があのごみ容器に入り込んだの?」

「今の段階でおれが思いつく最も有力な説は、あのブラウンストーンでテラとカートが密会しているところに偶然ミセス・アギラールが居合わせたというものだ。ミセス・アギラールは浮気者の恋人に我慢できなくなり、かっとなってあのバールでカートを殺した……ほら、ふられた女がやりそうなことだろ」

最後の性差別的な発言にダーラが顔をしかめたのを無視してリースは続けた。「そして、彼女は娘と取っ組み合いになった——娘も殺してしまおうとしたのか、ただ娘を落ち着かせようとしたのか。あとのほうがありそうだが。それはわからないが——テラが携帯電話とつけ爪を落としたのはそのときだ。テラはそのあとなんとか身をふりほどいて、夜の闇の中に飛び出して愛しのママから逃げた。ヒルダは娘の携帯電話と爪が地面に落ちているのを見つけて、大急ぎで現場を去るまえに、冷静にもごみ容器の中に投げ入れた」

「てことは、あなたはテラがまだ生きてるかもしれないと考えてるってこと?」

「そう願ってるよ、レッド」彼は腕時計を見て、励ますようにダーラの肩を叩いた。「そろそろ署に戻らなきゃならない。容疑者ともうちょっとおしゃべりしないとな」

リースは車に向かった。そのとき、別の考えがダーラの頭をよぎった。「待って、バリーは？」と彼女はうしろから声をかけた。

リースは振り向くと、片方の眉を吊りあげて言った。「きみのボーイフレンドがどうしたって？」

彼の口調のせいで、ダーラもどこか身構えた態度になった。「わたしの〝ボーイフレンド〟に、友達が殺された件で逮捕者が出たって知らせちゃいけない理由はある？　だって、そうするのが礼儀ってものじゃない？　彼は月曜日の葬儀に備えて明日コネティカットに発つ予定なの。彼としても、カートのご家族に最新情報を伝えたいはずだわ」

「余計なことはしゃべらないほうがいい」とリースは変わらず冷ややかな口調で答えた。「ミセス・アギラールは逮捕されたが、正式にはまだ起訴されたわけじゃない。ひょっとしたら、充分な証拠がないと判断して判事が逮捕状を取り下げないともかぎらない。遺族に無駄な期待をさせないほうがいいだろう」

すべて納得がいく話だと思いながら、ダーラはリースが車に乗って出発し、午後の車の流れに加わるのを眺めた。とはいえ、彼のそっけない態度は心に引っかかった。かわいそうなヒルダが彼の攻撃に負けないことを願うばかりだ。リースは状況証拠が決め手だと主張していたが、ダーラはなんとなく、彼がまちがった人物を逮捕してしまったような気がしてならなかった。

彼女はヒルダの店に戻り、戸締りが終わらないうちに客がうっかり店に入ってこないようドアに鍵をかけた。予定していたより長く自分の店を空けていることに気づき、携帯電話を取り出してジェイムズに電話をかけた。

「不穏な展開だな」というのが、ヒルダが逮捕されたニュースを聞いてすぐのジェイムズの反応だった。「正直、この結末は予想もしていなかったよ。リース刑事はほんとうに確信しているのか?」

ダーラは鼻を鳴らして言った。「実は、わたしも彼に同じ質問をしたのよ。でも、怒られたわ。だから、まあ、そういうことなんじゃないかしら」

ヒルダの店を閉めたら戻るとジェイムズに伝えると、ダーラは電話を切って、最初の仕事に取りかかった。まず、オーディオ装置を捜して修道士たちの歌声を止め、自分の鼻を頼りににおいの源を見つけた。お香はほとんど燃え尽きていたが、念のため、小さなセラミックボウルに備えつけの蓋をかぶせておいた。リースが折あしく現れるまえにヒルダが腕いっぱいに持たせてくれていた商品は、別の機会のために取っておいた。アラームをセットしてドアから出ていくにはあと、裏口のドアを確認して電気を消すだけだ。

修道士のつぶやきが消え、周囲の雑音がなくなると、つやつやした床を歩く自分の足音が狭い店内に響いた。ダーラは奥の事務室に向かった。が、裏口のドアが閉まっているのを確認して明かりを消そうとしたところで、スイッチに手を置いたまま動きを止めた。ドアの近くに枝編みの小さなごみ箱が置かれており、その中に数枚の破られた写真のようなものが入っていた。衝動的に身をかがめ、端がぎざぎざになった断片を片手でつかみ取り、小さな机に運んだ。

すべての断片をつなぎ合わせるのにはわずかな時間しかかからなかった。ごみ箱に捨てられていたのは四枚の写真だった。驚いたことに、すべての写真は、ジェイクがつくった行方不明者のビラに載っている、心を痛めずにはいられないテラの写真と同じく、公園のような場所で撮られているようだった。これらの写真も明らかにプロ級の出来栄えで、色は実に鮮やかで光の当たり方も完璧だった。すぐに、その中でもとくに一枚の写真に目を引かれた。構図がテラの写真とそっくりで、風に吹かれた被写体が肩越しにうしろを振り返り、見えない撮影者に向かってはにかんでいた。

大きなちがいは、その写真とほかの三枚の破られた写真に写っている女性は、マリア・テレサ・アギラールではないことだった。

ダーラは被写体が肩越しに振り返っている写真の断片を一枚ずつ裏返した。すると、思っていたとおりのものが見つかった。写真の裏の一角に鉛筆で——撮影者もほかの筆記具で書かないほうがいいとわかっていたのだろう——きわめて独創性に欠けるがうっとりするような一言——〝ぼくにとってきみは最高に美しい〟ということばが書かれていた。鉛筆で書かれた日付は約三ヵ月前で、カートの署名が添えられていた。

ダーラは小さくため息をついて、また写真を表向きにして、慎重にジグソーパズルを組み合わせてもとどおりにした。もしも別の角度で破られていたなら、修復することもできたかもしれない。ところが実際は、被写体の青白い顔を真っ二つに分けた、上から下まで入った裂け目のせいで、被写体の上品な美しさが損なわれていた。

っと先のことだろう。

残念だわ、とダーラは胸の内でつぶやいた。ヒルダがまたこんな幸せそうな顔をするのはず

「〝ぼくにとってきみは最高に美しい〟。確かになんとも陳腐なコメントね」とジェイクがダーラに同意してみせた。ふたりはその夜、ダーラのアパートメントでワインを飲みながらヒルダの逮捕について話していた。「これは言ってなかったと思うけど、カートはヒルダが持ってきたテラの写真の裏にも同じ文句を書いてたの。額縁から出してスキャンするときに気づいたんだけど。ヒルダはテラが額に入れて写真をプレゼントしてくれたって言ってたから、きっとそこにメッセージが書かれてたことは知らなかったはずよ」

ダーラは驚いて眉を吊りあげた。破られた写真はヒルダの店を出るときに持って帰っていた。彼女をかばっているわけではなく、単に証拠を保存しているだけだと自分を納得させながら。もしヒルダが清掃サービスを使っていたらどうする？　リースが店の捜索令状を取って彼女の逮捕を裏づける証拠を捜すまえに清掃業者がひょっこり現れて、ごみもろとも店の中をきれいに片づけてしまうかもしれない――そうこじつけていた。ほんの少しだけ罪悪感を覚えつつ、ダーラは破れた写真の断片をジェイクに渡した。友人はため息をつき、証拠能力についてぶつぶつ文句を言ったものの、あとでリースに渡すためにその写真を大きな封筒にしまった。

「でも、そこがわからないのよ」とダーラは食い下がった。「カートは殺されるまえ、少なくとも一ヵ月はテラとつきあってたわけでしょ。みんなの話からすると、すべては母親のすぐ目

のまえで起きてたことになる。なのに、どうしてヒルダはそんなに時間をかけたの？　いかれた女になってカートを殺すまでに」

「それはたぶん、カス野郎をどうしてもどうしても取り戻したかったからじゃない？　こんなこと言いたくないけど、カートに関してあたしが探り出せた悪いうわさは、絶対取り戻せはしないと彼女を納得させるに足るものだったと思うわよ」

「悪いうわさ？」ダーラは、その内容を詳しく訊きたくてしかたがないことを友人に悟られないようにしながらことばをなぞった。

ジェイクは長いあいだ食い入るようにワイングラスを見つめていた。心の中であれこれ考えているのだろう。彼女はようやくフンと鼻を鳴らすと、ふさふさしたカーリーヘアを振って言った。「カートは亡くなったし、ヒルダも今じゃ拘置所の中だから、話しても害はないわよね。だけど、ここだけの話にするって約束して。一言でもだれかにもらせば、あたしがあんたをバールで殴りつけるから」

ダーラはうなずいて了解と伝え、口にチャックをするロバートのしぐさを真似て言った。

「ほら、しゃべっちゃいなさい。全身耳にして聞くから。絶対だれにも言わない」

「どうやら母親と娘をセットで口説くのがカートのやり口だったみたいなの。彼の最終的な目標は三人で性的な共同生活を営むことだったみたい。でも、彼としては一度にひとりずつ寝るのでもかまわなかった。彼の〝元カノ〟を何人か見つけたんだけど」ジェイクは〝元カノ〟という単語に指で引用符をつけた。「みんな、とてもざっくばらんに語ってくれたわ、彼がどうやってターゲットを見つけて食いものにしてたか。彼はご存じのとおり写真が趣味で、実際かなりの腕前だった。それをいわば〝売り〟にしてたのね」

「気持ち悪い」ダーラは嫌悪感で身震いした。

ジェイクはうなずいて続けた。「まあ、彼はまちがいなく〝あの世〟部門で〝世紀の最低野郎〟候補に挙がるでしょうね。それはとにかく、彼が最初に接近したのはヒルダだった。彼女は自ら喜んで彼の餌食になった――あの最低野郎はその気になれば魅力的な男にもなれるらしいから――でも、ヒルダはほんとうの意味で彼が求めているものをわかっていなかった。お上品な雰囲気からして、彼女は性のことになるとすごくうぶって気がするわ。その話を説明したときも、それがやつの女とのつきあい方なんだってことを理解するのに苦労してたから……あのときの顔はあんたにも見せたかったわよ。〝ママ・ティラノサウルス、放たれる!〟って感じだった」

「テラは?」とダーラは訊いた。馬巣織りのソファのちくちくした表面以外の何かが、彼女の居心地を悪くしていた。ダーラは椅子の上で身じろぎして言った。「テラは三人での関係に乗り気だったの? そもそも、自分の母親とつきあってた男とどうしてつきあう気になったのかしら?」

「さあ。もしかしたら自分のほうが一枚上手だって証明したかったのかもね……なんていうか、自分のほうがお母さんよりいい女だと。それか、年上の男が言い寄ってくるっていう考えにわくわくしちゃって、細かいことは気にならなかったのかも。どっちにしろ、ふたりとも、いつ彼をお払い箱にしてもいい状態だったと思うわよ」

ダーラはほっとしてうなずいた。知り合いの性生活など自分には関係がなかったが、カートとつきあうという愚行を犯したとしても、テラもヒルダも一定の倫理観を持ち合わせていてよかったと思った。「それで、ヒルダはこれからどうなるの?」

「今日の午後、拘置所にいる彼女から電話がかかってきた。彼女の力になってくれるよう知り合いの保釈保証業者に頼んどいたわ。あんたがヒルダのバッグを持ってきてくれたおかげで、クレジットカードの番号がわかって助かった。うまくいけば、そのルイスっていう業者があと数時間のうちに保釈の手配をしてくれて、ヒルダも夜のほとんどを自分のベッドで過ごせるんじゃないかしら」

でも、テラは今夜、どこで過ごすのだろう?——とダーラは思った。すると、また別の考えが頭に浮かんだ……

「わたしのほうも少なくともひとついいニュースがあるの」と彼女は友人に言った。「ジェイムズがこれから数日のあいだ、ロバートを預かってくれることになったわ。ずっと住める家が見つかるまで」

「引き取り手が見つかるまでってこと?」ジェイクはペットを引き取ることばを使って笑顔になった。「かわいそうなロバート、捨て犬みたいな言い方をされちゃって」

「まあ、彼のお父さんがしたことを考えれば、あながちまちがってないでしょ」とダーラは言った。声に皮肉がにじむのを隠しきれなかった。「でも、ジェイムズもルームメイトを探してる卒業生がいないか、大学の知り合いに当たってみてくれるって」

「デリの掲示板も見るようロバートに言っておいて。情報を得るにはあそこもけっこういい場所だから。それから、情報と言えば」ジェイクはそこでことばを切り、意味ありげな視線をダーラに送った。「一連の大騒ぎで、バリーとのデートについて何も聞いてなかったわね。ほら、お嬢ちゃん、今度はあんたの番よ。しゃべっちゃいなさい」

自分の顔が少し火照るのを感じながら、ダーラは昨夜のデートについて、おやすみのキスをしたところまで詳しく話した。ジェイクは母親のような満足げな表情を浮かべて聞いていた。

ダーラが話しおえると、友人は空になったワイングラスを持ちあげて小さく乾杯した。

「ようやくまたいい人が見つかってよかったわね」友人は喜びを口にすると、グラスを置いてどちらにもワインを注ぎ足した。「また彼とデートするの？」

「たぶんね。でも、数日は会えないの。彼は明日の朝一番にコネティカットに発つって言ってたわ。月曜にカートの葬儀があるから、ご家族のそばにいて力になりたいんですって」

「それは親切なこと。ご家族と同じくらい彼もつらい思いをしてるでしょうに。追悼演説にカートの元カノたちが現れないことを願うばかりね。手に負えない事態になりそうだから」

二杯目のワインも手伝って、ふたりは怒り狂った女たちが葬儀に押しかけた結果披露されるスピーチについて、いくつかブラックジョークを言い合った。ジェイクの携帯電話からバリー・ギブの鼻にかかった裏声が聞こえてきたときも、まだふたりは笑っていた。「もしもし、あらリース」〝通話〟ボタンを押して『ステイン・アライヴ』の着信音を止めると、ジェイクは言った。しばらく黙って相手の話を聞いていたが、やがて口を開いた。「実は今、ダーラのアパートメントにいるの。そっちに行ったほうがいい？」

ダーラは電話の向こう側の声を聞こうと耳を澄ましたが、無駄だった。ジェイクは最後に「わかった。すぐ行く」と言って電話を切った。

「リースよ」ダーラがけげんな表情で友人を見ていると、ジェイクは言わずもがなのことを言った。「事件に関係して手伝いが必要なんだって。ちょっと彼に会いに〈テディーズ〉に行ってくるわ」

〈テディーズ〉というのは、ダーラも最近知ったのだが、警官と元警官が足しげく通う紫煙の立ち込めるバーだった。ジェイクからその店について初めて聞いたのは、麻薬で頭のおかしくなった泥棒が混雑した店に強盗に入ろうとして、店名の由来の店主に銃を突きつける事件があったときだ。強盗をもくろんで店を訪れた泥棒はただちに気づいた、非番の警官ばかりの常連客――つまり二十人以上の銃を持った常連客から自分が狙われているという圧倒的に不利な状況に。その事件は――驚いたことに、その店の初めての事件ではないらしいのだが――各紙の紙面を飾った。犯人はこれから厳しい実刑判決を受けることになり、刑務所の仲間たちのあいだでは物笑いの種になるだろうという記事だった。

「ヒルダはどうするの？」とダーラは訊いた。「あなたが家に帰るまえに保釈されたらどうする？　彼女のバッグと家の鍵はあなたが持ってるでしょ」

「もしあたしが戻るまでに彼女から電話があったら、ここに来るように伝えておくわ。あたしが帰るまで、そのバッグと鍵を預かっててもらってもいいかしら？」

　実際のところ、よくはなかった。ヒルダが今一番会いたくないのは自分だろうとダーラは思っていた。何しろ、彼女はヒルダの逮捕の一部始終を見ていたのだから。それに、ヒルダがカートにバールを振りおろしたというのがもしほんとうだとしたら——たとえ激情に駆られてのことにしろ——ダーラとしても、ヒルダとは至近距離でふたりきりになりたくなかった。ヒルダには外で待っていてもらって、玄関ロビーという安全な場所でバッグを渡すという手もある。

　そういったことを高速で考えながら、ダーラは返事をした。「今夜はどこにも行く予定はないわ。でも、バッグは階下の玄関ロビーのランプテーブルの陰に置いておいてくれる？　あなたも建物の鍵は持ってるでしょ。そうすれば、あなたの帰りが遅くなっても、バッグを回収するのにわざわざわたしに電話しなくてすむし、もしヒルダのほうが先に来れば、わたしも階下に行って彼女に会えるわ」ダーラの提案にジェイクは賛成し、数分後、リースと会うために出ていった。ダーラをハムレットとふたり家に残して。

　もっとも、そう思っていたのは彼女だけかもしれない。さらに一時間が経っても、ハムレットはまだソファにいるダーラのところに姿を現さなかった。

　午後十時になる頃には、あの頑固な猫がどこに行ったのか、本気で心配になりはじめていた。ロバートがジェイムズの家で無事夜を過ごしていることを考えると、ハムレットとしても、庭に降りていったりラウンジに行ったりして彼につきあう必要はないはずだ。それに、ロバートも店長と一緒に店を出るまえ、わざわざハムレットに予定の変更を伝えていたではないか。

〝やあ、ちっちゃい兄弟、今夜は兄貴のところに泊めてもらうんだ。てことはつまり、おまえさんは暖かくて居心地のいい部屋の中にいなきゃダメってことだよ〟ハムレットはメッセージを受け取った証に〝ニャオン〟と返事をしていた。それなのに、どうして毛むくじゃらのいたずらっ子はまた無断外出しているのだろう?

「また戻ってくるわよ」ダーラは自分自身を安心させようと、精いっぱいアーノルド・シュワルツェネッガーの口調を真似て声に出して言った。ヒルダからもまだ連絡はなかった。階下の様子をすばやく確認したが、ジェイクもまだ帰ってきていないようだった。玄関ロビーのジェイクが置いていったときと同じ場所に、まだヒルダのバッグが置かれていた。こうもはっきりしない状況だと、もうしばらく起きていたほうがいいかもしれない――彼女は読んでいた話題の本を置き、テレビのニュースをつけた。

残念ながら、トップニュースは〝ブルックリン在住の男性が撲殺された事件で地元女性逮捕される〟というものだった。金のチェーンをつけてにこやかな笑みを浮かべたカートの写真が画面にぱっと映し出された。続いて、その日に撮られた映像――手錠をかけられたヒルダが連行される映像が流れた。ダーラはうめき声をもらし、口直しにすぐさまチャンネルを動物の番組に替えた。が、サメの特集の再放送では口直しにならなかった。そこで、チャンネルをまた切り替えて、盛りを過ぎたアクション俳優がエクササイズ器具について宣伝しているテレビショッピングを見ることにした。しかし、鼻にかかった彼の話し方が耳に心地よく、故郷の人々のことが思い出され、いつしか彼女は眠りに落ちていた。

目が覚めると、変な姿勢でソファに寝ていて、別のテレビショッピング――今度は〈エッグ、スパート・エッグ・スライサー〉の宣伝――が終わりに近づいていた。電話の音に気づかずに眠りこけていたらいけないと思い、慌てて家の留守番電話と携帯電話をチェックした。ヒルダからもジェイクからも電話はかかってきていないと確認すると、疲れた足取りで階下に降り、バッグを見てみた。ヒルダのバッグはなくなっていた。つまり、ジェイクがもう家に戻ってきていて、あとで持ち主に返すため自分の部屋に持ち帰ったということだ。

もう一度階段をのぼりはじめたところで、寝ぼけた頭の中の霧がすっきり晴れ、入口の明かりがどことなくおかしいことに気づいた。すぐ外にパトカーでも停車しているのか、青と赤の光が見えた。完全に目が覚めて、ダーラは急いでドアまで引き返し、ガラスを覆っているカーテンの向こうに目を凝らした。思わず息を飲んだ。建物のまえの通りには、パトカーではなく救急車が停まっていた。

彼女は急いでドアの鍵を開け、よろめきながら冷たい夜の闇に飛び出した。グレーのスウェットの上に黒革の長いダスターコートを着たジェイクが、プリンスキ兄妹の家の玄関に続く階段のそばに立っていた。となりに立ったメアリーアンを守るように彼女の肩を抱いている。メアリーアンはピンクの長いフランネルの寝間着を着ている。その上から、細い肩の下まで垂れ下がった長い一本の三つ編みと同じく、青みがかった濃いグレーのショールを巻きつけていた。

「メアリーアン……ジェイク……何があったの？」ダーラは自分の家の階段を駆け降り、ふたりに近づいた。

メアリーアンは振り返って彼女を見た。しわの寄った隣人の頬を涙が伝っていることにダーラは気づいた。老婦人は震える声で言った。「ダーラ、う、うちの兄が。心臓発作を起こしたみたいで」

19

「ああ、よかった！　それを聞いて安心したわ。ええ、じゃあまた」

ダーラはそう言って電話を切り、ジェイムズとロバートのほうを向いた。ふたりとも書店のカウンターにもたれかかり、希望と不安が入り混じった表情を浮かべて彼女の会話を聞いていた。出勤した彼らに、昨夜の緊急搬送の一部始終を話して以来、ふたりはずっと暗く沈んだ顔をしていた。それに比べれば、今の表情はましになっている。とはいえ、最初にそのニュースを聞いたとき、ロバートはとくにショックを受けたようだった。

「彼はその、ぼくにとってただひとりのおじいちゃんなんです」ロバートは今にも泣き出しそうな顔でつぶやいた。「もし必要なら、血でもなんでも提供しますから」

ダーラはそのとき、ミスター・プリンスキの状態からすると、そのとっさの申し出は必要なさそうだと伝える気にはなれなかった。彼女は携帯電話をズボンのポケットにしまうと、満面の笑みをふたりに向けて言った。

「ジェイクからだったわ。お医者さんがさっきまたミスター・プリンスキを診てくれて、問題ないとわかったみたい。ジェイクがメアリーアンを連れてもうすぐ帰ってくる。一日かそこらで退院できるって」

「おお、ということは、ゆうべの緊急治療室の医者の軽い心臓発作という診断は正しかったわけだな」ジェイムズが満足そうにうなずきながら言った。

一方、ロバートはガッツポーズをして熱のこもった声をあげた。「すげえ！」

「〝すげえ〟って、まさにそのとおりね」ダーラはレジのスツールに腰を下ろし、安堵のため息をもらした。「正直に言うと、ゆうべはすごく心配だったの。救急隊があの車輪つきの担架でミスター・プリンスキを運び出したときは、相当悪い状態に見えたから」

実際、ダーラはストレッチャーに縛りつけられてじっと動かない彼の小さな体を見て、すでに死んでいるのではないかと心配したのだった。しかし、彼はしわの寄った手を一瞬妹のほうに上げ、まだ天国の大きな骨董品店には旅立っていないとアピールした。メアリーアンは当然、兄と一緒に救急車のうしろに乗りたがったが、ジェイクが優しく説得して思いとどまらせた。

「あなたが行くような場所じゃないわ」ジェイクがそう言っているうちに、救急隊はミスター・プリンスキを救急車に乗せ、ライトを光らせて出発していた。「ものすごく揺れるし、救急隊はお兄さんの世話をするので忙しいわよ。あなたも全身あざだらけになりたくないでしょ。搬送先の病院はどこかわかってるから、別の方法で行きましょう」

「メイベルを使ったらいいわ」間髪を容れずにダーラは、大叔母のディーが遺してくれたベンツの古いセダンを勧めた。大叔母のそのベンツは、歩いて五分ほどの距離の駐車場に停めてある。「ジェイク、メアリーアンを家に連れていってあげてちゃんとした服に着替えさせてあげたら？　わたしは中に戻って車のキーを取って、メイベルをここに持ってくる」

普段なら夜のその時間、真っ暗な通りは用心して歩くが、心配ごとのせいでダーラの足の運びは速かった。ジェイムズなら〝足に羽が生えた〟と表現するところだろう。彼女は小走りで駐車場に行き、過呼吸を起こしそうになりながら、エレベーターに乗って車を停めてある階まで上がった。キーを一回まわすといつもどおりエンジンがかかり、数分後には自分のブラウンストーンのまえに停車していた。ジェイクがひどく動揺したメアリーアンに寄り添ってコンクリートの階段を降りてくるのが見えた。

「全員では行けないわ」元警官は急いで言った。「ヒルダからまだ連絡がないの。もしかしたら病院から戻るまえに保釈されるかもしれない。ひとりで待ちぼうけを食わせるわけにはいかないでしょ」

ダーラは一瞬考えたあと、さっと車のキーをジェイクのほうに放り投げた。「行って。あなたは病院の場所も知ってるし、緊急時にはふさわしい人だから。でも、何かわかったら絶対に電話してね。何時になってもかまわないから」

ダーラはそう言って、メアリーアンを励ますようにハグすると、助手席に乗るのを手伝った。か弱い女性が革張りのクッション席に座っても、座席はほとんど沈まなかった。ジェイクが完全に違法なUターンをするのを見届けてから、ダーラは自分のアパートメントに戻った。

ジェイクからかかってきた電話で浅い眠りから起こされたとき、もう朝の五時近くになっていた。ジェイクによると、ミスター・プリンスキの容体は深刻だが、命にかかわるほどではないらしい。詳しいことがわかるまでまだかかるということだった。だが、またうとうとと眠りに落ちそうになったところで今度はヒルダから電話があり、階下で待っていると言われた。

切れ切れの眠りのせいでくらくらしながら、ダーラはジェイクのガーデン・アパートメントのスペアキーをつかんだ。足をよろめかせながら階段を降り、ヒルダのハンドバッグを手に取った。ヒルダはそのあいだ、歩道の脇でアイドリングしたタクシーの中で待っていた。

彼女はダーラと同じくらい憔悴しているように見えた。タクシーの窓から手を伸ばしてバッグを受け取ると、手短に礼を言い、運転手に出発するよう合図した。ダーラはそのそっけない対応を恥ずかしさと疲労のせいだと思うことにした。肩をすくめると、少し時間を割いて病院のジェイクに電話し、ルイスがヒルダの保釈に成功したこと、ヒルダに無事バッグと鍵を渡せたことを伝えた。そうして、しばらくはもうだれからも邪魔が入りませんようにと祈りながら、日曜日の通常の開店時間の正午まで数時間睡眠をとるためベッドに戻った。

目が覚めると、すでに開店間際だった。急いでシャワーを浴び、ジーンズと明るい黄色のセーターに着替えるだけの時間しかなかった。寝ているあいだに縮れてとび色の雲と化していた髪の毛の寝癖を直す暇はなかったので、さっとねじってお団子をつくり、木製の二本のかんざしで留めた。階下に降りていくと、ちょうどロバートとジェイムズがおそろいの緑の格子縞のベストを着て店のまえの階段をのぼってくるところだった。

ロバートとジェイムズは今、グータッチをしたりハイタッチをしたりして高齢の隣人に関する喜ばしい知らせを祝っていた。一方、ダーラはすべてが順調なわけではないという事実に思いをめぐらせ、浮かない顔をした。ハムレットがその日の朝、朝食に姿を現していなかった。もう昼の十二時半になろうとしているのに、身勝手な猫はいまだに行方をくらましていた。

「ジェイムズ、ロバート……ハムレットのことが心配なの。ミスター・プリンスキの話をしてたからさっきは言えなかったんだけど、ゆうべからどこにもいないのよ。最後に彼を見たのは、昨日あなたたちふたりが店を出ていったときなんだけど」

「え?」とロバートが言った。にこやかな笑みが消えている。「そんな、まさか。だって、ぼくもちっちゃい兄弟には、ちゃんとここにいるよう言っといたんですよ」

「そうよね、知ってるわ。でも、真面目な話、今度そのちっちゃいなんとやらを見つけたら、ただじゃ――」

「きみもきっとあらゆる場所を調べはしたんだろう」ダーラが脅迫のことばを言いおえるまえに、ジェイムズがさっと口を挟んだ。「だが、店内をもう一回調べてみたほうがいいかもしれない。彼が意固地になって、われわれのところに出てくるのを拒んでいるといけないから」

そこで三人は手分けしてすみやかに店内を捜すことにした。ダーラとしても、ハムレットが人目につかない部屋の片隅で丸くなっていたり、どうやってのぼったのかもわからないような書棚の上でくつろいでいたりするのがめずらしくないことはわかっていた。しかし、彼が朝食を抜くというのは前代未聞だった。ハムレットは空腹では満足に活動できないのだ。

数分後、三人はふたたびレジのところに集まった。

「いないわ」とダーラは首を横に振った。「暖房の調風装置近くの棚の狭い隙間も見てみたんだけど、影も形もなかった」

「ぼくは二階のラウンジと庭を」とロバートが言った。「でもやっぱりいませんでした」

「わたしのほうも収穫はなかったよ……といっても、辞書のコーナーの近くにこんなものが落ちていたが」ジェイムズはそう言って、装丁に黒と赤と黄色の三色が使われた分厚いペーパーバックをダーラに渡した。

「『英独・独英辞典』か」ダーラはそっけなく表紙を読みあげ、カウンターの上に放った。「ドイツ語で〝あのどうしようもない猫はいったいどこにいるのよ?〟って言いたい場合には役に立つかもね」

「昔勉強した記憶をたどれば、確か〝ヴォー・イスト・ディー・フェアダムテ・カッツェ〟だったと思うが」ジェイムズはドイツ人としても通りそうな発音で言った。「とにかく同感だ。現状では大して役に立ちそうにないな」

「もしかしたらほら、ハムレットもミスター・プリンスキのことが心配だったのかも」とロバートが言い出した。そう言う自分もかなり心配そうだ。「おとなりの玄関を見てきます」

しばらくすると、ロバートは首を振りながら戻ってきた。「やっぱりいませんでした」

「もう一度アパートメントを見てくるわ」とダーラは言った。「ハムレットのことだから、きっとすでにこっそり家に戻って、まぬけな人間どもをひとりで笑ってるのかも」

しかし、ハムレットは階上にもいなかった。一時間後、ジェイクとメアリーアンが戻ってきたときもまだいなかった。メアリーアンは、ほとんど一晩じゅう病院の待合室で寝ないで過ごした人にしては、驚くほどきびきびして見えた。

「ダーラ、車を貸してくれてほんとうに助かったわ。ありがとう」ジェイクに手を借りてベンツを降りると、メアリーアンは大きな声で言った。「ディーが生きてた頃、しょっちゅう一緒にメイベルを乗りまわしてたのよ。おかげで、病院へ行くあいだ、いくぶん気が楽になったわ。古い友達がずっと見守ってくれてるみたいだった」

「少しでも力になれたのならよかった……でも、もちろん、一番活躍してくれたのはジェイクよ」

メアリーアンはうなずいて、目を潤ませながら元警官に笑みを向けた。「実を言うと、救急車を呼ぶまえにまずジェイクに電話したの。目が覚めたら、兄がわたしを呼ぶ声が聞こえて、すっかり動転してしまったわ。ようやく何かがおかしいと気づくまで、彼は少なくとも三十分は痛みを感じてたみたい。兄を診てくれた優しいお医者さまは、もう少し長く我慢してたら、もっと大変な事態になってたかもしれないって言ってた」

「お兄さんが大丈夫そうだって聞いてみんな胸をなでおろしたのよ」とダーラは告げた。「ミスター・プリンスキが休んでるあいだ、手伝いが必要なときは遠慮なく言ってね。いつでも手を貸すから」そう言うと、彼女はジェイクのほうを向いた。「疲れたでしょ。メアリーアンを送ったら、あなたも少し休んだら？　メイベルはわたしが駐車場に戻しておく」

「ありがとう」ジェイクはくたびれた笑みを浮かべた。その顔に急に年齢が感じられた。彼女は車のキーをダーラのほうに放り投げると、素直に認めた。「最悪の状態は脱したから、これでいつ倒れても大丈夫ね」

ミスター・プリンスキの病状が峠を越えたことを言っているのだろう。けれど、みんなが知っていた男性を無残に殺した嫌疑がヒルダにかけられているという事実に加えて、テラの行方がわからないことへの不安も、依然として大きくのしかかっていた。それに、ロバートの件もまだ解決されていない。ジェイクが茶化して言ったように、彼には〝引き取り手〟ならぬ〝家〟が必要だった。とはいえ目下の課題は、ハムレットを見つけることだ。

ダーラは携帯電話とコートを取りに店の中に入った。「ちょっとメイベルを駐車場に戻してくるわ」と従業員に告げた。「それから、帰りはゆっくり歩いて、ハムレットが日曜日の散歩に出かけていないか見てくる」

「ゆっくり捜してくるといい」とジェイムズが言った。「もしきみが留守にしているあいだにハムレットが姿を現したら必ず電話するよ」

ダーラは駐車場までの短い距離を運転しながら、つやつやした黒い影が突然現れないか周囲に目を配った。が、予想したとおり、すがすがしい気候を楽しみながら買い物や散歩をしている人々の中に行方不明の猫の姿はなかった。彼女は自分に言い聞かせた――今は午後で、猫の昼寝にはぴったりの時間よ。どこにいるにしろ、ハムレットは店までの大変な帰路に備えて、いびきをかきながら充分に休息しているにちがいない。

別の可能性を検討する勇気はなかった。ハムレットが散歩している途中に車にひかれ、その眠りが永遠のものになっている可能性については。

メイベルを無事駐車場に戻す頃には、ダーラは捜索ルートを頭に描いていた。その中には、バリーの建築現場のブラウンストーンも含まれている。悪賢い猫にしかわからない理由で、ハムレットはカートの死体が見つかった地下室にもう一度立ち寄っているのかもしれないとふと頭に浮かんだのだ。バリーはコネティカットに向かっているので、中には入れないかもしれないが、付近を歩いて地下室の窓から中をのぞくくらいはできるだろう。

とはいえ、そこまで歩くあいだも捜索には手を抜かなかった。路地のごみ箱の裏をそっとのぞいたり、店先に並んだ装飾的な植木鉢の裏を確認したりしてみた。こっそり他人の家のガーデン・アパートメントに降りて、入口の階段の一番下にしっかりとつながれている自転車の陰をのぞいたりもした。一度、短いコンクリートの柱の上に黒い毛に覆われた動物が寝そべっているのが見え、慌てて半ブロック先の玄関を確認しに向かった。残念ながら、そこで日向ぼっこをしていた猫は雌で、体の一部が白いタキシード・キャットだとわかった――明らかにハムレットではなかった。

「見つけたらすぐにGPSつきの首輪をつけてやるんだから」とダーラは脅し文句を吐いた。するとそれが自分に向けられたと思ったタキシード・キャットから侮蔑のまなざしが飛んできた。

ダーラはコートのポケットに両手を深く突っ込んで――いつものように手袋を持ってくるの

を忘れていた――タキシード・キャットの家から一ブロック離れたバリーのブラウンストーンに向かって歩きはじめた。歩調が速くなっていたが、期待しすぎてはいけないと自分を戒めた。ハムレットがそこにもいない可能性は大いにある。その場合、毛むくじゃらの殿下の気が晴れるまでご帰宅を待たなければならない。

しかし、バリーの建物に行く途中で次に立ちどまったのは、予定外の場所だった。遠回りして以前通ったことのない道を歩いていると、みすぼらしい店に差しかかり、文字どおりその店を二度見した。窓のネオンサインが大きな赤い文字で〝ビルズ・ブックス・アンド・スタッフ〟と宣していた。驚きと当惑で――〝うちのすてきな店からこんなに近いところに彼のけがらわしいポルノショップがあるなんて!〟と思いながらしばらく足を止めていると、さらに悪いことに、店のドアが開いてビル本人がドタドタと歩いて昼の光の中に出てきた。

ダーラが彼に気づいたのとほぼ同時に、彼も彼女を認めた。ポルノショップの店長は冷笑を浮かべて迫ってきた。

「おれの店のまえで何をしてる?」サルのようなあごを彼女のほうに突き出している。「いや、言わなくていい。またひとりうちの従業員を盗もうとしてたんだろ」

「何があってもそんなことはしないわ」ダーラは声を詰まらせながら答えた。何もこの男に説明する義務はないのだと胸の内でつぶやきながら。

ビルのあざけるような目つきが、冷ややかでいやらしいそれに変わった。「そうか、なら当ててやろう。自分用に大人のおもちゃを買いにきたんだろ。あんたのような独り身の女は夜にひとり寂しく……」

そう言って彼は思わせぶりにことばを切った。ダーラは頰が焼けるように熱くなるのを感じた。不道徳な行為にいそしむカートのことをずっと最悪だと思っていたが、このポルノショップのオーナーをまえにすれば、カートは礼節の規範のようなものだ。ロバートもこんな最低野郎の悪影響をあれ以上受けずにすんで、ほんとうによかったと彼女は思った。

一瞬、相手に対抗しうる返答をいくつか考えたが、堂々とした沈黙こそ最善の手立てだと判断した。ロバートから聞いたこの男の荒い気性を考えれば、彼をからかうのは、よくてくだらない……最悪の場合、危険なことになる。ダーラはきびすを返すと、当初の目的地に向かって早足で歩きはじめた。ビルの陰気な笑い声と別れ際の下品なコメントは無視するよう努めながら。「ほら、戻ってこいよ！　今なら一個買えばもうひとつおまけがついてくるぜ！」

ああいう男には注意しなくちゃ――ダーラは強い憤りを感じた。とはいえ、燃えあがっていた怒りはすぐに消え、かわりに不安が胸を襲った。考えてみれば、自分はカートを殺した犯人から数フィートしか離れていないところに立っていたのかもしれないのだ。もしかしたらあとをつけられているかもしれないと急に不安になり、反射的にうしろを振り返った。そもそもリースは彼を尋問したのだろうか。それとも、罪をヒルダになすりつけるのに必死で、ダーラが考えるに、はるかに容疑者である可能性が高い人物を見過ごしているのだろうか。どちらにしろ、今後このブロックの近くは通らないようにしようと彼女は心に誓った。

ハムレットもそうしてくれることを願うのみだ！

用心のため、もう一、二度うしろを確認しながら少しだけ回り道をしてその一画から離れた。ビルのサル顔が流し目を送ってきている様子がないことを確認すると、安堵のため息をついた。数分後、バリーのブラウンストーンに着くと、ようやく顔の熱が引き、鼓動がもとに戻った。まだ午後早い時間ではあったが、太陽の角度の関係で周囲の建物で影ができ、あたりは早くも暗くなっていた。歩道から建物を眺めていると、体が震えた。落ち着いたバリーという存在がそばにいてくれないと、建物の様子はちがって見える。どことなく怪しげな印象だ。

かつては魅力的だったギリシャ復興様式の建物——とは感じなかった。経年と以前の持ち主たちのぞんざいなリフォームに勇敢に耐えてきただけの建物ではない。今や打ち捨てられた寂しげな雰囲気をかもし出しており、中に入れるものなら入ってみろと訪れる者をけしかけていた。殺人事件のせいばかりではないだろう——それだけでも充分厄介ではあるが。建物は午後の闇に包まれて、一本のオークの木の奥にひっそりと守られているようで、板張りのされていない数少ない窓が、道に迷って近づきすぎた通行人に教訓を与えるのを待ちかまえているように見えた。

ダーラは心の中できっぱりと首を振った。〝シャーリイ・ジャクスンの『丘の屋敷』を思い出すわね〟。自分の大げさな空想を笑って、胸の内でそうつぶやいた。今見るとこの建物はいわくありげなあばら家かもしれないが、この家に邪悪な歴史があるとはバリーは言っていなかった。この家に足を踏み入れたのはネズミくらいのものだろう——それから、もしかしたら例の黒猫くらいのものか。

ダーラは小さくうめいた。ジェイクなら笑いながら〝気合を入れるしかないわよ、お嬢ちゃん〟と言うところだろう。しかし、建物の外を調べればいいだけだと思い出し、ダーラは自分を励ました。バリーは出かけるまえに鍵を閉めていったはずだ。網目状になった建設現場用のフェンスをよけて地下室の窓に近づいて、湿り気のある地面に膝をつくと、鉄格子をつかんで汚れたガラス越しに暗い部屋の中をのぞいた。

部屋の中は暗いはずだった。窓に積もった黒い汚れの層越しではほとんど何も見えなかったが、地下室はほぼ深い闇に覆われているにもかかわらず、ボイラーの向こうの片隅に、どうやらつけっぱなしにされているらしい小さな明かりが見えた。ダーラは顔をしかめながら、窓をきれいにしようとして手でガラスをこすった。

しかし、汚れを広げてさらに地下室の中を見えにくくしてしまっただけだった。もっとも、さっきよりも視界が悪くなりそうもなかった。鑑識官が懐中電灯を置き忘れていったのだろうか？　それとも、取りつけ式の照明のひとつを消し忘れたのだろうか？　けれども、明かりがついているのだから、もしハムレットが地下にいて、運がよければ、彼の姿を見つけられるか、少なくとも何かの拍子に彼の見開かれた緑色の目を光らせるかもしれない。

「ハムレット！　ハムレット、そこにいるの？」

とダーラは言って、何か音が返ってこないか耳を澄ました。が、何も聞こえなかったので、次の窓に移った。ガラスのまえにしゃがみ込み、もう一度試す。「ハムレット！　にゃんこちゃん、にゃんこちゃん、出ておいで！」

そう言ったとたん、窓にこびりついた汚れの膜越しの地下室の暗闇で、影が動くのが見えた気がした。「ハムレット」と彼女はもう一度呼び、鉄格子のあいだに手を入れて窓を叩いた。

「そこにいるの？　いい子だから出てきてよ。ね？」

　そのとき、近くで金属製の蝶番がきしむ音がして、彼女は驚いて飛びあがった。反射的に悲鳴をあげてうしろに倒れ、芝生の上にぶざまにしりもちをついた。心臓が早鐘を打っていた。玄関の様子をすばやくうかがうと、あろうことか、だれもいないはずの建物を何者かがうろついている！

　積みあげられたれんがとそれを覆ったオレンジ色のフェンスのせいでドアが見えず、ダーラの想像力は限界までかき立てられていた。一瞬のうちにいくつかのシナリオが思い浮かんだ。もしかしたら自分は仕事中の金属泥棒に出くわしてしまったのかもしれない。彼らは目撃者の存在をよく思わないだろう。あるいはビルが、カートを殺した犯人だと疑われていることに気づいてあとをつけてきたのかもしれない、だれもいない家の中に引きずり込んで彼女も始末するつもりで。もしくは、バリーが街を離れたせいで寂しくなったカートの幽霊が一緒にいてくれる人を探しているのか。

　どの可能性も気に入らなかった。ダーラはよろめきながら立ちあがると、全速力で駆け出せるよう構えた。もしハムレットが地下にいるなら、バッジをつけて銃を携帯しているような援軍を連れて戻ってくるまで自分でどうにかしてもらうしかない。だが、ポーチに立って自分を見下ろしている人物を目にしたとたん、彼女の血管を駆けめぐっていたアドレナリンは当惑して止まった。

20

「バ、バリー？　てっきりコネティカットに行ってるものだと思ってた」ダーラは大きな声でそう言うと、見られていることを意識してズボンの土を払った。もっとも、彼のほうも同じような格好だったが。色あせたジーンズと履き古されたランニングシューズには土が付着していて、汚れたTシャツの上に着たぼろぼろの格子縞のジャケットは一度もクリーニングに出されたことがないように見えた。季節が晩秋でなければ、その姿を見て、庭いじりをしていたと思っただろう。

一方、バリーは驚いた様子で彼女を観察していた。その表情からは怒りにも似た感情がうかがえた。

「ダーラ、ここで何をしてるんだ？」

「ハムレットを捜してたの。あのいたずら猫、また脱走しちゃって。あなたのところの地下室にこっそり戻ってきてるんじゃないかと思ったの」今度は彼女のほうがいぶかしげな顔でバリーを見る番だった。「カートの葬儀はどうしたの？」

バリーはうんざりしたように首を振った。

「家族の中で問題が発生したんだ」彼は厚手の作業用手袋をはめた手を振った。「カートを埋葬するか火葬にするか決められなくてね。あいつも何も指示を残してなかったから――ちくしょう、おれたちの歳でいったいだれが明日死ぬと思う？――それで、妹さんとお袋さんのあいだで内輪もめに発展してしまった。今朝電話したら、計画はまだ宙に浮いたままだったから、今日はこっちの作業を終わらせて、明日あっちに向かうことにしたんだ」

「それは残念ね。だれかが亡くなったことで家族内にもめごとが起きるなんて、それ以上嫌なことはないもの」

「まったくだ」バリーはそう言ったものの、表情は少しも明るくなっていなかった。「で、ハムレットだが……」彼は物問いたげにことばを切った。そのとき、ダーラははっと気がついた。事実上、自分が彼の建物に不法侵入してしまっていることに。

「ごめんなさい」ダーラは妙に罪悪感を覚えて言った。「いつもは人の家の窓をのぞきまわったりしないんだけど、ハムレットがいなくなって一日近く経つものだから。ほかに思い当たる場所はすべて捜したの。だから、ここがわたしにとって最後の頼みの綱って感じなのよ。猫は習慣の生きものだから、彼がここにいる可能性は高いと思って」

バリーは首を横に振った。「さっきまで下でボイラーにパーツを取りつける作業をしてたんだが、きみんちの猫はどこにもいなかった。もし見かけたら電話するよ」

「あら」ダーラは落胆を隠そうともせずに言った。「あの、自分を納得させたいの。ちょっと中を見たらダメかしら？　もしここにいても、あなただけだと怖がって出てこないかもしれないから」

バリーはためらった。しばらくしてようやくうなずいたが、その声はしぶしぶといった感じだった。「メインフロアは見てくれてかまわないよ。でも、地下室は遠慮してくれるとありがたい」

「でも、ハムレットがいるとしたらたぶんそこなのよ！」

「ダーラ、地下には彼がいる気配はなかったと言っただろ。それに、ここ何時間かずっと地下室で作業をしてたんだ」

バリーはそう言って黙ると、困ったように手袋をした両手を広げてまた話しはじめた。「ボイラーも分解したし、動かさなきゃならないものもあったから、足の踏み場がないんだよ。それに、カートの件があったあとで、もうこれ以上あそこにはだれにも立ち入ってほしくなくてね。実際、漆喰を塗って、地下室のドアを塞いでしまおうかと真剣に考えてるんだ」

ダーラが彼の顔をまじまじと見ていると、バリーははにかんだ笑みを浮かべた。「迷信にとらわれてるように思えるよな。けど、そうでもしないと、ここで作業を続けられる気がしなくて」

「ええ、気持ちはわかるわ」ダーラは共感を示してうなずいた。「メインフロアをさっと確認して、ハムレットの名前を呼んでみるわ。そしたら、作業に戻ってもらってかまわないから」

バリーはうなずいて脇によけ、彼女を先に建物に通した。足を踏み入れたとたん、ダーラは鼻にしわを寄せた。ここ数日のあいだ、だれも中に立ち入っていないのは明らかだった。建物の中の空気はよどんでいて、かすかに嫌なにおいがした。バリーがいない隙にネズミたちが運動会でも開催したかのようだ。しかし、上の階をのぞいてすべての窓が板張りされていたので、窓を開ける選択肢はなかった。

「正直なところ、ポーチにいたのがあなただとわかってほっとしたわ」ふたたび訪れた気まずい沈黙を破って彼女は言った。「外でハムレットを捜してたとき、うちの従業員のロバートの元上司にばったり会ったのよ。ビル・ファーガソンっていう、カートとも知り合いだった人よ。ここから数ブロック先でポルノ本の店を経営してるの。あなたも知ってるんじゃない？」

バリーはびっくりした顔でダーラを見た。そこで、彼女は自分の発言が相手にどう聞こえたのか気づき、慌てて訂正した。「別にあなたがポルノショップに出入りしてるって言いたかったわけじゃないのよ。ただ、カートとは面識があったみたいだから、もしかしたらあなたも会ったことがあるんじゃないかと思って」

「あるとは言えないな」彼はそう言って眉をひそめた。「でも、その男がここで何をしてるっていうんだ？」

「わたしをつけてきたとか、かしら？」

いざ声に出してみると、そのシナリオはかなり可能性が低そうな気がした。が、ハムレットのヒントがポルノショップのオーナーをはっきり示していたことを思い出し、ダーラは毅然として続けた。「最後にカートがうちの店に来たとき、ビルもロバートに嫌がらせをしに店に来てたの。彼はカートといがみ合ってる仲だってことを隠そうともしなかったわ。そのことは警察にも話してる。だから、もしビルが、カートの死への関わりをわたしが疑ってるって気づいたら、わたしは彼に狙われるかもしれないってわけ」

「ほんとうか?」バリーの顔つきが険しくなった。いぶかしげな視線を彼女に向けて言う。「警察はヒルダ・アギラールを殺人容疑で逮捕したとニュースで聞いた……まあ、きみの友達の警官がそのささやかな事実をわざわざおれに教えてくれたわけではないけど」

「リースがヒルダを逮捕したのは事実よ」とダーラは言った。バリーがそのことを知っていてくれてよかったと思った。これで余計なことは口外しないというリースとの約束を破らずにすむ。「きっとあなたにも知らせるつもりでいたのよ。だけど、ヒルダは今保釈中だから」ダーラはそう言って口をつぐむと、気落ちして首を振った。「警察はどんな証拠をつかんでるのか知らないけど、わたしにはヒルダが人を殺せるとは思えなくて」

「確かに正直な市民って感じだよな。もっとも問題は、他人の本性なんてだれにもわからないってことだろ?」

彼の口調には苦々しさがこもっていた。とはいえ、彼を責めることはできなかった。バリーは人生のほとんどを一緒に過ごしたと言える友達を失ったばかりで、しかも、その件で逮捕された人間は、間接的にしろ自分の知っている人物だったのだ。きっと見知らぬ他人から無差別に殺されるよりもつらいにちがいない。ダーラはまたもや自分が侵入者になった気分になりながら——バリーには立ち入りを許可されていたが——早いところ行方不明の猫を捜してここから立ち去ろうと思った。

「ハムレット、出ておいで！」と彼女は呼びかけた。一階の部屋のひとつひとつに首を突っ込んで確認する。横柄な〝ニャオ〟という鳴き声が聞こえることを期待して、大声で呼びかける合間に耳を澄ました。が、毎回収穫はなかった。

ダーラは次の階も同じように捜した。まだ補修されていない下張り床に開いた穴を慎重に避けて通る。しかしその階と三階の捜索は空振りでがっかりした。足元に注意しながら階段を降り、バリーの待っている一階に戻った。

「いた？」と彼は訊いた。

ダーラは首を振って答えた。「いいえ、いなかったわ。いったいどこに行ったんだか」

「明日の朝、動物愛護協会に電話してみるといいよ。動物管理局が保護してるかもしれないから」

ダーラは内心、どんな局員もあのずる賢い猫を罠にかけることは無理だろうと思ったが、とりあえずうなずいてみせた。「もし明日の朝までに帰ってこなかったら、そうするわ」

「よし。それじゃあ」

そのことばはふたりのあいだで宙ぶらりんになった。気まずい空気が流れた。彼が失礼にならないよう自分に出ていってもらう言い方を探しているのに気づき、礼儀正しくふるまって、彼にそのことばを言わせないことにした。「すっかり時間を取らせちゃったわね。そろそろ店に戻らなくちゃ」

「そうだな。すまない、そういうつもりで言ったわけじゃないんだが」バリーは申し訳なさそうに笑みを浮かべた。ダーラが知っている普段のバリーに戻ったようだった。彼は手袋をはずすと、ベルトのうしろに挟んで続けた。「いつもなら、きみが来てくれて大喜びするんだけど、今日じゅうに終わらせなきゃならない用事がいくつかあってね。数日留守にするものだから」

「お天道（てんとう）さまも消えかかってるしね。うちの父がよくそう言ってたわ」彼女も笑みを浮かべた。

「心配しないで。事情はわかってる」

しかし、旅の安全を祈った二度目のあいさつをすませるまえに、ダーラの携帯電話が鳴り出した。彼女はポケットから電話を取り出すと、発信者通知をぱっと見て言った。

「ジェイムズだわ。もしかしたらハムレットが帰ってきたっていう電話かもしれない」はやる思いで〝通話〟ボタンを押して電話に出た。「もしもし、ジェイムズ。こっちはまだバリーのところよ。ハムレットは見つかった?」

「いや、残念ながら彼はまだ見つかっていない。でも、電話したのはそのことじゃないんだ」

「ジェイムズ、ちょっと待って。バリー」彼女は目のまえにいる男性に声をかけた。「ジェイムズはハムレットがまだ戻ってきてないって言ってるの。悪いけど、目を光らせておいてくれる? 万が一ハムレットがこっちに出てくるといけないから」

「ダーラ?」

ジェイムズの声は耳に優しく響いたが、急に差し迫った口調になっていた。「これからきみに質問する（アイム・ゴーイング・トゥ・アスク・ユー・ア・クエスチョン）。全部〝はい〟か〝いいえ〟で答えてくれ（ドント・アンサー・エニシング・ビサイズ・イエス・オア・ノー）。いいね?」

〝これからきみに質問する。全部「うん」か「いいえ」で答えてくれ〟。

ダーラは顔をしかめた。知り合って以来初めてジェイムズ・T・ジェイムズ教授が——自分は人様の話し方をあれこれ言える立場にないけれど——短縮形で話すのを聞いた。何か深刻なことが起きているにちがいない。

「はい」彼女はそう言って、バリーと向き合わないよう体の向きを少し変えた。

ジェイムズの声はまだ穏やかだったが、質問は直接的だった。「きみはバリー・アイゼンのところにいると言ったが、彼はひょっとしてきみの横に立ってるのか？」

「はい」

「ダーラ、耳を澄ましてよく聞いてくれ。わたしからは店のことで電話がかかってきたふりをするんだ。そして、ひとりきりで話したいという顔をして彼から離れてくれ。彼には一言たりとも会話を立ち聞きされるわけにはいかない。それから、まちがっても反応を示したりしないように」

「はい？」と彼女は答えた。心拍数が上昇してきているのがわかった。ダーラはバリーに向かって申し訳なさそうに——〝ごめんなさい、ちょっと仕事で〟と言うように肩をすくめると、彼から数歩離れた。何かとてつもなく悪いことが起きているのは明らかだった。

「きみが店を出るまえ、床に落ちていたドイツ語と英語の辞典をわたしが見つけたのは覚えてるね？」

「はい」

「あれはハムレットが姿を消すまえに棚から落とした本だと思う。恥ずかしい話だが、わたしも今の今まで関係性に気づかなかった。ロバートとふたりで改めてほかの二冊の本を見てみるまで」

「はい？」彼女は粘り強く待った。心の中で焦りと不安が葛藤していた。ジェイムズも早く結論を言ってくれたらいいのに！

「ハムレットが示したすべてのヒントを結びつけるひとつのことばは〝鉄〟だ。『鉄仮面』に『モルグ街の殺人』、厳密に言えば同名の曲を歌っているアイアン・メイデン。〝鉄〟はドイツ語でなんというか知ってるか、ダーラ？」

「いいえ」

「アイゼンだ。鉄に当たるドイツ語はアイゼンなんだ。ダーラ、ハムレットはわれわれにバリー・アイゼンがミスター・ベネデットを殺した犯人だと伝えようとしてるんだと思う」

バリーが人殺し？

携帯電話を握る手に力が入った。冷血な殺人鬼から手の届く距離に自分がいる、そう店長から知らされたという事実に体が反応しないよう必死にこらえた。もちろん、ハムレットのヒントをジェイムズが正しく解釈しているとしての話だが——とぼんやり自分に言い聞かせた。もしバリーが自分の友達を殺したのだとしたら、疑問が残るではないか……動機は？

「ダーラ、聞こえてるか？　ダーラ？」彼女の耳にジェイムズの声が届いた。妙に遠くから聞こえる気がした。

彼女は心の中で首を振った。〝自制心を失っちゃダメよ……バリーがすぐそばにいるんだから〟。

「ええ、ジェイムズ、聞こえたわ」ダーラはどうにかそう答えた。そして、店で問題が発生したことを知った深刻な店主を装って続けた。「すぐ店に戻るわ」

「ほんとうに彼に怪しまれずにその場から出られるか?」とジェイムズが確認した。

ダーラは入口のドアをちらりと見た。そこまでの道は開けている。蝶番は壊れかけているが、どうにかなるだろう。あとは、さっき帰りかけていたときと同じように、ドアからまっすぐ出ていくだけだ。

彼女はうなずいた。もちろん、電話の先にいるジェイムズには見えないだろうが。「ちょうどバリーに別れのあいさつをしてたところだったの。そっちのみんなの機嫌を損ねないようにしてね。すぐ戻るわ」

「こっちも時間を計っておく」いつもの堅苦しい口調になってジェイムズは言った。「妥当な時間内に戻ってこなければ、きみを捜しにいくよ。そのあいだにジェイクにも連絡して、リース刑事に状況を伝えてもらうようにする」

「了解、ジェイムズ。じゃあ」

彼女はそう言って電話を切り、コートのポケットにしまった。そして、気合を入れて顔を上げ、バリーの礼儀をわきまえた、問いかけるような視線を受け止めた。彼が人殺しであるわけがないわ、と胸の内でつぶやいた。彼とはデートに行ってキスまでしたのに!

ダーラは自分を落ち着かせるためにひとつ呼吸をした。ジェイムズ——それにハムレット

——がまちがっているんだわ。何しろ、カートの死体を発見したとき、バリーとは一緒にいたのだから。彼が息をしていない友人を見て浮かべた驚きの表情はしっかり見ている。あんな完璧な演技はだれにもできるわけがない。いや、できるの？

〝あんた、映画を見たことがないのね〟——カートの殺人事件とのつながりで初めてバリーの名前が出たとき、ジェイクが言っていた声が今も聞こえてきそうな気がした。〝演技についての賞がしょっちゅう発表されてるでしょうが〟。

今この瞬間、賞を獲得できるくらいの演技が必要なのはわたしのほうだわ——ダーラはそう思い、どうにか笑みを浮かべた。「ごめんなさい、店でちょっとした問題が起きたみたいなの。行かなくちゃ」と早口で言った。「じゃあ、またこっちに戻ってきたときにね」

「ああ。出口まで送るよ」

バリーに軽く腕をつかまれ、びくっとしないよう全力を尽くした。彼の握力がこんなにも強いとは思わなかった。しかし、思い出した、彼が学校で野球をしていたと話していたことを。バットを振ることとバールを振ることにそれほど大きなちがいはないのかもしれないと思い至った。

〝そんなことは考えないの。いいから、さっさとここから出なさい〟。自分に言い聞かせる。ドアから出て、彼から見えないところまで行ったら、高校の運動選手みたいに店まで全速力で走って、クロスカントリーの記録をいくつか塗り替えるのよ。そのあとのことはリースに任せればいい。バリーがドアノブに手を伸ばすと、彼女は静かに安堵のため息をついた。そのとき、聞き覚えのある、耳をつんざくようなさびた蝶番の音が響いた。

ただし、彼はまだノブをまわしていなかった。その甲高い音は蝶番から出た音ではなかった。

「ハムレット！」とダーラは叫んだ。つかの間、自分がもう少しで逃げられそうだったことを忘れていた。「うちの猫よ。やっぱりここのどこかにいるんだわ。けがをしてるみたいな声だった。ハムレット！」

どんな声か具体的に表現するならば、泣き叫ぶ赤ん坊の頭が割れるような悲鳴に、チョークが黒板にこすれて神経がうずくような音が重なったような感じだ。怒っているようにも……怖がっているようにも聞こえた。彼女はバリーの手を振りほどくと、一目散に玄関ホールを駆けて、狭い廊下のところまで行った。そして、もう一度猫の悲鳴が聞こえないか必死に耳を澄ました。「ハムレット、どこにいるの？」

「ニャーーーーオ！」

「あっちだわ」そう叫ぶと、ダーラは閉ざされた地下室のドアを指差した。「あの中よ」

「ダーラ、ダメだ！　階下(した)には降りちゃいけない」

バリーは不安げな表情を浮かべて彼女を追いかけてきた。が、彼女はすでにドアを一気に開け、階段を駆けおりていた。部屋の隅に見えるほのかな明かりのおかげで難なく下に降りられた。バリーは階段の下に大きな懐中電灯をつけっぱなしで置いていた。彼女はそれをつかむとまた叫んだ。「ハムレット、どこにいるの？」

「ニャーーーーオ！」

その声はボイラーのあたりから聞こえていた。ダーラは分解されたボイラーの部品のあいだを縫ってすばやくまえに進み、声の方向を照らした。自分を追って階段を降りてくるバリーのしっかりとした足音が聞こえた。そのとき、ハムレットがもう一度金切り声をあげた。今度は怯えているというよりは急かしているような声だった。彼女が自分を見つけてくれるのをずっといらいらしながら待っているようだ。

「ハムレット！　今行くわ！　どうしたのよ？」彼女は呼びかけながら、点火されていないボイラーに近づき、そのうしろに光を当てた。

懐中電灯の光はふたつの輝く緑色の目を照らし出した。その目は普通の猫よりもはるかに高い位置に浮いているように見えた。さらに近づくと、見慣れたハムレットの姿が見えてほっと胸をなでおろした。どうやらけがはしていないらしい。彼は気味の悪い鳴き声をあげるのをやめていたが、ダーラが見ていると、自分の下を肢で示しはじめた。彼女は懐中電灯の光を下に動かした。そこにあるものを見て、思わず悲鳴をあげそうになった。

ハムレットは、一見すると黒いビニールシートの包みのようなもの——外の大きなごみ容器の中で見たビニールシートに似たものの上にバランスを取って立っていた。しかし、その包みは、一定の間隔を置いてひもで縛られており、見覚えのある形に動揺した。懐中電灯の光をさらに横に動かすと、だれかが一世紀前のれんがの床をはがして湿った土を掘り起こした形跡があった。うずたかく積もった土の山に、シャベルが突き刺さっていた。まるで土を掘っていた人がすぐ戻るつもりで作業の途中で手を止めたかのようだ。

そこで、ダーラは別のことに気づいた。ハムレットが肢で示していたところに、束ねた長いブロンドの髪の毛のようなものが見えている。ビニールシートの端からヘビのような毛の束がのぞいていた。

なんてこと！――とダーラは思った。テラを見つけてしまった！

21

「地下室には近づくなと言っただろ、ダーラ」

ほとんど耳元でバリーの声が響いた。ダーラは驚いて飛びあがり、手に持っていた懐中電灯を落とした。銀色の長細い円柱が、れんがの床をけだるそうに転がって、遠くの壁に上下に揺れる白い光線を反射させた。バリーはゆっくりした足取りで懐中電灯を拾いにいくと、振り返って彼女のほうに光を向けた。

「きみが思ってるようなことじゃないんだよ、ダーラ」バリーは妙にくだけた口調で言った。「まあ、実際はそうかもしれないか。で、きみが次に導き出す結論は当然、カートもおれが殺したにちがいないということかな」

その結論はすでにジェイムズとロバートが出していた。ダーラはブロンドの髪の束から無理やり視線を引きはがした。その髪は懐中電灯の光に照らされてほぼ真っ白に見えた。テラの体のほかの部分が黒いビニールシートに隠れていることをありがたく思った。

「そのことでうちの店長は電話してきたのよ」自分でも奇妙なほど淡々と聞こえる声でダーラは言った。「ジェイムズとロバートはすでにそのことに気づいてるわ。わたしが数分以内に店に戻らなければ、わたしを捜しにくることになってる……もちろん、警察に電話したあとで」

「ほんとうか？」

抑揚のないその声からは彼が面白がっている様子が感じられた。

「最後に聞いた話では、カートの殺人事件はほとんど解決してるということだったが。警察はすでにホシを……正確には女を捕まえたはずだ。きみの友人たちは、おれが事件のすべてに関与してることを証明するために、どんな証拠を警察に提示するつもりかな？」バリーは地下室全体を包み込むような身ぶりを交じえて尋ねてきた。

鉄。

ハムレットという目撃者。

これだけでは、わたし自身が目撃し、耳にしたことを証言しないと、法廷では持ちこたえられそうにないわ——彼女はそう思い、転がったビニールシートに包まれた遺体を反射的にもう一度見た。その横には明らかに墓を意図して掘られた穴があった。ダーラは深くため息をついた。この地下室から出られなければ、バリーはじきに墓の横にもうひとつ穴を掘るにちがいない。

「そんなの関係ないでしょ」と彼女は虚勢を張った。「重要なのは、彼らが知ってるということとよ」

今度は、バリーは声をあげて笑った。

「上出来だ、ダーラ。でもそれじゃあ、きみの友人たちには証拠が何もないと言ってるようなものだぞ。加えて、おれにはどっちの殺しにも明白な動機がないんだ。警察も、おれに罪を着せる証拠をひとつも持ってないと思うが。もちろん、今ではきみがいるわけだが」彼はそう言ってことばを切ると、肩をすくめた。「だが、そんなささいな問題は解決できるだろう」

「お願い、バリー、そんなことはやめて」ダーラは声を詰まらせながらなんとか言った。バリーから身を守ろうと反射的に手をまえに出した。「わたしがここにいることはみんな知ってるわ。そ、そんなことをしてもなんにもならないわよ」

「まえに話さなかったっけ？　おれは高校時代にピッチャーをしてたが、そのほかに三年間討論クラブの部長も務めてたんだ」バリーはダーラの発言など存在しなかったかのように、楽しげな口調で言った。「どういうわけか、いつも自分の主張に相手を同調させるのが得意だったんだよな」

と言うと、バリーは彼女のほうに向かって歩きはじめた。

恐怖のその一瞬、ダーラの頭に浮かんだのは、今の状況はあらゆる低俗な映画で目にしてきた、足が動かなくなるシーンに似ているということだけだった。殺人鬼が迫りくる中、じきに殺人犯の餌食になる人物が、どうすることもできずにただその場に立ち尽くすシーンに。早く逃げて！——頭の中でそう叫ぶ声が聞こえたが、脚が反応しようとしなかった。体が麻痺していた。恐ろしい白昼夢に襲われて、追跡者から逃げられない。〝恐怖で凍りつく〟というのは、気軽な表現ではなく冷たい現実なのだ。そのことをじかに学べるというとんでもない災難に見舞われていた。

「ニャーーーーオ！」

突然どこかのいたずら猫の、鬨の声のような甲高い悲鳴がして、彼女を取り囲んでいた恐怖の壁を打ち砕いた。ダーラはその瞬間走り出そうとしたが、そのまえにハムレットがビニールシートに包まれた遺体の上から飛びあがるのが見えた。彼は完全に爪を出した状態で、バリーの顔をめがけて飛びかかった。

バリーは痛みに声をあげた。悪口雑言を浴びせながら、上半身からハムレットを振り払おうと必死になっている。ダーラは即座に動いた。アドレナリンが体をめぐるのを感じながら、階段に向かって一目散に駆け出した。

ところが、どんなに速く走っても、バリーのほうが動きがすばやかった。彼は攻撃してきた猫をどうにか振り払い、彼女のあとを追いかけてきていた。最初の階段に足をかける間もなく、ダーラは腕をつかまれた。コートの袖を通して彼の指の力が伝わってくる。完全に捕まってしまい、逃げ出すことができなくなった。

「まったく、どこへ逃げるつもりだ？」バリーは歯を食いしばってそう言った。彼の顔は彼女の顔から数インチのところまで迫っていた。空いているほうの手には懐中電灯がこん棒のように握られている。

彼の首筋に走った三本の引っかき傷から血がどんどんあふれ出すのが見えた。ハムレットはある程度ダメージを与えられたらしい。ダーラは怯えながらも満足感を覚えた。でも、勇敢な猫はどうしたのだろう？

その答えはすぐにわかった。バリーがまた叫び声をあげ、彼女の腕を離した。ハムレットは今回、隠密モードに入り、音もなく飛びかかって、恐るべき牙をバリーの肩に沈めていた。しかし、バリーは上着を着ている。すばやい動作でジャケットを脱ぐと、ハムレットもろとも横に放り投げた。猫とジャケットはれんがとベニヤ板の上を転がった。ハムレットは生地から爪をはがそうとし、自由になると、小さな黒豹のごとくもう一度突進した。

が、今回はバリーも予測していた。うなり声をあげると、的確に狙いをつけて懐中電灯をハムレットのほうに投げた。ダーラは警告の叫び声をあげたが、遅かった。ゴツンという低く鈍い音がして、ハムレットは倒れて石のように動かなくなった。

「ピッチングの腕はまだ鈍ってないみたいだな」バリーは毒を含んだ満足げな口調で言うと、れんがの上に倒れたじっと動かない黒い影のほうに向かってつかつかと歩いていった。

〝死んだの？〟

ダーラはそう思い、ショックで目を瞠（みは）った。勇ましい猫が次の攻撃のために立ちあがらないことが信じられなかった。だが、ハムレットは動かなかった。バリーに首根っこをつかまれて、だらりとした体をボイラーまで運ばれても身動きひとつしなかった。さらに恐ろしいことに、バリーはボイラーの火室を開けると、ハムレットを中に投げ入れ、さびついた鉄のドアを勢いよく閉めた。

「これでもうさっきみたいな手には出られないよな」彼は乾いた笑い声をあげた。「さあ、ダーラ、どこまでいってたんだっけ?」

ダーラは階段を途中までのぼったところにいた。息を切らしながら地下室のドアを押し開け、外に出たあとふたたび閉める。玄関のドアまで突っ走った。凝った飾りのノブをまわして引っぱる。が、ドアは断固として開かなかった。

「そんな!」と彼女は金切り声をあげた。どうして急にドアが動かなくなるの? ほんの数分前は問題なく開いたのに。

鍵がかかっているのだ!

バリーが彼女を追って地下室に降りてくるまえ、わざわざドアに鍵をかけたにちがいない。ダーラは泣きそうになりながら掛け金をはずした。ノブが自由にまわるようになり、安堵のため息をついた。もう少しで逃げられる——そう思った。あとは通りに出るだけだ。が、扱いにくいドアを引っぱって数インチ開けたとたん、ドアがまたばたんと閉まった。

「きみはあのバカ猫よりたちが悪いな。あきらめが悪いったらありゃしない!」

バリーは両腕で彼女の体を抱え込み、ドアに押しつけた。今や怒りで息が切れ、耳障りな音を立てていた。

「おれだって最初はこんなことをするのは心苦しかったんだ」彼は怒りに満ちた声で言った。「きみのことはほんとうに好きだったからね……あの最低女のテラとはちがって。でも、もう完全に頭にきた。これできみのことも楽しく始末できそうだ!」

あとになってダーラは思った。このときが自分にとって最大の恐怖の瞬間だったと。しかし、何かが赤毛特有のかんしゃく玉を破裂させた。彼女の心を異常なまでの激情が包んだ。今までに抱いたことのない感情だった。犠牲者のことをまったく意に介していないバリーのことばを耳にしたせいかもしれない。あるいは、彼が彼女も殺してしまおうと簡単に考えているせいかもしれない。もしかしたら、怖いもの知らずのハムレットをごみ同然に投げ捨てる場面がふいに思い出されたせいかもしれない。原因は何にしろ、自分は戦わずして屈することはないのだと突然確信した。

その感情の高ぶりとともに、うまい考えが頭に浮かんだ。先日ロバートが熱っぽくこう言っていたではないか。〝ミズ・ペティストーンはときどき髪に変わった箸みたいなものをつけてるんですよ。ほら、それを使えば、映画みたいにすげえやばい武器になりますよ〟。

ダーラは純粋な怒りに駆られて叫び声をあげながら、ランニングシューズを履いたバリーの足の甲を勢いよく踏みつけた。そして、彼が痛みによろめいた拍子に、お団子にしていた髪からかんざしを抜き取り、彼に突き刺した。

もしこれがロバートの言うような映画だったら、彫刻が施された二本のかんざしは両方とも驚くほど正確にバリーの胸に深く沈み込み、杭を打たれたヴァンパイアみたいに即刻彼の息の根を止めていただろう。だが、実際には、最初の攻撃は難なくかわされた。彼は彼女の手首をつかんできつく締めあげた。そのせいでダーラはみるみる指の感覚を失い、即席の武器を片方落としてしまった。しかし、二度目の攻撃は一度目よりうまくいった。彼女のかんざしは彼の二の腕にたっぷり一インチは突き刺さった。命を奪うには程遠かったとしても、一時的に優位に立つには充分だった。

バリーはことばにならない苦悶の叫びをあげ、とっさに彼女から手を離した。けがをした腕から棒を引き抜いている隙に、ダーラは身をほどき、赤毛をなびかせながら走り出した。

次に取る行動はすでにいくつか頭に浮かんでいたが、一瞬で判断して、最初に思いついたふたつはすでに却下していた。ひとつ目は玄関のドアから逃げることだったが、その道はまだバリーに——一時的に攻撃された痛みに気を取られていたが——塞がれていた。また、裏口のドアは問題外だった。前回来たときに見た木材の山がまだそこを塞いでいたからだ。そうなると最後のチャンスは、上階の板張りされていない窓から飛びおりることだった。

ダーラは階段の途中までのぼっていた。そのときには、バリーもショックから立ち直り、彼女を追いかけはじめていた。

〝床の穴に注意して。落ちないように気をつけるのよ！〟

前回、下張り床の一部がのこぎりで切り取られていたことを思い出し、ダーラは目に入った最初の穴をよけた。が、その拍子につまずいて、となりの穴の周りに置かれた木挽き台のバリケードにぶつかってしまった。とっさに脇によけたおかげで、女性ひとり分の大きさの穴にはぎりぎりのところで落ちずにすんだが、木挽き台のあいだから何かが階下の床に落ちる音がした。自分がどれだけ危機一髪だったか思い知らされた。

ようやく立ちあがると、あざのできた肘と膝のことは無視して、ふたつ目の階段を駆けあがった。今では、喉が詰まりそうなほど息が切れていて、恐怖の汗が腋の下と額から流れ落ちていた。もつれた髪の毛を顔から払い、手すりと柱がないことは考えないようにした。別の状況なら高所恐怖症と闘うのに必死で、進むペースが遅くなっていただろう。でも、転落へのおなじみの恐怖も、新たに出現した人殺しに捕まる恐怖に比べればどうってことはない！

三階に到着すると、自分の読みが当たっていることを祈りながら、ひとつ目の部屋を飛ばしてふたつ目の部屋に駆け込んだ。急いで窓に近寄り、ちょうど真下に探していたものを見つけた。大型のごみ容器だ。その中に飛び込むのは危険というより、ひょっとしたら命取りになるかもしれないが――柔らかい断熱材はまだしも、尖った木材やぎざぎざした石膏ボードがある――いちかばちかやってみるしかなかった。ダーラは窓枠をつかみ、貴重な数秒という時間を使ってそれを持ちあげようと力を込めた。

ペンキで塗り固められている――そのことに気づいて、ダーラは本物のパニックに襲われた。どんなに力を入れても窓はびくともしなかった。彼女は振り返り、一心不乱に何か窓ガラスを割れるものがないか探した。もはや策は尽きようとしていた。おそらくバリーには、かわいそうなハムレットがしたのと同じく、二度目の攻撃は効かないだろう。

バリー！

戸口に立っていた。外に出る唯一の道をまた塞いでいる。慌てふためいている彼女を見る彼の様子は、奇妙なほど落ち着いて見えた。Tシャツの片方の袖の上部が血で汚れており、痛そうに口をへの字にゆがませていた。しかしそれを除けば、彼女の攻撃からはなんの影響も受けていなさそうだった。これではクマの鼻を手で叩いたようなものだと、ダーラの心にさっき感じた絶望がまたよみがえってきた。確かに彼を憤慨させ、少しは痛みを与えられたかもしれない。が、そんなことではバリーは止められない。

彼にも聞こえているにちがいないと思えるほど心臓が激しく打っていた。ダーラは窓ガラスを割るものがないか、それが無理なら自分の身を守れるものがないか、もう一度探した。が、ペンキの金属製のバケツと紙テープと粘着テープを除けば、部屋には何もなかった。

〝カートのことを考えるの……テラのことを……ハムレットのことを〟。

そう自分に言い聞かせたが、すさまじい勢いで血管を流れたアドレナリンの最初の波は、訪れたときと同じ速さで引いてしまっていた。体からエネルギーが抜けていた。どんなにがんばっても、そのわずかな時間で、超自然的な激情のように感じていたものをまた呼び起こせなかった。

ダーラの顔に突然浮かんだ絶望の色をバリーも見たにちがいない。彼は冷ややかな笑みを浮かべて言った。「どうやら作戦をまちがえたようだな。その顔はなんだ、ダーラ……袋のネズミか？　それとも猫か？」

ダーラはどうしたらよいかわからず、一歩うしろに下がった。考えるのよ！　利口な手がまだあるはずだ。何か単純なことでも……

電話だ！　そう思い、彼女は慌ててコートのポケットに手を入れて携帯電話を捜した。警察に電話をかけるには少し時間がかかるかもしれないが、バリーに力ずくで電話を奪われるまえに、きっとここの場所くらいは叫べるだろう。でも、携帯はどこ？

「これをお捜しかな？」なくなった彼女の電話を掲げて彼が言った。

ダーラは遅まきながら、さっきつまずいて二階の穴に落ちそうになったときに聞こえた音を思い出した。あのときの音は、携帯電話がポケットから滑り出して穴の中に落ちていったものだったのだ。うろたえながらバリーを見ていると、彼は彼女の携帯電話を床に落として、これ見よがしにかかとで踏みつぶした。

「同じ過ちは二度と犯したくないからな」彼は冷ややかな笑みを浮かべた。身をかがめ、粉々になった電話を拾い、空いたペンキ缶の中に入れて蓋をすると、拳で何度も叩いてきつく閉めた。

「さて、話の続きだが、きみはこの建物にいて、それから出ていったんだよな。もしだれかにそのあとどうなったかと訊かれたら？」バリーはわざと質問口調で言い、一呼吸置いて肩をすくめた。「悪いがダーラ、おれはきみのボーイフレンドというわけではないからね。おれがきみの居場所をつねに把握してるとはだれも思わないだろうよ。

それと、おそらくきみが知らないことがひとつある」と彼は続けた。ダーラはそのあいだ、絶望に打ちひしがれて泣き崩れないように必死にこらえていた。「このまえ、テラがカートに、自分の母親が銃を買ったと言ってるのを偶然耳にしたんだ。きみの刑事の友達はそのことに気づいて彼女を逮捕したんだろう。どうやらヒルダには機会と動機がたっぷりあったらしい。くそ、おれももう少し我慢していれば、彼女がかわりに殺（や）ってくれたかもしれないのに」

「で、でも、彼は友達でしょ――いや、だったんでしょ」〝バリーに話しつづけさせるのよ。時間を稼ぐの〟。ダーラは自分に言い聞かせた。「どうして彼を殺そうなんて思ったの？」

「まあ、早い話が、幼なじみのカートはおれと建物の検査官の事務所との関係が、思っているより、なんていうか……込み入ったものだと気づいてしまったんだ。トビーとおれは副業がてら、ちょっとした儲かるプロジェクトをやっててね。カートはそれには参加してなかったんだが、自分も分け前がほしいと言ってきた。おれとしては、その仕事に大変な労力を注いだあとで利益を分配する気にはなれなかった。そうしていると事態が手に負えなくなったんだよ」

「でも、どうしてカートの死体を見つけるようわたしをここに連れてきたのよ？」と彼女は迫った。「なぜ彼も地下室に埋めてしまわなかったの？」

「なぜって、おれの話をみんなに信じてもらうには、死体を隠すよりきみと一緒に発見するほうがはるかに簡単だったからさ」

　彼はそう言って、うんざりしたように首を振った。

「残念ながら、そういう計画はうまくいっても一回だ。あっ、そうだ、ビル・ファーガソンに関する情報はありがとな。もし警察がヒルダに対する証拠が不充分だと判断したら、きみの友達の刑事にビルが何度もカートを脅迫するのを耳にしたと報告させてもらうよ。うまくいけば、きみの失踪もそいつのせいにできるかもしれない」

と言うと、バリーはわざとらしく腕時計を見た。「きみがさっき言ったように、お天道（てんとう）さまがもう消えかかってる。さっさと終わらせてしまわないとな。言っただろ、コネティカットで顔を出さなきゃならない葬儀があるって」

断固とした目的を持ってバリーがまた迫ってきた。ダーラは手足を震わせながらも、かたくなに円を描いて彼から離れはじめた。下張り板に開いた穴に落ちないよう注意する。明日になったら一番に——もしも明日まで生きていたらだが——護身術のクラスに申し込もうと強く決心していた。だが、今自分に取れる戦略は、部屋の隅に追い込まれるのを防ぐことだけだ。壁に押しつけられたらどうしようもない。チェスの試合のように動きつづけられれば、まだ彼の横をすり抜けて、致命的なチェックメイトに追い込まれずにすむかもしれない。

しかし、バリーには彼女の手の内がわかっていた。

「きみはこのゲームには勝てっこないよ、ダーラ。それは約束する。賢明に戦えば戦うほど、きみにとってはつらい結果に——」

彼は不意に口をつぐんだ。ダーラが床から拾って投げた粘着テープをかわそうとして悪態をついていた。結局、テープは彼の体に当たって跳ね返っただけだったが、彼女は気にしなかった。いちかばちか、ドアに向かって駆け出した。バリーは彼女の腕をつかもうとして、コートの袖をつかんだ。が、ダーラはすぐにバリーがハムレットに使ったのと同じ手を使って、身をくねらせるようにしてコートを脱ぐと、バリーの手から逃れた。ドアはもう少しだ。彼が手を伸ばしてももう届かないだろう。

ただし、髪の毛は別だった。

彼の横を通りすぎるとき、バリーはダーラの長い髪の毛に自分の指を引っかけて彼女の動きを止めた。その拍子に頭が引っぱられて痛みが走り、ダーラは戸口の側柱にぶつかった。もう一度ぐいと引っぱられた。今度は柱にこめかみをしたたか打った。一瞬気を失って倒れそうになった。

次の瞬間、彼女は息を詰まらせていた。首に巻きついた手を力なく引っかいていた。叫びたいという望みも断ち切られ、息も完全にできなくなっていた。本人が言っていたとおり、バリーの勝ちだ。今日が終わるまえに、自分は不運なテラと一緒に浅い穴に入れられて、れんがとベニヤ板で覆われてしまうのだろう。

自分の失踪にバリーが関係しているとジェイムズが警察を説得できないと、それで一巻の終わりだ。リースと彼の同僚が地下を捜索したところで、何も見つからなければ、バリーは計画どおり、自由に地下室のドアに漆喰（しっくい）を塗って塞いでしまうだろう。だれにも見つけてもらえず、古びたボイラーに捨てられたハムレットの傷ついた亡骸も発見されないにちがいない。そして、バリーは改築工事を終わらせて、ここをだれかに売るのだ……このじめじめした地下の壁の中で、かつてひとりの男性が殺されたことも知らないだれかに。さらにふたりの女性が殺されたことなど想像もしないだれかに。

しかし、今にも意識を失いそうになり、運命を受け入れようとしたそのとき、急に首の力が弱まり、彼女は床に倒れた。

22

裂け目の入った床が頬に当たるのを感じた。ダーラは空気を求めてもがいていた。視界が赤くぼやけ、ほとんど何も見えなかった。自分があえぐ声に混じって遠くで何かをドンドンと叩くような音がする。頭がずきずきしていたが、その音とはちがった。続いて、何かを引き裂くような音が聞こえた。

「きみが正しかったらしい。お友達が捜しにきたようだ」遠く離れた場所からバリーの怒りに満ちた声が聞こえた気がした。突然、彼はぬっと姿を現すと、冷たくべたべたしたものを彼女の口に貼りつけた。そして、手首と足首にも何かを巻いて、彼女から体の自由を奪った。

「ここでおとなしく待ってろ。彼らと話をしたらすぐに戻ってくる。きみの始末はそれからだ」

そう言うと、バリーは部屋から出ていってドアを閉めた。ぐったりした彼女をその場に残して。

「ちょっと待ってくれ。今行く」床に開いた穴を通してバリーの声が階下（した）から聞こえてきた。

〝起きあがるのよ〟と頭の中のおなじみの声が叫んでいた。とはいえ、脈が激しく打つ中、耳を流れる血液の音がうるさすぎてその声は聞き取りにくかった。ダーラはどうにか体を動かしてその命令に従おうとした。両膝を胸に引きつけて、縛られた足を体の下に入れて上体を起こそうとする。が、そんな少しの努力でさえ、体を動かすとめまいがした。

朦朧とした意識の中で、玄関のドアが開いたことを示す、聞き覚えのある蝶番の甲高い音が聞こえた。その瞬間、体勢を立て直すにはわずかな時間しかないのだと悟った。

〝集中するのよ！　ジェイムズは何かがおかしいと気づいてるの……だからここにいるんだから……存在に気づかれないまま帰しちゃダメ！〟

視界がはっきりしてくるにつれ、バリーは粘着テープを使ったときに慌てていたせいで、彼女の腕をまえで縛っていることに気づいた。ダーラはほっとした。これなら口からテープをはがして、大声で助けを呼べるかもしれない。いや、ほんとうにそうだろうか？　やがてめまいが治まってくると、テープは手首だけでなく手自体も覆っていることに気がついた。祈りをささげるポーズのように手全体が固定されており、指先しか動かせなくなっていた。

ダーラは爪を使って、顔に貼りついた、ほとんど耳から耳までを覆った銀色のテープを必死にはがしはじめた。そのあいだも、階下の声は届いていた。床に開いた穴のおかげで、あたかも同じ部屋にいるかのように、彼女のところまではっきりと音が伝わってくるのだ。

「ええと、どうも」バリーがそう言っている声が聞こえた。愛想はよいが困惑した口調だ。「お客さんが来るとは思ってなかったんですが」

「わたしたちはダーラを捜している」ジェイムズの冷淡な返事が返ってきた。「今から三十分もまえのことじゃない。彼女と電話で話したんだ。彼女はここにいて、すぐに店に戻ると言っていたのに、あいにくまだ帰ってきていない」

「ああ、それなら――」

「言い逃れをするのはやめなさい、ミスター・アイゼン」

ジェイクの声だった。よかった！　ジェイムズは機転を利かしてひとりで来なかったのだ。

「三秒あげるから、ダーラがどこにいるのか言いなさい」とジェイクは脅した。すっかり警官モードに入っている。「そのあとで警察に電話するわ。それからリース刑事にも。一、二……」

ダーラはジェイクのことばの裏に容赦のなさを感じ、バリーは好敵手に出会ったものだと思った。が、彼にはそのことを認める気がないようだった。

「ちょっと待ってくれ」彼は混乱した口調で言った。「ダーラは確かにここにいた。彼女があなたと――ミスター・ジェイムズと電話で話すのも聞いた。でも、そのあと彼女は急いで出ていったんです。何があったか、彼女から電話はありませんでした？」

「ここに来る途中でこっちからかけてみた」とジェイムズが言った。「だが、彼女は電話に出なかった」

ダーラはその頃、ようやく口を塞いだテープの端をはがし、それを引っぱりはじめたところだった。目に涙があふれた。テープをはがそうとしてちょっと動かすごとに、皮膚の表面も一緒にはがれていくようだった。手でもっとしっかりテープをつかむことができれば、一瞬だけ痛いのを我慢して一気にはぎ取れるだろう。そのかわり、今はこの時間をかけた拷問を強いられていた。

「ミスター・アイゼン、あなた、だれかと喧嘩してたみたいに見えますけど」またジェイクの声だった。いっそう冷ややかな口調になっている。「首とTシャツの袖にどうして血がついてるのか説明してもらえますか？」

「今説明しようと思ってました」

バリーの口調は礼儀正しかったが、その声には苛立ちがにじんでいた。相手を非難するように彼が肩をすくめる姿が目に浮かんだ。

「ダーラは自分ちの猫を捜してここに来たんです。それで、あなたから電話があって」――ジェイムズのことを指しているのだろうとダーラは思った――「店で緊急事態が発生したと言っていました。でも、帰り際にごみ容器のほうから猫の鳴き声が聞こえたんです。慌てて見にいくとハムレットでした。けがをしてて、うしろ肢が大変なことになってました。たぶん車にひかれて、ここまで這ってきて隠れてたんだろうとおれたちは推測しました。猫にはそういう習性がありますから」

「ハムレットがけがをしてた？」そのいぶかるような声はロバートの声だった。どうやら彼も彼女の捜索隊に加わっていたらしい。「ハムレットはどこにいるんです？　ミズ・ペティストーンは？」

「ダーラは猫を救急の獣医に連れていきましたよ。おれもごみ容器と建物のあいだを這って猫を助け出したんですけど、そのときに引っかき傷がついてしまいましてね」

バリーの声は悲しげだった。手を貸そうとした結果、喜んでその代償を払った善人。最悪だわ――とダーラは思った。討論クラブの元部長の話ももっともなような気がしてきた。絶望感に包まれた。

「彼女には、車を呼ぶからそれで獣医に連れていったらいいと言ったんです。でも、彼女は自分の車を近くの駐車場に停めてあるから、それを取りにいったほうが早いと言って聞かなくて」

「どうしてあなたも一緒に行かなかったの？」とジェイクが不審そうな口調で責めるように言った。「けがをした猫の世話と運転をどうやって一緒にこなすんです？」

「いや、おれも一緒に行くと言ったんです。というか、おれが彼女の車を運転すると申し出たくらいですよ。でも、猫が暴れ出してしまいましてね。たぶん、身動きが取れなくなってた場所から引っぱり出すときに何かしら痛い思いをさせてしまったんでしょう。一歩も近寄らせてもらえませんでした。というわけでダーラには、おれはここに残ったほうがいいと言われてしまったんです。おれもミスター・ジェイムズに電話することを思いつくべきでしたが、彼女が獣医のところに着いたらすぐに自分で電話すると言ってたものですから」

「わたしの携帯電話にバーミンガム先生の電話番号が入っている」とジェイムズが言った。

「先生に電話してダーラがそこにいるか訊いてみるよ」

「あたしもダーラの携帯にかけてみるわ」とジェイクが言った。一瞬、間ができた。しばらくすると、ジェイクの声がまた聞こえてきた。「すぐに留守電に切り替わったわ。ジェイムズ、獣医にはつながった？」

「音声案内につながって、先生の病院は、日曜日は休みだと言われた。でも、かわりに緊急の連絡先を案内されたよ。もしミスター・アイゼンの言っていることがほんとうだとしたら、ダーラは別の病院に向かったのかもしれない」

しかし、ダーラにはこの最後のことばはほとんど聞き取れなかった。ようやく最後のテープの端をはがしおえたところだったのだ。はがす途中で傷がついた口の周りの繊細な皮膚は焼けるように痛かったが、心にわきあがった感情は勝利の喜びにも似ていた。手足はまだ縛られたままだったものの、そんなことは関係なかった。あとは叫ぶだけでいい。そうすれば、友人たちが急いで助けにきてくれる。ダーラは一気に息を吸い込むと、とにかく助けを呼ぶ叫び声を出そうとした。

が、彼女の荒れた喉から出たのは、ささやくようなしわがれ声にすぎなかった。

ダーラは恐怖に襲われて、もう一度試した。が、今度も同じだった。どうやら短い時間ではあったものの、彼女の首にかかったバリーの手の圧力はダメージを与えるには充分だったらしい。今は意識の外にかろうじて留まっていた痛みが押し寄せてきていた。喉が擦りむけて肉がむき出しになったようで、腫れが痛かった。子供の頃にレンサ球菌咽頭炎にかかって扁桃腺が炎症を起こし、ほとんど息ができなくなって緊急治療室に運び込まれたときよりも、はるかに強い痛みだった。そのうえ、痛みはそればかりではなかった。戸口の側柱で頭を打ったせいで激しい頭痛もしていたのだ。

考えるのよ！――と彼女は自分に言い聞かせた。もし物音を立てなければ、ジェイクとジェイムズとロバートは自分を見つけることなくそのまま立ち去ってしまう。もしそうなったら、バリーは上階に戻ってきてやりかけていた仕事を終わらせるだろう。

そんな考えからわき出る恐怖を押しとどめようとしながら、ダーラは縛られた両手で木の下張り床を叩いた。しかし、返ってきた音は、手に巻かれたテープのせいでくぐもっており、振動は床の表面に吸収されてしまった。この調子では、二階下にいるだれの注意も引けない。彼女は思った——ハンマーか、それにかわる何か重みのあるものがあればいいのに！

バリーの道具類がすべて下の階にあるのはわかっていたが、ダーラは必死の思いで部屋の中を見まわして小槌のようなものがないか探した。そのとき、ジェイクが話す声が聞こえてきた。

「どっちにしろ、リースに電話するべきじゃないかしら。で、ロバートに駐車場に行ってもらって、ダーラの車がまだそこにあるか確かめてきてもらいましょうよ」

「その考えに賛成だ」とジェイムズが言った。「実際、わたしも——」

「ちょっと待ってくれ」

バリーの声がジェイムズの話を遮った。彼の口調からは怒りが感じられた。

「おれとしては、ぶしつけなふるまいをするつもりはないし、ダーラや彼女の猫のことを心配していないと思われるのも不本意だが、こっちにも終わらせなきゃならない用事があるんですよ。ほんとうなら、カートの葬儀に出席するためにコネティカットに行ってるはずだったんだが、ちょうど作業を終えたばかりの配線のことで建物の検査官にいちゃもんをつけられましてね。だから、こっちとしてもあなたがたには今すぐ帰ってもらわなきゃ困るんです。その作業を終わらせてすぐに出発できるように」

「こっちもあなたの邪魔はしないわ」ジェイクが相手のことばなど気にも留めずに答えた。「どうぞやりかけてた作業を続けてください。リース刑事に電話するだけですから」

「電話するならすればいい」とバリーは言った。話のわかる男を演じる気はもうないらしい。「刑事さんにはこう言いますよ。あなたがたには帰ってくれるよう頼んだのに、そっちがどうしても出ていかなかったって。そういうのは不法侵入と言うんでしょう。迷惑行為にも当たるかもしれない」

一方、ダーラは一番近くの壁のそばに空になったペンキ缶がもうひとつ転がっていることに気づいた。ハンマーではないが、何もないよりはいい。床の穴に注意しつつ、のたうちながらどうにかそこへ向かって進みはじめた。もしこれがうまくいかなければ、最後の手段を使うしかない。自分がその穴から落ちるまでだ。彼女の体が下の階の床にぶつかれば、すさまじい衝撃音がしてだれかが駆けつけてくれるだろう——落下の衝撃も、バリーが彼女にしようと思っていることと比べればまだましなはずだ。

「ここは引き取ったほうがいいかもしれない、ジェイク」とジェイムズが言った。そのことばを聞いて、ダーラはパニックの波に襲われた。バリーはほんとうに、自分は何も隠しごとをしていないと彼らを納得させてしまったのだろうか？「ミスター・アイゼンが自分の土地から出ていってほしいと言えば、わたしたちは従うしか——」

「ちょっと、ドアの向こうを見てください」とロバートが興奮した口調で言った。「あれはミズ・ペティストーンが今朝髪につけてた棒じゃないですか。それに、ほら、一本には血がついてる！」

〝わたしがやっとの思いでバリーを刺したときにつけた血よ〟。ダーラは目標物に少しずつ近づきながら、そう思って満足感を覚えた。血を見れば、彼らもきっと何かがおかしいと確信してくれるはずだ。

「さっき言いましたよね、猫がけがをしたって」バリーが理性的に言い返す声が聞こえてきた。「そのかんざしで猫の肢に添え木を当てようとしたんですけど、うまくいかなかったんです。そのときに血がついたんだと思いますよ。きっと彼女がそこに落としたんでしょう」

そのことばを聞いて全身に震えが走った。バリーはまたもや厄介な質問に対してもっともらしい言い訳を思いついていた。いかにもそれらしい主張だったので、ジェイクたちもついにあきらめて、気づかないまま自分を置き去りにして帰ってしまうかもしれないと思った。だが、そうさせるわけにはいかない。三人がドアから出ていくまえにどうにかあの缶にたどりつかなければ！

しかし、今回は三人もバリーの話は信じていないようだった。

「そんな話は、今どきの言い方をすると、でたらめだ（ブルシット）」とジェイムズが応じた。ダーラは心の底から安堵した。「実のところ、あなたはわれわれに何か隠しごとをしているんじゃないかという気がしていたんだ。ダーラ、聞こえるか？　この建物のどこかにいるのか？」

「ダーラ！　ダーラ、そこにいるの？」ジェイクも続いた。「バリー、今すぐ洗いざらいしゃべったほうがいいわよ。さもないと、ロバートにそのバットで殴りつけてもらうから！」

バリーは反論を始め、ジェイムズも何やら言い返していた。しかし、ダーラは、それ以上聞く必要はなかった。重要なのは、友人たちが彼を信じていないことだ！

彼女はその頃、ペンキ缶にたどりつき、どうにかその横に膝をついていた。手のひらの汗がテープの粘着剤に染み込んでいたおかげで、皮膚を締めつける力が緩んでいた。今なら問題なく両手でペンキ缶の取っ手をつかめそうだった。ダーラは針金でできたその取っ手をつかむと、空の缶を肩の高さまで持ちあげ、壁のむき出しになった間柱に打ちつけた。

驚いたことに、缶はゴーンという鈍い音を発した。ほとんど鐘のような音だった。

その音に励まされ、彼女はもう一度缶を持ちあげて、間柱に打ちつけた。さらにもう一度。打ちつけるたびに、鈍い鐘の音は大きくなり、がらんとした部屋に響いた。

「待って！」階下から聞こえていた小さな騒ぎの中から突然、ジェイクの声があがった。「今の音は何？　カウベルが鳴るような音がしたわ」

ダーラはもう一度缶を持ちあげて間柱に打ちつけた。そのときふと、ジェイクが先日言っていたことを思い出した。そこで考えを改め、今度はペンキ缶の縁をつかんで小槌のように床に叩きつけて、聞き慣れたふたつのパートからなるリズムを鳴らした。

〝タンタカタンターン、タンタン。タンタカタンターン、タンタン〟。

「なんてこと！　ダーラだわ」衝撃を受けたジェイクの叫び声が聞こえた。「今の聞いた？　あんなばかげたノックをするのは彼女しか知らないわ」

「上階から聞こえてきたみたいでした」とロバートが言った。「ねえ、ぼくが捜しにいってきます。ミズ・ペティストーン！　どこですか？」

「そのバットをちょうだい、ロバート。必要になるかもしれないから。ジェイムズ、彼と一緒に行って」とジェイクが鋭く言った。「リースと彼のチームが到着するまで、あたしはミスター・アイゼンを見張ってるから」

ダーラの耳にひとつ目の階段をドタドタと上がってくる足音が届いた。ジェイムズとロバートが彼女の名前を呼びながらドアを荒々しく開ける声が聞こえる。ダーラはもう一度即席の鐘を鳴らした。もう一度。自分の居場所を知らせようと全力を尽くした。そしてようやく、一生と思える時間が過ぎたあと、彼女がうずくまっている部屋の扉が勢いよく開いた。

「ミズ・ペティストーン？」

「ダーラ？」

ふたりはショックを受けた表情を浮かべ、まじまじと彼女を見ていた。その場所で、そんな状態の彼女を見つけたことがにわかには信じられないといった様子で。その頃には、どうにか床を移動して鐘を鳴らすのに奮い起こしていたエネルギーも体から抜けはじめていた。ダーラには、縛られた両手を上げてなんとかあいさつをするぐらいしかできなかった。

「穴に気をつけて」しわがれた声でそう言うと、半分意識を失った状態に陥った。

ふたりが自分の手首と足首からテープをはがしているのがぼんやりとわかった。それが終わると、ジェイムズが彼女を担いで二階分の階段を降りた。ロバートが彼女の上着を持ってふたりを守るようにジェイムズのまえを歩いている。彼らは玄関ホールに――バリーから充分離れた場所にダーラを下ろした。もっとも、驚いたことに、バリーはうつ伏せに倒れていたが。ジェイクが彼を見下ろすように立って、〈ルイスビルスラッガー〉のバットのようなものを構えていた。

「ジェイク、何か問題でもあったのか？」とジェイムズが訊いた。自分のコートを脱いでダーラの体にそっとかける。

元警官は涼しい顔で笑みを浮かべていた。

「いいえ。リースと救急車はもうすぐ到着するはずよ」そう言うと、足元のうつ伏せに倒れた人影にちらりと目をやった。「ああ、彼のこと？　このお方は逃げようとしたもんだから、メアリーアンのバットでちょっとお膝に一発お見舞いしてやらなきゃいけなかったのよ。あいにく倒れたときに頭を打ったみたいね。今頃目を回してるんじゃないかしら。ロバート、ちょっとこっちに来て見張っててくれる？　あたしはダーラと話があるから」

とジェイクは言って武器をロバートに渡した。ロバートはバッターボックスに立つ選手のようにバットをすばやく肩に担いだ。元警官は、自分の上着を枕にして、ずきずきと痛む頭をもたせかけているダーラのところへ足早にやってきた。

「やあ、お嬢ちゃん、ひどい顔をしてるわね」ジェイクは小さく笑みを浮かべて言った。ジェイムズと一緒に彼女の横に膝をつく。母親のようなしぐさでダーラのもつれた赤い髪の毛を顔から払いのけて続けた。「何があったか話せる？　ここに来る途中でジェイムズから聞いたんだけど、彼とロバートはバリーがカートを殺した犯人だと確信してるんだって？　あんたの身に起きたことを考えれば、ふたりの言ってることは正しそうだけど」

ダーラは首を縦に動かそうとしたが、その瞬間、頭がまた脈打つように痛みはじめ、顔をしかめた。「彼がカートを殺したの」耳障りなささやき声でどうにかそう言った。「それに、テラも」

「テラも?」ジェイクは黒い瞳を大きく見開いた。ジェイムズがはっと息を飲む音が聞こえた。

「あんた、それは確かなの?」

「わたしが見たのはブロンドの髪の毛だけだったけど、彼女にまちがいないわ。テラは地下室よ」

ジェイムズが止めるのを押し切り、ダーラは無理をして体を起こそうとした。地下室のドアのほうを指差し、かすれたままの声で続けた。「ジェイク、テラはなんの罪もない犠牲者よ。彼女はバリーがカートを殺すのを見て、それで殺されてしまったの」

「そんな」

ジェイクのことばはささやき声にすぎなかった。彼女のオリーブ色の頬から血の気が引くのがわかった。ジェイクは床の上にぺたりと座り込むと、ゆっくりと首を振った。「テラが死んだ。なんてことなの。まだほんの子供だっていうのに。このことをどうやってヒルダに伝えればいいのよ」

ジェイクはバリーのほうに鋭い視線を投げた。「ここにたくさんの目撃者がいてよかったわ。さもないと、あのクソ野郎が襲いかかってきたから、バットで殴って自分の身を守らなければいけなかったってリースに言うところだった」

「かっ飛ばしてやってくれ」ジェイムズが人が変わったような、かたい声でそう言った。「いわれのない攻撃を受けて、やむを得ず過剰防衛になってしまったようだとわたしも喜んで証言するよ」

「ぼくも証言します」ロバートも話に加わった。うつ伏せに倒れたバリーの上から脅すようにバットを構えている。

しかし、ジェイクは首を振って言った。「そうすれば気がせいせいするでしょうけど、あんなごみくずみたいなやつのためにみんなに偽証させるわけにはいかないわ」そしてダーラに注意を戻し、口調を和らげた。「地下室にいると言ったわね。具体的に場所を教えてくれる？リースが来たときに案内できるように」

「ボイラーのうしろよ」ダーラは頰を流れる涙を拭いながらささやくような声で言った。「黒いビニールシートに包まれてた。ま、まるでごみみたいに」

そこで彼女は口をつぐんだ。あの恐ろしく心が痛む光景を忘れられたらいいのにと思った。でも、できないことはわかっていた。確かに今までずっと、テラの身にも悪いことが降りかかっているかもしれないと考えてはいたが、彼女が無事戻ってくるかもしれないという希望は最後まで持ちつづけていたのだ。

「バリーは今日、コネティカットに行くって言ってたの」とダーラは続けた。「でも、そうしないで、ここに残ってテラの後始末をしてたみたい。地下室の床に彼女を埋めるための穴を掘ってた。そのあと彼は、地下室のドアを漆喰で固めて二度とだれも地下室に降りられないようにしようとしてたの。ところが、わたしが彼の計画をめちゃめちゃにしたってわけ。ハムレットを捜してここに来たときに」

「そうだ、彼はどこ？　ハムレットはどこです？」とロバートが迫った。

ダーラは深呼吸した。しゃくりあげまいとこらえている自分に気づいた。そのせいで、喉の痛みが強まっていた。

「テラを最初に見つけたのはハムレットだったの」彼女はどうにかそう答えた。「地下室から彼の鳴く声がしたのよ。それで慌てて地下室に降りたら、彼がテラのいる場所を教えてくれた。そのあと、バリーがわたしのあとを追ってきたときに、ハムレットはわたしを助けようとして……だから、バリーの首には引っかき傷があったの。でも、バリーは彼に懐中電灯を投げつけて」

ダーラは一瞬沈黙し、そのあと急いで締めくくった。「たぶんハムレットは死んでると思う」

「そんな！」ロバートは信じられないというように叫び声をあげた。その声は幼い少年みたいだった。「ハムレットが死んでるわけがない。ぼくが行って確かめてきます！」

「待って！」

ジェイクはそう言うと、さっと立ちあがり、慌てて若者の行く手を阻んだ。ロバートはバットを床に落として地下室に向かっていた。彼の頰を涙が伝っている。

「ロバート、動揺してるのはわかるけど、もし地下室に死体があるなら、そこは犯行現場よ。地下室を歩きまわって現場を荒らしてもらうわけにはいかないわ。たとえハムレットのためでも」

「でも、もし彼が死んでなかったらどうするんです？　ミズ・ペティストーンも確実にはわからないって言ってたじゃないですか」

「彼の言うとおりよ。わたしもわからない」ダーラは声を詰まらせた。ロバートと同じく悲しみの波に襲われて、自分の目からもまた涙があふれ出していることに気づいた。「お願い、ジェイク、彼を行かせてあげて」

ジェイクは口をすぼめたが、やがてうなずいた。「最後にハムレットを見た正確な場所はわかる？」

「ハムレットはれんがの上に倒れてたわ。でも、バリーが彼の体を持ちあげてボイラーの火室に投げ入れたの」

そのことばを聞いて、ロバートの悲嘆に暮れた表情が殺人をもしかねない顔つきに変わった。彼はバリーに――うめき声をあげてもぞもぞと動き出していた――食ってかかった。

「おい、ハムレットが無事でいることを祈るんだな。ぼくの友達のアレックス・プーチンが……彼は猫好きなんだぞ」とロバートは脅し文句を吐いて、地下室のドアに向かって走っていった。

「火室の取っ手に素手で触らないで」ジェイクがダーラの横にまた膝をつきながら、ロバートの背中に呼びかけた。「指紋よ！　シャツの裾を使って」

ロバートはうなずくと、ドアの向こうに消えた。ジェイムズが投げ捨てられたバットを拾って、かわりにバリーの見張り番に就いた。彼は正面の窓のほうに頭を傾けて言った。「サイレンが聞こえてきたようだ」

「ようやくね」とジェイクは言うと、ダーラを元気づけるように手をぎゅっと握った。「もうちょっとの辛抱よ、お嬢ちゃん。救急隊がすぐに到着するから。そしたら病院に連れていってもらってお医者さんに診てもらえるわ」

ダーラはジェイムズのコートをお守りのように抱きしめた。床に座った姿勢のまま、三十年前の自分を思い出すように体を前後に揺らしながら小さな声で言う。「救急車なんか要らない。わたしのにゃんこちゃんを返して」

その声に答えるかのように、かすかな叫び声が地下室から届いた。その声はロバートがテラの死体を見てショックを受けたからなのか、それともハムレットを見つけたからなのか判断がつかなかった。ダーラはジェイムズのコートをさらにきつく抱き寄せた。そんなことどうでもいいことよ、と自分に言い聞かせる。猫をほしいと思ったことなんか一度もなかったんだから。

しかし、あまり効果はなかった。目に浮かぶのは、勇敢にバリーを撃退して彼女を地下室から逃がそうとするハムレットの姿だけだった。自分だけこっそり暗がりに隠れて、彼女のことなど放っておくこともできたのに。

その頃には、緊急車両のサイレンが建物のすぐ外から聞こえてきていたので、ロバートが地下室から上がってくる足音にダーラは気づかなかった。彼は突然、戸口から姿を現した。両手に毛むくじゃらの黒い物体を抱いている。黒い物体はロバートの腕の中でぐったりしていて、ただの大きな黒い毛皮のようにしか見えなかった。ダーラは息を飲んだ。

「ハムレットは……？」

ハムレットは無事なの？　ハムレットは死んでるの？

どちらの質問を投げかけてよいかわからなかった……質問を投げかける勇気はなかった。

すると、ロバートはおずおずと笑みを浮かべて言った。「彼は息をしてますよ。でも、その、病院に連れていかないと」

サイレンの音が急にやみ、外から救急隊員たちが大声で指示を出す声が聞こえてきた。その声に重なるように、不満そうな〝ニャオ〟という鳴き声がダーラの耳に届いた。ぐったりした黒い物体は、身をもぞもぞと動かしはじめ、エメラルド色の目を開いた。

「ハムレット！」とダーラは叫んだ――というよりは、叫ぼうとした。かわりに彼女の口から出たのは、安堵からむせび泣く声だった。

一方、ロバートは顔をほころばせていた。ハムレットは身をくねらせてもがいたあと、もう一度さらに執拗な鳴き声をあげた。「おっと、ちっちゃい兄弟。どうした？　下に降りたいのか？」

ロバートはそう言って、ハムレットをそっと床に下ろした。ハムレットは目をしばたたかせ、周囲を見まわした。あたかも全員の点呼を取るかのように。そして、数フィート離れたところにいる、意識が朦朧としたバリーを確認すると、一歩あとずさり、悪意を込めてシャーと威嚇した。

「その意見にはわたしたちみんなも賛成だ」とジェイムズが言った。目からこぼれた水滴を彼が拭い取るのがわかった。

ダーラもまばたきして涙をこらえた。「ねえ、ハムレット、わたしを助けてくれてありがとう」しわがれた声でそう言った。「あなたは真の猫のヒーローね」

ハムレットは緑色の目をきらきらさせながらじっと彼女を見ていた。やがて、いくぶんゆっくりとした足取りで、彼女のほうに向かって歩いてきた。

玄関のドアが勢いよく開いたのはそのときだった。リースと制服を着たパトロール警官ふたりが駆け込んできた。建物内に危険がないことを確認すると、パトロール警官のひとりが大声でそれを報告した。続いて、救急隊がガタガタと音を立てながら救命道具を運んで中に入ってきて、けが人がどこにいるか強い調子で尋ねた。ジェイクはぱっと立ちあがり、リースに何があったのか説明した。ジェイムズもときどき口を挟んで自分なりの意見を述べていた。リースが短いことばを発すると、近くにいた警官がバリーの手に手錠をかけ、乱暴に彼を立たせた。ダーラはそれを見て気がせいせいした。

しかし、その一連の騒ぎがどんなにわくわくする光景でも、それに気を取られていたのは、自分の膝に猫の肢が優しく触れるのを感じるまでだった。下に目を向けると、ハムレットが謎めいた緑色の目で彼女を見上げていた。やがて、ハムレットはひげをひょいと動かすと、ダーラの膝に乗った。そして、ゴロゴロと喉を鳴らしはじめた。

23

「ヒルダから伝言よ。早く具合がよくなるように祈ってるって」ジェイクはそう言って携帯電話をぱたんと閉じ、ダーラが座っているレジのうしろのスツールからさほど遠くないカウンターにもたれかかった。〈グレート・センセーションズ〉のロゴが入ったプレゼントの袋をカウンターの上に置く。「で、これが彼女からの感謝の印兼お見舞いの贈りもの」

「あら、お礼を言う相手はあなたのほうだわ」とダーラは抗議した。とはいえ、はやる思いで袋の中をのぞいてみると、前回不意にヒルダの店に立ち寄ったときに目にした覚えのある商品がいくつか入っていた。贈りもののひとつに、目のしわを取るための瓶入りのキュウリのパックが入っていることに気づいて、ダーラは苦笑した。

一方、ジェイクは上着のポケットに手を入れて、こちらも見覚えのある魔法のランプ形の小瓶を取り出した。満足げな笑みを浮かべながら、ダーラに見せてくる。「ほら、あたしももらったの。ヒルダがあとでメールするって言ってたわよ。そのあざの色を薄くする軟膏の名前をいくつか教えてくれるって」

ダーラは他人の視線を意識して喉に手を当てた。首にはペイズリー柄の明るい青のスカーフが巻かれていた。クローゼットの奥にある箱の中から見つけた大叔母のディーのスカーフだ。

そのスカーフを着けたのは、奇をてらったファッション哲学からではない。彼女のことを虐待された女性で、専門家の介入が必要だと判断した客からの質問とうろたえた視線を寄せつけないようにするためだった。もちろん、そんなあざ隠しの布も、数日前の夕方のテレビのニュースを見てすでに事情を知っている、好奇心の強い買い物客にはなんの防御策にもならなかったが。ロバートが〝ブラウンストーンの決闘〟と称する事件の報道はよく見られていた。

その事件の後遺症は、事件そのものと比べれば、衝撃的ということばからは程遠かったが、それなりに耐えがたいものではあった。彼女を診てくれた緊急治療室の医師は、頭の傷を検査するあいだ一晩入院するよう強く勧めた。軽度の脳震盪に気管の外傷、というのが医者の診断だった。

緊急治療室の緑色の手術着に身を包んだその若い女性医師は、ダーラにはパジャマ・パーティーから抜けてきたばかりの子供のように見えた。とはいえ、けがは外から見えるものだけではないのだと注意する彼女の穏やかな声には、まぎれもない威厳が感じられた。

「殺されかけたことに関連して、いくらか心に傷がついているのを忘れちゃいけませんよ」とその女性医師は言った。クリップボード越しにダーラを見るその表情からは、医師としての短い在職期間のあいだに多少のことは見てきているにちがいないと思えた。「家に帰ってすべてが正常なふりをするのはやめたほうがいいです。実際、そうじゃないんですから」

ダーラは医者のその考えがまちがっていることを証明しようと心に決めていた。しかし結局はうまくいかなかった。まず、満足に眠れなかった。その主な理由は、夢を見れば必ず命の危険をひしひしと感じたあの恐ろしい瞬間がぼんやりと再現されるからだ。安全な自分のアパートメントに身を落ち着けているときでさえ、小さな物音がするたびに体がびくっと反応し、バリーが急に現れたりしていないか、いつもうしろを振り返っていた。

身体的にはそれよりもわずかにましな程度だった。バリーとの戦いから四日経った今、はっきりとわかる広がった指先の跡はまだ青白い肌にしっかり残っていた。最初は赤みがかった青色を呈していたあざは、今ではぞっとするような見た目の緑と黄色が混じった色にまで薄まっていた。それでも、完全に消えるまでは少なくとももう一週間かそれ以上はかかるだろうとジェイクは警告していた。声のほうはほとんど正常に戻っていた――はちみつ入りの熱いお茶を繰り返し飲むことで声のかすれは取れていた――が、首のあざを見るたびに、自分はバリー・アイゼンの三人目の犠牲者になる寸前だったのだと思い知らされた。

そういえば、バリー・アイゼンのふたり目の犠牲者は……

「わたしのことを考えてくれるなんて、ヒルダも優しいわね。自分も大変なときなのに」とダーラは言った。本気でそう思っていた。「で、テラはどうしてる?」

ダーラが病院に入院したのと同じ日のあとになって、行方をくらましていた少女が姿を現したのは、一連の悲劇的な事件の中で唯一の明るいニュースだった。ダーラがあの地下室で発見した遺体はテラではなかったのだ――ジェイクによると、被害者は先週バリーと口論していた、ブロンドの髪をポニーテールにまとめた建物の検査官だったらしい。そのことを知って、ダーラは心から安堵した。と同時に、すぐにリースから病室に電話がかかってきた。悲報を恐れていた彼女は、テラ・アギラールが生きたまま見つかって、腕を骨折してはいるものの比較的元気で、母親と再会したという知らせを聞き、大喜びしたのだった。

〝信じられないだろうけどな、レッド〟とリースは言った。〝でも、テラはずっと女友達のところに身を潜めてたんだ。で、一番意外なのが、その女友達というのがアレックス・プーチンの娘なんだ〟。

テラは軽い記憶喪失を患っていたものの、明らかに身の危険を感じていた。それを見て、友人たちは彼女の居場所をほかのだれにも知らせるべきではないと判断したのだった。

〝そのプーチンって男が何本か電話をかけて、内緒で医者に応急処置をしてもらったそうだ〟とリースは続けて説明した。〝彼らはテラが暴力的なボーイフレンドから身を隠してるんだと思って、絶対に人前に出すわけにはいかないと決めた。テラとしても、何があったのかよく覚えていないもんだから、自分の母親にも居場所を告げて安全なのかどうかわからなかった。レッド、きみがニュースに取りあげられて初めて、もう姿を現しても大丈夫だとわかったらしいよ〟。

「医者が言ってたわ。彼女の折れた腕の処置をしたのがだれであれ、その人はちゃんとした仕事をしてるって。ギプスが取れても、追加で手術する必要はないそうよ」ジェイクがダーラの質問に答えて言った。「それに、脳震盪の後遺症もずっとは残らないみたい。といっても、あのごみ容器の中から這い出て助けを求めにいくまえのことは、ほとんど何も覚えてないみたいだけど」と言って、ジェイクは首を振った。「あのアイゼンの友達の検査官について同じことが言えなくて残念ね。でも、あのビニールシートに包まれてたのが彼の死体かテラの死体かということになれば、そりゃあテラじゃないほうがうれしいに決まってるけど」

「そりゃあそうよ！」ダーラは同意してため息をついた。「あの防水シートから長いブロンドの髪が出てるのを見たときは、てっきりバリーは彼女も殺しちゃったんだと思ったわ。殺されたのがトビーだとは夢にも思わなかった」

そこで、ダーラは気になって訊いた。「リースはバリーから何か聞き出せた？　あそこで何が起きたのか、事件の真相を明らかにするようなことはわかったの？」

「今のところ、テラは目撃者としてまだ問題があるから、ほとんど推測になるわね」ジェイクは自分の横のカウンターに陳列されたしおりのひもをぼんやりといじりながら言った。「アイゼンもバカじゃないわ。弁護士をつけてるだろうし、べらべらしゃべらないわよ。でも、経験に基づいた推測はいくつかできるけど」

「教えて」とダーラは催促した。「どんな推測か聞きたいわ」

「いいわよ。リースがテラの供述からつなぎ合わせたことから判断すると、彼女は水曜日の夜、午前零時を過ぎた時間帯にあのブラウンストーンに行ってたみたい。ロバートが通りで彼女を見かけた時間と一致するわね。テラにとっては不運なことに、アイゼンがバールでボーイフレンドを殴ってるところにちょうど出くわしてしまった。彼女はパニックになってその場から逃げようとした。バリーは目撃者の存在を消そうと、彼女を追いかけてバールで同じ仕打ちをし、彼女は腕の骨を折って、脳震盪を起こした」

「でも、ごみ容器の件は……テラはどうしてあの中に入ることになったの？」ダーラは質問した。

ジェイクはしおりのひもから手を離すと、今度は陳列された漫画の鉛筆をいじって言った。

「アイゼンはたぶん、つい興奮してテラを詳しく調べなかったんじゃないかしら」とジェイクは答えた。「テラも殺したものと思い込んだのよ。でもそこで、建物の中にふたつの死体が転がってるという問題が発生した。きっと彼は、カートの死を事故として通すのはまず問題ないと考えてたのね。もし検死官が殺人事件だと判断を下せば、金属泥棒やほかのだれかに罪を着せればいいと思ってたんでしょう。だから、彼は死体を見つけるときに必ずあなたが現場にいるよう仕向けた。その説に真実味を持たせるために」

ジェイクはそう言って乾いた笑みを浮かべた。「でも、テラの死体は余分だった……あんたに彼女とカートふたり分の死体を見つけさせるのはいくらなんでもやりすぎだと思った。おそらく警察が現場を開放するまでの一日かそこらは、あのごみ容器の中に彼女の死体を隠しておいても大丈夫だと思ったのね。そのあとは、車を使ってどこかに捨てにいくか、建物の検査官と同じように地下室に埋めるつもりだったんでしょう。ところが、テラの死体を動かすまえに、リースがごみ箱あさりをして彼の計画を台無しにしてしまった」

「ただし、実際は、テラは死んでいなかった」ダーラはわかりきった事実を述べてジェイクのことばを補った。

ジェイクはうなずくと、今度は心の底から面白がっているような笑みを浮かべた。

「ハムレットもそうだけど、テラはよほど生命力が強いのね。それに肝が据わってるわ。どうやら彼女はごみ容器の中で意識を取り戻すと、どうにかそこから抜け出して——腕が折れてたり、脳震盪を起こしたりしてた状態で——アイゼンに気づかれることなくその場から逃げ出したみたい。でも、携帯電話はあの中に置き忘れていった」

ジェイクはそこでことばを切ると、急にクックッと笑い出した。「リースがテラの携帯を捜してごみ箱を掘り起こしてるあいだアイゼンが頭の中で何を考えてたか想像できる？　今にもテラの死体が出てくるんじゃないかと内心汗だくになってたはずよ。でも、リースが見つけたのは携帯電話だけだった。彼女はどこに行ったんだろうと思って気が狂いそうになってたでしょうね」

「確かにそわそわしてたわ」とダーラは言った。「でも、そのことをあとで訊いたら、ごみの不法投棄でリースが彼を逮捕しにきたんじゃないかと心配だったって言ってた」

「ああ、あの男はどんなことにだって答えを持ち合わせてるのよ。そうでしょ？　あんたもあんな男にだまされちゃってかわいそうに」

ダーラはうなずいたが、その話題については話せる気がしなかった。できればその話はしたくなかった……今はまだ。かわりにこう訊いた。「ところで、建物の検査官のトビーはこの事件にどう絡んでくるの？　どうしてバリーは彼も殺す必要があったの？」

「アイゼンが口を割らないかぎり実際に起きたことは正確にはわからないかもしれない。でも、警察が殺された男性の身元を確認した結果、トビー・アームブラスターだとわかったの。彼は実際に市の検査官だったわ。だけど、早い話が、無許可の時間外労働をしてたわけ。リースが調べたところ、何件かあやしい苦情が寄せられてることがわかった」

ダーラが興味深く話を聞く中、ジェイクは続けた。「リースが推測するかぎりでは、アームブラスターは小さなレストランや店に足を運んでは、市の信任状をちらつかせて、配線や配管設備なんかに問題が見つかったと主張してたの。それで、すぐに問題を改善しないと、店の営業を停止させると脅していた。そして翌日、都合よく市の承認を受けた業者だと名乗るバリー・アイゼンが店に現れた。かいつまんで話せば、アイゼンは問題の個所を修理したふりをして、現金を受け取り、その後、アームブラスターが再検査に訪れて店側に合格だと伝えるってわけ。そんなふうに、ふたりはだれにも気づかれることなく、実際にはやっていない仕事で得た報酬を山分けしてた」

「それで、カートがその悪巧みに気づいて自分も参加したいと言い出したのね」とダーラは指摘した。「それが原因で彼は殺されてしまった。でも、トビーを殺すことは、金の卵を産むガチョウを殺すようなものじゃない?」

「それはあたしも考えたの。思うにあそこで起きたことは、半分事故みたいなものだったんじゃないかしら。ほら、考えてみて。アイゼンは、テラが姿を消したことで頭がおかしくなりそうなくらい気が動転してたはずよ。そこに、トビーがなんらかの理由である晩ひょっこりあの建物に姿を現した。建物の中は暗いし、おそらくコートも着てたでしょう。アイゼンは彼をちらっと見て、ブロンドのポニーテールが目に入った。それで、テラが彼を恐喝するか非難するか、なんらかの目的で戻ってきたんだと早合点した。とっさに頭を殴って——今回はハンマーを使って——テラを消した。ところが、あとになって自分が殺したのは犯罪の共謀者だとわかった」

ダーラは神妙にうなずいた。亡くなった建物の検査官はとくに不愉快なたぐいの人間に見えたが、それでも死んでいるところは見たくなかった。

一方、ジェイクはすでに次の話題に移ろうとしていた。

「あんた、今日はどうして働いてるの」と友人は小言を言った。「軽度の脳震盪だって甘く見ちゃいけないんだからね。上階で休んでないと」

「もう充分休んだわ。ずっと同じところに閉じ込められて気が変になりそうだったんだから。でも、約束する。ジェイムズが出勤するまで、力仕事は全部ロバートにやってもらいます」ダーラはそこでことばを切ると、共犯者めいた笑みをジェイクに向けた。「彼にはまだ内緒にしててね。ロバートをフルタイムの従業員に昇格させるって決めたの。最低でも休暇シーズンが終わるまではね。だから、ハムレットとわたしがやることは、カウンターのうしろに座って愛想よくしていることだけよ」

ダーラはそう言って、愛情を込めた視線をハムレットに送った。ハムレットは四本の肢を伸ばしてカウンターに寝そべり、会計のために空けてある場所をほとんど占領していた。レジに商品を持ってきた客はみな、ハムレットと対面することになる。いつもなら、しーっと言ってもう少し邪魔にならない場所に追い払うところだったが、しばらくは彼のはた迷惑な行為に目をつぶることにした。それに、ハムレットは彼女と同じく、病みあがりでもあった。

ジェイムズにあとで聞いた話によると、ダーラが救急車で病院に運ばれることに猛抗議しているあいだ、彼とロバートは彼女の車を取りにいって――驚いたことに、ロバートは本物の運転免許を持っていた――ハムレットを救急の獣医へ連れていったということだった。幸いにも、ハムレットは懐中電灯が当たって気絶していただけで、ついた傷は分解されたボイラーの中に閉じ込められるまでのものだった。軽い軟組織のけがと頭のこぶの痛み止めを数日分もらって帰宅していた。

ジェイムズとジェイクは、ダーラが検査のために入院しているあいだ、ロバートが彼女の家のリビングルームに泊まってハムレットに付き添ってはどうかと提案した。ダーラは朦朧とした頭で同意した。自宅に戻ると、店の客から送られた花をロバートが部屋のあちこちに華やかなブーケとして飾ってくれていて、いたく感動した。

「ロバートと言えば、彼が住むところを探す件はどうしよう?」とダーラは声を落としてジェイクに訊いた。もっとも、二階で本を並べるのに忙しくしているロバートに彼女の話は聞こえないだろうが。「今みたいに、毎晩あちこちの家を転々としつづけるわけにはいかないでしょ」

「そうね。あたしも何人かに探りを入れてみたんだけど、彼の住める価格帯のところはどこにもなかったわ。もしジェイムズが彼に愛想を尽かしたら、何かいい案を思いつくまで数日はうちのソファに寝てもらうしかないわね」

そのとき、入口のドアのベルが鳴った。蓋のついた皿を持ったメアリーアンが店に入ってくるのを見て、ダーラはうれしくなった。隣人に親しみを込めて手を振る。

「ここにいたのね」メアリーアンは大きな声でそう言って、カウンターの上に皿を置いた。「あなたの自宅に電話をかけてみたんだけど、出なかったものだから、もしかしたらお店にいるかもしれないと思って来てみたのよ。今夜は料理をしなくてすむようにちょっとしたものを持ってきたわ」

「ご親切にありがとう。正直に言うと、スープにはもう飽き飽きしてたの」

「そうでしょう。気分はどう?」

「だいぶよくなったわ。それに、ハムレットも今じゃぴんぴんしてる」

実際、ハムレットは起きあがって、メアリーアンが持ってきたキャセロールの皿に近寄っていた。彼はにおいを嗅ぐと、くしゃみをした。そして、まるでトイレの砂に何かを埋めるように、片肢で引っかくようなしぐさをすると、背中を向けて問題の皿から数フィート遠ざかった。

「ハムレット!」とダーラは彼を叱った。「メアリーアンが手間暇かけて料理をつくってくれたのに、それを本人の目のまえでけなすなんて」

「あら、気にしないで」メアリーアンは骨ばった手を振って笑顔で言った。「野菜のキャセロールだから、きっと彼のお気に召さなかったのね。でもあなた、もう仕事に復帰して大丈夫なの? まだ退院したばかりじゃなかった?」

「病院には一晩入院してただけよ……でも、心配しないで。まだパートタイムで働いてるだけだから。来週まではフルタイムの勤務にはしないつもり」

「そうなのね、よかったわ。あんまり急がないでね。うちの兄にもいつもそう言い聞かせないといけないんだけど」そう言うと、隣人はため息をついた。「実は、お店の仕事と彼の世話を同時にこなすのはけっこう大変で。そろそろ店を閉めて引退する潮時かしら、なんて考えてるの」

「でも、メアリーアン、あの店をとっても大事にしてるじゃない」とジェイクが抗議した。「だれかパートタイムの従業員でも雇うことはできないの？」

「まあねえ、わたしもそうしたいんだけど、この景気では、骨董品とか収集価値のあるものはみんな求めてないのよ。かろうじて食べていけてるのが現状だから」と言ってメアリーアンは投げやりに首を振った。「すごく正直に言っちゃえば、だれかを雇う余裕なんてないの。それに、もしうちのガーデン・アパートメントに住んでくれる人がすぐにでも見つからなければ、確実に困ったことになるわ」

ダーラは躊躇(ちゅうちょ)した。ロバートのほうをちらりと見て、それからジェイクと視線を交わした。つまり、メアリーアンのガーデン・アパートメントはまだ空いているということだ。もしかしたらほんのちょっとの妥協と微調整で、プリンスキ兄妹とロバートの両方の問題を解決することができるかもしれない。

「メアリーアン、考えがあるんだけど」

そう言うと、ダーラは急いでロバートの境遇を説明した。隣人はびっくりして舌打ちをした。ダーラは続けて、自分とジェイクとジェイムズがロバートを助ける最善の道を探しながら交替で住まいを提供していることを伝えた。

「わかるでしょ、メアリーアン。契約時に払う最初と最後の月の家賃と敷金をまかなうための資金をかき集めなきゃならないんじゃ、ロバートにはどうしたって住める場所がないのよ。あなたのところの家賃はロバートがここでフルタイムとして働いて稼ぐ一ヵ月分の給料とほぼ変わらないってわかってるわ。でも、そのうちのいくらかを交換条件として減らしてもらうことはできないかしら？ もちろん、本人に訊いてみなきゃならないけど、彼が休みの日に数時間あなたの店で働くとか。それに、彼のことはあなたもよく知ってるから、前払いの費用全般は省略してもらえるんじゃないかと思って」

メアリーアンは眉をひそめて指であごを叩いた。

「まあ、ダーラ、どうかしらねえ」彼女はうろたえた口調でそう言った。「けっこうな金額だから」

ダーラはすぐに後悔した。「あなたの言うとおりよ。こんなこと提案するべきじゃなかった。あなたとミスター・プリンスキは、ふたりにとって最善のことをしなくちゃ。ロバートの住まいはそのうち見つかるわ。それまでは、わたしたちの家のどこかに泊まってもらえばいいんだし」

「あら、ちがうのよ。あなたは誤解してる。わたしは、そんな高すぎる家賃、大事なロバートにはとてもじゃないけど払わせるわけにはいかないという意味で言ったのよ」

ダーラが驚いて彼女を見つめていると、メアリーアンは続けた。「率直に言って、ロバートの問題をもっと早く教えてくれなかったことがショックだわ。彼がもうお父さんと一緒に暮らしてないなんて全然知らなかったもの」

そう言うと、老婦人はわざと好戦的な表情をつくった。ダーラとジェイクに向けたその強いまなざしは、実年齢の半分くらいの女性を思わせた。

「現実を見てごらんなさいよ、ふたりとも。うちの兄とわたしはもう歳よ。つまり、いろんなことが昔みたいにはできないということ。ときにはプライドを捨てて、助けを求めなきゃいけない。そのこと自体は受け入れてるわ。でも、中には歳を取ってる人は愚かなものだと考えてる人もいる。そういう人たちは、わたしたちが昔のようには目が見えたり耳が聞こえたりしないというだけで、うまく利用できると思ってるの。わたしはね、ある朝目が覚めたら、自分の家を貸した人に個人情報を盗まれてて銀行口座が空っぽになってることに気づくような老人にはなりたくないの。自分の家の住人が地下室で麻薬を製造してることを知らずに過ごすような老人にもね」

「メアリーアン、あなたは絶対そんなふうにはならないわ」とダーラは断言した。

隣人はしっかりとうなずいた。「それは、わたしが高額の家賃の小切手をもらっても、サインする人が犯罪者なら、そんなものは無意味だと知ってるからよ。わたしたちはロバートが信頼できる人間だとわかってるし、彼のことがとても好きだわ。それに、たまに力仕事をしてくれるたくましくて若い男の人が近くにいてくれるのは心強いもの。だから、彼をここに呼んでちょうだい。契約を結びましょう」

ダーラはにっこり笑って言った。「もちろんよ！　ロバート、階下に降りてきて」と二階に呼びかけた。「ミズ・プリンスキがいらっしゃってるの。彼女からあなたにビジネスの提案があるそうよ」

　黒い服にトラ柄のベストを着たロバートが階段の上に顔をのぞかせた。「やあ、ミズ・プリンスキ」彼は笑顔でそう言って手を振った。

　そして、二段飛ばしで階段を降りて一番下の段に着地すると、小走りでみんなが集まっているところに来た。「おっと、食べものだ」と彼は満足げに言って蓋を開けた。「さやいんげんのキャセロールじゃないですか、すごい！　朝食をとったばかりだけど、まだ食べられそうだ」

「それはあとでね」とダーラは笑顔で彼を戒めた。「今はもっと大事な話があるの。メアリーアン、ロバートにわたしたちの考えを聞かせてあげてくれる？」

「もちろんよ。ロバート、兄とわたしはうちのガーデン・アパートメントに住んでくれる人を必要としてるの。あなたが引っ越してきてくれたら、ものすごく助かるんだけど」

「ええ、ぼくも引っ越したいです、ミズ・プリンスキ……でも、その、そこの家賃を払う余裕がないっていうか」彼は恥ずかしそうな表情を浮かべてそう言った。

　メアリーアンは首を振った。「何バカなことを言ってるの。わたしたちは今の家賃から大幅に値引きした金額を提示するつもりでいるのよ。週に数時間分の労働と引き換えにね。値引き後の金額はきっとあなたの予算内に収まると思うわ」彼女はそう言って、具体的な金額を挙げた。

ロバートは目を見開いた。「それって、ビルの家の地下室に泊めてもらってたときに払わされてた金額とほとんど変わらないじゃないですか。なんていうか、本気なんですか？」

「もちろん。いつ引っ越してこられる？」

「今でもいいですよ！」と彼は興奮した口調で叫んだが、一瞬口をつぐむと、ダーラを見て言った。「まあ、その、ミズ・ペティストーンが数分店を抜けてもいいって言ってくれたらですけど」

「いってらっしゃい。埋め合わせはあとでちゃんとしてもらうから」

ロバートは小さく歓声をあげると、カウンターの下に手を伸ばしてバックパックを取った。意気揚々とハムレットに拳を突き出すと、ハムレットも律儀にグータッチを返した。

「なあ、ちっちゃい兄弟、聞いてくれるか？　家が見つかったんだ。ひょっとしたらミズ・プリンスキは犬とかを飼ってもいいって言ってくれるかもしれないよ。そうすれば、おまえさんにも友達ができるな」

「あらまあ」若者に付き添われて出口に向かいながら、メアリーアンは首を振った。「その件はまた今度話し合いましょう」

ふたりが出ていってドアが閉まると、ダーラはジェイクのほうを向いた。「ロバートに〝引き取り手〟が見つかってよかったわね。ほら、グータッチ」そう言って友人と拳を突き合わせた。「これで、みんなにとっていい結果になりそうね」

「同感」ジェイクもにこやかな笑みを浮かべていたが、腕時計に目をやって言った。「ごめん、お嬢ちゃん、もう行かないと。五分後にクライアントと打ち合わせが入ってるの。ロバートが戻ってくるまでひとりにしても大丈夫？」

「ええ。どっちみち、木曜日はいつもあまり忙しくない日だから。それに、うちの公式の〝嚙みつき猫〟が味方についてることだし」

ジェイクが立ち去ると、ダーラはレジの下に手を伸ばし、入院して以来溜まっていた請求書の束を取り出した。「暇なうちにこれを片づけておかないとね」彼女はハムレットにそう言って、次に小切手帳に手を伸ばした。が、レジを開けるやいなや、また店のドアのベルが鳴る音がした。そして、耳慣れた声がこう言った。「やあ、レッド」

24

ダーラは顔を上げて言った。「リース」

リースとは、病院に入院した夜に供述を取りにきて以来だった。ジェイクに言わせれば、別にダーラのせいではないということだ。彼には結局、カートと建物の検査官以外にバリーの犠牲者がいないか確かめたりするような用事がいろいろあるのだからと。しかし、ダーラとしては、彼が姿を見せないのは、彼がカートの殺人事件でまちがった人物を逮捕してしまい、事件を解決したのはどう見てもハムレットだという事実と関係があるのではないかと思わずにいられなかった。

リースは無表情で店に入ってきた。いつものライダースジャケットとジーンズの装いに戻っている。ダーラは思った――今日は休みか、それとも出世のための努力はもうやめたかのどちらかね。

「ひとりで店番かい？」と彼は訊いた。

ダーラはうなずいた。「ロバートはとなりのプリンスキ兄妹のところにいるわ……あちらのガーデン・アパートメントを借りられることになりそうなの。ジェイムズはこの先一時間は来ない。だから、今はハムレットとわたしのふたりきりで店番をしてるってわけ」

自分の名前が呼ばれるのを聞いて、問題の猫は、眠そうに緑色の目を片方だけ開けて軽蔑のまなざしをリースに送った。どうやらハムレットは、自分と同じ刑事役の人間の仕事ぶりをよく思っていないらしい。そもそも彼とリースは大親友というわけではなかったが、ハムレットは彼が自分と同じ空間にいるのは許していた。

バリーとはちがう。

「やだ、今頃気がついたわ」ダーラは小さく息を飲んでそう言った。「カートが殺された日から、ハムレットはバリーを見たり彼の存在を感じたりしたら、必ず姿を消してたの。彼と同じ部屋にはいたくなかったのね。バリーがしたことを知ってて、彼を怖がってたんだわ」

「賢い猫だ」

リースはそう感想を述べたあとしばらく口ごもっていたが、やがて言った。「この事実を伝えるのは気が進まないんだが、きみもいずれ知ることになると思う。実は、あいつが殺人で逮捕されたのは今回が初めてではないとわかったんだ」

「バリーはカートとトビーのまえにもだれかを殺してるってこと？」

リースはうなずいた。「十年ほどまえにコネティカットで事件があったんだ。そのとき使われた武器はタイヤレバーだったが、今回と同じようなケースだった。残念ながら、やつとその事件を結びつける物的証拠がなくて、唯一の目撃者の証言もどういうわけか無効になった。でも、ハートフォードの連中はすぐにその事件の捜査を再開しそうな気がするよ」

「びっくりね」彼女は啞然として言った。「次にだれかとデートするときは必ずハムレットの意見を聞くようにしなくちゃ」

そう言ったとたん、恥ずかしいことに涙があふれてきた。恐怖や戸惑いから出る冷静な涙ではない。怒りと自己憐憫（れんびん）が同じくらい入り混じった、大声で泣きじゃくる涙だった。リースは彼女にハンカチを渡したが、賢明にも嵐が静まって、つらそうなむせび泣きの声から、ときおり洟をすするくらいになるまで、そのまま泣かせておいてくれた。

「ごめんなさい」ダーラは洟をかんで目を拭いたあと、しわがれた声で言った。「自分がバカみたいに感じるわ。わたしも無事で、ハムレットも無事で、バリーのあのろくでなしは拘置所に入ってるっていうのに。だから、自分がなんで泣いてるのかわからない。そりゃ、頭はまだ痛むし、喉はホラー映画から出てきた人みたいになってるけど」

「そんなに思いつめることはないよ、レッド。もしきみが警官で、こんなことがきみの身に起きてたとしたら、強制的に休暇を取らされてカウンセリングを受けさせられるところだ。でも現実は、きみはタフな本屋の女性オーナーで、果敢にも自力でこの件を乗り越えようとしてる。きみが今苦しんでるのは生存者のＰＴＳＤだよ」

「心的外傷後ストレス障害？　それって、兵士の身に起こるやつ？」

「警官や消防士の身にもね。生死に関わる状況に置かれてどうにか生き延びた人ならだれにでも起こる可能性がある。それに、精神的な傷に加えて脳震盪があったとすれば、状況は倍は悪くなるよ。悪夢を見るし、無力感と被害妄想に襲われるはずだ」

ここ数日の精神状態を思い起こしてみると、その症状はどれも不快なほど身に覚えがあった。

彼は一瞬口をつぐみ、鋭い視線をダーラに送った。「きみの人生に口を出すつもりはないんだが、今は何もしないのが一番だ。永遠の被害者として、事件から徐々に距離を置くしかないんだ。その手のことに詳しい人を何人か紹介するよ。そのうちのひとりに連絡を取ってみるといい」

「ありがとう。感謝するわ」

ダーラはそう言うと、大きく息を吸ってまた吐き出した。「はい、泣くのはこれでおしまい。とりあえず今はね。それで、捜査はどう？　進展してる？　彼が裁判にかけられるまでどれくらいかかるの？」

「裁判所の取り扱い件数しだいかな。でも、少なくとも六ヵ月はかかるんじゃないか。まあ、心配するな」ダーラが小さく息を飲むと、リースは言った。「アイゼンが保釈金を払って出てくることはありえないから。やつには法廷で証言するまで二度と顔を合わさずにすむよ」

証言？――とダーラは思った。そのことは考えていなかった。でも、この事件では明らかに彼女が最重要証人なのだ。「わたしのかわりにハムレットを送ったらどうかしら？　なんだかんだ言って、最初の犯罪を目撃したのは彼なんだし」

「ああ、そのことだが」リースは観念したように首を振った。「ジェイクから聞いたよ。きみたちはみんな、彼が事件を解決したと思ってるんだって？」

「ええ、実際そうなのよ。ハムレットはバリーが犯人だと知ってて、わたしたちにそう教えてくれたんだから」

ダーラはそう言うと、〝殺人〟と〝鉄(アイアン)〟を軸に置いた手がかりについて詳しく説明し、ハムレットが最後に示した辞書のヒントによって、ジェイムズがすべてをバリーに結びつけたことを話した。そして、得意げな笑みを隠しもせず、こう締めくくった。「ごめんなさいね。うちの大事なかわいいにゃんこちゃんがあなたを出し抜いてしまって」

「きみんちの猫がいなくても最終的にはおれたちも犯人を特定してたさ」というのが、刑事のそっけない返事だった。「でも、ほら、あらゆる証拠がヒルダ・アギラールを示してたんだ。おれだって何も、無作為に彼女を選び出したわけじゃないよ」

「わたしがジェイクに渡した写真とか？」カートがヒルダを撮った写真と、それを彼女がびりびりに破っていた事実を思い出してダーラはそう訊いた。

リースはうなずいた。ダーラにとっては安心したことに、証拠能力うんぬんについては触れられずにすんだ。「それもあるが、彼女はミスター・ベネデットの留守番電話に脅迫メッセージをいろいろと残してたんだ。それがかなり決定的でね。それに、娘さんとも完全にほっこりした関係でもないことがわかった。ここ数週間、彼女とテラはずっと喧嘩してたみたいだ。テラの友達のひとりが、もしカートと別れなかったら痛い思いをさせると母親が娘を脅すところを偶然耳にしてた。でも、一番の決め手は、その辺の路上で商売をしてる男から銃を購入してたことだった」

銃？――とダーラは思った――ということは、バリーも少なくともそのことに関してはうそをついていなかったわけだ。

「考えてみてくれ」とリースは続けた。「もしアイゼンがもう一日でも待ってたら、ミセス・アギラールが彼のかわりにベネデットを始末してた可能性は充分ある」

「それか、もしかしたらポルノショップのビルが割り込んでたかもね」とダーラは補足した。

「ビルとカートが反目し合ってた理由はわかった？」

リースはうなずいた。「あのごみ容器でテラの電話が見つかった日、彼に話を聞きにいったんだ。ファーガソンは弁護士の同席なしではあまりしゃべりたがらなかったが、なんとか少しは情報を引き出すことができた。どうやらベネデットの写真の技術は、公園できれいな女性の写真を撮ること以上のものだったらしい」

ダーラは片手を上げて言った。「まさか、ポルノショップに入る客全員の写真を撮って、その人たちをあとで恐喝してたとか言うんじゃないでしょうね？」

「惜しい。でも、きみもまだまだ真に見下げはてた人間の考え方はできてないな。ベネデットはポルノショップの壁にうまいこと穴を開けて、ビデオブースのひとつに手を加えてたんだ。そうすることで、そこで映画を見てるふりをして、そのあいだずっとこっそり自分のビデオカメラを使ってとなりの部屋でおこなわれてる行為を撮影してたわけさ」

「最低！」

リースはにんまり笑った。「おいおい、面白いのはここからだぜ。彼はよくある会員専用のポルノサイトを持ってて、そこに自分で撮ったホームビデオを掲載してけっこうな大金を稼いでた。ファーガソンはそれに気づいて怒り心頭に発した……といっても、別に自分の店の客のプライバシーが侵害されてることに怒ったわけじゃないぜ。彼は、そこは自分の店なんだから、自分も分け前にあずかるべきだと考えたんだ」

「うわあ、見下げはてたとはそのとおりね」彼女はうんざりして鼻を鳴らした。「そんな話を聞いたら、うちのお客さん全員の身元調査をすることを真剣に考えちゃうわ。それで、バリーとカートが工事してたブラウンストーンは？あの建物はどうなるの？」

「裁判所しだいだな……でも、裁判所の決定が下される頃には、おそらく市がすでに収用して取り壊してると思うよ」

「そうだといいんだけど」ダーラは切なる願いを込めて言った。ふたりの人間が亡くなった場所が――彼女自身も間一髪で命拾いをした場所が、いつか人の手に渡り、だれかが住んだり店として使われたりしているのを見ることになるというのはなんとも恐ろしい考えだった。

「それと、金属泥棒の件はどうなったの?」ダーラは気になって訊いた。「その辺で殺人を犯してるのがその人たちじゃないって判明したのはよかったけど、うちのすてきな備品を外につけたままにしておいても大丈夫だってわかったら安心だから」

「実のところ、ミスター・アイゼンを逮捕して以来、泥棒に遭ったという被害報告は一件も来てないんだ」リースは肩をすくめてそう言った。「ただの偶然かもしれないし、ギャングたちがもっと儲かりそうな別の地域を見つけてそこに移ったのかもしれない。一連の金属の窃盗事件は、アイゼンと彼の検査官のパートナーが手を染めてたもうひとつのサイドビジネスだったという可能性もある。まあ、心配しないでくれ。その件で何かわかったらまた知らせるから」

殺人事件と金属泥棒の話が一段落すると、気まずい沈黙がふたりを包んだ。気づくとダーラは、客が都合よく店に入ってきてその雰囲気を一掃してくれることを願っていた。その願いが叶わないことがわかると、口を開いた。「それで――」

「それで――」リースも同じタイミングでそう言い、彼女が口をつぐんだのと同時に彼も黙った。

ダーラは笑みを浮かべて言った。「やり直しね。お先にどうぞ」

「おれは、その、それで話は終わりだと言おうとしたんだ」リースは肩をすくめた。「きみは?」

「わたしもそんなところ」

また気まずい沈黙が訪れた。やがてリースが口を開いた。「実は、あともうひとつだけ」

「それってコロンボのせりふ？」ダーラは小さく笑みを浮かべて訊いた。彼がいぶかしげな表情を浮かべているのを見て――あの癖のあるテレビドラマの刑事を知らないほど、彼が若いとはとても思えなかったが――首を振って続けた。「気にしないで。あとひとつって何？」

「ちょっと思ったんだ」リースは一息ついた。「その、このまえの晩、きみのアパートメントに押しかけて夕食を邪魔する形になってしまっただろ。だから、仕事のあと、食事に誘えたらと考えてたんだ。もしきみにその元気があるなら、だけど」

「つまり、友達同士が出かける感じで？」とダーラは慎重に訊いた。

彼はすぐさまうなずいて言った。「そう……なんていうか、きみが言うように……友達同士として」

「楽しそうね。でも、もしよかったら、ギリシャ料理はやめてもらいたいの」彼女は慌てて言い足した。

リースは戸惑った表情を浮かべたが、すぐに賛成した。「それはやめておこう。やっぱり定番のイタリアンがいいかなと思ってたんだ。きみさえよければ」

「それでいいわ。七時くらいでどう？」

「決まりだ（イッツ・ア・デート）！　まあ、デートなわけだけど、厳密に言えばちがうっていうか……ああ、くそ、言いたいことはわかるだろ」とリースは言って、足早に出口に向かった。「じゃあ、またあとで、レッド……いや、ダーラ」

「レッドでいいわよ」そう言う自分の声が聞こえたが、その頃にはドアのベルが鳴り、彼はすでに出ていったあとだった。

　ダーラは小さく笑みを浮かべ、ハムレットのほうに目をやった。ハムレットはこのやりとりのあいだずっと眠っていた――少なくとも寝たふりをしていた。だが、今は緑色の両目を開き、彼女を見ていた。ダーラは、今度は満面に笑みを浮かべ、手を伸ばしてハムレットのあごをかいた。

「どう思う、ハミー？　彼はデートじゃないって言ってたけど。彼の言うことを信じるべき？」ハムレットから返事はなかった。そこで、しつこく訊いてみた。「じゃあ、こういうのはどう？〝イエス〟ならまばたきを一回、〝ノー〟なら二回してくれる？」

　そう言ったものの、返事が返ってくることは今回も本気で期待してはいなかった。だから、ハムレットがゆっくりと一度まばたきをするのを見て驚いた。

〝イエス、彼の言うことは信じろ。デートじゃない〟。

　そして、もう一度まばたきをした。

〝ノー、デートに決まってる！〟。

　そして、三回目？

　ダーラは顔をしかめた。「三回？　それはいったいどういう意味よ？　答えは〝イエス〟か〝ノー〟の二択よ……それか」彼女の顔にまた笑みが広がった。「さては、読めたわよ。あなたの答えは〝もしかしたら〟ね。まあ、わたしの答えもそうだけど」

　そう言ったあと、メアリーアンのキャセロール皿に気づいた。レジの近くのカウンターに置いたままにしていたのを忘れていた。

「さやいんげんのキャセロールか、とくに好物ってわけじゃないのよね」と彼女は白状した。「今回もあなたの予想がぴったり当たったわけね。でも、メアリーアンの気持ちは傷つけたくないし」そのとき、ロバートが示した反応を思い出した。「この料理は、ロバートを歓迎する今夜のささやかなお祝いで食べることになりそうね。どう思う？」

ハムレットは長いあいだまばたきをせず、エメラルド色の目で彼女をじっと見返していた。

そして、やがてウィンクをした。

訳者あとがき

ニューヨークはブルックリン。八ヵ月前に大叔母から相続した書店〈ペティストーンズ・ファイン・ブックス〉を切り盛りする三十代半ばのダーラは、新しい従業員を探していた。ところが、採用活動はなかなか思いどおりに進まない。書店のマスコットの黒猫ハムレットのお眼鏡にかなう従業員が見つからないのだ。ハムレットは枝編みのかごにかわいらしく丸まり、ゴロゴロと喉を鳴らしながら愛想よく客を迎える猫……ではなかった。気に入らない客がいれば、遠慮なくシャーと威嚇し、あるいはそっぽを向いてしっぽのつけ根を舐めてみせる——そんなふてぶてしい猫なのだ。有能そうな応募者が来ても、面接中に嫌がらせをして冷たく追い返してしまう始末。が、ようやくハムレットのお墨付きを得た従業員が見つかり、ほっとしたのもつかの間、ダーラは近所の改築工事中の建物で常連客の死体を発見する。その横には猫のものらしき動物の足跡があった。まさか、最近こっそり外を出歩いているらしいハムレットのもの？　ダーラは事件を解決するため、〝猫の手〟を借りて奮闘する。

本邦初紹介のコージー・ミステリ・シリーズ〈書店猫ハムレットの事件簿〉をお届けします。主人公のダーラは、故郷のテキサスで出来損ないの結婚相手と数年前に離婚。今年の初めに亡くなった大叔母の書店を相続するため、ニューヨークのブルックリンへやってきました。ハムレットと同じくらいぶっきらぼうな元教授の店長ジェイムズや、書店と併せて相続したブラウンストーンのガーデン・アパートメントに住む元女性警官のジェイクに助けられながら、書店主として充実した日々を送っています。どうやら気になる男性もちらほらいるもよう。

　そんなダーラと共同生活を送るのは黒猫ハムレット。彼のキャラクターとその活躍ぶりが、なんといっても本書の読みどころでしょう。ご機嫌を取るのは容易ではなく、ダーラも書店と一緒にハムレットを相続して以来、彼には手を焼かされてきました。目を離せばこっそり店を抜け出して、ブルックリンの通りを徘徊(はいかい)。人間の命令など一切聞かず、ましてや書店のオーナーになったばかりのダーラのことなど、そう簡単に認めてくれません。膝に乗ってくれたことさえ一度もなく、ダーラは困りきったときの最終手段として水鉄砲を持ち出す始末です。ですが、そんな気むずかしいハムレットが嫌な客に得意の冷たいあしらいを披露する様子はなんともほほえましく、ダーラもときに顔をほころばせずにはいられません。

　猫が登場するミステリといえば、なんと言っても海外ではリリアン・J・ブラウンの〈シャム猫ココ〉シリーズ、日本では赤川次郎の〈三毛猫ホームズ〉シリーズが思い浮かびます。ハムレットも偉大な先達に負けじと、ユニークな方法で犯人のヒントを教えてくれます。けれど、いかんせんハムレットのヒントはあいまいで——犯人の名前をパソコンで打って教えてくれるわけもなく——ダーラはそれを正しく解釈して、事件の解決に結びつけるのに苦労するのです。

現在、〈書店猫ハムレットの事件簿〉シリーズは四作目 *Literally Murder* まで刊行されており、本作はその二作目に当たります。日本で二作目からご紹介する運びになったのは、本作が最もハムレットの魅力をみなさまにお伝えできると判断してのことです。いずれ一作目 *Double Booked for Death* もご紹介できればと思っていますが、本作からシリーズを読みはじめても、ストーリー上は支障ありませんので、どうぞご安心を。ブラウンストーンが建ち並ぶ、ニューヨークらしい街の風景も、作品に色を添えています。コージー・ミステリの世界に新たに登場したこの気むずかし屋の猫探偵の物語を楽しんでいただければと思います。

著者のアリ・ブランドンはダーラと同じくテキサス出身で、現在は夫と四匹の犬と三匹の猫とともに南フロリダで暮らしています。過去には、ダイアン・A・S・スタカート名義で〈探偵ダ・ヴィンチ〉シリーズを発表し、日本でも翻訳出版されました。また、アレクサ・スマート、アンナ・ジェラードの名前でヒストリカル・ロマンスも上梓（じょうし）しています。

さて、次にお届けする予定の *Words with Fiends*（本国ではシリーズ三作目にあたります）では、ダーラは護身術を習うべく、新しい従業員のロバートとともに近所の道場に通いはじめます。そこでまたもや事件に遭遇してしまうわけですが、今度はハムレットがどんな手を使って事件を解決するのか、さらなる活躍にご期待ください。ヒントを提示する新しい技も披露するとかしないとか。どうぞお楽しみに。

最後になりましたが、本書を翻訳するにあたり、東京創元社編集部の桑野崇さんには大変お世話になりました。この場を借りて心よりお礼申しあげます。

検印
廃止

訳者紹介 東京外国語大学外国語学部ロシア語学科卒。英米文学翻訳家。訳書にサイファーズ『SEX AND THE CITY 2』がある。

書店猫ハムレットの跳躍

2015年8月28日 初版
2017年12月15日 再版

著者 アリ・ブランドン

訳者 越(お)智(ち)睦(むつみ)

発行所 (株)東京創元社
代表者 長谷川晋一

162-0814/東京都新宿区新小川町1-5
電話 03·3268·8231-営業部
03·3268·8204-編集部
URL http://www.tsogen.co.jp
振替 00160-9-1565
フォレスト・本間製本

ISBN978-4-488-28602-6 C0197